D1629090

James McBride

Das Wunder von St. Anna

Roman

Deutsch von Silvia Morawetz
und Werner Schmitz

BLOOMSBURY BERLIN

Gewidmet
den Männern von der 92. Infanteriedivision,
den Menschen in Italien
und dem verstorbenen Ehrenwerten
James L. Watson aus Harlem, New York,
der von beiden das Beste in sich vereinigt.

Vorbemerkung des Autors

Dieses Buch ist ein Roman, der von realen Ereignissen und realen Menschen inspiriert wurde. Es lebt von den individuellen und kollektiven Erfahrungen schwarzer Soldaten, die im Zweiten Weltkrieg in Italien, im Tal des Serchio und in den Apuanischen Alpen, gedient haben. Bei Namen, Ortsangaben und geografischen Besonderheiten habe ich mir gewisse Freiheiten herausgenommen, doch was ich erzähle, ist real. Es widerfährt tausend Menschen tausendmal an tausend Orten. Aber trotz unserer intensiven Anstrengungen, das Gegenteil zu erreichen, gelingt es uns noch immer, einander zu lieben.

Die Originalausgabe erschien 2002 unter dem Titel *Miracle at St. Anna* bei Riverhead Books a member of Penguin Putnam, Inc., New York
© 2002 James McBride
Für die deutsche Ausgabe
© 2004 Berlin Verlag GmbH, Berlin
Bloomsbury Berlin
Alle Rechte vorbehalten
Umschlaggestaltung: Nina Rothfos und Patrick Gabler, Hamburg
Gesetzt aus der Stempel Garamond
durch Fotosatz Amann, Aichstetten
Druck und Bindung: Clausen & Bosse, Leck
Printed in Germany 2004
ISBN 3-8270-0482-9

Inhalt

Prolog
Das Postamt

Der Mann wollte bloß eine Zwanzig-Cent-Marke. Das war alles, aber als er seine Dollarnote in der Post an der 34. Straße in Manhattan über den Schalter schob, blitzte der Diamant an dem goldenen Ring an seinem Finger so gewaltig auf, dass der Postangestellte Hector Negron doch mal sehen wollte, zu wem der Finger gehörte. Normalerweise sah Hector der Kundschaft nicht ins Gesicht. Nach dreißig Jahren hinter dem Postschalter fielen ihm vielleicht drei Kunden ein, an deren Gesicht er sich erinnern konnte, und zwei davon waren Verwandte von ihm. Die eine war seine Schwester, mit der er seit vierzehn Jahren nicht mehr gesprochen hatte. Der andere war sein Vetter aus San Juan, der im ersten Schuljahr sein Lehrer gewesen war. Alle außer diesen beiden zählten nicht. Der Rest verschwamm in den Millionen New Yorker Idioten, die lächelnd an sein Schalterfenster stolperten, in der Hoffnung auf ein Lächeln von ihm, das er niemandem gewährte. Menschen interessierten ihn nicht mehr. Schon lange bevor seine Frau gestorben war, hatte er das Interesse an ihnen verloren. Aber für Steine hatte Hector etwas übrig, besonders für die wertvollen. Seit dreißig Jahren spielte er regelmäßig Lotto, und oft malte er sich aus, was für Diamanten er sich im Fall eines Gewinns kaufen würde. Als also der Mann seinen Dollarschein über den Schalter schob und eine Briefmarke verlangte, sah Hector den riesigen Stein an seinem Finger und blickte auf, und im selben Moment begann sein Herz zu hämmern, und er fühlte sich einer Ohnmacht nahe; er erinnerte sich an den blanken Albtraum der dunklen, schwarzen Bergdörfer der Toskana, die alten Mauern, die pechschwarzen, entsetzlich schmalen Straßen, die Treppen, die aus dem Nichts erschienen, die bitterkalten Regennächte, in denen jedes raschelnde Blatt sich anhörte wie eine herabfallende Bombe und er sich beim Schrei einer Eule in die Hose gemacht hatte. Er sah hinter das Gesicht des Mannes, aber das Gesicht des Mannes sah er auch. Es war ein Gesicht, das er niemals vergessen würde.

Hector ging immer bewaffnet zur Arbeit, und als die Zeitungen am nächsten Tag berichteten, wie Hector die Pistole aus der vorderen Hosentasche gezogen und dem Mann mitten ins Gesicht geschossen hatte, wurde auch erwähnt, er gehe deswegen immer bewaffnet zur Arbeit, weil er in Harlem lebe und Harlem gefährlich sei. Hector war alt. Er lebte allein. Er war bereits Opfer von Raubüberfällen geworden. Er hatte Angst. Die *New York Times* und die *Post* brachten die obligatorischen Interviews mit seinen Kollegen, die vor einem mit Bändern abgesperrten Toreingang standen und sagten, er sei mit den Nerven am Ende und reif für die Rente gewesen, und sie könnten das gar nicht begreifen, aber nur ein einziger, Tim Boyle, ein junger Reporter von den *Daily News*, erwähnte in seinem Artikel den Kopf der Statue. Es war Boyles erster Tag als Reporter, und da er sich auf dem Weg zum Postamt verfahren hatte, waren die anderen Reporter und auch Hectors Kollegen alle längst fort, als er schließlich ankam. Boyle geriet in Panik, denn er nahm an, man werde ihn feuern – und einem Reporter der *Daily News*, der nicht einmal imstande war, das Hauptpostamt von Midtown Manhattan zu finden, geschah damit auch durchaus recht –, und daher überredete er die Polizisten, ihn zu Hectors verwahrloster Wohnung in der 145. Straße mitfahren zu lassen. Sie wühlten in Hectors Habseligkeiten herum und fanden einen Statuenkopf, der einen kostbaren Eindruck machte. Boyle begleitete die Polizisten zum Labor, wo eine Untersuchung des Kopfs nichts Auffälliges ergab. Die Frau eines der Polizisten war jedoch Kunstliebhaberin, und dieser Polizist meinte: Das Ding kommt mir nicht ganz koscher vor; also brachte man den Kopf ins Museum of Natural History, von wo es zum Museum of Modern Art geschickt wurde, wo man jemanden von der kunsthistorischen Fakultät der New Yorker Uni kommen ließ; und dieser Mann sagte: Scheiße, das ist der fehlende Kopf der Primavera von der Santa Trinità.

Die Polizisten lachten und fragten: Ist das die Niña, die Pinta oder die Santa María?

Der Mann sagte: Nein, verdammt. Das ist eine Brücke in Florenz.

Und so rettete Tim Boyle seinen Job, und Hector Negron brachte es auf die Titelseite der *International Herald Tribune*, die an diesem Dezembermorgen 1983 von einem müden Hausmeister namens Franco Curzi, der früher nach Hause wollte, weil bald Weihnachten war, aus einem Fenster im zehnten Stock des Aldo-Munizio-Bürohauses in Rom geworfen wurde. Sie schwebte hinab, kreiselte ein paarmal um sich selbst und landete schließlich auf dem Tisch eines Straßencafés, als habe Gott sie dort abgelegt, und das hatte er tatsächlich.

Ein großer, gut gekleideter Italiener mit sauber getrimmtem Bart saß dort und trank seinen Morgenkaffee, als die Zeitung auf dem Tisch neben ihm landete. Sein Blick fiel auf die Schlagzeile, und schon hatte er sich die Zeitung geschnappt.

Er las, die Kaffeetasse in der Hand, und als er fertig war, stellte er die Tasse ab und erhob sich so abrupt, dass der Stuhl hinter ihm wegrutschte und der Tisch einen Meter nach vorne flog. Er wandte sich um und stapfte los, dann verfiel er in Trab, und am Ende lief er die Straße hinunter. Passanten auf dem Bürgersteig staunten nicht schlecht, als der große Mann in Caraceni-Anzug und Bruno-Magli-Schuhen an ihnen vorbeifegte, mit flatterndem Jackett und wuchtigen Armstößen durch die bevölkerten engen Straßen rannte, so schnell er konnte, als könne er auf diese Weise alles hinter sich lassen, was natürlich unmöglich war.

1
Unsichtbar

Am 12. Dezember 1944 wurde Sam Train zum ersten Mal unsichtbar. Er erinnerte sich genau.

Er stand im Morgengrauen an der Böschung des Cinquale-Kanals nördlich von Forte dei Marmi in Italien. Sie hatten Befehl, vorzurücken. Einhundertzwanzig schwarze Soldaten von der 92. Division drängten sich hinter fünf Panzern, sahen sie auf das Wasser zufahren und wateten dann, die Gewehre hochhaltend, schwerfällig hinter ihnen hinein. Auf der anderen Seite, gleich jenseits der Flussebene und zum größten Teil im dichten Bergwald der Apuanischen Alpen verborgen, beobachteten und warteten fünf Kompanien der 148. Brigade des Feldmarschalls Albert Kesselring, fronterfahrene, abgebrühte deutsche Soldaten. Sie saßen schweigend da. Abgebrüht, fronterfahren, erschöpft, hockten sie eingegraben in der Flanke des dicht bewaldeten Bergs und beobachteten durch ihre Feldstecher jede Bewegung. Sie waren jetzt seit sechs Monaten hier an der Gotischen Linie, einer starken Verteidigungslinie, die sich von La Spezia bis zur Adria quer durch die gesamte italienische Halbinsel zog, hatten Minen gelegt, Betonbunker gebaut, Sprengfallen und Stolperdrähte aufgestellt. Erschöpft, halb verhungert, wohl wissend, dass der Krieg verloren war, wollten die meisten nur noch weglaufen, aber das konnten sie nicht. Berichten zufolge waren bereits viele, an ihre Maschinengewehre gekettet, tot aufgefunden worden. Der Befehl kam vom Führer persönlich. Jeder Deserteur, jeder, der auch nur eine Handbreit von seinem Posten wich, wurde ohne Umstände erschossen. Der Befehl lautete, die Stellung zu halten. Ein Rückzug war ausgeschlossen.

Train sah am anderen Ufer den ersten Panzer auf eine Mine fahren, und sogleich begannen die Deutschen aus allen Rohren zu schießen – Mörsergeschütze, Achtundachtziger und Maschinengewehre. Hinter sich hörte er jemanden in Panik kreischen: »Tötet mich! Tötet mich endlich!«, und fragte sich, wer das sein mochte. Der Geruch von Kordit und Schießpulver drang ihm bis in die Lunge. Ihm blieb das Herz stehen. Dann wurde er angebrüllt: »Vorwärts, Soldat!«, und von hinten gestoßen, und schon rannte er platschend seinem Tod entgegen.

Er hatte keine andere Wahl. Er wollte nicht vorwärts. Er traute seinem Kommandanten nicht. Der Mann war aus dem Süden. Train hatte ihn vorher noch nie gesehen. Er war als Ersatz für den alten Captain gekommen, der zwei Tage zuvor versetzt worden war – an dessen Namen sich Train ebenfalls nicht erinnern konnte. Die Männer waren Fremde für ihn, aber es waren Weiße, und daher hatten sie wohl Recht, oder vielleicht auch nicht, aber Train war aus North Carolina und wusste den Weißen nicht so entgegenzutreten wie die Schwarzen aus dem Norden es taten. Auch ihnen traute er nicht. Sie machten nur Ärger mit ihrer arroganten Art, mit ihren komplizierten Wörtern und Collegeabschlüssen, und der Captain – wie hieß er noch? – war ständig wütend auf sie. Er dachte an den ersten schwarzen Soldaten, den er je gesehen hatte, zu Hause in High Point, North Carolina, damals, kurz bevor er eingezogen worden war. Das war bei seiner allerersten Busfahrt in die Stadt gewesen, und der Mann hatte sie ihm verdorben. Er stieg in seiner frisch gestärkten Uniform mit Leutnantsstreifen und einem Schulterstück, auf dem ein schwarzer Büffel zu sehen war, in den Bus und nahm vorne Platz. Der Busfahrer sagte: »Setz dich hinten hin, Junge.« Der Schwarze machte empört den Mund auf und sagte: »Leck mich.« Der Fahrer stieg in die Bremse und stand auf. Bevor der Yankee-Soldat sich bewegen konnte, ertönte aus dem hinteren Teil des Busses lautes Zischen und Fluchen. Es kam von den anderen Schwarzen, die neben Train saßen. »Lass den Mist«, rief einer. »Du machst es für uns andere nur noch schlimmer.« »Geh doch nach Hause, du Klugscheißer«, rief ein anderer. Train war wie gelähmt und versuchte wegzusehen; aber die Anwandlung von Schamgefühl wich Erleichterung, als der Yankee-Soldat den Schwarzen neben ihm einen bösen Blick zuwarf, die hintere Bustür aufriss und schimpfend und wutschnaubend ausstieg. Der Bus brauste davon und blies ihm schwarzen Dieselqualm ins Gesicht.

Und jetzt folgte Train einem dieser hellhäutigen, besserwisserischen Neger aus dem Norden ins kalte Wasser, einem Lieutenant aus Harlem, der Huggs hieß. Der bezeichnete sich als »einer von der Howard University«; Train vermutete, das habe etwas mit Lesen zu tun, war sich aber nicht sicher, weil er selbst nicht lesen konnte. Das war etwas, was er eines Tages einmal zu lernen vorhatte, weil er die Bibel lesen und die Verse besser kennen lernen wollte. Er versuchte sogar über seine Bibelverse nachzudenken, als er jetzt ins Wasser stapfte und der Lärm um ihn herum immer lauter wurde, konnte sich aber an keinen einzigen erinnern und sang daher nur:

»Näher mein Gott zu dir«; er sang, und Schrapnellsplitter und Kugeln prallten pfeifend von den Panzern neben ihm, und es zersprangen die Ketten der Panzer, wenn sie auf explodierende Minen trafen. Er watete langsam bis zu den Hüften ins klare Wasser des Kanals, und plötzlich war ihm ganz ruhig und friedlich zumute, und auf einmal – einfach so – war er unsichtbar. Er konnte besser sehen, besser hören, besser riechen. Alles in der Welt wurde klar und deutlich, jede Wahrheit glasklar, jede Lüge eine Blasphemie, die ganze Natur wurde ihm lebendig. Fast zwei Meter groß und hundertzwanzig Kilo schwer, muskelbepackt, von freundlichem Wesen, mit sanften braunen Augen und einem schokoladebraunen, unschuldigen runden Gesicht, war Sam Train alles, was die Army von einem Neger erwartete. Er war groß. Er war gutartig. Er befolgte jeden Befehl. Er konnte mit einem Gewehr umgehen. Und vor allem war er dumm. Die anderen lachten ihn aus und nannten ihn »Kanonenfutter« und »Diesel«, weil er so groß war. Sie wetteten untereinander, ob er es schaffte, allein einen Zweitonner zu ziehen, aber er störte sich nicht daran und lächelte immer nur. Er wusste, dass er nicht klug war. Er hatte darum gebetet, klug zu werden, und jetzt war er plötzlich klug *und* unsichtbar. Doppelt beschenkt.

Er blieb reglos im Wasser stehen: die Todesschreie und das Knattern der Maschinengewehre um ihn herum schienen zu ersterben, als hätte jemand den Ton leiser gestellt und durch das friedliche Krähen eines Hahns ersetzt, das nur er allein hören konnte, wie ein Gesangssolo. Er stand im Wasser, und an ihm vorbei rannten die anderen, stürzend, brüllend, weinend, er aber hob den Blick zu dem Berg vor ihm und staunte über die herrlichen Olivenbäume, die in den Gehölzen über den deutschen Batterien lagen: Glasklar sah er sie da oben. Er sah das Auf und Ab der grünen Helme der Deutschen, wenn sie von einem rauchenden Artilleriegeschütz zum anderen rannten. Die Helme hoben sich kaum ab von den abgerissenen Blättern und den Felsen und Höhenzügen hinter ihnen. Er staunte über die Sonne, die wie zum ersten Mal über den Bergkamm spähte. Alles schien vollkommen. Als Train den Klugscheißer Huggs aus New York mit weggeschossenem Gesicht rückwärts auf sich zufliegen und dann wie eine Stoffpuppe ins Wasser klatschen sah, empfand er keine Furcht. Er war glücklich, weil er unsichtbar war. Nichts konnte ihn berühren. Nichts konnte ihm passieren. Das muss an dem Statuenkopf liegen, dachte er.

Den hatte er am Tag seiner Ankunft in Florenz entdeckt, nicht weit von einem Fluss, an dem die Deutschen eine Brücke zerstört hatten. Alle in der Army sammelten Souvenirs, aber aus irgendeinem Grunde interessierte sich niemand dafür. An diesem Marmorkopf waren mindestens vier Kompanien vorbeimarschiert, aber niemand hatte ihn sich geschnappt; vielleicht weil er so schwer war. Aber Sam Train hatte im Ausbildungslager sechs Monate lang ein dreißig Kilo schweres Funkgerät mit sich herumgeschleppt, und das hatte ihm nichts ausgemacht. Er hob den Kopf auf, weil er ihn als Geschenk für seine Großmutter mitnehmen wollte. Er trug ihn in einem Netzbeutel an der Hüfte, und noch ehe der Tag zu Ende war, hatten drei Männer ihm zehn Dollar dafür geboten. »Nein«, sagte er, »den behalte ich.« Am Abend überlegte er es sich anders und beschloss, den Marktwert seiner Beute zu testen. Er wollte sehen, ob die Italiener den Kopf kaufen würden; denn er hatte gehört, dass sie zwanzig Dollar für eine Stange Zigaretten bezahlten. Bevor er sich außerhalb von Florenz in sein Schützenloch eingrub, ging er in die Stadt und suchte nach Italienern, fand aber keine Menschenseele. Die Straßen waren öde und leer, von vereinzelten Ratten abgesehen, die aus den Trümmern sprangen und schnell wieder im Schutt verschwanden. Schließlich entdeckte Train eine alte Frau, die allein durch eine verlassene Straße zog. Sie war die erste Italienerin, die er sah. Sie war zerlumpt und schmutzig, um den Kopf hatte sie ein Tuch gewickelt, und ihre Füße staken in Gummireifen, die sie trotz des Winters wie Sandalen trug. Er hielt den Statuenkopf vor sich, als er auf sie zuging. Er bot ihn ihr für fünfzig Dollar an. Sie lächelte zahnlos und sagte: »Ich auch halb Amerikanerin.« Train verstand sie nicht. Er senkte das Angebot auf fünfundzwanzig. Sie wandte sich ab und taumelte wie betrunken davon. Er sah ihr verständnislos blinzelnd nach. In einiger Entfernung blieb sie am Bordstein stehen, spreizte die Beine, hob ihr Kleid an, hockte sich hin und pisste, hinterließ eine dampfende Pfütze auf dem Pflaster. Er war froh, dass er ihr den Kopf nicht verkauft hatte. Es wäre Verschwendung gewesen.

Er dachte an die Frau, die über dem Bordstein gehockt und gepisst hatte, als die dunklen Teile von Huggs' Gesicht im Wasser an ihm vorbeitrieben. Dann hörte er ein leises Klatschen und spürte ein Saugen in der Brust, und plötzlich hatte er Kopfschmerzen. Ihm war nicht mehr friedlich zumute. Die Unsichtbarkeit glitt von ihm herab wie ein Mantel, und schon rannte er, rannte vorbei an zwei brennenden Panzern, vorbei an einem schaukelnden Arm, der mit einem schaukelnden Körper verbunden war, rannte geradewegs ans andere Ufer des Kanals, wo in einem kleinen Gehölz eine Gruppe Soldaten hinter einem Felsen kauerte, darunter ein Mann namens Bishop.

Er warf sich auf die Böschung und hörte Bishop sagen: »Oh Scheiße. Dich hat's am Kopf erwischt.«

Train wischte sich die Feuchtigkeit aus dem Gesicht und sah sich das Ergebnis an: Blut. Er drehte sich auf den Rücken und starb. Er spürte, wie sein Geist seinen Körper verließ. Als wäre ihm sein Geist durch die Schuhsohlen entwichen und davongeschwebt. Jetzt war er wirklich unsichtbar.

»Danke, Herr«, sagte Train. »Dein Wille geschehe.« Er wartete auf das süße Nichts des Todes. Er machte den Mund auf, um die Süße des Himmels zu schmecken, stattdessen aber wehte ihm stinkender heißer Hühneratem in die Lungen. Es roch wie eine Mischung aus Hundescheiße und gefülltem Schweinemagen. Er schlug die Augen auf und schaute in das große, schwarze, glänzende Aalgesicht von Bishop, der seinen Mund auf seinen presste. Er fuhr auf.

»Allmächtiger, spinnst du?« Plötzlich schwoll das Wummern und Krachen um ihn herum zu einem unglaublichen Dröhnen an. Er hörte Stöhnen und Todesschreie. Er hörte Schüsse knattern, Äste und Bäume zersplitterten unter dem donnernden Aufprall von achtundachtziger Granaten, die Zweige und Rinde auf sie niederprasseln ließen wie Regen. Es war, als sei ein riesiges Untier ausgebrochen, um die Welt zu zerstören. Er blickte über den Kanal und sah die Einheit auf dem Rückzug, Dutzende Leichen trieben im Wasser, ein weißer Captain winkte ihnen, zurückzukommen, und dann schob sich Bishops großes, schwarzes, glänzendes Gesicht in sein Blickfeld, und er sah funkelnde Goldzähne, die Bishops Mund wie einen Kühlergrill zierten. Bishop packte ihn am Revers und brüllte ihm durch den Lärm ins Ohr: »*Du schuldest mir vierzehnhundert Dollar.*«

Das stimmte. Er schuldete Bishop tatsächlich vierzehnhundert Dollar, vom Poker und Würfeln, aber das war jetzt sehr weit weg. Noch aus der Zeit, bevor er gelernt hatte, unsichtbar zu werden.

Genauso plötzlich wurde es still. Das Pfeifen der Granaten setzte aus, die deutschen Maschinengewehre setzten aus, die Flugabwehrgeschütze setzten aus, und das Einzige, was Train noch hörte, war das Prasseln eines brennenden Panzers im Kanal und das erstickte Röcheln eines Mannes, der offenbar darin verbrannte. Plötzlich wusste er wieder, wer er war und was mit ihm geschehen war.

»Hab ich nicht was abgekriegt?«, fragte er Bishop.

Bishop war ein Prediger aus Kansas City. Sie nannten ihn Donner. Klein, adrett, glatte Haut, ein klares, kohlrabenschwarzes Gesicht mit Grübchen und schelmisch lachenden Augen, die ständig blinzelten. Seine Uniform sah immer, auch im Kampfgetümmel, frisch und ordentlich aus. Seine Stimme war wie Seide, seine Hände schmal und zierlich, als seien sie noch nie mit Schmutz in Berührung gekommen, und sein blitzendes Lächeln war die Vernunft selbst. Seine Kirche zu Hause hatte zweihundert Mitglieder, von denen er allwöchentlich Carepakete mit Hühnerfleisch und Keksen bekam, die er beim Poker einsetzte. Train hatte ihn im Ausbildungslager einmal predigen hören, ein Erlebnis, vergleichbar mit dem Anblick eines Löffelbaggers, der an einem heißen Julitag Kohle aus der Erde schaufelt. Wenn man ihn hörte, sträubten sich einem buchstäblich die Nackenhaare.

»Dich hat's erwischt, du warst schon tot, und ich hab dich zurückgeholt«, sagte Bishop. »Außer mir hat das keiner mitbekommen, und das ist gut. Aber du schuldest mir Geld, und solange du mir das nicht gegeben hast, lass ich dich nicht gehen.«

»Du hast mich verzaubert?«

»Mit Zaubern hab ich's nicht. Ich will bloß mein Geld. Und jetzt holst du den weißen Jungen da hinten aus dem Heuhaufen raus. Um den kümmerst du dich. Ich mach das jedenfalls nicht.«

»Wovon redest du?«

»Von dem weißen Jungen da.« Bishop zeigte auf eine Scheune in etwa zweihundert Metern Entfernung und rannte los, quer durch den Kanal ans andere Ufer, unberührt von den Bomben und Granaten, die um ihn herum das Wasser aufwühlten.

Train wandte den Blick in die andere Richtung und sah einen Heuhaufen, so groß wie ein kleiner Strauch, an der Scheunenwand entlangkriechen und schließlich stehen bleiben. Unten schauten zwei winzige Füße in Holzschuhen heraus.

2
Der Schokoladenriese

Der Junge im Heuhaufen versuchte sich zu orientieren, aber das gelang ihm nicht. Es gab kein Vorne, kein Hinten, keine Mitte, nur das, wo er war. Im Morgengrauen hatte ihn donnernder Lärm geweckt, und er war, ohne darauf zu achten, zur Tür der kleinen Scheune gekrochen, in der er schlief, um nachzusehen, ob dort wie immer seine Suppe stand. Aber die war nicht da. Auch nicht der alte Mann, der sie ihm normalerweise brachte. Er hatte ihn seit zwei Tagen nicht mehr gesehen. Der Junge kannte nicht einmal den Namen des alten Mannes. Der Greis in Weste und schmutzigem Hemd war einfach eines Tages aufgetaucht und hatte mit ihm gesprochen, und von diesem Tag an war er eben der Alte Mann. Der Junge konnte sich nicht erinnern, wie er zu dem Alten Mann gekommen war. Der hatte ihm Arbeit gegeben, Oliven von den Bäumen holen und Weintrauben stampfen, und dafür durfte er nachts in der Scheune schlafen und bekam jeden Morgen eine Schale mit dünner Suppe hingestellt. Der Junge konnte sich nicht erinnern, wie lange er schon in der Scheune des Alten Mannes lebte und warum überhaupt. Seine Erinnerungen glichen winzigen Glassplittern, die von einem riesigen Ventilator durch einen Tunnel gejagt wurden, an dessen anderem Ende er stand, und die Splitter fetzten und wirbelten umher, zischten schneidend an ihm vorbei, gefährlich und tödlich, wenn sie trafen, und noch gefährlicher, wenn sie ihn verfehlten, denn ziemlich oft gingen sie in dem ganzen Krachen und Lärmen und dem schrillen Geschrei fliehender Dorfbewohner und deutscher achtundachtziger Granaten unter, die Tag für Tag näher bei der Scheune des Alten Mannes einschlugen. Die Menschen bewegten sich wie Gespenster vor seinem getrübten Blick.

Einer nach dem andern kamen die Nachbarn, um den Alten Mann zu warnen, und durch die Fetzen dessen, was von seinem Wahrnehmungsvermögen noch übrig war, sah der Junge verständnislos zu, wie sie die Köpfe in seine Richtung bewegten und mit ernster Stimme auf den Alten Mann einredeten: Du musst hier weg, schon dem Jungen zuliebe. Der Krieg ist fast vorbei. Die Deutschen verlieren. Die Amerikaner kommen. Geh, dem Jungen zuliebe. Aber der Alte Mann zuckte die Achseln und sagte: Deutsche oder Amerikaner, ist doch alles eins. Sie werden mir den Hof nehmen und meine Olivenzweige zum Feuermachen benutzen. Das kann ich nicht zulassen. Der Junge kann gehen, wenn er will. Er ist nicht mit mir verwandt. Er ist nicht besonders helle. Ich lasse ihn hier wohnen, weil er immer saubere Füße hat und mir gut beim Stampfen der Trauben helfen kann.

Zwei Tage zuvor hatte der Junge beobachtet, wie die Nachbarn einer nach dem andern abgezogen waren, ihre ärmlichen Habseligkeiten auf Maultiere und Karren gepackt, ganze Familien, Frauen, Großväter und Kinder ohne Schuhe, alle zogen sie nach Süden, den Amerikanern entgegen, und drehten sich nervös nach dem Jungen um, der im Olivenhain des Alten Mannes seiner Arbeit nachging; am Ende war nur noch eine Frau da, und die wollte ihn mitnehmen, ließ ihn aber wieder los, denn er schrie wie am Spieß, biss sie und zerriss ihr das Kleid. »Du kleiner Teufel«, sagte sie und ging. Auf allen Vieren wie ein Hund, den Kopf nach oben gereckt, kauerte er auf einem hohen Felsen und sah ihr nach. Der kühle Wind wehte Laub über ihren Pfad. Später kam ein Mann mit seiner kleinen Tochter und bot dem Jungen ein Ei an, aber der Anblick machte ihm Angst. Der Mann lachte, als er ängstlich vor dem Ei zurückwich, aber das Mädchen beruhigte ihn, und schließlich nahm er das Ei und sah schweigend zu, wie der Mann und seine Tochter den Weg hinunter liefen. Als sie außer Sicht waren, schlug er das Ei auf und saugte es aus.

Dass die Granaten täglich näher bei der Scheune einschlugen, beunruhigte den Jungen nicht. Für ihn hatte der Lärm etwas Tröstliches. Das donnernde Krachen, die Erschütterung der Scheune, das Pfeifen, das wütende Geknatter der Maschinengewehre und Sturmgewehre betäubte seine Sinne und überdeckte die quälenden Erinnerungen an die Gegend, in der er einst gelebt hatte, eine Gegend, wo Erdbeeren rot waren und Süßigkeiten richtige Namen hatten, Pfefferminz und Orange, und wo an den Bäumen Äpfel wuchsen und auf der Piazza des Dorfes ein schöner Brunnen plätscherte. Das alles hatte er einst gesehen, wusste aber nicht mehr wo. Er hatte keinen Namen, kein Gesicht, keinen Schlüssel, kein sauberes Hemd, keine Zahnbürste, keine Mutter, keinen Vater, keinen Menschen, der ihn liebte, er war nicht er selbst und er war nirgendwo. Auch er war unsichtbar.

Er sah die Helme der Deutschen näher rücken. Aus den Trümmern seiner Erinnerung stieg plötzlich auf, was der alte Mann vor zwei Tagen gesagt hatte, bevor er verschwunden war. Der Alte Mann hatte sich sehr deutlich ausgedrückt. Er hatte es mehrmals gesagt. Er hatte mit dem Finger auf den Jungen gezeigt und gesagt: *Wenn du in der Scheune bist und die Deutschen kommen siehst, lauf auf den Hügel, dreh dich zum Haus und pfeif, dann versteck dich in dem Heuhaufen hinter der Scheune.* Nach dem Aufwachen hatte der Junge Zeit verloren, weil er solchen Hunger hatte. Eine Viertelstunde lang hatte er nach der Suppe gesucht, die der alte Mann ihm normalerweise hinter das Scheunentor stellte; seit zwei Tagen aß er nur noch Kastanien und Blüten. Als er die Suche nach der Suppe aufgab, waren die Deutschen bereits zu nah, und er war auf den Hügel gerannt und hatte sich in dem Heuhaufen versteckt, weil er sie schon kommen sah. Viele. Zum Pfeifen war es da schon zu spät gewesen.

Er starrte mit offenem Mund, fasziniert von den Helmen der deutschen Soldaten, die aus den Bergen immer näher heranrückten. Er wusste, dass er Angst haben sollte vor diesen Männern, aber er hatte keine. Dass er sich vor ihnen fürchten sollte, war bloß eine Anweisung, ähnlich wie »Lass das Messer liegen« oder »Geh nicht zu nah ans Feuer«. Er spähte durch das Heu, sah sie den Berghang hinunterkommen, winzige Männchen in geducktem Lauf: Manchmal tauchten sie in Gräben und Spalten unter, dann sprangen sie auf, rannten ein paar Meter und warfen sich gleich wieder zu Boden. Plötzlich fiel dem Jungen ein, dass er doch einen Freund unter ihnen hatte, aber er wusste nicht recht, welcher davon es war. Wenn er fragte, würde ihm vielleicht einer helfen, ihn zu finden. Er beschloss, zu bleiben wo er war.

Als er hinter sich eine Stimme vernahm, drehte der Junge im Heu sich um. Und da sah er seinen Freund Arturo. Das war ein Freund, den er sich ausgedacht hatte;

Arturo besuchte ihn manchmal und unterhielt sich mit ihm – über Essen und Spielzeug, oder wie man aus zusammengebundenem Heu einen Fußball macht –, aber wenn das Artilleriefeuer losging, verzog er sich meist schnell. Arturo war ein großer Junge mit weißen Haaren, er trug lange Hosen mit Hosenträgern und war schon sieben Jahre alt. Der kleine Junge war überrascht, ihn zu sehen. Arturo hielt einen Fußball in der Hand: ein kleiner Ballen Heu, von einem Stück Schnur zusammengehalten.

»Sieh mal«, sagte er, »wie ich das über meine Schulter werfe.«

Der Junge drehte sich mitsamt dem Heuhaufen herum, um ihm zuzusehen, und wandte so den anrückenden Deutschen den Rücken zu, als Arturo den Ball über die Schulter warf. Er rollte auf die Scheune zu. »Hol ihn und schieß ihn zu mir zurück«, rief Arturo. Der Junge gehorchte und rannte als wandelnder Heuhaufen zum Scheunentor. Aber Arturo war schneller und kickte den Ball in die Scheune. Der Junge befreite sich aus dem Heu und lief dem Ball nach.

Drinnen war es dunkel. Der Ball rollte in eine Ecke, und die zwei stürzten hinterher. Der Junge kam als Erster an und trat ihn hoch an die Wand. Im selben Augenblick schlug in der Nähe eine Granate ein; die Explosion riss die beiden von den Füßen, und sie purzelten lachend zu Boden.

»Das war eine ganz große«, rief der Junge. Er sah sich um, aber Arturo war nicht mehr da.

Der Junge runzelte die Stirn. Das machte Arturo dauernd. Immer musste er plötzlich verschwinden.

Er schrie: »Arturo, warum versteckst du dich?« Dann

sah er ihn ganz hinten in der Scheune, an der gegenüberliegenden Wand.

»Hier bin ich«, sagte Arturo. »Komm rüber.« Der Junge ging auf ihn zu, und plötzlich erhob sich ein ungeheurer Lärm, als wäre ein Orkan in die Scheune gefahren. Große Staubwolken stiegen auf, die Mauern bebten. Der Junge fühlte sich vom Boden hochgehoben und flog durch die Luft. Er segelte an der Wand entlang, vor der er eben noch gestanden hatte, einer festen Wand, die ein toskanischer Bauer vor vielen Jahren so sorgfältig gemauert hatte, dass sie den Aberhunderten Geschossen aus Maschinengewehren und Artilleriekanonen der vergangenen Wochen mühelos standgehalten hatte. Jetzt aber barst die Mauer und fiel auseinander, und überall flogen Steine umher. Der Junge wirbelte kreischend durch die Luft, doch seine panischen Schreie verloren sich in dem irrsinnig donnernden Sturmgeheul. Er landete auf dem Boden, und um ihn herum regnete das zertrümmerte Dach auf ihn nieder und deckte ihn zu, bis nur noch eine schmale Lücke blieb, durch die er hell die Sonne scheinen sah. Wie gelähmt auf dem Rücken liegend, sah er stumm vor Entsetzen, wie sich da oben ein mächtiger Tragbalken, als werde er von einer Riesenhand gehoben, langsam aus seiner Verankerung löste und mit einem scharfen Krachen auf den Trümmern landete, die ihn bedeckten. Und dann war alles dunkel.

Er fühlte nichts. Er wusste es genau. Alles war gut. Es war still.

Wie lange er dort lag – Sekunden, Minuten, Stunden –, konnte er nicht abschätzen, weil es dunkel war und er nicht wusste, wie viel Uhr es war, und er überhaupt erst ein Mal, vor langer Zeit, eine Uhr gesehen hatte. Er hatte auch schon einmal jemanden über die Zeit sprechen hören, aber die Erinnerung daran lag unauffindbar in den von Glassplittern durchwehten Tunneln seiner Seele verschüttet. Er überlegte, wie alt er war. Sechs Jahre, meinte er. Dann überlegte er, wie er das hatte überlegen können, denn er hatte ja kein Vorne, kein Hinten, keine Mitte. Plötzlich dachte er, dass er, wenn ihm die Zeit abhanden gekommen war, vielleicht auch nicht mehr sechs Jahre alt war. Er hatte Hunger. Die Brust tat ihm weh. Er machte den Mund auf und schrie: »Hilfe! Ich bin sechs! Hilfe!«

Irgendwo über sich vernahm er ein Poltern. Eine Stimme. Ein Trümmerstück wurde weggezogen. Und noch eins. Dann fiel ein Lichtstrahl durch die Steine und die Mörtelstaubwolken. Etwas Schweres wurde von seinem Kopf genommen. Die Sonne traf ihn ins Gesicht wie ein Schlag. Er kniff die Augen zu. Jemand schob sich zwischen ihn und die Sonne, und er machte die Augen wieder auf.

Zuerst dachte er, das sei der Alte Mann, aber das stimmte nicht. Der hier war ein Riese, ein gewaltiger Schokoladenriese, der unter einem zerbeulten amerikanischen Helm auf ihn hinabstarrte: Der Kinnriemen baumelte träge in der Sonne, Patronengurte spannten sich kreuz und quer über die mächtige Brust, das Gewehr hing waagerecht an seinem Rücken. Der Riese stand in schweren Stiefeln breitbeinig über den Trümmern, ein Knie auf dem Boden, das andere Bein über den Balken auf der Brust des Jungen gestreckt. Seine Haut war schwarz wie Kohle. Seine Zähne weiß wie Diamanten. Der Junge hatte so etwas noch nie gesehen.

»Großer Gott«, sagte Train.

Der Junge hatte von solchen Männern gehört, irgendwo lag etwas davon unter den wirbelnden Glassplittern seiner Erinnerung, aber er kam nicht mehr drauf. »Wo hast du deine Hörner?«, fragte er auf Italienisch.

Der Mann ignorierte ihn und sah sich um, er wandte den dicken Kopf hin und her und bewegte die großen braunen Augen von links nach rechts.

»Ich habe kein Öl zu trinken«, sagte der Junge. Die Brust tat ihm weh.

Der Riese konzentrierte sich auf den Balken, der quer über der Brust des Jungen lag. Er umfasste ihn mit seinen großen Händen und versuchte ihn anzuheben. Der Balken rührte sich nicht. Er versuchte es noch einmal, und als der Balken sich jetzt ein winziges Stück zu bewegen schien, schrie der Junge auf. Das erschreckte den Riesen offenbar, und mit gewaltiger Anstrengung begann er von neuem, an dem mächtigen Balken zu ziehen. Schweiß strömte ihm übers Gesicht in die Mundwinkel. Er knirschte mit den Zähnen, die wie kleine Glühbirnen aus seinem schwarzen Gesicht herausleuchteten. Er reckte den dicken Kopf nach oben und sagte: »Herr, hilf…« Seine Riesenhände zitterten, als der Balken endlich langsam nach oben kam.

Erst da traf der Schmerz den Jungen, und er traf ihn so heftig, als sei er ins Feuer, ins klirrende Glas seiner Erinnerungen geschleudert worden. Der Schmerz durchfuhr ihn mit solcher Gewalt, dass er ganz schwach wurde. Er fühlte sich emporgehoben, bis zur Sonne hinauf, und hörte den Soldaten rufen: »He, Bishop! Bishop!«, und dann hielt der schwarze Koloss ihm das Ohr an den Mund, um festzustellen, ob er noch atmete.

Der Junge konnte nicht widerstehen. Schokolade. Ein

riesengroßes Gesicht aus Schokolade. Er streckte die Hand aus und betastete es. Er leckte daran. Es schmeckte scheußlich. Und dann fiel er in Ohnmacht, und das war süß, unbeschreiblich süß.

3
Wohin

Die Deutschen rückten in einer Zangenbewegung aus den Bergen zum Cinquale-Kanal vor und umgingen, als sie den amerikanischen Angreifern entgegenstürmten, die Scheune auf beiden Seiten. Train, der mit dem Jungen hinter dem Holzbalken lag, sah sie durch die Trümmer der Scheune, deren eine Wand vollständig fortgerissen war. Der Balken und herabgestürzte Steine gaben ihnen ein wenig Deckung, aber hätte einer der vorbeilaufenden Deutschen in ihre Richtung geblickt, wären sie sofort gesichtet worden. Es kam aber niemand auf die Idee.

Im Schutze seiner Unsichtbarkeit – Sam Train fühlte sie kommen und hoffte, dass er Recht hatte – wunderte er sich darüber, wie klein die Deutschen waren. Er hatte mit Gestalten gerechnet wie denen, die er in der Wochenschau im Ausbildungslager in Fort Huachuca, Arizona, gesehen hatte: hochgewachsen, kräftig, durchtrainiert, geschniegelt, mit gestärkten Uniformen und glänzenden Helmen, in Formation zu Tausenden im Stechschritt an einer Bühne vorbeimarschierend, die Arme zu diesem komischen Gruß erhoben, der dem größten Weißen von allen galt: Hitler. Stattdessen sah er Soldaten, die zu Skeletten abgemagert waren, manche trugen weder Hut noch Helm, junge Burschen und alte Männer in zerfetzten, zerlumpten Uniformen, ausgemergelt, erschöpft, in Panik: So stolperten sie an ihm vorüber und brüllten einander an, als stünden ihre Haare in Flammen. Einer hielt sich kaum noch auf den Beinen und gackerte wie ein Irrer; ein anderer stürmte vorwärts und heulte wie ein Kind. Manche waren gekleidet wie Italiener, die er schon mal gesehen hatte – tatsächlich hätte er schwören können, dass zwei italienische Maultiertreiber vom Fünften Bataillon dabei waren, die er tags zuvor im Lager gesehen hatte –, und gerade als er dachte, wie unfair es war, dass sie als Weiße jederzeit unauffällig die Seiten wechseln konnten, tauchten aus einer anderen Richtung noch mehr Italiener auf und erschossen die beiden Maultiertreiber, die er eben gesehen hatte. »O Gott«, flüsterte er dem Jungen zu, »ich weiß gar nicht, wer da wer ist.«

Der Junge gab auf das alles nicht Acht, hauptsächlich wohl, weil er tot zu sein schien. Train drückte sich noch tiefer hinter den Balken, zog auch den Körper des Jungen etwas näher heran, damit er durch die offene Scheunenwand nicht zu sehen war, und untersuchte ihn genauer. Er legte den Kopf auf den Boden hinter dem Balken, so dass sein Gesicht unmittelbar vor dem des Jungen lag und ihre Nasen sich beinahe trafen. Er stupste ihn sachte an, um zu sehen, ob er atmete.

Train hatte noch nie das Gesicht eines Weißen berührt, und der hier, dachte er niedergeschlagen, war offenbar tot. In Mount Gilead, seiner Heimatstadt, hatte er einmal ein weißes Kind kennengelernt – den Enkel des alten Parson. Der Junge war eines Nachmittags aufs Feld gekommen, um ihm bei der Arbeit mit dem Maultier zuzusehen, und hatte ihn sogar bei der Hand genommen, aber als seine Mutter ihn da draußen gesehen hatte, hatte sie ihn ins Haus zurückgescheucht.

Train nahm seine Hand vom Gesicht des Jungen und

betrachtete ihn; die Schreie und Maschinengewehrsalven bewegten sich den Hang hinunter von ihm weg. Der Junge war auch in seiner Totenstarre wunderschön. Seine Haut war olivbraun und glatt, sein Haar weich, schwarz und glänzend. Sein Kopf hatte die Form einer Zwiebel, was vielleicht nicht das Schönste an ihm war; seine Augen standen weit auseinander, und sein rundes Kinn sah aus wie ein großes O. Er war furchtbar abgemagert, seine Hose an den Knöcheln abgeschnitten, mit einem Messer abgesäbelt, ausgefranst, und seine zerschundenen Füße waren mit Blasen bedeckt und von Unterernährung angeschwollen. Die geschwollenen Füße sahen aus wie die eines Erwachsenen, und hätte er nicht so entsetzliche Angst gehabt, hätte Train vielleicht sogar gelacht.

Das Knattern der Maschinengewehre und Artilleriegeschütze schien sich weiter ins Tal hinunter zurückzuziehen, aber das Stöhnen der Verwundeten konnte Train immer noch deutlich hören. Als ihm plötzlich das Ungeheure seiner Lage aufging – dass er von den anderen abgeschnitten war und auf der falschen Seite des Kanals festsaß –, drehte er sich von dem Jungen weg und erbrach sich unter Krämpfen. Huggs' im Wasser treibendes Gesicht schob sich vor sein inneres Auge und wollte nicht mehr weichen. Spritzer von Huggs' Gehirn hatten ihn am Ohr getroffen – es hatte ausgesehen wie Haferbrei –, und während er sich verzweifelt das Ohr rieb, pumpte sein Magen immer weiter.

Nach einer Weile war die Sonne endgültig aufgegangen; es wurde wärmer, und der Gefechtslärm legte sich. Das Erbrochene neben seinem Gesicht begann zu stinken. Train drehte den Kopf auf die andere Seite, wo der Junge immer noch mit geschlossenen Augen auf dem Rücken lag und in hastigen kurzen Zügen atmete, als stecke ihm etwas in der Kehle. Train fürchtete, der Junge könnte zu stöhnen anfangen, aber das tat er nicht.

Stattdessen versuchte er sich aufzusetzen.

Train zog ihn energisch wieder runter.

»Nicht bewegen«, fauchte er.

Der Junge riss seine dunklen Augen auf und rutschte auf Armeslänge von ihm weg. Train erkannte seinen Fehler und bewegte die Hand hin und her, um den Jungen zu beruhigen. Ohne Erfolg. Der Junge begann leise zu wimmern, und Train spürte, wie ihm die Panik das Rückgrat hinauf kroch.

Er überlegte, ob er den Jungen erschießen sollte. Kein Mensch würde davon erfahren. Am liebsten hätte er dem Jungen den Mund zugehalten, aber der hatte sich zu weit entfernt, und Train hatte Angst, sich zu bewegen. Er rieb vergeblich den magischen Statuenkopf an seiner Hüfte und durchwühlte verzweifelt seine Taschen nach etwas, womit er den Jungen zum Schweigen bringen konnte. Seine Finger stießen an eine Handgranate. Er schlug sich den Gedanken aus dem Kopf und nahm dann einen feuchten, weichen Schokoriegel aus seiner Ration. Der war klebrig und halb geschmolzen vom Wasser des Kanals und seiner Körperwärme. Er legte ihn auf den Boden und stieß ihn mit zitternden Fingern in Richtung des Jungen, der ihn kurz anstarrte, dann in die Hand nahm, daran schnüffelte und sich schließlich gierig in den Mund stopfte, mitsamt Papier und Sand und allem anderen.

»*Mehr*«, sagte der Junge auf Italienisch und mit vollem Mund und leckte sich die Lippen.

Train legte einen Finger an seinen Mund und machte »Sch-sch«, aber das kümmerte den Jungen nicht.

»*Mehr!*«, rief er.

Als Train sich auf die Ellbogen stützte und sich näher an ihn heranschob, sah er aus dem Augenwinkel draußen einen deutschen Soldaten vorbeilaufen. Der Soldat strauchelte nicht in wilder Verzweiflung vorwärts wie seine Kameraden. Er trabte langsam und weit hinter ihnen den Hang hinunter; während die anderen rannten, als dürften sie auf keinen Fall eine Jahrmarktsattraktion verpassen, interessierte ihn das offenbar kein bisschen, er lief, als sagte er sich: immer mit der Ruhe, kein Grund zur Eile, die Dicke mit dem Damenbart läuft mir schon nicht davon. Er war drei Meter entfernt, hielt das Gewehr lässig gesenkt und war schon fast vorbei, als er sich plötzlich in Trains Richtung umdrehte.

Train und der Deutsche erblickten sich zur selben Zeit, und als Train mit der linken Hand, benommen und schwerfällig, seine M-I heranzog und den Lauf hastig auf den Balken legte, wobei er hoffte, dass die Waffe entsichert war, und sich gleichzeitig beinahe in die Hose machte, wurde ihm bewusst, dass er nicht mehr unsichtbar war, und er verfluchte den Jungen und auch Bishop, weil der ihn verzaubert hatte. Er hatte eine Möglichkeit gefunden, den Krieg zu überleben, und die beiden hatten ihm das kaputtgemacht.

»Ich bin unsichtbar!«, schrie er, schloss die Augen und schoss, feuerte mit der linken Hand und stützte sich dabei mit der rechten. Der Gewehrlauf zuckte wild herum, Kugeln pfiffen und schwirrten überall durch die Trümmer.

Der deutsche Soldat zögerte kurz, dann kippte er um wie ein Sack Kartoffeln. Seine Stiefel schlugen zappelnd in die Luft und fielen auf die Erde zurück.

Train sprang auf und rannte los.

Nach drei Metern bemerkte er, dass der Netzbeutel an seiner Hüfte leer war. Der Statuenkopf war weg.

Gerade als er kehrtmachte, sprangen zwei weitere Deutsche aus einem Gebüsch gut vierhundert Meter oberhalb und kamen auf ihn zu. Er erstarrte und drehte sich nach dem Statuenkopf um, der aus dem Beutel gefallen und zu dem Jungen in der Scheune zurückgerollt war; der Junge wand sich am Boden. Train war noch außer Schussweite. Er hatte Zeit, ihn sich zu holen. Aber mit dem Gewehr in der Linken konnte er mit der freien Rechten nur einen von beiden mitnehmen.

Wen?

Den Jungen.

Oder den Statuenkopf.

Den Jungen.

Oder den Kopf.

Er lief zurück, packte den Statuenkopf und rannte zum Kanal. Da er am anderen Ufer einen deutschen Soldaten aus dem Wasser waten und im Wald verschwinden zu sehen glaubte, drehte er sich um und lief in die andere Richtung, an der Scheune vorbei auf einen Olivenhain zu, der flussabwärts dahinter lag.

Der Junge wälzte sich noch immer neben dem Balken in der zerstörten Scheune, als Train zum zweiten Mal daran vorbeirannte. Train, dem die Kugeln von allen Seiten um die Ohren flogen, beachtete ihn nicht.

Die schwarzen Soldaten von der Kompanie F hatten sich weiter oberhalb, wo der Kanal seichter war, tapfer geschlagen und die Deutschen auf Trains Seite zurückgetrieben. Sie lagen außer Schussweite am anderen Flussufer auf dem Bauch und konnten Train durch das hohe Gras springen sehen, den Kopf der Statue wie einen Fußball in

der Hand, während Maschinengewehrsalven und Granaten das Erdreich um ihn herum aufspritzen ließen. Er
konnte sie da drüben lachen hören.

Train hatte es schon bis zu dem sicheren Olivenhain
geschafft, als er sich umdrehte und den Jungen sah, der
sich, schwer verwundet wie er war, in panischer Verwir-
rung über den Balken wälzte und tiefer hinein in die
Trümmer der Scheune zu kriechen versuchte. Irgendwie
war es ihm gelungen, seinen Oberkörper über den Balken
zu schieben, aber nun kam er nicht mehr weiter. Sein Gesicht war mit Schokolade beschmiert. Seine dünnen Ärm-
chen umklammerten verzweifelt den Balken, seine Beine
strampelten vergeblich. Die Deutschen belegten die
Scheune erst mit Maschinengewehrfeuer, dann schossen
sie auch noch Granaten darauf ab.

Diese Aktion wurde von den Amerikanern der Kompanie F, die von ihrer Seite den Jungen sehen, ihm aber
nicht helfen konnten, mit Flüchen und wüsten Feuerstößen beantwortet. Die deutschen Kanoniere in ihren Stel-
lungen hoch oben am gegenüberliegenden Hang konnten
den Jungen überhaupt nicht sehen, und das heftige Feuer
der Amerikaner spornte sie nur an, ihre Kanonen mit
noch größerer Wut auf den Jungen abzufeuern.

Da erkannte Train, dass er zurückgehen musste.

Er schlang sich das Gewehr über die Schulter und
sprang aus dem Olivenhain. Den Statuenkopf hielt er immer noch in der Hand, und als er über die freie Fläche
rannte, gaben die Amerikaner ihm von der anderen Seite
aus Deckung. Aber solche Schützenhilfe war im Grunde
überflüssig. Sie war nämlich wieder da. Die Unsichtbarkeit. Wirklich und wahrhaftig. Ebenso gut hätte er mit
einer Eistüte in der Hand dort hinüberspazieren können,

wie am Sonntagmorgen nach der Kirche. Nichts konnte ihm etwas anhaben. Er konnte besser sehen, besser hören, besser riechen. Da war kein Lärm mehr, kein Schmerz, keine Angst. Er spürte die frische toskanische Morgenluft in seinem Gesicht, hörte jeden Busch, jeden Baum, jeden Stein, sie alle sprachen zu ihm, gaben ihm die Hand und sagten: Hallo, Sam Train. Guten Morgen, Sam Train. Wir haben dich gern, Sam Train. Womit können wir Ihnen heute helfen, Mr Sam Train?

So, dachte er, als er über Steine und Bodenspalten sprang, muss es sich anfühlen, ein Weißer zu sein.

Er riss den Jungen hoch, klemmte ihn sich unter den Arm und lief wieder auf den schützenden Olivenhain zu. Von jedem einzelnen Baum, Zweig, Busch und Stein stieg Schießpulverdampf auf. Kugeln und Granaten klatschten auf Pflanzen und Bäume, die scharenweise umstürzten, als wüte dort ein riesiger Rasenmäher. Und er hörte ihre Schreie. Da sie freundlich mit ihm gesprochen hatten und er wusste, dass sie mit niemand anderem sprechen konnten als mit ihm, schrie er an ihrer Stelle, denn nur er konnte der Welt von ihrem Schmerz erzählen, seine Unsichtbarkeit machte ihn zum Mitwisser ihrer Gefühle, den Rest der Welt aber nicht. Er war für sie verantwortlich. Als er unverletzt den Schutz der Olivenbäume erreicht hatte, glaubte er klüger und vernünftiger zu sein als je zuvor in seinem Leben.

Aber statt jetzt durch den Kanal zu den Amerikanern auf der anderen Seite zu gehen, lief er in die entgegengesetzte Richtung, tiefer in den Olivenhain hinein, hinter dem sich der Berg erhob.

Keuchend und schweißüberströmt, weiter flussabwärts getrieben durch das Trommelfeuer der Deutschen, die ihre Stellung überrannt hatten, stellten die drei, die von Trains Gruppe noch übrig waren, Bishop Cummings, Hector Negron und Second Lieutenant Aubrey Stamps, das Feuer ein und sahen Train ungläubig nach.

Stamps wandte sich an Bishop. »Was zum Teufel hast du mit ihm gemacht?«

»Nichts.« Bishop wollte nicht darüber reden. Seine kleinen Gaunereien mit den unbedarften Negern aus dem Süden gingen Stamps gar nichts an.

»Du weißt doch, dass dieser Nigger dumm wie Bohnenstroh ist. Hast du ihm gesagt, er soll auf den Berg da laufen?«

»Ich hab ihm nicht gesagt, dass er für irgendwen Kopf und Kragen riskieren soll«, sagte Bishop. Ab und zu sahen sie Sam Trains Rücken zwischen den Bäumen auftauchen, als er immer höher den Hang hinaufstieg; das Gesicht des kleinen Jungen auf seiner Schulter leuchtete als weißer Fleck aus dem Dunkelgrün der Bergflanke.

Das Feuer ließ nach. Die Deutschen rückten am Kanal entlang auf Poveromo vor. Auf der anderen Seite errichteten einige ein Lager, gut zu sehen, aber außer Schussweite. Die Kampfmoral hatte alle verlassen. Stamps hörte einen Deutschen mit starkem Akzent zu ihnen herüberrufen: »He! Ihr Nigger habt unsere Telefonleitung zerstört!« Von der amerikanischen Seite war Lachen zu hören.

Stamps ließ Train, der weiter den Hang hinaufstieg, nicht aus den Augen.

»Also, holen wir ihn da raus oder nicht?«, fragte er.

Bishop schnaubte. »Du bist hier der große Lieutenant. Nicht ich.«

Stamps war sich unschlüssig. Er hatte keine Ahnung,

was er tun sollte. Es war das erste Mal, das er eine Gruppe anführte. Huggs, der Gruppenführer, war seit zehn Minuten tot. Sie hatten bis zum Äußersten gekämpft, um über den Kanal zu kommen, und als er die Basis per Funk um Unterstützung durch die Artillerie gebeten hatte, damit sie ihre Stellung halten und die Deutschen weiter den Berg hinauftreiben konnten, hatte der Captain geantwortet: »Ihr könnt unmöglich da drüben bleiben. Kommt wieder zurück.« Drei Funksprüche hatte Stamps durchgegeben, und jedesmal hatte Captain Nokes ihn unterbrochen, ihn als Lügner beschimpft und gesagt, er solle den Rückzug antreten. Hätte Nokes die von Stamps übermittelten Koordinaten auf der anderen Seite des Kanals mit Beschuss belegt, wären die Deutschen auf einer Seite abgeschnitten gewesen, und die Amerikaner stünden jetzt viel besser da, dachte er verbittert. Seine Kompanie, die Kompanie G, war mit der Kompanie H an ihrer rechten Flanke da rübergegangen. Sie hätten nur rechts von Kompanie H Unterstützung durch die Artillerie gebraucht, um die von der Flanke her angreifenden Deutschen in Schach zu halten: dann wären sie an der Böschung durchgebrochen, hätten eine Verteidigungsstellung aufbauen und mit ihren Panzern übersetzen können. Stattdessen hatte Nokes mit seiner Artillerie die Kompanie F an ihrer linken Flanke gedeckt – aber die war bereits von der eigenen Artillerie unterstützt worden – und so die Kompanien H und G ohne Deckung gelassen. Stamps glaubte zu wissen, warum, er hätte hundert Dollar darauf gewettet. Die Kompanien H und G wurden beide von schwarzen Lieutenants kommandiert. Der Kommandant der Kompanie F war ein weißer Captain. Nokes, eine Meile entfernt in seiner ungefährdeten Feuerleitstelle, konnte keine der Kompanien direkt sehen. Er hatte die Flanke der Kompanie F geschützt, weil deren weißer Captain ihm durchgegeben hatte, dass auch sie den Durchbruch auf die andere Seite schaffen würden, und wenn ein Weißer etwas sagte, dann war das wie das Evangelium. Folglich waren die Kompanien H und G fast vollständig aufgerieben worden. Stamps kannte Captain Nokes nicht. Der Mann war noch ganz neu hier. Soviel er wusste, hatte Nokes von Artillerie keine Ahnung. Er war von einer Pioniereinheit hierher verlegt worden. Huggs hatte ihn in alles einweisen müssen. Jetzt lag Huggs tot in diesem verfluchten Kanal, und dieser Waschlappen führte hier das Kommando, bis er wieder irgendwo weit hinter die Front verlegt würde, was ja das Ziel der meisten weißen Captains war, die mit den Niggersoldaten am liebsten gar nichts zu tun hatten.

»Hector, tut's dein Funkgerät noch?«

Hector Negron war einundzwanzig, ein Puertoricaner aus Spanish Harlem. Er hockte am Boden, rauchte eine Zigarette und sah müde zu Stamps auf. Er stand unter Schock nach all dem, was er soeben erlebt hatte, und in Zeiten größter Anspannung machte er einfach dicht und wurde müde. Er hatte deswegen schon mal zum Arzt gehen wollen.

»*Si*. Aber man muss ziemlich laut schreien.«

»Dann versuch rauszufinden, wo die anderen alle sind.«

»Die sind überall und nirgends.«

»Was soll denn das nun wieder heißen?«

»Sieh dich doch um. Siehst du hier irgendwen an den Funkgeräten? Unsere Linien sind unterbrochen. Das Bataillon ist vor zwei Stunden aus Pietrasanta abgezogen.

Die haben da mit Löffeln und Schreibmaschinen und Töpfen und Pfannen gekämpft. Soweit ich weiß, sind sie bis hinter Valdicastello zurückgefallen, oder südlich nach Monteggiori. Keine Ahnung. Die Batterien für den drahtlosen Funk sind nass geworden, da geht nichts mehr. Da sind jetzt aber sowieso die Deutschen dran, soweit ich weiß.«

Die Deutschen hatten auf der anderen Seite des Kanals Stellung bezogen. Wieder hörte Stamps den Deutschen rufen: »He, ihr Nigger! Kommt rüber und repariert unsere Leitung!« Er hörte einen Amerikaner schreien: »Sag deiner Mama, ich komm gleich!« Er hörte Lachen von der amerikanischen Seite, das von einer deutschen Achtundachtziger zum Schweigen gebracht wurde: Die Granate zischte im Tiefflug heran, glitt über den Kanal und schlug dumpf auf der amerikanischen Seite ein, während die Schwarzen schon auseinander stoben. Das Geschoss war ein Blindgänger. Jetzt lachten die Deutschen.

Stamps lag im Schlamm und beobachtete, wie Train hinter den deutschen Linien immer weiter nach oben kletterte, ein kleiner Punkt auf der Flanke des Bergs. Er glaubte zu träumen. Er kannte Train seit sechs Monaten. Train war zu dumm, um etwas so Idiotisches zu tun. »Mist«, brummte er. »Der Nigger hat sie nicht mehr alle.«

Bishop lag neben Stamps, auch er beobachtete Train, und schließlich stand er auf und ging flussabwärts, um eine Stelle zu finden, wo er außer Schussweite der Deutschen rübergehen konnte.

»Wo willst du hin?«, fragte Stamps.

»Ihr könnt alle abhauen, wenn ihr wollt. Der Einzige hier, der ein bisschen Glück hat, ist er da. Außerdem schuldet er mir vierzehnhundert Dollar. Mit dem Geld hätte ich bis ans Ende meines Lebens ausgesorgt. Selbst wenn mein Leben heute zu Ende geht.«

Stamps und Hector sahen Bishops breiten Rücken, als er den Fluss durchwatete: Das strudelnde Wasser reichte ihm bis an die Brust. Auf der deutschen Seite angekommen, lief er in den Olivenhain und begann den Berg dahinter hinaufzusteigen, der in die Apuanischen Alpen und jenseits davon ins Serchio-Tal führte.

Hector und Stamps folgten ihm nach kurzem Zögern.

4

Der Schlafende Mann

Die amerikanische Bodenoffensive in Mittelitalien im
Dezember 1944 war mit keiner anderen Schlacht zu ver-
gleichen, die in Europa während des Zweiten Weltkriegs
geschlagen wurde. Frankreich hatte seine wogenden Hügel, seine schönen Dörfer, seine weiten Ebenen, in denen
der Feind leicht auszumachen war, und vor allem gab es
die Romantik des Widerstands, der von den Amerikanern
unter General Marshall organisiert wurde. Deutschland
hatte seinen Schnee und seine dunklen Wälder, seine aus-
gedehnten, menschenleeren Heidegebiete, durch die General Patton, die jubelnden Pressekorrespondenten A. J.
Liebling und Ernie Pyle an seiner Seite, seine Panzer
und Soldaten führte. In Mittelitalien jedoch wurde der
Krieg von der Öffentlichkeit unbeachtet ausgefochten: bei
Nacht, im Winter, in eisiger, chaotischer Finsternis; von
Ghurkas, Italienern, Brasilianern, Briten, Afrikanern,
russischen Überläufern und vor allem von Afroamerika-
nern, die davon überzeugt waren, dass die Weißen sie alle
töten wollten; gekämpft wurde in bergigem Gelände, wo
eiskalter Regen und starker Wind Bäume und Buschwerk
mit Orkanstärke peitschten, jede Vernunft hinwegfegten
und sämtliche Geister und Gespenster aus Italiens Vergangenheit zu neuem Leben erweckten. Die lieblichen
Hügel der Toskana, Hügel, die Jahre später Dutzende
überschwängliche Reisebücher begeisterter Amerikaner

anregen sollten, waren den schwarzen Soldaten nicht günstig gesonnen. Sie waren grob und abweisend, gefährlich und tödlich. Ein einziger gut gezielter Kanonenschuss von einer versteckten deutschen Achtundachtziger landete im Zentrum einer anrückenden amerikanischen Kompanie, kostete mehrere Soldaten das Leben und versprengte die anderen. Die Fliehenden zogen sich in Panik in die Berge zurück, wo das schlammige, unwegsame Gelände sie an den Beinen zu packen und herabzuziehen schien – mit weiten Schritten über die schwarzen Hänge zu marschieren, war nicht möglich. Bei jedem Schritt stieß der Fuß auf halbem Wege gegen den unebenen Boden, und immer wieder rutschten sie, während sie unter dem erbarmungslosen Beschuss der Deutschen weiter voranstolperten, von den schroffen Hängen in Gräben, die drei Meter oder tiefer waren, oder die Erde unter ihren Füßen verschwand plötzlich ganz und gar, und der verzweifelte Soldat rannte in vollem Tempo mit nichts als Luft unter den Schuhsohlen weiter. Und wenn er keine Flügel hatte und an Gott glaubte, stürzte er nur einen Meter tief in einen Hohlweg; und wenn er Pech hatte, stürzte er hundert Meter tief auf massiven Fels oder in einen Sumpf, der über ihm zusammenschlug und ihn begrub. Die Schwarzen fürchteten die toskanischen Berge bei Nacht, auch die, die in ländlichen Gegenden Amerikas aufgewachsen waren, und das mit gutem Grund, denn selbst die Italiener fürchteten sich davor. Noch dreißig Jahre nach dem Krieg fanden die Italiener im Serchio-Tal, unweit der Ortschaften Barga, Gallicano und Vergemoli, Skelette von schwarzen Soldaten – manche von ihnen noch immer in tödlicher Umarmung mit ihren deutschen Widersachern – in den Schluchten der toskanischen

Berge, und selbst dann, drei Jahrzehnte nach dem Krieg, wollten die Italiener, diese rauen Bewohner der Berge, die Leichen nicht berühren, denn diese Berge bewahrten ihre Geheimnisse so eifersüchtig und verbissen, wie ein junges Mädchen die Geheimnisse seines Herzens bewahrt, und wer diese seltsame Mischung aus Glauben und Leugnen störte, forderte das Schicksal heraus. Die Skelette vermehrten nur die Spukgeschichten dieser Berge, die bereits einen fünf Jahrhunderte alten Sagenschatz bargen, Sagen von Wölfen, Hexen, Ziegenmenschen, Kinder fressenden Kobolden, Frauen raubenden Mondmonstern, bösen Höhlenfeen, Kröten, die einem das Lebensblut aussaugten, schlafwandelnden Hexen, die mit Ratten im Mund zu einem ins Zimmer kamen, und anderen Wesen, deren Opfer in den schlammigen Schluchten gefunden wurden: Kinder, die für immer verschwanden; Bauern, denen nach der Begegnung mit einer bösen Höhlenfee die Haare ausfielen und weiß wie Watte wieder nachwuchsen; ein Dorfgeiger, der nach einem Streit mit einem Ziegenmenschen sein Leben an einem Baum aushauchte, erhängt mit einer Geigensaite, auf der der Wind noch siebzig Jahre nach seinem Verschwinden schaurige Weisen spielte. Die Italiener der Toskana hatten Respekt vor ihren schönen, von Spukgestalten bewohnten Gipfeln. Für sie waren das nicht einfach Berge, sie waren lebendig, und wie allem Vertrauten gaben die Menschen jedem von ihnen einen besonderen Namen: Pferdeberg, Tafel der Durstigen Zauberer, Königreich des Echos, Lachende Hexe die wiederkam, Hügel der eine Stadt verschlang; den größten Schrecken aber verbreitete der Schlafende Mann.

Dieser Berg ist von jedem Punkt in Barga und den umliegenden toskanischen Dörfern im Serchio-Tal gut zu sehen. Schon tagsüber bietet er einen Furcht erregenden Anblick. Er ist gewaltig. Er liegt auf dem Rücken, das Kinn wütend hochgereckt, die Stirn umwölkt, das Haar kurz geschoren und grimmig aufgerichtet. Sein böser dicker Schädel ist gekrönt von einer kolossalen, zornig gefurchten Braue, sein ungeheurer Brustkasten wölbt sich mit rebellischer Kraft, seine stahlgleichen Knie schneiden wie Messer in den Himmel. Hat man ihn einmal gesehen, entgeht man ihm nicht mehr. Er verfolgt einen, wohin man auch geht, morgens, mittags und abends, stets schaut einem sein gewaltiges Gesicht über die Schulter – ein erzürnter, schlafender Riese, der jederzeit aufwachen kann. Italienische Kinder fürchten sich vor seinem Anblick. Hirten bekreuzigen sich, wenn ihre Herden in seine Nähe kommen. Sein Schatten hält die Morgensonne ab, und am Nachmittag stiehlt sich die Sonne so langsam über seine mächtige Stirn, dass die Arbeiter im nahe gelegenen Erzbergwerk von Aracia lachend zu bemerken pflegen, im Serchio-Tal werde es niemals Abend, weil die Sonne nicht den Mumm habe, weiter über die Stirn des schlafenden Mannes zu kriechen, aus Angst, ihn zu wecken und für alle Zeiten aus ihrer Bahn geschleudert zu werden.

Der Sage nach hatte er sich vor langer Zeit als junger Hirte in eine Schäferin verliebt; die aber liebte einen jungen Seemann, der das Meer befuhr. Der Hirte überhäufte die Jungfer mit Bitten und schönen Geschenken, doch sie erhörte ihn nicht und schlug alle seine Heiratsanträge aus, und schließlich gelobte er, so lange zu warten, bis sie anderen Sinnes würde. Er wartete ein Jahr ums andere, die Jungfer aber gab nicht nach. Sie saß nur immer hoch oben in den Bergen und schaute aufs Meer hinaus – und da legte er sich auf den Rücken, starrte in den Himmel und schwor sich, ihr die Sicht aufs Meer zu versperren, bis sie es sich anders überlegte; so sehr erzürnte es ihn, dass sie seine so freimütig bekundete Liebe verschmähte. Und dort liegt er bis zum heutigen Tag und schläft und wartet: seine mächtige Brust vor der Sonne, die gewaltige Stirn fast bis zum Mond gewölbt, das dichte Haar mit Schnee bedeckt; am eindrucksvollsten aber die zornigen Augen, die aus der Ferne wie zwei Augen aussehen, von nahem aber nur ein einziges Auge und ein echtes geologisches Wunder sind: ein riesiges, von Felsgestein überwölbtes Oval, hoch wie ein fünfstöckiges Gebäude. Ausgestattet mit dem nötigen Mut, kann man sich in das Auge des schlafenden Riesen stellen und von dort oben auf die Dächer sämtlicher Dörfer im Serchio-Tal hinabschauen. Und hat man auch noch den Mut, genau hinzuhorchen, vernimmt man ein donnerndes Pochen: das gebrochene Herz des zornigen Riesen.

Im Blickfeld des schlafenden Riesen ließen die deutschen Streitkräfte von Albert Kesselrings 168. SS-Panzerdivision, die zu den gefürchtetsten und furchtbarsten Kriegern zählten, die jemals durch Europa zogen, vier Regimenter aufmarschieren – insgesamt vierzehntausend Mann –, um einen Überraschungsangriff gegen die erschöpften und dezimierten Reihen der Männer der 92. Buffalo-Division vorzubereiten; so benannt von den Indianern, als sie die ersten schwarzen Kavalleristen sahen, deren Haare dem Fell ihrer geliebten Büffel zu gleichen schienen. Und diese Truppen Kesselrings entdeckte Colonel Jack Driscoll von der 92. Division auf einer unscharfen Luftaufnahme in seiner Nachrichtenmappe, neun Stunden nach dem gescheiterten Angriff am Cinquale-

Kanal, der Sam Train von der Wirklichkeit abschnitt und vier Kompanien der 92. fast vollständig aufrieb.

Driscoll saß vor seinem Zelt und studierte mit finsterer Miene das Foto und den zugehörigen Bericht, während rings um ihn her lärmende Jeeps, dröhnende Panzer und verzweifelte schwarze Soldaten herumhetzten. Groß und schlank, dreißig Jahre alt, in Boston geboren, mit hagerem Gesicht und blauen, immer fest dreinblickenden Augen, griff Driscoll, der auf einer Kiste hockte, in seine Tasche und zog, ohne auf das hektische Treiben zu achten, eine Zigarette hervor. Wozu jetzt noch diese Eile?, dachte er verbittert, als er die Soldaten und Panzer vorbeihasten sah. Die lustigen Tage haben wir hinter uns.

Der Angriff am Cinquale war fehlgeschlagen, und er hatte es so kommen sehen. Was hätte man von der 92. Division auch anderes erwarten können, bei der ja ständig alles schiefging. Jemand hatte die glänzende Idee, man könne das Ligurische Meer weitläufig umgehen, um den Minen auszuweichen, die die Deutschen von den Küstenebenen bis hinauf in die Apuanischen Alpen und ins Serchio-Tal gelegt hatten. Das Unterfangen, den Kanal zu erobern, ohne das höher gelegene Gelände auf der anderen Seite zu sichern, kam Driscoll derart dumm vor, dass es ihn überraschte, dass sich das jemand auf die Fahne schreiben wollte, aber er war selbst dabei gewesen, als General Parks, der zwei Dienstgrade über ihm war, den Plan dargelegt hatte. Driscoll hielt nicht viel von Parks. Der Mann hatte vor dem Krieg ein erfolgreiches Bestattungsunternehmen geführt, und soweit Driscoll das beurteilen konnte, sicherte der General hier bloß sein künftiges Auskommen. Vor neun Stunden hatten sie am Cinquale angegriffen, und jetzt war die Sache gelaufen.

Vierzehn Panzer der 597. und 598. Feldartillerie waren zerstört. Der Landekopf hatte kaum tausend Meter vorgeschoben werden können, dreiunddreißig Mann waren gefallen, hundertsiebenundachtzig verwundet, und die unscharfe Luftaufnahme auf seinem Schoß zeigte eine Gruppe von Regimentern in Divisionsstärke, die nur vier Meilen entfernt von hier Stellung bezogen hatte. Das konnte nicht sein. Er glaubte dem Foto nicht.

Er zündete die Zigarette an und warf das Streichholz achtlos weg. Es landete neben einigen Fässern mit Treibstoff. Zehn schwarze Augenpaare beobachteten ihn. Er ignorierte sie und sog gierig den Rauch ein. Soll es doch brennen, dachte er bitter. Die 92. geht in Flammen auf, und ich mit, dachte er. Er sah zu, wie ein schwarzer Soldat hinging, das brennende Streichholz mit dem Stiefel austrat und zu einer Gruppe zurückkehrte, die Driscoll gegenüber vor einem Zelt stand und ihn anstarrte. Es hatte Zeiten gegeben, da hätte es ihn nervös gemacht, wenn zehn Schwarze ihn so angestarrt hätten, aber das war lange her. Driscoll rauchte, er kümmerte sich nicht um sie. Nicht dass er sie hasste, wie viele weiße Kommandanten es taten. Sie waren ihm noch nicht einmal unsympathisch. Er konnte nur nicht ertragen, dass sie ihm vertrauten. Er wandte sich wieder dem Bericht zu, rauchte schweigend weiter und sah sich noch einmal das Foto an. Auf der Rückseite stand »3 300 Meter«. Sonst nichts.

Er stand auf. Er musste das dem Alten melden, General Allman, dem Kommandeur der 92. Division. Allman hatte in letzter Zeit viel am Hals gehabt, und wenn er auch ein zäher alter Knochen war, machte Driscoll sich doch Sorgen um ihn. Absolvent der Militärakademie von Virginia, knapp einssechzig groß, stahlblaue Augen, ein schneidiger Mann, war Allman der Meinung, Schwarze seien nicht fähig, ein Kommando zu übernehmen, und das sagte er auch. Von vielen Weißen, die der Division zugeteilt waren, dachte er das Gleiche, und auch das sprach er offen aus. Die Schwarzen hassten ihn, und die zweitrangigen weißen Offiziere himmelten ihn auch nicht gerade an. Sein einziger Sohn war in Frankreich verschollen; Rassenspannungen, Schlägereien, Schießereien und Messerstechereien sorgten für eine unerträgliche Stimmung in der Division; und die hohen Tiere in England und Frankreich hatten die Stärke der Deutschen in Italien unterschätzt, weshalb sie jetzt hier kräftig was auf den Deckel bekamen. Von der Lage am Kanal war Allman bereits unterrichtet, aber die blutigen Einzelheiten interessierten ihn trotzdem immer, und außerdem musste er dieses Foto sehen. Das Foto war verschwommen, eine Fälschung, befand Driscoll. Unbekannten Ursprungs, wahrscheinlich verfälscht, damit es wie eins von den Briten aussah. Ausgeschlossen, dass die Deutschen so viele Menschen und Material für diesen kleinen Teil Italiens vergeudeten. Wenn, dann würden sie das bei La Spezia oder am Brenner-Pass tun, in der Nähe der österreichischen Grenze. Aber darüber sollte sich der General den Kopf zerbrechen. Das war sein Job.

Als er aufstand, bemerkte Driscoll unter denen, die ihn beobachteten, einen Lieutenant, der ihm schon einmal aufgefallen war, vor zwei Wochen, als er einen Tag Urlaub zum Besuch eines Museums in Pisa genutzt und dort zu seiner Überraschung ein paar Schwarze aus der Division angetroffen hatte, die sich die Bilder ansahen; da war dieser Lieutenant auch dabei gewesen. Das Gesicht des Mannes gefiel Driscoll nicht. Er rief ihn rüber.

»Was haben Sie, Birdsong?«

»Hm … Captain Nokes verhört einen Gefangenen im Regimentshauptquartier Zwei, Sir. Vielleicht … vielleicht möchten Sie hören, was er zu sagen hat.«

Driscoll runzelte die Stirn. Die Division der Schwarzen lebte von Gerüchten. Das letzte – angeblich waren bei Lucca zwei schwarze Soldaten an einen Baum geknüpft worden, weil sie mit einer italienischen Prostituierten geschlafen hatten – hätte in einer Kompanie fast zu einem Aufstand geführt. Er beschloss, dieses potenzielle Gerücht im Keim zu ersticken. »Gehen wir«, sagte er.

Er folgte Birdsong zu einem großen Regimentszelt. Drinnen standen Captain Nokes, der weiße Captain, der kürzlich hierher versetzt worden war, und ein kleiner italienischer Priester. Captain Nokes machte große Augen, als er Driscoll sah. Er nahm Haltung an und salutierte.

»Was geht hier vor?«, fragte Driscoll.

»Nichts, Sir. Ich befrage nur diesen Priester hier.«

»Sie können Italienisch?«

»Ein paar Wörter, ja.«

Driscoll entging nicht, dass Birdsong unruhig von einem Bein aufs andere trat.

»Was hat er zu berichten?«

»Nichts«, sagte Nokes. »Außer ein paar Angaben, wo wir deutsche Gefangene finden können. Aber nichts wirklich Wichtiges.«

Der Priester war sehr jung, er trug einen breitkrempigen Hut und hatte ein rotes Trinkergesicht. Er hatte keine Schuhe an. Sein Kragen starrte vor Schmutz, sein Gesicht war verschwitzt. Er hatte die größten Ohren, die Driscoll jemals an einem Menschen gesehen hatte. Er stieß ein paar hektische Worte aus. Driscoll war römisch-katholisch erzogen und konnte ganz gut Latein, aber sein Italienisch, das musste er zugeben, war miserabel.

Er sah Captain Nokes an. »Was will er? Was zu essen?«

»Nein. Er sagt was von einer Kirche und von einem Kampf zwischen den Deutschen und italienischen Partisanen. Wir überprüfen das, Sir.«

Aus den Augenwinkeln sah Driscoll, dass Second Lieutenant Birdsong nervös die Lippen spitzte. Er wandte sich ihm zu.

»Habe ich Sie nicht vor zwei Wochen in Pisa im Museum gesehen? Da haben Sie doch Italienisch gesprochen?«

»Ja, Sir. Ich bin in South Jersey aufgewachsen, da hatten wir viele Italiener. Und Deutsch habe ich auf dem College gelernt.«

»Was hat dieser Mann gesagt?«

Birdsong antwortete: »Er sagt, in ungefähr zehn Tagen soll eine große Zahl deutscher Fallschirmjäger durch das Serchio-Tal kommen. Um Weihnachten herum. Über den Lama-di-Sotto-Pass.«

Driscoll erstarrte beunruhigt. Der Lama-di-Sotto-Pass war auch auf dieser Luftaufnahme zu sehen. »Wie viele Deutsche?«, fragte er.

»Zwei oder drei Regimenter.«

»Kompanien oder Regimenter?«

»Regimenter.«

»Fragen Sie ihn das noch einmal. Zwei oder drei *Kompanien* oder *Regimenter*?« Eine Kompanie hatte zweihundert Mann. Ein Regiment viertausend.

Birdsong stellte die Frage.

»Regimenter, Sir«, sagte er.

»Woher hat er das?«

»Von Italienern in seinem Dorf und von einem Deutschen, den er hier gesehen hat.«

»Von einem Deutschen, den er *hier* gesehen hat?«

Lieutenant Birdsong gab Driscolls Frage an den Italiener weiter, der darauf antwortete.

»Ein Deutscher im Kriegsgefangenenlager drüben beim Divisionshauptquartier«, übersetzte Birdsong.

»Da gibt es zweihundert deutsche Gefangene«, sagte Driscoll trocken.

»Das hat er auch gesagt, Sir.«

Captain Nokes zuckte die Schultern. »Da wird viel geredet, Sir.«

Driscoll ignorierte die Bemerkung. Mit nachrichtendienstlicher Arbeit kannte er sich aus. Er musste die Quellenlage abwägen. In der Hand hielt er ein unscharfes Foto unbekannten Ursprungs, aufgenommen aus dreitausenddreihundert Metern Höhe. Der Mann vor ihm war eine lebende Quelle, ein Priester. Mit Birdsongs Hilfe nahm er ihn in die Mangel: Name. Geburtsort. Namen der Eltern. Daten: Wann und wo hatte er gedient. Birdsong dolmetschte tadellos.

Nach einer halben Stunde hatte Driscoll genug gehört. Er wandte sich an Captain Nokes. »Wer ist Ihr First Lieutenant?«

»Huggs. Heute Morgen am Kanal gefallen.«

Driscoll zeigte auf Birdsong. »Dieser Mann spricht ausgezeichnet Italienisch. Warum ist er noch nicht zum First Lieutenant befördert worden?« Plötzlich war Nokes blass wie auf einer Beerdigung. Er war von kleiner Statur, zog stets die Mundwinkel herab, hatte unruhige kleine Augen und fleischrosa Lippen – ein wettergegerbtes Raubein aus Mississippi. Offiziere wie ihn, dachte Driscoll sarkastisch, zog die Division an wie ein Magnet: ein Ausgemusterter, ein Versetzter – Problem abgeschoben.

Nokes kläffte: »Ich habe den Mann schon lange im Auge, Colonel, und hatte ihn schon zur Beförderung vorgesehen.« Driscoll hätte glatt einen Monatssold darauf verwettet, dass Nokes noch nicht einmal Birdsongs Namen kannte.

»Befördern Sie ihn *jetzt* und schicken Sie ihn mit dem Priester ins Gefangenenlager. Er soll den Deutschen heraussuchen, von dem er erzählt hat. Dann soll er den S-2-Bericht abfassen und um fünfzehn Uhr bei mir abliefern.«

So viel konnte Nokes anscheinend nicht auf einmal verarbeiten, und während er vor Anstrengung das Gesicht verzog, verfluchte Driscoll im Stillen die Verfahrensvorschriften der Army, denen zufolge nur Südstaatler als Vorgesetzte für Schwarze eingesetzt werden durften. Nokes' »Ja, Sir« prallte von Driscolls Rücken ab wie ein Gummiball, denn er hatte sich bereits umgedreht und das Zelt verlassen.

Er ging zu seinem Zelt und legte sich auf die Pritsche; die Aussagen des Priesters beunruhigten ihn. Die Information war schon einige Tage alt und vermutlich wertlos. Und die einzige Bestätigung dafür war dieses Foto, an dessen Echtheit er immer noch Zweifel hatte. Dennoch beunruhigte ihn die Sache. Das alles musste sofort überprüft werden, auch wenn sich nichts mehr daran ändern ließ. Die schwarze Division war zu weit verstreut, fünfzehntausend Mann über eine Front von fast fünfzig Kilometern Länge und acht Kilometern Tiefe, wohingegen die Deutschen aus Betonbunkern heraus kämpften, gegen die man mit leichtem Geschütz nichts ausrichten konnte, und ihnen in La Spezia mit einem gigantischen Eisenbahngeschütz mächtig einheizten. Die Deutschen, bekanntlich sehr erfinderische Krieger, hatten eine 406-Millimeter-Schiffskanone auf einen Plattformwagen montiert und in einen Eisenbahntunnel geschoben. Wann immer es ihnen gefiel, zogen sie die Kanone heraus, feuerten sie ab und schoben sie dann wieder rein. Das Riesengeschütz feuerte 500-Pfund-Granaten über sechzig Kilometer weit und richtete fürchterliche Zerstörungen an. Die amerikanischen Bomber waren machtlos dagegen. Sie müssten mit einem Schiff in den Hafen vordringen, um das verdammte Ding unschädlich zu machen. Unterstützung durch die Marine aber kostete Geld. Geld bedeutete Politik. Und Politik – für eine Division Schwarzer? In Italien, diesem armen und strategisch unwichtigen Land? Während die Presse sich wegen der Rassentrennung in der Army und der Behandlung der Schwarzen das Maul zerriss und gleichzeitig in der Normandie unter Patton und Marshall gute weiße Jungen ihr Leben ließen? Mit General Allman, der den Mut hatte, seinen Vorgesetzten zu sagen, was er wirklich dachte, und politisch ungefähr so korrekt war wie General McArthur? Niemals. Die Kanone blieb und machte sie fertig. Eine einzelne verdammte Kanone, dachte er bitter.

Driscoll richtete sich auf und befahl seiner Ordonnanz, Captain Rudden zu holen. Rudden kam aus Maine. Er war einer der wenigen Captains in der Division, denen Driscoll vertraute.

Groß und geschmeidig, mit langsamen, bedächtigen Bewegungen und dunklen Augen, die gierig alles aufnahmen, trat Rudden ein; ihm folgte sein First Lieutenant, ein untersetzter Schwarzer namens Wells, ein Mann mit dickem Kopf und ausdruckslosen Glubschaugen. Mehrere weiße Captains hatten versucht, Rudden zu bewegen, sich Wells vom Hals zu schaffen – sie hatten Angst vor ihm –, aber Rudden weigerte sich. »Er ist der beste First Lieutenant in der Division«, behauptete er, und eben deshalb fand Driscoll ihn sympathisch. Rudden wusste genau, wann er einen guten Soldaten vor sich hatte.

»Sir?«

»Man hat mir gemeldet, die Deutschen planen einen Vorstoß im Serchio-Tal, über den Lama-di-Sotto-Pass. Zwei oder drei Regimenter.«

Rudden machte große Augen. »Regimenter?«

»Sie haben doch Patrouillen in diesem Gelände. Irgendwas davon gehört?«

»Nein, Sir. Aber eine Gruppe der Kompanie G müsste genau in dem Gebiet operieren, Sir.«

»In welchem Zustand befindet sich die Kompanie G?«

»Übel zugerichtet, Sir. Vierundzwanzig Tote, dreiundvierzig Verwundete, und eine Gruppe wird noch im Serchio-Tal vermisst.«

»Wieviel Mann?«

»Sie sind zu zwölft losgezogen, über den Cinquale-Kanal. Zwei sind zurückgekommen. Zwei Verwundete, vier Tote. Und vier Vermisste auf der anderen Seite des Kanals. Einer davon ein Lieutenant.«

»Wie heißt der?«

»Stamps, Sir.«

Driscoll kannte ihn. Ein guter Soldat. Besonnen und klug. Stamps hatte das Sonderausbildungsprogramm der Army an der Howard University absolviert; mit diesem speziellen Lehrgang für besonders begabte Schwarze sollten die Ergebnisse der Intelligenztests der Division angehoben werden; die waren ziemlich schlecht, da nur vierzig Prozent der schwarzen Rekruten lesen und schreiben konnten. Driscoll hatte Stamps im Ausbildungslager in Arizona kennengelernt. Der Bursche hatte was auf dem Kasten.

»Funkkontakt?«

»Ja. Captain Nokes hatte sie auf dem SCI-536, als wir über den Kanal gegangen sind. Sie waren auf der anderen Seite und sind bis kurz hinter Hill Maine bei Strettoia gekommen, wo der Feind eine schwache Stelle hat. Sie haben Artillerieunterstützung angefordert, womit wir die Krauts möglicherweise verjagt und von ihrer Stellung am Kanal vertrieben hätten, aber Nokes hat nicht reagiert. Das heißt, er hat Befehl zum Rückzug gegeben.«

»Warum zum Teufel hat er das getan?«

»Er konnte sie nicht sehen, und er hat nicht geglaubt, dass sie rübergegangen waren, also saßen sie in der Patsche. Ich hatte die Kompanie F etwa fünfhundert Meter flussaufwärts. Ist ziemlich heiß hergegangen. Ein Kind ist zwischen die Fronten geraten. Einer von uns hat sich den Jungen geschnappt und ist mit ihm den Berg raufgelaufen. Stamps und zwei andere sind ihm gefolgt. Jetzt sind sie verschwunden.«

»Haben Sie die Namen? Vielleicht spricht einer von ihnen Deutsch. Wir müssen uns diesen Bericht von irgendwelchen deutschen Gefangenen bestätigen lassen. Und zwar dringend.«

Rudden zog ein Bündel Papier aus der Tasche und kreiste darauf vier Namen ein. Dann gab er Driscoll die Liste.

Driscoll nahm sie und sagte: »Holen Sie mir Nokes,

und sagen Sie ihm, er soll eine Gruppe mitbringen. Er hat sie da reingeschickt. Er soll sie da rausholen.« Er war stinkwütend auf Nokes. Der Idiot war in der Feuerleitstelle geblieben, um die Artillerie zu koordinieren, während seine Männer über den Kanal geschickt wurden. Die Entscheidung lag bei ihm, aber ein guter Captain wie Rudden wäre mit seinen Männern gegangen. Driscoll wünschte, er wäre an diesem Morgen am Kanal gewesen, statt den Angriff vom Hauptquartier aus leiten zu müssen. Er hätte Nokes persönlich über den Kanal geworfen.

Als Rudden sich zum Gehen wandte, trat General Allman ein. Driscoll nahm den Bericht vom Schoß, warf ihn auf den Boden, stand auf und salutierte.

»Schon gut«, sagte Allman. Er wirkte ziemlich resigniert. »Sagen Sie kein Wort. Ich will den Namen Parks nicht mehr hören. Der Mann ist ein verdammtes Schwein. Nach dem Krieg kandidiert er für einen Senatorenposten, an was anderes denkt er nicht. Ich habe ihm gesagt, wir brauchen mehr Haubitzen. Ich habe ihm gesagt, wir brauchen Feuerunterstützung. Ein Ufer erobern wollen, ohne das höhere Gelände dahinter zu sichern! Am Rapido hat er das schon einmal versucht, da ist ihm die 36. Infanteriedivision zerschossen worden, und jetzt schickt er auch noch meine Schwarzen in den Tod. Was für ein mieses Schwein.«

Driscoll schwieg. Erst nach einigen Sekunden fragte er: »Schon Nachricht von Ihrem Sohn?«

Allmans Züge wurden weich, und Driscoll glaubte in den Augen des alten Mannes Verzweiflung aufflackern zu sehen. Der Junge war seit neun Tagen verschollen. Allman fasste sich jedoch schnell wieder und sagte: »Nichts. Wie steht es am Kanal?«

»Vergessen Sie den Kanal mal kurz. Ich habe die Aussage eines italienischen Priesters, wonach die Deutschen zwei oder drei Regimenter auf der anderen Seite des Serchio stehen haben und in zehn Tagen, also um Weihnachten herum, einen Vorstoß planen.«

Allmans Blick verhärtete sich. Der alte Mann, das musste Driscoll zugeben, war wirklich ein zäher Hund. »Wo ist der Priester jetzt?«, fragte Allman.

»Habe ihn zur Feindaufklärung geschickt.«

»Gibt es irgendeine Bestätigung?«

»Nichts. Eine Luftaufnahme, die nicht viel aussagt. Aber eine Gruppe der Kompanie G 371 ist rübergegangen und nicht zurückgekommen. Wir hatten Funkkontakt, aber der ist inzwischen abgerissen.« Driscoll verschwieg, dass Captain Nokes die Gruppe am Cinquale nicht mit seiner Artillerie unterstützt hatte. Wenn Allman Nokes rausschmiss, wäre der Ersatz womöglich noch schlimmer. Wenn er solche Schmarotzer wie Nokes noch lange decken musste, dachte Driscoll bitter, würde die 92. Mittelitalien niemals erobern, ganz gleich, wie erschöpft die Deutschen waren.

Allman winkte ab. »Wenn wir allen Aussagen der Italiener glauben würden, wären wir immer noch am Anzio. Haben Sie denen eine Gruppe nachgeschickt?«

»Jawohl.«

»Versuchen Sie Funkkontakt aufzunehmen und sagen Sie ihnen, sie sollen sich einen Deutschen schnappen. Unterdessen sammeln wir uns morgen früh um sieben Uhr dreißig und lecken unsere Wunden. Wir sollten ein paar Ersatzoffiziere hinschicken, damit wir die Stellung halten können. Unsere Männer da oben machen sich in die Hosen. Haben Sie gestern Millers Bericht gelesen?

Zehn von seinen Leuten sind zum Lazarett zurück, um einem einzigen Verwundeten zu helfen, der einen Schuss in den Fuß abbekommen hatte. Der nächste, der so etwas tut, kommt vors Kriegsgericht. Verstanden?«

Driscoll nickte.

Allman wandte sich um. »Ich habe das so satt«, brummte er. »Diese Waschlappen. Diese Feiglinge.« Er stapfte aus Driscolls Zelt, so wütend, dass er vergaß, den Bericht mitzunehmen.

Driscoll fand, er brauche deswegen nicht hinter ihm herzulaufen. Das konnte warten. Stattdessen setzte er sich wieder und machte sich eine Zigarette an, um weiter über die Luftaufnahme und die Aussage des Priesters nachzudenken. Er hatte nicht vor, sich schon wieder über eine Krise Sorgen zu machen. Feindaufklärung war nicht sein Job. Aber das Foto machte ihm trotzdem zu schaffen, wie eine juckende Stelle, an der man sich nicht kratzen kann. Der stetige Nachschub an deutschen Gefangenen, die sich freiwillig stellten, hatte plötzlich nachgelassen – war vollständig abgerissen –, und das war ein schlechtes Zeichen. Hätte Driscoll einen großen Vorstoß geplant, hätte er dasselbe getan: dafür gesorgt, dass keiner mehr durchkam, der dem Feind etwas verraten könnte. Sie brauchten dringend einen deutschen Gefangenen. Er ging die Namensliste der Gruppe im Serchio-Tal durch: *Negron, Cummings, Stamps, Train.* Beim letzten Namen blieb sein Finger stehen. Er kannte nicht alle Rekruten in der Division, aber den hier kannte er verdammt gut. Das war der größte Schwarze, den er jemals in seinem Leben gesehen hatte. Den konnte er nicht vergessen. Er hatte ihn an seinem ersten Tag im Ausbildungslager kennen gelernt, in Fort Huachuca, Arizona.

Das schien Millionen Jahre her zu sein. Es war Juli, verdammt heiß, wie in der Wüste. Driscoll stand im Divisionshauptquartier und befahl dem hünenhaften schwarzen Soldaten, der ebenfalls dort stand, den Nachschubwagen zum Standortquartiermeister zu bringen und Proviant für die neu eingetroffenen Rekruten zu holen.

Der riesige Schwarze stieg in den Zweieinhalbtonner, ließ den Motor an und fuhr schnurgerade in das Gebäude hinein, genau an der Stelle, wo Driscoll stand. Es fehlte nicht viel, und das Haus wäre eingestürzt.

Driscoll stürmte heraus, stauchte den Mann nach Strich und Faden zusammen und stellte als Letztes die Frage: »Wo zum Teufel haben Sie fahren gelernt?«

Der Mann sah ihn kleinlaut an. »Ich kann nicht fahren«, sagte er. »Ich hab höchstens mal auf einem Maultier gesessen.«

Driscoll befahl ihm rüberzurutschen, stieg ein und fuhr den Wagen selbst zum Quartiermeister. Unterwegs fragte er: »Wie heißen Sie, Soldat?«

»Train.«

»Vor- oder Nachname?«

»Meine Ma nennt mich Orange, weil ich gern Orangen esse, aber die anderen nennen mich Train.«

Driscoll staunte über die Größe des Mannes. Er war so groß, dass er nur geduckt im Fahrerhaus Platz fand. Seine Hände sahen aus wie Hackmesser. Er hielt sie nervös umklammert. »Na, sind Sie bereit, bella Italia einen Besuch abzustatten, Soldat Train?«

Das Gesicht des Riesen legte sich in Falten. »Bella Italia? Wer ist das?«

Driscoll glaubte, Train mache einen Scherz, bis er in seine todernste Miene sah.

»Ich hab's nicht so damit, Leute zu besuchen«, sagte Train nervös. »Ich hab auch noch nie eine Frau besucht. Oder bin mit einer ausgegangen, zum Tanzen oder so. Hab noch nie eine Freundin gehabt. Wenn Italia eine Frau ist, können Sie mir vielleicht sagen, was ich zu ihr sagen soll.«

Driscoll war perplex.

»Haben Sie noch nie eine Weltkarte gesehen, Soldat?«, fragte er.

Der Riese sah aus dem Fenster nach den Kasernengebäuden, die eins nach dem andern an ihm vorbeizogen; dahinter erstreckte sich heiß und gleißend die Wüste. »Die Welt ist groß«, sagte Train leise. »So groß, dass sie nicht auf ein kleines Stück Papier passt.«

Jetzt saß Driscoll in seinem Zelt am Cinquale-Kanal und legte die Liste mit den vier Namen beiseite. Kein Zweifel. Das war er, der Riese, den er an diesem ersten Tag im Lager kennen gelernt hatte. Der Mann, der gesagt hatte, die Welt sei so groß, dass sie nicht auf ein kleines Stück Papier passe.

So ein Jammer, dachte er bitter. Da lief dieses Elefantenbaby im Aufmarschgebiet von zwölftausend Deutschen herum und konnte nicht mal eine Karte lesen. Er hoffte, die Informationen, die man ihm gegeben hatte, waren falsch. Wenn nicht, konnte ihm der arme Hund nur Leid tun.

5
Der Statuenkopf

Der Statuenkopf, den Sam Train am Ufer des Arno in Florenz gefunden und in den Kampf mitgenommen hatte, begann sein Leben im Jahre 1590 als Marmorblock in der Stadt Carrara, sechzig Kilometer nordwestlich von Florenz. Ein Marmorarbeiter namens Filippo Guanino hing, nur durch ein Seil gesichert, vor einem Felsvorsprung, den er drei Meter tief einsägte. Sodann schlug er vierzehn Eisenhaken in das Gestein. Nachdem ihn seine Kollegen wieder nach oben gezogen hatten, ging er sechs Meter weiter, ließ sich abermals herab, sägte wieder drei Meter tief in den Felsen und brachte weitere vierzehn Haken an. Dann arbeitete er sich weiter unterhalb sechs Meter in der Waagerechten voran, brachte zweiundzwanzig Haken an und hatte schließlich einen drei mal sechs Meter messenden Quader herausgesägt. Nun führte er ein langes, dickes Seil so durch die eingeschlagenen Haken, dass sie alle verbunden waren und eine Art Netz bildeten. Mit fünf anderen Männern brach er an einer dicht neben den Haken ausgestemmten Linie kleine Stücke aus dem Stein aus, bis sich der große Felsblock schließlich löste und, gehalten nur von dem einen dicken Seil, hin und her schwang und immer wieder an Felsvorsprünge stieß, während oben sechs Männer und zwei Maultiere mit aller Kraft zogen, damit er nicht zu Boden krachte. Die Männer auf dem Berg triumphierten über die Schwerkraft; der

Marmorblock fiel nicht hinunter, sondern schwang wie ein Pendel vor der Felswand und berührte sie ab und zu mit einem tiefen Wumm. Die Männer, die den Block durch ihr Hämmern an den ausgestemmten Linien herausgelöst hatten, hatten aber das Pech, dass niemand sie heraufziehen konnte, da alle Mann oben mit vereinten Kräften den Felsblock hielten und also gewissermaßen fest eingespannt waren. Die an ihren Seilen vor der Felswand Hängenden waren auf sich angewiesen und hatte alle Hände voll zu tun, als der Felsblock heftig ausschwingend außer Kontrolle geriet. Filippo sah den Quader kommen und versuchte hektisch, ihm auszuweichen, doch der schwere Block stieß gegen eine andere Felsnase und begann zu rutschen, geriet aus dem Rhythmus, stieß gegen die Wand, schwang weit aus, flog, sich vor die Sonne schiebend, wieder zurück und erwischte Filippos Arm, zertrümmerte ihn und riss ihn mit sich. Der Arm, von der Schulter bis zur Hand in Filippos Pullover steckend, baumelte an dem Marmorblock, als der wieder nach außen schwang – so als habe der riesige Brocken ihn für sich haben wollen –, bevor er vor der Wand herabfiel und auf Nimmerwiedersehen in einem großen Haufen Marmorschutt am Boden landete. Erst da wurde Filippo, aus dessen Armkugel die zerfetzten, blutenden Nervenenden heraushingen, hektisch nach oben gezogen. Er erhielt vom Besitzer des Marmorbruchs dreihundert Scudi und vier Flaschen Wein extra für seine Ungelegenheiten und bekam zwei Monate später eine neue Arbeit als Maultierabdecker.

Der schwere Marmorblock wurde zu Boden gelassen, auf die Ladefläche eines Wagens gehievt, mit zwölf Maultieren und einem Trupp Führer hundertdreißig Kilometer nach Norden in den Hafen von Genua gekarrt und auf ein Schiff nach Frankreich verladen. In La Rochelle lud man den Block aus und brachte ihn wiederum per Maultiertross zur Werkstatt eines am Hungertuch nagenden französischen Steinmetzen namens Pierre Tranqueville; dieser hatte von einer Herzogin de' Medici, der Gattin des Herzogs von Florenz, den Auftrag erhalten, eine von vier Statuen anzufertigen, die die Eckpfeiler des Ponte Santa Trinità schmücken sollten, der schönsten Brücke von Florenz, deren flach gewölbte Bögen keiner aus der Geometrie bekannten Form oder Linie entsprechen und von einem Zeichengenie, Gerüchten zufolge von Michelangelo, freihändig entworfen worden sein sollen. Die Statuen sollten nach dem Willen der Herzogin die vier Jahreszeiten repräsentieren. Die Aufträge für die »Sommer«-, die »Winter«- und die »Herbst«-Statue erteilte sie italienischen Bildhauern. Tranqueville, der den Frühling – auf Italienisch *primavera* – gestalten sollte, war der einzige Franzose. Die Wahl der Herzogin fiel auf ihn, weil er ihr – indirekt – von einer ihrer Kammerzofen empfohlen worden war, mit der Tranqueville während seines einzigen Italienaufenthalts einige Male das Lager geteilt hatte, damals, als er genug Geld zusammengekratzt hatte, um die großartigen, von dem damals schon berühmten Michelangelo geschaffenen Marmorstatuen zu sehen. Die Kammerzofe hatte Tranqueville ursprünglich dem Herzog der nahe gelegenen Stadt Barga empfohlen, mit dem *sie* einige Male das Lager geteilt hatte, und der wiederum empfahl Tranqueville der Herzogin, um der hübschen Kammerzofe zu demonstrieren, welchen Stand er bei Ihrer Hoheit hatte.

Der Auftrag war der bisher größte in Tranquevilles

noch jungem Steinmetzleben, und er schuftete vier Jahre lang wie ein Sklave an der Statue. In der Zeit starb seine Frau, verließ ihn seine Geliebte, und seine Tochter brannte, als sie vierzehn war, mit einem Maler durch. Tranqueville verfluchte sein Werk tagtäglich, denn trotz der Größe des Auftrags gelangte er allmählich zu der Überzeugung, dass die Statue, die ihm Ruhm und Reichtum eintragen sollte, ihm stattdessen nur Unglück brachte. Dennoch gab er nicht auf. Sein Geld wurde knapp, die Gläubiger saßen ihm im Nacken, sein Vermieter stand bereit, ihn hinauszuwerfen, doch Tranqueville machte unermüdlich weiter. Als das Prachtstück fertig war, schickte er es wiederum mit Maultieren und Männern nach Italien zurück, samt einem netten Brief an die Herzogin, in dem er ihr für ihre Großzügigkeit dankte und der Hoffnung Ausdruck verlieh, seine Arbeit sei die beste der vier von ihr in Auftrag gegebenen. Da er nicht prompt Antwort erhielt und praktisch pleite war, all seine Talente, seine Seele und seine Ersparnisse bereits verpfändet hatte, wurde er untröstlich und versank in Kummer und Gram, Gefühle, die später der Wut weichen sollten. Zwei Monate nach der Verschiffung der *Primavera* gen Florenz erstach Tranqueville seine ehemalige Geliebte, warf den Gatten seiner Tochter von einer Klippe und verprügelte seine Tochter so schwer, dass sie noch monatelang nur zu sich nehmen konnte, was die Zugehfrau ihr vorgekaut hatte. Am Ende brachte er sich um, indem er sich ein Handtuch in die Kehle stopfte.

Mittlerweile war die Statue in Florenz zur Hauptattraktion geworden. Sie wurde mit den drei anderen fertigen auf der Brücke aufgestellt und zog scharenweise Bewunderer an, sogar Bauern, welche bemerkten, bei der tragischen Schönheit der *Primavera* – ihrem langen Hals, den anmutigen Linien ihrer Schultern, der Schwellung ihrer üppigen Arme und ihrem wunderschönen, auf ewig nach vorn geneigten Kopf – denke man gleich an die tief im Herzen einer Frau verschlossenen Geheimnisse, aber auch an die Reinheit des Frühlings, nach dem die Statue schließlich benannt war, und an den Liebreiz eines jungen Mädchens, das in der Blüte seiner Jugend sehnsüchtig auf die Liebe wartete. Die Herzogin, die insgeheim mit sich gehadert hatte, den Auftrag an einen ausländischen Künstler vergeben zu haben, war jetzt so entzückt, dass sie sich wochenlang mit der Entscheidung herumplagte, wie sie ihn belohnen sollte. Schließlich kam sie auf die Idee, vier Statuen für den Ponte Vecchio, der parallel zur Santa Trinità den Arno überspannte, bei ihm in Auftrag zu geben; zusätzlich wollte sie ihm freie Hand lassen, fünf Marmorbüsten von ihr selbst zu schaffen.

Der Brief, der diese frohe Kunde von der Herzogin brachte, ging, in einer Schriftrolle mit Goldrand und in Chinaseide gehüllt und mit achtundvierzig Goldstücken gefüllt, an Tranqueville ab. Er kam neun Tage nachdem Tranqueville sich das Handtuch in den Rachen gestopft hatte an, just in dem Moment, als dessen Gläubiger und der Hausbesitzer in die Werkstatt einfielen, um Tranquevilles Habe herauszuschaffen und zu überlegen, was mit der Tochter geschehen solle, die kein Heim und keinen Mann mehr hatte und derzeit mit einer alten Bauersfrau, die ihr zweimal täglich vorgekautes Brot und eine dünne Suppe einflößte, im hintersten Winkel der Werkstatt hauste. Gläubiger und Hauswirt teilten vierzehn Goldstücke unter einander auf und überließen den Rest Tranquevilles Tochter, die sich zwar keinen Reim auf die Vorgänge und das plötzliche geschäftige Treiben um sie herum machen konnte, trotzdem aber froh war, von nun an zweimal am Tag Maronensuppe und vorgekautes Wildschwein als Mahlzeit zu bekommen, und nicht mehr trockenes, Tage altes Brot, benetzt mit Spucke von den trockenen Lippen der alten Hexe. Mit den restlichen Goldstücken hatte sie ausgesorgt bis ans Ende ihrer Tage, das leider nur allzu bald kam.

Als die Nachricht von Tranquevilles Tod in Italien eintraf, war die Herzogin tief bestürzt. Sie hatte nichts geahnt von der großen Armut, in der der Künstler gelebt hatte, denn sonst, meinte sie, hätte sie doch sofort nach ihm geschickt und ihm als Hofkünstler einen Platz an ihrer Seite gegeben. An Tranquevilles Tochter in La Rochelle schickte sie soviel ungemünztes Gold, dass man davon ein ganzes Dorf ein Jahr lang hätte durchfüttern können, und verbrachte hernach mehrere Tage trauernd im Bett, so sehr bedrückte sie, dass der einzige jemals von ihr entdeckte Künstler sich das Leben genommen hatte, bevor sie die ganze Welt mit seinem Genie bekannt gemacht hatte – und sie selbst durch die Porträtbüsten, mit denen sie ihn hatte beauftragen wollen, unsterblich hätte werden können.

Unterdessen sorgte die Statue für Unruhe. Die anderen drei Künstler, Florentiner, die den »Herbst«, den »Winter« und den »Sommer« geschaffen hatten, waren wütend über die Aufmerksamkeit, die der Franzose erhielt. Wir sind in Florenz, sagten sie. Wir erkennen keinen Unterschied zwischen seinem Werk und unseren. Kulturimperialismus! schrien sie. Französische Snobs! Mehrere Ratsherren aus der neu gebildeten Stadtregierung, die sich beim Volk und bei einem konkurrierenden Herzog einschmeicheln wollten, nahmen sich der Sache an, und so begann ein klassischer italienischer Aufruhr. In Florenz gibt es das Sprichwort, dass Florentiner sich über alles die Köpfe heiß reden. Sie sagen erst einmal nein zu allem und entscheiden erst Monate oder Jahre später, ob sie zustimmen, nicht zustimmen oder sich komplett heraushalten – und das erst, nachdem diverse Kommissionen alles erörtert und nichts entschieden haben und die ganze Angelegenheit längst in Vergessenheit geraten ist. In nahezu anderthalb Jahrtausenden, in denen sie von den einander ablösenden Herrschern, Herzögen, Grafen, fremden Eroberern, Lucchesianern, Pisanern und Römern immer nur gepiesackt wurden, lernten die Florentiner die Vorzüge des Schweigens und der vorsichtigen Ablehnung. Diese Tugenden haben sich in Florenz bis heute erhalten.

Unterdessen wurde das Geschrei um die Statue immer lauter und spaltete die Bevölkerung in zwei Lager; die eine Seite finanzierte Stadtführungen mit rivalisierenden Herzögen und Herzoginnen, die andere sprach sich öffentlich dafür aus, einen Feiertag nach ihrer Lieblingsstatue unter den vieren zu benennen, und so weiter. Die Herzogin lag zu dem Zeitpunkt bereits auf dem Sterbebett, und in dem Gefühlsüberschwang, den das Sterben und der Tod auslösen, ganz zu schweigen von dem letzten Wunsch der Herzogin, man möge die Statue als das große Kunstwerk in Ehren halten, das es war, wuchs die Beliebtheit der *Primavera* immer mehr. Der französische Botschafter in Florenz, der von der Kontroverse gehört hatte, nahm die *Primavera* in Augenschein und bestieg ein Schiff nach Frankreich, um König Louis IV. von Mont St. Michel aufzusuchen; er kehrte mit einem Angebot von 200 000 französischen Florins für die Statue zurück und teilte ein wenig überheblich mit, wenn die Florentiner sich nicht über die Größe eines französischen Genies einigen könnten, die Franzosen könnten es gewiss. Bei diesem Angebot erhob sich in allen italienischen Fraktionen ein Sturm der Entrüstung, und über den neu gebildeten Stadtrat von Florenz ließ man den französischen Botschafter wissen, die Herzogin möge zwar krank sein und im Sterben liegen, die Statue sei aber gekauft und mit Florentiner Geld, Arbeitskraft und Blut bezahlt, und er könne, bei allem gebührenden Respekt für den König von Mont St. Michel und für die große französische Nation, seine 200 000 Florins nehmen und sich sonstwohin stecken. Der französische Botschafter reagierte empört und trommelte seine Anwälte zusammen. Die Gereiztheit nahm auf allen Seiten zu. Politiker verabschiedeten Resolutionen. Noch mehr Komitees wurden gebildet. Die Franzosen ließen einen Anwalt aus der Nachbarprovinz Ligurien kommen, und der trug vor, da zwischen Frankreich und Florenz kein Vertrag vorliege, müsse Florenz sein Eigentumsrecht an der Statue durch Vorlage von Kopien des Tranqueville erteilten Auftrags nachweisen. Eine Kopie ließ sich aber nicht finden, da die Kammerzofe der Herzogin, die Geliebte Tranquevilles und des Herzogs von Barga, Wind von der Kontroverse bekommen und das Dokument an sich genommen hatte, um es später zu versilbern. Jetzt aber hatte sie Angst, ihre Missetat einzugestehen, und legte sich, Krankheit vortäuschend, ins Bett. Die Stadträte von Florenz, die das Dokument nicht vorlegen konnten und mittlerweile außer sich waren vor Wut, schickten nach Filippo Guiano, dem Arbeiter, der seinerzeit in Carrara beim Herauslösen des Marmorblocks einen Arm eingebüßt hatte.

Als vier Berittene vom Hof der Herzogin in voller Rittermontur an seine Tür klopften, glaubte Filippo, der Marmorarbeiter, er träume oder aber er müsse ins Gefängnis, weil er in den Bergen von Carrara Dutzende Bruchsteine hatte mitgehen lassen und, unter Zuhilfenahme seiner Füße, mit seiner ihm verbliebenen Hand Figürchen daraus gemeißelt und zu einem guten Preis losgeschlagen hatte. Er sprang durch ein Fenster an der Rückseite seines Hauses und wollte fliehen, die Soldaten aber fingen ihn ein, warfen ihn auf ein Pferd und brachten ihn nach Florenz, wo städtische Beamte ihn mit Oliven und Wein vollstopften, ihn komplett neu einkleideten, ihm ein Maultier schenkten und ihn zu der marmornen *Primavera* auf den Ponte Santa Trinità brachten, woraufhin der arme Mann vor allen Anwesenden erklärte: Ja, das ist der Marmor, der mich meinen Arm gekostet hat, und das weiß ich, weil es mein Arm war, den er zerschmettert und in den Steinbruch hinabgerissen hat. Hierauf verfluchte der Betrunkene zur Überraschung aller Umstehenden die *Primavera* aufs Grässlichste und beschimpfte die Statue als »gemeine, schmutzige Hure, die nicht wert ist, dass sich ein großer künftiger Herzog wie ich mit ihr abgibt, und meinen Arm ist sie schon gar nicht wert«.

Der Mann wurde rasch entfernt – doch die entscheidende Aussage, befanden die Florentiner, war gemacht. Die *Primavera* gehörte Florenz. Sie war mit Florentiner Blut beglaubigt. Kein Franzose, ob gemeiner Botschafter oder Louis IV. selbst, dürfe Hand an sie legen. Der französische Botschafter gab klein bei, zog das Angebot zurück, und die italienischen Streitereien um die vier Statuen begannen von vorn. Sie legten sich erst einige Zeit nach dem Tod der Herzogin im Jahre 1602, erloschen nach der Eroberung von Florenz durch die Römer im Jahre 1639 fast ganz, flammten 1861 mit der Proklamation des Königreichs Italien erneut auf und kamen nach Ausbruch des Ersten Weltkriegs 1914 vorläufig zum Erliegen. Nach dem Krieg ging das Gezänk von vorne los, da alle vier Statuen inzwischen Alterserscheinungen aufwiesen und reparaturbedürftig waren und man sich nicht darüber einigen konnte, wie – und von wem – sie repariert werden sollten. Die Frage erledigte sich, als Hitlers Armee 1943 in Italien einmarschierte und 1944 nahezu alle Brücken in Florenz, darunter auch die Santa Trinità mit allen ihren Statuen, zerstörte, ausgenommen die *Primavera*, die auf wundersame Weise heil blieb. Sie stand nun allein auf ihrem Eckpfeiler, Zeugnis, wie ihre Befürworter leise tuschelten, für Gottes Ratschluss, welche das größte Kunstwerk war, obwohl sie – Ironie des Zufalls – einen Arm verloren hatte, der vermutlich in den Arno gefallen war und wie der Arm Filippos, des Arbeiters aus dem Marmorbruch, nie mehr gefunden wurde. So hatte das Schicksal offenbar für Gerechtigkeit gesorgt.

Die *Primavera* hatte den Krieg schon fast überlebt; dann aber erhielt im November 1944 ein müder deutscher Kanonier namens Max Faushavent per Funk die Meldung, die Amerikaner rückten gefährlich nahe auf Florenz vor, und sein Regiment brauche Artillerieunterstützung in Fiesole, vier Kilometer außerhalb der Stadt. Faushavent schlief neben seiner Batterie, als der Befehl durch sein Funkgerät quakte, schrak alarmiert auf und verpasste die exakten Koordinaten. Faushavent hatte noch nie im Leben einen Schwarzen gesehen, und als er auf die Beine kam, über den Grat spähte, hinter dem seine Einheit versteckt war, und die amerikanischen Soldaten sah, die unter ihm unweit des zerstörten Ponte Santa Trinità am Arno entlangmarschierten, glaubte er, er sei gestorben und befinde sich in der Hölle. Ohne nachzudenken, lud er durch und feuerte zwei Schuss auf die Amerikaner ab, bevor seine schreienden Kameraden ihm sagen konnten, dass er nach hinten feuerte – Fiesole lag auf der anderen Seite –, aber zu spät. Seine Geschosse flogen weit und gingen fehl, trieben die Männer auseinander. Eine Granate landete im Arno, die zweite am Fuß der *Primavera*, der einzigen noch stehenden Statue, die Filippo Guiano seinen Arm, den Bildhauer Tranqueville seinen Verstand, die Herzogin ihr Renommee und die Franzosen ihren Stolz gekostet hatte. Der Feuerstoß fegte die Statue von ihrem Sockel, die *Primavera*, inzwischen Millionen wert, schlug mit einem dumpfen Knall auf dem Pflaster auf und büßte so ihren zweiten Arm ein, der in den Arno fiel, und verlor überdies den Kopf, der einige Meter weit rollte und im Rinnstein landete; ein schwarzer Soldat aus Mount Gilead, North Carolina, entdeckte ihn dort und nahm ihn mit, konnte ihn aber auch für fünfzig Dollar nicht losschlagen, und jetzt saß er in einer verlassenen Scheune in der Toskana, drei Kilometer unter dem Auge jenes Bergs, der Schlafender Mann genannt wurde, einen sterbenden Jungen in seinem Schoß, rieb den Statuenkopf und versuchte wieder unsichtbar zu werden.

6
Die Macht

Etwa anderthalb Kilometer bergaufwärts holten die
drei Soldaten Train ein; er saß auf dem Heuboden einer
verlassenen Scheune, deren Türen weggesprengt waren.
Er lehnte in seiner schlammüberkrusteten Hose an der
Wand und rieb den Kopf der Statue. Der Junge, der noch
unter Schock stand, lag zwischen Trains Beinen, fest
in dessen Feldjacke eingepackt. Draußen verschwand
die Sonne hinter Wolken, und es hatte zu regnen begonnen. Trains Gewehr stand neben dem offenen Eingang,
von dem aus man die Berge sah. Sein Tornister lag neben
ihm.

Stamps war der Erste in der Scheune und stieg wütend
auf den Heuboden hinauf, während die anderen unten
warteten. Er war mit den Nerven am Ende. Sie waren
mindestens drei Kilometer von der amerikanischen Linie
entfernt. Er meinte, die Rücken von mindestens zwei
deutschen Patrouillen gesehen zu haben, die im Westen
den Berghang hinaufstiegen. Er war der Panik nahe. »Was
zum Teufel ist in dich gefahren?«, sagte er.

Train zuckte mit den Achseln, drehte sich zur Seite
und kauerte sich zusammen. Der Junge auf seinem Schoß
rührte sich nicht. Train hielt Stamps den Jungen hin wie
ein Geschenk. Die leblosen Arme des Jungen fielen herab.

»Kannst ihn jetzt nehmen.«

Stamps wollte den Jungen nicht anrühren. »Hector,

komm rauf und sieh dir das an.« Hector, der Funker, war der Einzige, der als Sanitäter ausgebildet war.

Hector stellte das Funkgerät ab, stieg die Leiter hinauf, warf einen Blick auf das Kind, wedelte ihm mit der Hand übers Gesicht und sagte: »Der muss ins Krankenhaus.«

»Ich hab nicht gesagt, verzauber ihn. Sieh ihn dir an«, sagte Stamps.

Hector wollte den Jungen ebenfalls nicht anrühren. Er stieg die Leiter wieder hinunter. »War nicht meine Idee, hier raufzukommen«, sagte er. Ihm war, als müsse er sich übergeben, so viel Angst hatte er. Er war eingezogen worden. Er war Puertoricaner, hatte nichts zu schaffen mit diesem Krieg. Er steckte zwischen den Schwarzen und den Weißen in der Division in der Klemme. Seinen Vetter Felix hatten sie am selben Tag eingezogen wie ihn und mit der nur aus Weißen bestehenden 65. Division nach Frankreich geschickt. Felix hatte ihm geschrieben, er lege alle Französinnen flach, die er auftreiben könne. Und er hing hier bei diesen Kerlen fest und rannte Diesel, dem Dussel, nach, weil seine Haut dunkler war als die von Felix. Er hatte vom ersten Tag an nur Pech gehabt. Seine Vorgesetzten im Ausbildungslager hatten ihn zum Italienisch-Übersetzer machen wollen, weil er so gut Spanisch sprach. Nach dem viermonatigen Kurs hatte er seine Prüfung absichtlich vermasselt, weil er erfuhr, dass man ihn hinterher zum Offizier befördern wollte. Und Offizier hatte er ja gerade nicht werden wollen, weil er dann womöglich genau in einer solchen Scheiße steckte wie jetzt, wo ein anderer von ihm wissen wollte, was sie tun sollten. Er hatte keine Ahnung, was sie tun sollten. Der Junge war verletzt. Sie mussten sehen, dass sie hier wegkamen. Er selbst war noch am Durchdrehen.

Stamps schaute durch den zerstörten Scheunenein-gang. In der Ferne unter ihnen wurde wieder geschossen, aber er wusste nicht, ob sich das Feuer entfernte oder nä-her kam, weil die Geräusche in den Bergen um sie herum widerhallten, aber eine Seite hatte offenbar wieder Kraft geschöpft. Er drehte sich zu Train um: »Wir müssen hier weg. Pack zusammen, Train, und dann gehen wir.«

Train blieb zusammengekauert auf dem Boden sitzen und rührte sich nicht.

Stamps ging um Train herum und kniete sich mit einem Bein vor ihm hin, das Gewehr über dem Rücken und den Patronengurt so voll gepackt, dass er fast bis auf den Boden hing. Hochgewachsen, dünn, mit langen Ar-men, einem schmalen, hübschen Gesicht und kastanien-brauner Haut, waren er und seine kleine Gruppe in der ersten Woche ohne Munition in den Kampf geschickt worden und hatten nur knapp den Angriff einer deut-schen Patrouille überlebt. Seit dem Tag trug er immer Munition für zwei mit sich herum.

»Bist du über den Berg gegangen, Train?«

»Welchen Berg?«

»Was ist bloß in dich gefahren?«

»Lass mich in Ruh.«

»Wir haben drei Stunden nach dir gesucht.«

»Na, ihr habt mich ja gefunden. Jetzt geht weiter.«

Stamps warf einen Blick auf das Kind, das jetzt mit flatternden Lidern über Trains Schulter lag und fieberte, inzwischen blassgelb im Gesicht.

»Wir müssen das Kind in ein Krankenhaus bringen.«

»Ich weiß nichts von einem Kind«, sagte Train. Er hielt den Jungen abermals hoch, die Feldjacke um ihn ge-schlungen wie eine schützende Decke.

Stamps drehte sich um und stieg die Leiter herab nach unten, wo Bishop stand. »Rede du mit ihm, ich und Hector sehen uns mal ein bisschen um«, sagte er abfällig.

»Warum ich?«

»Weil du daran schuld bist, dass er durchgedreht ist, Mann!« Stamps stapfte wütend davon und trat aus dem Eingang der Scheune, um die Umgebung zu erkunden, machte beim Anblick der bedrohlichen Berghänge und Kämme um ihn herum aber nach fünf Schritten kehrt und beschloss, seine Erkundung vom sicheren Eingang der Scheune aus vorzunehmen.

Bishop schleppte seinen schweren Körper die Leiter hinauf. Er ging auf Train zu, der immer noch zusammengekauert in der Ecke saß, und baute sich, die Hände in die Seiten gestemmt, vor ihm auf. Train sah durchs Bishops Beine hindurch auf die gegenüberliegende Mauer. Die brandneuen Stiefel, die Bishop Trueheart Fogg beim Poker abgeknöpft hatte, waren verdreckt und ruiniert.

»Wo wolltest du hin, Sam Train?«, sagte Bishop leise. Train fuhr sich mit den Händen übers Gesicht, seine breiten Schultern hoben sich bei jedem Atemzug. Er drehte sich herum und sah zu Bishop auf, dessen Augen wie Scheinwerfer herableuchteten. Selbst wenn er zornig war, blitzten Bishops Augen listig, als teilten sie ein Geheimnis, von dem nur er wusste.

»Ich kenn dich, Bish. Du schaffst es, dem Teufel seine Hörner abzuschwatzen. Aber ich geh nicht zurück.«

»Das hab ich auch nicht von dir verlangt, oder? Ich hab dich gefragt, wo du hinwolltest.«

Train seufzte tief. »Das weiß ich auch nicht, Bish. Ich geh hier nicht mehr weg.«

Bishop meinte, diesen Berg versetzen zu können. Es gab immer eine Möglichkeit, einen Berg zu versetzen. Wenn er Zeit hatte, konnte er Sam Train dazu bringen, aufzustehen, den Jungen zum Fenster hinauszuwerfen und ihn, Bishop, auf dem Rücken den Berg hinunterzutragen, bis ins Divisionshauptquartier hinein. Redenkönnen war sein Zaubertrick. Redenkönnen war seine Medizin. Aber sie waren Gott weiß wo und von Deutschen umringt. Jetzt war keine Zeit für Zaubertricks. Bishop wollte bloß sein Geld. Er fing noch einmal an, direkter. »Wir müssen aber zurück«, sagte er leise.

»Ich hab mich mein ganzes Leben noch nie so einsam gefühlt, Bishop. Ich hab viel geträumt«, sagte Train.

Bishop sah über die Schulter zurück, vergewisserte sich, dass der Heuboden leer war, und beugte sich nach vorn, damit die anderen ihn nicht hören konnten. »Nigger, deine Träume sind mir egal«, zischte er. »Du hast mein Geld.«

»Ich geb's dir wieder. Ich hab meine Schulden immer bezahlt. Ich weiß jetzt, wie ich mich unsichtbar machen kann. Soll ich dir's zeigen?«

Bishop richtete sich auf. »Hör auf mit diesem irren Gequassel! Wir müssen zurück, damit du mir mein Geld geben kannst.«

»Das kann ich dir gleich geben. Ich hab was, das ist mehr als vierzehnhundert Dollar wert.«

»Und das wäre?«

Train hielt den Kopf der Statue hoch, der unschätzbaren *Primavera* aus Florenz, der Sensation aus dem siebzehnten Jahrhundert, geschaffen von dem Franzosen Pierre Tranqueville, den Kopf, den er am Arno im Rinnstein gefunden und auch für fünfzig Dollar nicht hatte losschlagen können. In dem Halbdunkel des Heubodens der Scheune sah der schmutzige Marmor aus wie ein ausgebleichter Brocken Kot.

Bishop sah ihn sich an. »Nein. Das ist bloß ein Felsbrocken. Ich will meine Mäuse in bar.«

Trains verzog verunsichert das braune Gesicht. »Ich begreif nicht, warum ich hier bin, Bishop. Das ist ein Irrtum. Die haben den Falschen. Ich bleib hier, bis alles vorbei ist.«

»Das kannst du nicht machen, Train.«

»Wieso nicht? Was die Weißen sagen, zählt hier draußen nicht. Hast du selber mehrmals gesagt.«

»Der kleine Junge ist ein Weißer. Du wärst beinah draufgegangen, als du ihn geholt hast.«

»Nein, ich hab mir bloß meinen Kopf wiedergeholt. Du kannst ihn haben. Hier. Bitte.« Er hielt den Jungen hoch, der von dem vielen Geschaukel allmählich aufwachte und sich an Train festklammerte. Bishop streckte die Arme nach dem Jungen aus, der vor ihm zurückwich und sich an Train drückte.

»Er will nicht«, sagte Train kläglich. »Trag ihn, er ist klein, Bishop.«

»Die stecken dich ins Gefängnis, Train.«

»Hoffentlich. Wenn ich ihnen Geld geben könnte, damit sie's machen, würde ich's tun.«

»Aber vorher musst du mir meins geben.«

»Komm schon, ich hab doch gesagt, du kriegst es …«

Bishop zuckte mit den Achseln und stieg vom Heuboden herunter. Stamps trat vor die Leiter. »Und?«, sagte er.

»Er hört nicht auf mich.«

Stamps erklomm abermals die Leiter, unter seinen schweren Schritten erzitterte der Heuboden. Auch er baute sich vor Train auf, die Hände in die Seiten gestemmt. »Los, Train, wir gehen«, sagte er.

»Ich hab hier den Jungen, der will nicht.«

»Du benutzt das Kind bloß«, sagte Stamps.

»Genauso wie der Weiße mich benutzt.«

»Komm mir nicht damit. Der Junge hat nichts damit zu tun.«

»Alles hat mit allem zu tun.«

»Verdammt, weich mir nicht dauernd aus, Soldat!«

»Er will nicht zurück! Los, nimm du ihn! Ich möcht ihn nicht.«

Stamps' Herz hämmerte so stark, dass er meinte, es werde ihm gleich zum Mund herausspringen. Er hatte wahnsinnige Kopfschmerzen. Seine Hämorrhoiden brachten ihn um. Wenn man desertieren wollte, gab es bessere Möglichkeiten. Sich in den Fuß schießen. Einen Verwundeten ins Lazarett bringen und abhauen. Dafür sorgen, dass man Schützengrabenfüße bekam, eine Krankheit, bei der die Füße durch den Schlamm und den Regen so anschwollen, dass man große schmerzende Blasen bekam, mit denen man nicht mehr gehen konnte. Train hätte schon zehnmal untertauchen können. In Pietrasanta zum Beispiel, wo sie unter deutschem Beschuss vier Tage in einer Papierfabrik festhingen und Soldaten in einem solchen Entsetzen flohen, dass man nur noch das Weiße in ihren Augen sah, hätte Train sich zehnmal in den Fuß schießen oder sich das Bein mit einem Messer durchlöchern und es als Schrapnellwunde ausgeben können. Warum jetzt? Stamps verstand das nicht. Solche wie Train, die aus dem Süden eingezogenen Schwarzen, waren ihm ein Rätsel. Die hatten keinen Stolz, ließen sich alles bieten, nahmen jede Strafe hin, die die Weißen austeilten, machten keinen Schritt zuviel. Im Kampf erwiesen sie sich jedoch oft als zuverlässige, kluge, zähe Soldaten, die auch unter Druck noch ruhig und besonnen reagierten. Warum hoben sie sich nicht etwas von dieser Kampfmoral für die Weißen zu Hause auf? Stattdessen führten sie sich auf wie Idioten, fürchteten sich vor jeder Kleinigkeit, schleppten Katzenknochen und Bibeln mit sich herum und hatten kleine schwarze Beutel mit Pülverchen um den Hals hängen, hießen Jeepers und Pig und Bobo und katzbuckelten auf Schritt und Tritt vor den Weißen. Er kapierte es nicht und wollte es auch nicht kapieren. Für ihn verkörperten sie alles, was er nicht sein wollte: ein dummer Nigger, ein Brikett, ein Angsthase. An seiner rein schwarzen Highschool in Arlington, Virginia, war er ein exzellenter Schwimmer gewesen, der einzige Schwarze, der es in die sonst nur aus Weißen bestehende Regionalmannschaft gebracht hatte und mit ihr Virginia-Meister geworden war. Zur Feier des Sieges war ihr Trainer mit ihnen Eis essen gegangen. Für die anderen Schwimmer hatte er Vanilleeis gekauft, für Stamps Schokolade. Stamps wollte es nicht essen. Der Trainer war beleidigt und verlangte eine Erklärung, aber die gab ihm Stamps nicht. Schon als Kind hatte er behandelt werden wollen wie alle anderen und kapierte nicht, wie jemand das anders sehen konnte. Diese Neger vom Land schafften ihn. Er hatte sie sein Leben lang gesehen, an der Bushaltestelle, in seinem Viertel: Frauen, die Böden schrubbten, Erbsen pulten, auf der Veranda saßen und lachten und witzelten, als hätten sie absolut keine Sorgen, die Männer, die sich zu Tode soffen, jeden Sonntag lautstark Gott anbeteten, einander ständig als Diakon dies und Bruder das anredeten, sich aber wegen Kleingeld gegenseitig den Schädel einschlugen, sich um

Frauen prügelten, Kinder machten, die sie später schlugen und missbrauchten, aber sich von Mr Charlie in den Arsch treten ließen. Passiv-aggressive Neger. So hatte Huggs immer gesagt. Stamps kannte Huggs seit vier Jahren. Sie waren zusammen auf der Offiziersanwärterschule gewesen. Zum Glück hatte es Huggs erwischt und nicht ihn. Als Stamps merkte, was er gerade gedacht hatte, schämte er sich ein bisschen. Train hatte neben Huggs im Wasser des Kanals gestanden, und plötzlich fiel Stamps ein, dass Train ja vielleicht deshalb übergeschnappt war. Weil er gesehen hatte, wie Huggs in Stücke gerissen wurde. Da konnte man schon durchdrehen.

»Okay.« Er seufzte. »Ich bitte Captain Nokes, dass er dich den Jungen ins Divisionshauptquartier bringen lässt. Kannst ihn hinschaffen und zur Ordonnanz gehen und in der Nachschubbasis arbeiten. Ich sag Lieutenant Birdsong, er soll es aufschreiben. Er ist auch ein Schwarzer, er macht das. Dann hast du dreißig Kilometer hinter der Front zu tun, sogar in Viareggio, wenn du möchtest. Wenn du willst, kriegst du da für zwei Dollar eine Frau.«

Train schüttelte den Kopf. »Ich geh nicht zurück. Ich kämpf nicht mehr für Weiße. Hier oben haben die nichts zu sagen. Hier ist es nicht wie zu Hause. Hier haben die nichts zu bestimmen. Weiße haben hier nichts zu bestimmen«, wiederholte er. Er bekam panische Angst, als er den Gedanken aussprach. Die weißen Kommandeure mochten ihn. Er mache seine Sache gut, hieß es immer. Die wussten alles. Er vertraute ihnen. Und jetzt starben die auch. Er hatte es gesehen. Die Welt stand Kopf. Er sah Stamps' funkelnden Blick auf sich gerichtet.

»Du führst dich auf wie ein gottverdammter Idiot«, sagte Stamps.

»Ich bleib hier sitzen, bis mir eingefallen ist, was ich als Nächstes mach«, sagte Train.

»Was du als Nächstes machst! Morgen früh kommen die Krauts diesen Berg runter, das ist das Nächste.«

»Hier finden die mich nicht.«

»Wo willst du denn hin?«

Train rieb schweigend den Statuenkopf ab. Er hatte beschlossen, keinem mehr zu erzählen, dass er sich jetzt unsichtbar machen konnte. Er wies auf einen durch die zerstörte Scheunentür sichtbaren Berg im Südwesten, den Monte Cavallo, direkt am Auge des Schlafenden Mannes.

»Da schießen sie nicht«, sagte er.

»Du weißt doch gar nicht, was da ist«, sagte Stamps. »Da drüben ist nämlich der böse Mann.«

»Tja, muss er halt zur Seite rücken, denn Sam Train kommt rüber und klopft ihm auf die Schulter.«

Schon sah Stamps Leuchtkugeln, die den Himmel erhellten. »In ein paar Stunden wird es dunkel. Wir ruhen uns bis vier Uhr früh aus. Dann schick ich Bishop und Hector noch mal zu dir rauf, und wenn du dann immer noch nicht mitgehst, nehmen wir dich fest und bringen dich zurück. Kannst von Glück sagen, dass Captain Nokes nicht hier ist. Der würde dich auf der Stelle erschießen.«

Stamps stemmte den Fuß fest auf den Boden und schob ein Büschel Heu hin und her. Die Lage war echt verkorkst. Er hasste Nokes. Nokes war schuld daran, dass Train übergeschnappt war. Wenn Nokes die Artillerie richtig eingesetzt hätte, wären sie jetzt in ihrem Lager und würden sich auf das Weihnachtsessen in ein paar Tagen vorbereiten. Vor seinem geistigen Auge sah er sich plötzlich das Gewehr auf Nokes' Visage richten und eine Ladung Kugeln auf ihn abfeuern. Er unterdrückte den

Gedanken, als der Junge sich plötzlich aufrichtete. Stamps beugte sich hinunter und sah den Kleinen an.

»Hol dir bei Hector Sulfapulver und versuch es dem Jungen zu geben«, sagte Stamps. »Davon geht sein Fieber runter. Er hat doch Fieber, oder?«

»Ich weiß nicht, was er hat.«

Stamps wollte die Hand auf die Stirn des Jungen legen, doch der zitternde Kleine sah ihn unter flatternden Lidern an und schrak zurück, drückte sich an Trains Brust.

»Was hast du ihm zu essen gegeben?« sagte Stamps.

»Was von dem, was ich hab, Schokolade und von der D-Ration. Er mag diese Pampe.«

»Okay. Nimm noch was von Hector, wenn deins nicht reicht. Und gib ihm genug zu essen. Das wird morgen ein langer Marsch.«

Stamps griff nach der Leiter.

»Ich hab keine Fidderenzen mit dir, Lieutenant«, sagte Train.

»Fidderenzen?«

»Krach. Ich hab keinen Krach mit dir.«

Stamps, schon auf der Leiter, schnürte es das Herz zusammen. Sechs Monate lang war er neben Train marschiert, war mit ihm ausgebildet worden, hatte an seiner Seite gekämpft, Schützenlöcher und Latrinen mit ihm geteilt, und jetzt begriff er, dass er nichts von ihm wusste. Und auch nichts von ihm wissen wollte. Es war besser so. Es war besser, wenn Train für ihn einfach bloß ein dummer Nigger war, denn wenn er ihn anders sah, erinnerte er ihn an jemanden, den er kannte und den er sehr gern hatte … an seinen Vater.

»Schon gut, Train. Schlaf ein bisschen, und halt dich morgen Früh bereit.«

Train sah zu, wie die Sonne hinter den bedrohlichen Bergen unterzugehen begann. Neben den gelegentlichen Feuerstößen unten am Kanal hörte er über Lautsprecher eine Frauenstimme, die mit deutschem Akzent betont herzlich englisch sprach. Sie sagte: »*Willkommen im Krieg, zweiundneunzigste Division. Wofür kämpft ihr Neger denn? Amerika will euch nicht. Wir aber schon. Kommt zu uns. Ich hab was für euch, das ist hübsch warm. Ihr könnt alles haben, was ihr wollt*«, gefolgt vom Plärren leichter Jazzmusik. Noch immer auf dem Boden kauernd, wandte Train sich von Stamps ab, und im Licht der Leuchtkugeln war der Umriss seines gewaltigen Schädels vor dem Hintergrund der Berge zu sehen. »Vielleicht gibt's gar kein Morgen«, sagte er leise.

Der Junge träumte von einer Frau, die auf einem Hügel stand. Und in dem Traum winkte sie ihm zu. Ihre Hand war in der Luft erstarrt. Der Junge erkannte die Frau nicht, sah sie aber ganz deutlich; sie stand am Rand eines grasbedeckten Feldes neben einem Baum und hob eine Hand. Die Frau sah müde aus. Er stand da und sah sie winken, dann verblasste sie. Als er aufwachte, lag er auf dem Boden, der Schokoladenriese hockte über ihm und sah ihn an. Unter dem Arm hatte der Riese den Kopf der Frau aus seinem Traum. Er hatte aber nur den Kopf. Mit angstvoll aufgerissenen Augen betrachtete der Junge die *Primavera*.

»Der Kopf, das ist wie ein Amulett, bloß größer, Junge, das bringt Glück. Da ist Magie drin. Willst du ihn mal anfassen?«

Die kehlige Stimme des Riesen klang beruhigend, doch als er ihm den Statuenkopf hinhielt und die Hand des Jungen nahm, damit er ihn anfassen konnte, zog der seine Hand zurück.

Train legte den Kopf auf den Boden. »Du hast bestimmt Hunger, was?«

Der Junge reagierte nicht. Die Brust tat ihm weh, und er fror. In ihm drin, tief drin, war etwas nicht, wie es sein sollte. Er sah zu dem Riesen hinauf, und ihm war, als habe er einen dicken Schleier vor den Augen, so als sähe er den riesigen Schokoladenmann durch einen weißen Vorhang hindurch. Er sah, wie der Riese sich bewegte, langsam eine Dose Fleisch von seiner K-Ration herauszog, etwas davon mit der Gabel seines Feldgeschirrs aufspießte und ihm hinhielt.

»Das schmeckt dir, was?«

Der Junge achtete nicht auf die Gabel und starrte stumm auf die sich bewegenden Lippen des Riesen. Er war wieder in die Stille getrieben, in der es keine Stimme und keine Geräusche gab. Er beschloss, bei seinem Freund Arturo vorbeizugehen, nachzusehen, ob er zu Hause war. Er schloss die Augen. Arturo tauchte direkt neben der Schulter des Riesen auf; beide beugten sie sich über ihn. Sogar im Stehen war Arturo nicht so groß wie der hockende Riese. Dem Jungen fiel auf, dass Arturo Hosenträger anhatte, aber keine Schuhe.

Arturo kratzte sich ohne es zu merken am Kopf. »Ich hab Läuse«, sagte er.

»Wo bin ich?«, fragte der Junge.

»Du bist auf der Welt.«

»Was ist die Welt?«

»Die Welt ist ein Kopf, der Kopf eines Riesen, und auf dem wohnen wir, und wenn der Riese seinen Kopf dreht, hast du Geburtstag.«

Der Junge sah, wie Train den Helm abnahm und seufzte, sich dann den wuscheligen Kopf kratzte.

»Wer ist das?«, fragte er.

Arturo war entrüstet. »Er ist ein Schokolademacher, und bei ihm kriegt man sie umsonst. Und, hast du deinem Freund was von der Schokolade aufgehoben? Hast du nicht!«

»Doch«, sagte der Junge, »ich hab dir was aufgehoben«, und zog aus seiner Tasche ein Stück Schokolade von der D-Ration, die Train ihm gegeben hatte.

Train, über das Kind gebeugt, sah ungläubig zu, wie der Junge das Stück Schokolade aus der Tasche zog, es in die Luft hielt und freundlich mit ihm redete, bevor er es verschlang.

»Das hat gut geschmeckt«, sagte Arturo. »So was hab ich erst zweimal in meinem Leben gehabt. Erzähl mir von dem Schokolademacher. Trinkt der Motoröl und frisst kleine Kinder?«

»Nein«, sagte der Junge.

»Fass ihn an und schau nach.«

Der Junge, der noch auf dem Boden lag, streckte den Arm hoch und bedeutete Train, näher zu kommen. Train tat es, dachte, der Junge wolle ihm etwas zuflüstern. Doch der stützte sich stattdessen auf den Ellbogen und strich Train mit der Hand sacht übers Gesicht und danach durch das raue, wuschelige Haar. »Wenn du den Kopf drehst«, sagte der Junge, »hab ich Geburtstag.«

Train verstand nicht. Er fühlte, wie die Händchen an seinem Kopf zogen, sah, wie die unschuldigen Augen in seinem Gesicht forschten, und ein Schamgefühl überflutete ihn wie eine Welle. Noch nie hatte ein Weißer sein Gesicht berührt. Noch nie einer die Hand ausgestreckt und ihn liebevoll berührt, und diese Kraft, die Kraft kindlicher Unschuld und Reinheit trieb ihm Tränen in die Augen. Er war nicht darauf gefasst gewesen, etwas zu spüren, als der Junge ihn berührte, spürte nun aber Mitleid, spürte Menschlichkeit, spürte Liebe, Harmonie, Sehnsucht, Hunger nach Güte, das Verlangen nach Frieden – Eigenschaften, von denen Train nicht gewusst hatte, dass Weiße sie besaßen. Der Junge strich mit der Hand über Trains Gesicht und hielt seine Nase fest. Sein unschuldiger Blick suchte den Trains, und als sie sich trafen, konnte Train dem Jungen in die Augen schauen und sah weder Ablehnung noch Furcht oder Verachtung, sondern den Schmerz, die Ratlosigkeit und den Kummer tausendfacher Demütigung. Er sah Licht, Dunkel, flackernde Hoffnung, doch vor allem sah er in den Augen des Kindes den Spiegel seiner selbst. Das hatte er bis jetzt noch nie im Gesicht eines Menschen gesehen, ob weiß oder schwarz, nicht mal eines Kindes. Train schaute den Jungen gebannt an.

»Großer Gott, Junge, du hast ja Macht in den Händen«, sagte er.

Der Junge ließ die Hände sinken und legte sich wieder hin. Er war erschöpft. Arturo sah zu.

»Kann ich dich was fragen?«, sagte der Junge zu Arturo.

»Klar.«

»Wer bin ich?«

Arturo wirkte irritiert. »Wenn *du* das schon fragen musst, ich weiß es nicht.«

Beim Geräusch der lauten Schritte, mit denen jemand die Leiter heraufstieg, drehte der Junge den Kopf, und in dem Moment verschwand Arturo. Stamps kam hastig auf den Heuboden herauf und stand nach zwei Schritten vor Train und dem Jungen.

»Steh auf, Train! Wir müssen los«, sagte er.

Train, den Blick noch auf den Jungen geheftet, sagte von unten: »Er hat Macht, Lieutenant. Er hat Macht!«

»Was?«

»Der Junge. Er hat sich aufgesetzt und meinen Kopf angefasst. Er hat göttliche Macht in den Händen. Er hat mich gesegnet. Ich hab es gespürt. Heute ist mein Glückstag. Ja, Herr, ich danke dir, Jesus – gelobt sei Gott! Er hat die Macht. Willst du's mal fühlen? Fass seine Hände an, Lieutenant.« Train grabschte nach Stamps' Hand und wollte sie mit aller Gewalt auf den Jungen legen. »Du merkst es auch. Fass mal an.«

Stamps riss seine Hand weg. »Reiß dich zusammen, Mann! Hector hat da draußen was gesehen. Wir müssen weg – sofort. Kommst du oder nicht?«

Train erhob sich zum Gehen, suchte aufgeregt seine Sachen zusammen. Stamps schaute ungläubig. »Ich glaub, du hast nicht mehr alle Tassen im Schrank«, sagte er. »Du musst zum Arzt, glaub ich.«

»Ich brauch keinen Arzt nich.«

»Warum bist du überhaupt hier raufgerannt? Warum bist du nicht einfach wieder auf unsere Seite gekommen, statt uns hier oben in diesen Schlamassel zu bringen?«

Train zuckte mit den Achseln. Er hatte keine Seite. Die eine Richtung war so gut gewesen wie die andere. Hier draußen würde ihn kein Weißer beschützen. »Ich hab dich nicht gebeten, herzukommen«, sagte er. Er brauchte Stamps und die anderen jetzt nicht. Er wurde beschützt – und das gleich zweifach, einmal von dem Statuenkopf, der an seiner Hüfte hing, und einmal von einem Engel, einem lebenden. Er hob den Jungen hoch und drückte ihn sich an die Brust. Er begann »Take Me to the Water« zu summen, ein leises, dunkles, kehliges Summen, tief aus seiner Brust, und ging schon zur Leiter, drehte sich um und stieg hinunter. Stamps, noch immer wütend, folgte ihm.

Der Junge kuschelte sich in die warmen Arme des Riesen, und der Gesang der tiefen Stimme umhüllte ihn wie eine Decke. Ihm war, als sei er in Watte gepackt. Er vergrub seinen Kopf ans Trains Brust. Er wünschte, Arturo käme noch mal wieder, dann könnte er ihm von dem Gefühl erzählen, könnte ihm erzählen, wie es ist, in Schokolade zu stecken und die süße Melodie zu hören, aber Arturo kam nicht, und so schlief der Junge wieder ein und träumte von der ihm winkenden Frau. Er wollte Arturo fragen, warum die Frau ihm ständig winkte. Er wollte wissen, warum sie ihm mit ihrem Winken ständig sagte, er solle fortgehen.

7
Die Kirche

Die vier Soldaten waren etwa hundert Meter bergab in
Richtung der amerikanischen Linie gegangen, als eine
deutsche Patrouille sie erspähte und erneut den Berg hinauf und auf der anderen Seite wieder hinunterscheuchte,
auf das Serchio-Tal zu, und dabei verloren sie vollends die
Orientierung. Im eiskalten Regen marschierten sie vier
Stunden lang über schroffe Kämme und durch Täler, vorbei an Höhlen und gefährlichen Steilhängen. Sie hatten
keine Karte, ein ausgefallenes Funkgerät und keine Ahnung, wohin sie gingen, wussten nur, dass sie sich ent-
gegengesetzt zur letzten Patrouille bewegten, die sie gesehen hatten, und dass sie vor Anbruch der Nacht eine
Unterkunft und etwas zu essen auftreiben mussten. Jedesmal, wenn sie ein Feuer oder ein Grüppchen Häuser
sahen, zogen sie sich in die Berge zurück, um es zu umgehen, und verpassten so auf vierhundert Meter ein halbes
Dutzend Artilleriebeobachter und italienische Partisanen, die dem Jungen das Leben hätten retten können: Lieutenant Horace Madison in Seravezza, Lieutenant Jimmy
Suttlers in Cerreto, Bruno Valdori von den Partisanen
aus Valenga in Ruosina, die allesamt friedlich in warmen
Häusern an warmen Feuern saßen, warme Mahlzeiten
aßen und auf den Befehl zur Übermittlung von Koordinaten warteten, damit die Bergdörfer, in denen sich die
Deutschen versteckten, mit Artilleriefeuer überzogen

werden konnten. Doch als die Soldaten Ruosina umgangen hatten, gab es keine amerikanischen Vorposten mehr, auf die sie zufällig hätten stoßen können. Sie hatten sich schon weit von den amerikanischen Außenposten entfernt und waren ganz auf sich gestellt. Als sie tiefer in die bewaldeten Berge vordrangen, nahm der eiskalte Regen noch zu und verwandelte die bereits glitschigen Hänge in dicken roten Schlamm.

Stamps ging voran und fluchte jedesmal laut, wenn er in dem Schlamm ausglitt: »Blöder Hund, schickt diesen Idioten über den Berg!« Er kam nicht darüber hinweg. Er machte Sam Train keinen Vorwurf. Der war, davon ging Stamps inzwischen aus, übergeschnappt, und jeder wusste ja, dass Sam von Anfang nicht der Hellste gewesen war. Bishop dagegen, der hatte Macht über Menschen. Sogar Stamps hatte Spielschulden bei ihm. Sie waren nie miteinander ausgekommen; Bishop gehörte zu der Sorte Schwarzer, die Stamps verachtete. Dieser Mensch, der vor Weißen grinste und herumscharwenzelte und seine Schwarzen mit Gesülze über Gott und beim Kartenspielen hereinlegte, warf die Soldaten hundert Jahre zurück.

Bishop, der hinter den anderen Männern den Berg hinaufkeuchte und -schnaufte, hörte Stamps, achtete aber nicht auf ihn. Ob ihm jemand sympathisch oder unsympathisch war, hing für Bishop nur davon ab, inwiefern er den Betreffenden brauchen konnte, und so machte er sich über Stamps keine Gedanken. Über sich selbst machte er sich allerdings welche. Er war wütend auf sich, weil er Train durch den Kanal gefolgt war. Ihm war schleierhaft, warum er das getan hatte. Dass Train ihm Geld schuldete, war eine Ausrede. Geld schuldeten ihm alle. Und was er sich gedacht hatte, als er Train den Jungen holen schickte, wusste er auch nicht. Er hatte die zwei Füße unter dem Heuhaufen gesehen, und das war ihm nicht ganz sauber vorgekommen; es war viel los gewesen, er hatte nichts gehört, Huggs war getroffen worden, sein Gesicht schwamm überall herum, der weiße Mistkerl Nokes hatte nicht geglaubt, dass sie es über den Kanal geschafft hatten, und hatte ihnen keine Unterstützung durch die Artillerie gewährt, und er selbst hatte geglaubt, er werde sowieso sterben. Er war in Panik geraten und hatte Train das tun geschickt, was er selbst nicht hatte tun wollen. Wenn er an Gott glauben würde, hätte er in dem Moment gebetet, aber er glaubte nicht an Gott. Dass er in Kansas City gepredigt hatte, war bloß ein Trick, mit dem er ein paar dummen Niggern ein bisschen Geld abgeknöpft hatte. Dass er Train am Kanalufer künstlich beatmet und ins Leben zurückgeholt hatte, war auch so ein Unsinn gewesen. Er hatte mal in einer Zeitschrift gelesen, wie einer von einem Dach gestürzt war und der Arzt ihn wieder zum Leben erweckt hatte dadurch, dass er ihm Luft in die Lungen pumpte. Er wusste nicht, warum er es probiert hatte. Er hatte gedacht, der massige Mumbo-Jumbo-Nigger sei tot, und das wär's dann gewesen. Scheiße, vierzehnhundert Dollar war eine Menge Moos.

Bishop stieg hinter den anderen den Berg hinauf, sah den Dampf, der in dem gespenstischen dunstigen Regen von Sam Trains Rücken aufstieg, und überlegte, was sinnvoller war: kämpfen und seinen Stolz nicht verlieren, wie die Zeitungen der Schwarzen sagten, oder sich davonmachen und das eigene Leben retten. In der Division klappte sowieso nichts richtig. Die guten weißen Kommandeure waren alle schon versetzt worden, noch ehe die Einheit die Staaten überhaupt verlassen hatte. Schwarze Erste und Zweite Lieutenants befehligten alles, und sie wussten nie mehr als fünf Minuten im Voraus, wie ihr nächster Auftrag lautete. Diesen Berg einnehmen, jenen Berg einnehmen. Wozu? Der Feind kam eh gleich zurück und nahm ihn tags darauf selber wieder ein. Als Bishop zum ersten Mal die Berghänge sah, auf denen sie angreifen sollten, dachte er, dass Gefängnis vielleicht besser sei. Die Deutschen hatten alle Bäume und Häuser und alles Grün weggebombt und niedergebrannt, nirgendwo hatte man Deckung. Die Deutschen feuerten von oben herunter. Die Amerikaner rannten hinauf. Es war wie Tontaubenschießen. Während ihres ersten Auftrags außerhalb von Lucca hatten sie einen guten weißen Captain gehabt, einen aus Mississippi. Dieser Walker war ein mutiger Teufel, das musste er zugeben. Walker wollte nicht im Hauptquartier bleiben und die Befehle über Funk rausgeben wie die anderen weißen Captains. »Wenn wir da morgen Früh raufsteigen«, hatte er zu ihnen gesagt, »bin ich mit dabei.« Und er hatte Wort gehalten. Als der Befehl zum Angriff kam, stand Walker auf, sagte: »Gehen wir«, und das deutsche Feuer zersäbelte und zerstückelte und zerfetzte jeden Fußbreit Boden vor Walker und allen Soldaten hinter ihm, die dämlich genug waren, aufzustehen, als er den Befehl gab, sich den Arsch wegschießen zu lassen. Walker kam ein paar Schritt weit, bevor er in ein Schützenloch sprang. Eine Granate kam gleich hinterher und zerriss ihn. Unglaublicherweise stand das, was von ihm noch übrig war, aber noch mal auf und stolperte fünf Schritte weiter, bevor die Reste von Walker auch zusammenbrachen, und nicht mal alle gleichzeitig. Lieutenant Huggs hatten sie am Cinquale das Gesicht weggeschossen. Alle seine Freunde – Jimmy Cook, Skiz Parham, Spencer Floor, Hep Trueheart, alle miteinander toter als Calpurnias Pfannkuchen. Die ganze Sache war so verkorkst, dass es nicht zum Aushalten war. Er war immer noch hier draußen, Captain Nokes saß hinten in der Basis und schlürfte vermutlich Tee, und Stamps führte das Kommando, und alles bloß, weil er in Panik geraten und dem dämlichsten Nigger auf der ganzen Welt hinterhergerannt war.

»Haut genau hin«, grummelte er, als Hector vor ihm bergauf kraxelte.

»Was haut hin?«, sagte Hector durch den von seinem Helm tropfenden Regen.

»Die blöde Idee, die ich hatte. Ich wollt mal sehen, wie dämlich ihr Nigger seid, ob ihr mir durch den Kanal nachrennt. Der Junge stirbt sowieso. Und wir mit ihm.«

»Schluss damit, Bishop«, blaffte Stamps, der vor ihnen ging. »Auf Predigten können wir verzichten. Wir brauchen einen Unterschlupf, damit wir aus diesem Wetter rauskommen.«

»Ich predige nicht«, sagte Bishop. »Ich sollte gar nicht hier sein mit euch Mitläufern. Ich bin bloß da, weil mein Schneider hier wohnt.«

Hector lachte, aber Sam Train verstand nicht worüber. »Der Junge hier braucht einen Arzt«, sagte er. »Ist das euch allen egal?« Er blieb unter einem Felsvorsprung stehen, der ihn halb vor dem Regen schützte, um nach dem Jungen zu sehen, und die anderen drängten sich neben ihn. Der Regen strömte in dichten Bahnen über die Felskante wie ein Wasserfall. Train schlug vorsichtig die Feldjacke auf, in die er den Jungen eingewickelt hatte. Das Gesicht des Jungen war gipsweiß, die Händchen hatte er zu Fäusten geballt. Seine Lider flatterten unregelmäßig. Train fiel jetzt erst auf, dass er schwer atmete, und hörte sogar durch den trommelnden Regen den pfeifenden Atem des Kindes, als rassle etwas in seiner Kehle; es klang wie Spielkarten, die in den Speichen eines sich drehenden Rads stecken.

»Er braucht nicht bloß einen Arzt, er muss ins Krankenhaus«, sagte Stamps. »Hector, sieh ihn dir mal an, ich schau inzwischen, wie es weiter oben aussieht.« Stamps trottete weiter.

Hector machte sich diesmal gar nicht erst die Mühe, einen Blick auf den Jungen zu werfen. Train, der ihn hoffnungsvoll ansah, bekam von ihm nur eine wegwerfende Handbewegung. »Ich hab's dir schon gesagt, er muss ins Krankenhaus.« Trains Junge tat ihm Leid, aber so Leid auch wieder nicht. In Neapel hatte er solche Kinder zu Tausenden gesehen; sie bettelten in den Straßen, zupften die Soldaten an den Uniformen und sagten: »Komm mit zu meiner Schwester. Große Titten. Enge Möse.« Sie erinnerten ihn an seine Kindheit in San Juan, wo er vor Straßencafés um Essen gebettelt, Reste von den Tellern stibitzt hatte, während die Besitzer ihm hinterherliefen; erinnerten ihn daran, wie seine Mutter still während der Messe gebetet und sein betrunkener Vater zu Hause geschrien und sie mit Schlägen aus dem Haus getrieben hatte. Die Erinnerungen waren Hector unerträglich. Er wandte sich ab, hockte sich hin und sah zu, wie Stamps den schlammigen Berg hinaufstieg.

»Warum siehst du ihn dir nicht an?« Train gab keine Ruhe.

»Hab ich schon«, sagte Hector und sah weiter Stamps nach.

»Warum gibst du ihm nicht was von dem weißen Pulver, das du hast? Andern hast du's doch auch gegeben.«

»Was für Pulver?«

»Das Zauberpulver.«

Hector sah Train von der Seite an. »Sulfapulver, meinst du das, Train? Das ist gegen Fieber. Soll ich ihm das bei dem Regen geben? Der Junge hat kein Fieber. Er hat eine Brustverletzung oder sonst was Innerliches, keine Ahnung.«

»Ach, mach was.«

Hector gähnte. Urplötzlich war er müde. Seine Nerven machten schlapp. Train sah ihn unverwandt an, mit hoffnungsvollen großen Kulleraugen wie ein Hund. Hector stellte sich Train als Hund vor. Er wäre ein riesiger schwarzer Welpe. »Erst müssen wir mal aus diesem Dreck hier raus.«

Train wandte sich an Bishop. »Bishop, kannst du ihn nicht dazu bringen, dass er sich den Jungen ansieht?«

Bishop ließ den Blick über die Berghänge ringsum schweifen. Es gab ein zischendes Geräusch, wenn der Regen auf Blätter und Bäume aufschlug. »Komm mir bloß nicht mit dem kleinen weißen Jungen«, sagte er brummend. »So was würde ich nie machen, mir einfach einen kleinen weißen Bengel schnappen.«

»Aber du hast es mir doch gesagt.«

»Dir gesagt, von wegen. Es war deine Idee. Reine Zeitverschwendung, dass du ihn retten wolltest. Wozu?«

»Ich hab bloß gemacht, was du mir gesagt hast.«

»Ich hab dir nicht gesagt, dass du uns alle umbringen sollst. Das ist ein Krieg von Weißen, Mann. Nigger haben damit nichts zu tun. Der Junge hat sowieso kein Leben vor sich.«

»Warum nicht?«

»Weil die Weißen kein gutes Leben für ihre Kinder wollen. Steht schon in der Bibel, Sprüche zweiundzwanzig sechs: ›Gewöhne einen Knaben an seinen Weg, so lässt er auch nicht davon, wenn er alt ist.‹ Der wird zum Hass erzogen, Mann. Sein Leben ist keinen Pfifferling wert.«

Train blinzelte irritiert, der Regen verhüllte sein riesiges Gesicht. »Er hat dir nichts getan.«

»Vor zwei Stunden wolltest du ihn selber nicht haben.«

Train verstummte. Das war gewesen, ehe er wusste, dass der Junge ein Engel war. Er gehörte jetzt ihm. Er war ein Engel Gottes. Er verfügte über die Macht des Jungen. Er konnte ihn jetzt nicht hergeben.

Stamps, der von oben zurückkehrte, konnte sich in der Glätte nicht halten und kam erst unterhalb des Felsens zum Stehen. Der Regen war jetzt eine einzige nasse Wand, und er musste schreien, um ihn zu übertönen. »In zehn Minuten ist es dunkel«, sagte er. Er zeigte auf etwas. »Hinter diesem Hügel ist ein Kirchturm. Dort rasten wir. Vielleicht können wir in der Kirche ein Feuer machen.«

Hector übernahm die Führung, und Train, der als Letzter ging, trug das Kind, dessen erschlaffter Körper in seinen Armen lag, winzig wie ein Küken.

Die Kirche lag oberhalb eines Dorfes, dessen Häuser sich neben einer Straße an einen dunklen, schönen Berghang duckten. Die vier Männer gingen am Fuß des Berghangs entlang, hielten sich dicht neben der unbefestigten Straße, durchquerten ein Waldstück, um die Siedlung zu umgehen, und kamen auf einen zweiten unbefestigten Weg, der zur Kirche führte. Sie folgten dem schmalen Pfad durch einen kleinen Friedhof. Weiter oben verbreiterte sich der Pfad zur Straße, und am Gipfel des Berges angekommen sahen sie den Glockenturm der Kirche und ein paar pastellfarbene Häuser, die die Hügel dahinter tüpfelten. Eine gute Stelle für eine Kirche, fand Bishop. Wäre er wirklich gläubig und wollte eine Kirche errichten, würde er sie auch hier bauen. In Kansas City war er kurz davor gewesen, eine neue Kirche zu bauen, doch dann wurde er eingezogen. Es war die entscheidende Geschichte seines Lebens, dass sein Glück ihn verließ, als er gerade kurz davor war, einen Reibach zu machen. Er hatte in Louisiana unter dem Namen Mason June ein halbes Jahr wegen Betrugs und Diebstahls im Parchman-Gefängnis gesessen, hatte mit einem Trupp aneinander geketteter Häftlinge in einem Steinbruch arbeiten müssen und vor Nervosität nur schlecht geschlafen, wenn er beim Poker anderen Gefängnisinsassen Zigaretten abgenommen hatte, hünenhaften, dummen Kerlen wie Train – unerschrockenen, grauhaarigen Baumwollpflückern mit großen Pranken und kleinem Hirn, die seine aalglatten Reden und seine lässige Art beim Kartengeben mochten und denen er mit seinen lustigen Geschichten über den weißen Mann für kurze Zeit die Last ihres quälenden, öden Lebens erleichterte, das für die Zukunft nichts verhieß außer langen Nächten, in denen sie nach Huren oder nach Frauen vom Land schmachteten, die wiederum ein ödes Leben und nur noch mehr Schufterei verhießen. Nach dem Gefängnis begann er als Prediger. Das war viel einfacher, als in Spelunken Landpächter beim Kartenspiel auszunehmen, die, am Boden der Flasche angekommen, plötzlich mutig wurden, wenn sie feststellten, dass er sie ausgetrickst hatte. Außerdem verdarben ihm die Zuhälter aus den großen Städten das Geschäft, und wenn die ihre

Pistolen zogen, fackelten sie nicht lange. Die Bibel auszulegen war einfach, und dabei kam man nebenbei noch leicht an Weiber und kostenlos an Abendessen ran. Bishop war in Louisiana sogar in einer Kirche aufgewachsen, doch mitanzusehen, wie sein Vater, der Diakon, samstagabends seine Mutter verprügelte und sonntagmorgens zu den himmlischen Mächten betete, raubte ihm alle Illusionen über Gottes Schöpfung. Wenn es einen Gott gibt, dachte Bishop, ist er ein Loser, und ich hau ihn übers Ohr. Er kaufte sich von seinen letzten vierzehn Dollar eine Busfahrkarte nach Kansas City und schlug seine Zelte vor einem aufgegebenen Sanitärladen in der Innenstadt auf, schenkte an heißen Julinachmittagen umsonst Limonade aus und predigte wie ein Wilder vor müden Haushälterinnen und alten Gärtnern, die auf dem Heimweg von der Arbeit bei ihm vorüberkamen: Stellt sie weg, die schweren Töpfe und Pfannen, und kommt zu Gott, sagte er. Stellt ihn weg, den schweren Sack, und kommt hierher, denn hier ist jemand, der will euch. Und Er kennt keinen Zorn. Er kennt keinen Schmerz. Er scheucht euch nicht herum. Er ist der, der alle Schmerzen nimmt. Das ist Sein Job. Bei Ihm verschwindet euer Schmerz schneller, als diese Limonade durch eure enge Kehle rinnt. Warum? Da gibt's kein Warum! Er muss nichts erklären! Er zerschmettert eure Feinde, wie er Satan aus dem Himmel vertrieben hat, so mächtig ist Er. Er ist der Boss! Er hat es drauf, und Er hat das Sagen. Er kennt die Wahrheit. Er weiß, was gerecht ist. Er kennt euern Schmerz. Und Er heilt ihn hier und jetzt, und umsonst, wenn ihr an Ihn glaubt. Kostet euch keinen müden Dollar! Das hier ist kein Kaufe-jetzt-bezahle-später! Ihr kauft keine Couch auf Raten! Gott will das Geld nicht, das beschmutzt ist von den Händen sündiger Menschen, ihr könnt euer Geld *behalten* und es mit heimnehmen und unter die Matratze legen, wo es hingehört, denn ich will es nicht, *ich will eure Seele*! Ihr seid verabredet mit Gott, und ich bin sein *Sekretär*! Ich bin hier, um euch zu sagen, dass Jesus kommt! Der Zug fährt *ab*, und ich kontrollier die Fahrkarten! Verpasst das Einsteigen nicht! Wartet nicht länger! Lasst euer Geld zu Hause, bringt bloß eure Seele mit! Alle an Bord! Holt euch, was ihr braucht! Holt euch Gott! Ich hab, was ich brauche – aber wie ist es mit euch?

Die Kohle rauschte nur so rein, und es kamen noch mehr Leute. Bishop mietete den Sanitärladen, und seine Gemeinde wuchs. Sie nannten ihn Donner, und er wurde so gut darin, Blitz und Donner auf seine Zuhörer niederfahren zu lassen, dass er manchmal wirklich an Gott glaubte. In solchen Momenten stieg die Angst in ihm hoch und besetzte alles, und er verschwand für ein paar Tage aus seiner Gemeinde und trank, bis das Gefühl sich legte. Der Laden lief, es ging ihm prächtig, er hatte seine Nische gefunden. Aber die Armee wollte ihn, und er machte den Fehler und zeigte sich bei der Einberufungsbehörde, im Glauben, sie würden einen schwarzen Prediger verpflichten – er hatte gehört, dass die Armee Prediger zu Kaplanen im Range eines Captain machte, dabei wusste jeder Dummkopf, dass kein Weißer einen Nigger als Captain wollte, der ihm etwas zu sagen hatte. Er machte schon Liegestütze im Ausbildungslager, als ihm aufging, dass das Spiel nach den Regeln der Weißen gespielt wurde, dass Captains, auch die schwarzen Kaplane, einen Collegeabschluss oder sogar eine theologische Ausbildung absolviert hatten. Jetzt war seine Kirche daheim bloß noch ein Traum, und er war hier, versuchte seine vierzehnhundert Dollar einzutreiben, und glotzte in einem Land, das Weißen gehörte, auf eine Kirche von Weißen, und das im strömenden Regen mit einem Nigger, der das Kind eines Weißen mit sich herumschleppte, das sowieso sterben würde, und auch das würden sie ausbaden müssen – wenn die Deutschen sie nicht schon vorher umbrachten. Er brauchte etwas zu trinken.

Hector, der an der Spitze ging, blieb stehen, als die anderen am Straßenrand zu ihm aufschlossen und sich die Kirche besahen. »Wenn die Deutschen irgendwo in der Nähe sind, dann hier. Dann hocken sie hier drin«, sagte er.

»Ich seh keine Deutschen«, brummte Stamps. »Geh weiter.«

»Das ist nah genug«, sagte Hector. »Wir brauchen nicht zur Tür reinzugehen und uns abknallen zu lassen. Die Deutschen werden sowieso bald in der Nähe sein, wenn sie nicht längst da sind.«

Stamps war erschöpft. »Wir bleiben hier, entweder da drin oder hier draußen. Du und ich gehen nachsehen, du voran.«

»Nein, verdammt«, sagte Hector. »Ist doch egal, wer vorangeht oder nicht, wenn die mit einem Regiment da drin grad beim Abendbrot sitzen und wir bloß zu viert sind. Wenn du und ich denen in die Hände fallen, wer soll uns dann raushauen? Die zwei etwa?« Er zeigte auf Bishop und Train. »Ich sag, wir gehen zusammen.«

Stamps hatte das Gefühl, dass das Kommando ihm entglitt, aber er war machtlos dagegen. Er war so müde, dass er sich am liebsten gleich hier im Regen hingelegt hätte, um nie mehr aufzustehen. »Ach, ist auch egal. Gehen wir alle zusammen.«

Hector setzte sich geduckt in Bewegung, ging langsam bis zum Straßenrand. Er legte sich auf den Bauch und spähte um die Kurve. So lag er eine Stunde, wie es ihm schien, stand schließlich auf und bedeutete den anderen, ihm zu folgen, rannte über die Straße und ging hinter Büschen auf der anderen Seite in Deckung.

Train merkte, dass er wieder unsichtbar wurde, und kämpfte gegen den Impuls an. Die Unsichtbarkeit brachte ihn nur in Schwierigkeiten. Er hatte den Jungen nicht holen wollen und hätte es auch nicht getan, wäre er sichtbar und bei Verstand gewesen, Engel hin oder her. Er wäre sichtbar auch nicht in den Cinquale gewatet. Aber das war nun mal geschehen. Er war jetzt für den Jungen verantwortlich. Er schuldete Bishop immer noch das Geld. Er wusste immer noch nicht, wo er war. Alles musste noch in Ordnung gebracht werden. Wenn der Junge aufhört zu atmen, dachte er, das wäre eine Katastrophe. Er bekam Angst, der Junge könnte sterben. Train hatte schon dutzendfach Kinder sterben sehen, in Lucca, in Neapel, Kinder, die verhungerten, bettelten, die Wunden mit Mull verbunden, dicke, eitergefüllte Beulen an Füßen und Beinen, aber zu denen hatte er keine Beziehung, die waren Italiener und er war ein Schwarzer. Aber bei diesem Jungen war es anders. Er hatte es gefühlt. Wie konnte er den anderen erklären, dass der Junge ein Engel war? Wie Gott erklären, dass er einen Engel hatte sterben lassen?

Er erhob sich und folgte seinen Kameraden, rannte über die Straße. Der unter seinen Füßen aufspritzende Schlamm sagte ihm, dass er noch nicht unsichtbar war, und das bedeutete ebenfalls Schwierigkeiten. Unsichtbar sein hieß leben, aber Schwierigkeiten haben. Sichtbar sein hieß gesehen und erschossen werden. Er konnte nicht gewinnen. Bishop kam herüber, und er und Train kauerten sich in die Büsche und spähten an Hector und Stamps vorbei, die hinter großen Steinen am Straßenrand hockten, zur Kirche.

Die Kirche stand mitten auf einer kleinen Piazza. Aus ihrem Versteck heraus hatten die Männer alles, was sich dort bewegte, im Blick. Schutt türmte sich vor dem Eingang, die Kirchenbänke waren verkohlt, offenbar bei einem Angriff verbrannt. Die vier Männer näherten sich langsam, im Abstand von drei Metern und in der Hocke gehend, als Sam Train die Heilige Anna sah.

Ihr Bildnis stand direkt über dem Kircheneingang und schaute auf den kleinen Platz. Die Dachtraufen schützten sie vor der Witterung. Es war nur eine Büste, keine ganze Statue. Train sah gebannt hin. Sein ganzes Leben lang hatte er noch keinen weißen Menschen gesehen, der so eindrucksvoll gewesen wäre. Er warf einen kurzen Blick auf die an seinem Gürtel hängende *Primavera* und sah wieder zur Heiligen Anna hinüber. Sie sahen so verschieden aus, waren aber beide so schön. Beide rührten sie etwas in ihm an, spendeten ihm Trost, öffneten die verschlossene Tür zu seinem Herzen. Train war auf einmal glücklich und fror nicht mehr, die beiden schlugen ihn mit ihrem unverhofften Trost in ihren Bann. Diese zweite Statue war ein Zeichen. Es musste so sein.

Ohne zu überlegen, stand Train auf, dachte nicht daran, dass er sich feindlichem Feuer aussetzen konnte, und stolperte wie in Trance im Regen vorwärts, den zitternden blassen Jungen mit einem Arm an sich gepresst. Train ging, und auf einmal streifte ihn ein seltsam eisiger

Hauch, und ihm stieg der Gestank frischen Todes in die Nase, so heftig, dass er ihn kaum aushielt. Mit einem Mal war ihm, als müsse er weinen. Er wollte sich umdrehen und weglaufen, konnte aber nicht. Das Gewehr rutschte ihm von der Schulter auf den Rücken, und der Statuenkopf an seiner Seite schlug ihm gegen die Hüfte und wurde plötzlich ganz schwer. Er riss eine Hand vors Gesicht, hielt noch immer den Jungen und stolperte über die aufgeweichte Piazza auf die Büste der Heiligen Anna zu, schlingernd wie ein Betrunkener. Er achtete nicht auf Hector, Bishop und Stamps, die schrien, er solle zurückkommen. Er konnte einfach nicht stehen bleiben.

Train stand in dem strömenden Regen vor der Büste, sah wie hypnotisiert hinauf und spürte, wie er aufgehoben wurde und zu schweben begann, bis er der Heiligen Anna Auge in Auge gegenüber war. Er sah sie fragend an. In ihrer Miene lag Traurigkeit, Wissen, Klugheit und Freude, alles auf einmal. Mit ihren starren marmornen Augen erwiderte sie seinen Blick, und es war, als schaute sie in sein Innerstes hinein. Plötzlich fühlte er sich wieder unsichtbar. Die Millionen Dinge, die er wusste, die Wahrheiten, die er kannte, aber auch einige, die sich ihm nie erschließen würden, zogen hinter seinen Augäpfeln vorbei: das Geheimnis der Pflanzen, warum Flüsse von Nord nach Süd fließen, die Arithmetik von Staudämmen, warum einst Dinosaurier die Erde bewohnten; er sah im Wasser versunkene Städte, Meere, die sich teilten, sah, wo Hexenmeister lebten; begriff, warum stählerne Schiffe schwammen, begriff das Wunder der Pyramiden, die Form der Berge, jedes und alle der von Gott gewirkten Wunder. Und alle diese Offenbarungen, die an ihm vorüberzogen, standen ihm für einen Augenblick vor Augen, damit er sie bis ins kleinste Detail durchdringen konnte. Train erschauerte und sah ehrfürchtig abermals die Heilige Anna an, und da neigte die Heilige ihren Kopf ein wenig zur Seite. Ungläubig sah er, wie ihr aus einem Auge eine Träne hervorquoll und langsam über die Wange herabrann. Er streckte die Hand aus, um die Träne fortzuwischen, und fand sich auf dem Boden stehen, die Hand in Bishops Gesicht.

Zu seinem Entsetzen konnte Train seine Hand nicht fortziehen. Sie war erstarrt, klebte an Bishops Gesicht. Bishop stand, alle zweihundertzehn Pfund eine gleichfalls erstarrte Masse, wie angewurzelt auf der Stelle und sah Train mit einem Blick voller Entsetzen, Mitgefühl, Furcht und sogar Verständnis gebannt an. So standen sie in der Dämmerung auf dem offenen Platz, zwei Soldaten im Regen, der wie ein Sturzbach herabfiel, und der riesige Schwarze mit dem an seine Brust gedrückten Kind berührte zärtlich das Gesicht des kleineren Mannes. Train wich erschrocken zurück, als Bishop plötzlich, als falle ein Zauber von ihm ab, wieder zu sich kam und Trains Arm von sich schleuderte. »Nimm deine runzligen dürren Pfoten runter, du dämlicher Nigger. Bleib mir vom Leib! Was stinkt denn da so? Herrgott!«

Train wollte sich entschuldigen, aber Hector ließ ihn nicht zu Wort kommen. »Schau da rüber, Mann! Da drüben ist jemand.«

Alle vier Soldaten gingen sofort in die Hocke und sahen in die Richtung, in die Hectors Finger zeigte. Auf einem Hügel zu ihrer Rechten, etliche Meter hinter den verkohlten Bänken auf der Piazza, stand, ihnen den Rücken zukehrend, eine einzelne Gestalt und sah über den Bergrand hinweg in die Ferne, und der Wind drückte ihr die Hosenbeine an die Waden. Es schien sich um einen Mann zu handeln, unbewaffnet, wie es aus der Entfernung aussah. Die Soldaten schwärmten aus und näherten sich ihm.

Sie waren nur noch gute drei Meter von ihm entfernt, als Hector den Mann anrief: »Hey!«

Der Mann drehte sich um, und die Soldaten warfen sich, die Gewehre im Anschlag, zu Boden, nur Train duckte sich hinter einen Baum und hielt den Kleinen fest.

Der Mann sah sie durch den dunklen, prasselnden Regen hindurch kurz an, drehte sich aber wieder um und schaute, die Hände in den Hosentaschen, erneut über den Berg. Er begann hin und her zu gehen, redete und gestikulierte, seine Füße platschten durch den Schlamm. Er schien mit jemandem zu streiten, der hinter dem Grat war und unter ihm stand, fuchtelte mit den Händen, als begreife der andere noch nicht, worum es ging. Der, mit dem er in der hereinbrechenden Dunkelheit da redete, befand sich außerhalb ihres Blickfelds.

»Hauen wir ab«, sagte Bishop. »Das ist mir unheimlich.«

»Gebt mir Deckung«, sagte Hector.

Train, Bishop und Stamps behielten die umstehenden Bäume und die Hügel im Auge, als Hector vorsichtig auf den Mann zuging. Anderthalb Meter von ihm entfernt, rief Hector noch einmal: »Hey!« Der Mann verstummte und drehte sich zu Hector um, der schussbereit am Boden hockte. Der Mann winkte geistesabwesend ab und sagte etwas, das in Wind und Regen verloren ging, wendete sich wieder ab und sprach weiter mit der Person unterhalb des Bergsaums.

Hector sprach den Mann auf Italienisch an. Der andere reagierte nicht, lachte, lief beim Reden hin und her und gestikulierte, als wolle er sagen: »Verstehst du, was ich meine?«

Hector kroch weiter vorwärts, bis er auf gleicher Höhe mit dem Mann, fünf Schritt von ihm entfernt war. Er richtete das Gewehr auf denjenigen unterhalb der Kante, bedeutete den anderen Soldaten dann, dass sie kommen konnten. Sie trabten hinüber und sahen hinab.

Dort war niemand.

Die Soldaten sahen den Mann an, der inzwischen stehen geblieben war und sie anstarrte. Von nahem sah er zerlumpt und verbraucht aus. Seine Jacke war zerrissen. Er hatte nur einen Schuh an, war schmutzig und bis auf die Haut durchnässt. Das Gesicht war unrasiert, ihm fehlten zwei Vorderzähne, viele andere hatten schwarze Löcher. Mit diesen schwarzen Zähnen, den dünnen Armen und Beinen und den Kieferknochen, die unter den eingefallenen Wangen scharf hervorsprangen, sah der Mann aus wie ein wandelndes Skelett. Er sah die Soldaten eine Zeit lang mit böse funkelndem Blick an, nahm dann sein Gehen wieder auf und setzte in schnellem Italienisch seinen Streit mit dem Berghang fort.

»Was sagt er, Hector?«, fragte Bishop.

Hector zog ein nachdenkliches Gesicht. »Keine Ahnung. Ich glaub, der spinnt ein bisschen.«

Stamps sagte: »Frag ihn, ob wir in der Kirche schlafen können.«

Bevor Hector den Mund aufmachen konnte, blieb der Mann wieder stehen. Sein Gesicht verzog sich plötzlich zu einer Maske des Zorns, und Hector bekam den Wortschwall des Mannes ab, der dabei nach unten zeigte. Hector zwinkerte nervös, so heftig war der Zorn des Mannes.

Stamps verstand *tedesco*, das italienische Wort für »deutsch«. Mehr nicht.

»Was ist?«, fragte Bishop.

Hector zuckte mit den Achseln, seine Miene zeigte Ratlosigkeit und Bestürzung. »Irgendetwas stimmt mit dem nicht.«

»Worum geht's?«

»Keine Ahnung.«

»Ich dachte, du sprichst Italienisch.«

»Tu ich auch ... Er hat irgendwas von einer göttlichen Wahrheit und dem Geheimnis eines Huhns gesagt.«

Der Mann wies noch einmal zum Abhang, und die Soldaten schauten hinab in die hügelige Landschaft. Der Hügel endete in einem etwa dreißig Meter langen und fünfzehn Meter breiten Weideflecken. Im letzten Schein des Dämmerlichts erkannten sie jetzt aber, dass diese Weide gar keine Weide, sondern ein frisch umgepflügter Ackerstreifen war, mehrere Kreuze und Blumen darauf.

»Lasst uns von hier verschwinden«, sagte Bishop. »Die Deutschen sind hier schon durch.«

Train war im Stillen auch der Meinung.

Hector machte einen letzten Versuch.

»*Tedeschi? Tedeschi?*«, sagte er und zeigte auf den Acker unter ihnen.

Mit einem Mal begann die Kirchenglocke hinter ihnen ohrenbetäubend laut zu schlagen, und der Mann, der ihnen den Rücken zugekehrt hatte, fuhr mit so zornigem Gesicht herum, dass alle vier erschrocken zurückwichen, obwohl sie bewaffnet waren. Der Mann machte den Mund auf und brüllte, und im Verein mit der dröhnenden Kirchenglocke und seiner gellenden Wut hatte seine Stimme die Kraft einer Schiffssirene.

Sie drehten sich um und rannten davon, über den stinkenden Kirchhof, vorbei an der Heiligen Anna, vorbei an der Kirche und durch den Friedhof, über die sich windende Dorfstraße, über den Abhang und den schlammigen Pfad hinab, der in die Ortschaft unter ihnen führte, und die Stimme des Mannes klang ihnen im Ohr wie der Schlachtruf eines Gespenstes.

8
Ein Zeichen

In einem kleinen Haus gleich unterhalb der Kirche, in der Ortschaft Bornacchi – einer Siedlung, die dort schon fast zweitausend Jahre lang bestand, bevor je ein Schwarzer einen Fuß in das Dörfchen gesetzt hatte – hörte ein armer alter Mann namens Ludovico Salducchi die Glocke von St. Anna läuten, ohne weiter darauf zu achten. Nur eine der Schwestern aus dem Kloster hinter der Kirche gab das Zeichen, dass die Luft rein war, dass keine Deutschen in der Nähe waren. Die Deutschen interessierten Ludovico sowieso nicht. Er hatte ein größeres Problem. Er war von einer Hexe verflucht worden, und heute Abend wollte er sich ein für allemal von diesem Fluch befreien. Sein Entschluss stand fest.

Er saß auf einem kleinen Holzstuhl am Tisch in seinem Wohnzimmer, um ihn herum einige Dorfbewohner, die wegen Ettora da waren, der Hexe, die ihn verflucht hatte und die ebenfalls am Tisch saß. Ettora gegenüber saß Ludovicos Tochter Renata. Sie war gekleidet wie ein Mann, in Hose und Wolljackett, das lange schwarze Haar hatte sie unter eine Männermütze gezwängt. Renatas Mann, der in der italienischen Armee diente, galt seit fünf Monaten als vermisst, und zum Zeichen ihrer Trauer trug sie seit einer Weile seine Kleider. Der Priester von Bornacchi hatte zwar behauptet, es sei ein Sakrileg, wenn eine Frau in Männerkleidern herumlief, aber Renata scherte sich nicht darum. Der Krieg, dachte Ludovico bitter, hatte alles, wirklich alles zerstört, sogar die Jugend hatte keinen Respekt mehr.

Er sah, wie Renata nervös die Hände faltete, als Ettora einen Teller Wasser auf den Tisch stellte. Dann griff Ettora nach einer kleinen Flasche Olivenöl und goss vorsichtig einen großen Tropfen in das Wasser. Renata verfolgte den auf dem Wasser schwimmenden Tropfen gespannt. Ettora hatte behauptet, das Olivenöl werde ihnen verraten, ob Renatas Mann zurückkehren würde oder nicht. Floss der Tropfen in die eine Richtung, dann kam er heim, floss er in die andere Richtung, dann nicht.

Die Anwesenden verfolgten schweigend, wie das Öl auf eine Seite des Wassers glitt. Sie hielten die Luft an. Dann glitt es zur anderen Seite zurück. Sie hielten wieder die Luft an.

»Ludovico, lass den Tisch in Ruhe«, fuhr Ettora ihn an.

Ludovico zog sein Bein unter dem Tisch hervor, ohne auf den zornigen Blick seiner Tochter zu achten.

Ettora ließ den glänzenden Tropfen Olivenöl auf dem Wasser nicht aus den Augen. »Hm«, sagte sie. Sie rutschte auf ihrem Stuhl herum und kniff die Augen zusammen. »Meine Augen sind auch nicht mehr, was sie mal waren.« Sie war eine kleine Frau in einem verblichenen roten Kleid, trug Armbänder, die wie alte Knochen an ihren Armen klapperten, und hatte ein hübsches, schmales Gesicht mit feinen Zügen und scharfen, durchdringenden Augen von großer Schönheit. Ludovico konnte Ettora nicht ausstehen. Er kannte sie schon sein ganzes, siebenundsechzig Jahre währendes Leben lang – hatte ihre Eltern gekannt, ihre Großeltern, und sie die seinen.

Einmal hatte er Ettora sogar geliebt. Als sie ein junges

Mädchen gewesen war, hatte er im Blick dieser verwegenen Augen, deren Sehkraft jetzt stark nachließ, etwas sehr Kluges zu sehen gemeint. Ettora, mit ihrer Schönheit der Stolz des ganzen Dorfes, hatte die anderen Mädchen um sich geschart, und als junger Mann hatte er oft gesehen, wie sie in leuchtenden Kleidern herumgetollt und mit den anderen Mädchen aus dem Dorf hinausgezogen war, um die lila und weiß geränderten Lilien zu pflücken, die auf den Feldern rings um Bornacchi wuchsen. Ihre Schönheit hatte auch Verehrer in anderen Dörfern gefunden, und wie diese war Ludovico fasziniert vom Geheimnis dieser tanzenden, kecken Augen, die sich der Welt so offen darboten. Er war damals ein gut aussehender, rastloser junger Mann gewesen, hatte Kraft in den Beinen gehabt, eine breite, starke Brust, dichtes schwarzes Haar, ein herzerfrischendes Lachen und den Kopf voller Träume, die er jedermann anvertraute. Mit sechzehn hatte er Ettora den Hof gemacht, war mit ihr in das Wäldchen hinter der Fabrik gegangen, in der das Olivenöl des Dorfes gepresst wurde; dort hatten sie am Fluss im Gras gelegen, sie hatte ihm ihre Träume erzählt, und er hatte sie angefasst und die geheimen Stellen in ihr zum Schwingen gebracht. Doch Ettora war ihm zu eigensinnig gewesen. Sie hatte Vorstellungen und Ideen, die sich für eine Frau nicht schickten, sie wollte sogar lesen lernen. Was gingen sie Bücher an? Sie wollte mehr wissen über den Wald, wollte die verschiedenen Bäume und Blumen kennen lernen. Wozu? Sie wollte wissen, wie es kam, dass Feuer Wärme und Dampf erzeugte, dass kaltes Wasser gefror und zu Eis wurde, warum Kastanien Früchte trugen, aus denen man Mehl machen konnte, Orangenbäume aber nicht. Sinnlose Flausen, dachte er. Er wollte eine Frau, die ihm die Sachen wusch, wie es seine Mutter tat, die jeden Morgen zur Messe ging, die woanders hinsah, wenn er sich mal gehen ließ. Doch Ettoras Schönheit war so groß, dass er den Mund hielt, denn er hatte Angst, nie wieder ein so hübsches Mädchen zu finden. Erst nachdem sie schon wochenlang am Fluss hinter der Olivenölfabrik im Gras gelegen hatten, nachdem sie ihm erlaubt hatte, mit dem Finger in ihr verstecktes Loch zu fahren, kam er damit heraus, dass Frauen nicht nachdenken sollten, dass sie die Wäsche waschen und für ihre Männer Wildschwein braten sollten, statt ihre Zeit damit zu vertrödeln, von Büchern und dummen Pflanzen zu träumen.

Ettora hatte seine Ansichten abscheulich gefunden. Jeder sollte nachdenken, erwiderte sie aufgebracht. Es gibt so viel zu lernen. Ihre Reaktion hatte ihn verschreckt – das und die Geheimnisse in ihren Augen –, und er hatte sich zurückgezogen, obwohl sie, indem sie sich von ihm berühren ließ, stillschweigend zugab, dass sie ihn heiraten wollte – wie umgekehrt stillschweigend er auch –, aber er hatte sie nie gefragt. Ihre Wege trennten sich, und mit den Jahren schrumpfte die Gruppe der jungen Frauen, die mit Ettora aus dem Dorf hinauszogen und die schönen weißgeränderten Lilien und die anderen Blumen pflückten, auf einige wenige zusammen, und als keine mehr da war, da alle schon Männer aus dem Dorf geheiratet hatten, nahm er Anna zur Frau, die, obwohl trocken und geistlos, ihm eine gehorsame Frau gewesen war, ihm die Sachen gewaschen und die Socken gestopft und darüber hinweggesehen hatte, wenn er sich – was leider nicht so selten vorkam – gehen ließ, und die ihm, bevor sie am Fieber starb, das Einzige geschenkt hatte, was er in seinem verfluchten schweren Leben je bekam, seine Tochter Renata, die jetzt wie alle anderen in diesem obszönen Krieg litt und sich Rat suchend an Ettora gewandt hatte.

Ettora ihrerseits war mit seiner Zurückweisung leicht fertig geworden. Schließlich gab es in den Nachbardörfern auch andere junge Männer, die sich für sie interessierten, doch am Ende hielt keiner von ihnen sie für die Richtige. Ihr Feuer, ihr Intellekt, ihr Wissensdurst und die Geheimnisse ihrer Augen schüchterten sie alle ein, und einer nach dem andern zog sich zurück. Mit zwanzig waren ihre Heiratschancen nur noch dünn, mit fünfunddreißig waren sie hoffnungslos. Das fand sie schon verwirrend, und während sie in diesen Jahren durch die Wälder streifte, um die Geheimnisse der Pflanzen und Kräuter zu erforschen, gingen die Frauen, die als junge Mädchen mit ihr zum Blumenpflücken in die Felder gezogen waren, unter dem Gewicht ihrer Kinder und ihrer anspruchsvollen Männer in die Breite, bekamen runzlige Haut vom jahrelangen Olivenpflücken in der Sonne und geschwollene Hände vom Kastanienschälen. Nach und nach schickten sie ihre Kinder mit Ettora hinaus und begannen sich mit allen möglichen Anliegen an sie zu wenden: Welche Pflanze soll ich nehmen, damit mir die Ohren nicht mehr wehtun? Mit welcher bring ich bei meinem Jungen das Fieber runter? Von welcher bekommt mein Mann mehr Zeugungskraft? Denn inzwischen war allen klar, auch Ettora selbst, dass sie dazu bestimmt war, die Dorfhexe zu werden.

Niemand machte sich deshalb über sie lustig. Niemand dachte schlecht von ihr. So war es, dachte das ganze Dorf, für alle am besten. Schließlich gab es gute Hexen und böse Hexen, und Ettora war eine gute, sie war eine Heilerin, obwohl auch schnell klar wurde, dass es gefährlich war, sie zu verärgern oder sich ihren Zorn zuzuziehen. Ein junger Mann namens Umberto, der wusste, dass sie allein lebte, hatte den schrecklichen Fehler begangen, ein paar ihrer Gartengeräte zu stehlen, und wurde kurz darauf von einer so schlimmen Gürtelrose befallen, dass er zwei Monate lang das Bett hüten musste. Sich wortreich entschuldigend, brachte er darauf die gestohlenen Gerätschaften zurück und bot ihr als Zeichen seines guten Willens sogar welche von seinen an, doch Ettora lehnte mit einem knappen Lächeln ab und sagte bloß: Du kannst sie behalten, denn du hast dafür bezahlt und wirst insgesamt dreimal dafür bezahlen. Dieses Lächeln – und das spätere Unglück, das über den jungen Mann hereinbrach, dessen Gesicht durch einen Jagdunfall entstellt wurde – wirkte auf alle im Dorf abschreckend und hatte Ettoras Macht nur größer werden lassen.

Ludovico hatte Ettoras Entwicklung im Laufe der Jahre mit nicht geringer Reue verfolgt, denn während die anderen Frauen inzwischen dick und schwerfällig geworden waren, blieb ihre Schönheit ungetrübt. Er glaubte nicht an Ettoras Zauberkräfte, schließlich hatte er sie schon in ihrer Jugend gekannt. Er hatte sie an allen geheimen Stellen berührt. Er hatte gespürt, wie sie feucht wurde und vor Lust stöhnte, so leidenschaftlich, dass sie mit diesen schmalen schönen Lippen seine Lider geküsst hatte. Der Blick ihrer wunderschönen dunklen Augen hatte ihn durchbohrt, ihn mit tiefer Zuneigung überschwemmt und mit einer Intensität, die ihn traf wie Nadelstiche, versprochen, dass sie ihn heiraten würde, wenn er sie fragte. Und obwohl das inzwischen vierzig Jahre her war und es ihn manchmal reute, nicht um ihre Hand angehalten zu haben, hatte Ludovico sich immer wieder selbstgefällig gesagt, dass er sie als Frau gekannt hatte und sie daher keine Macht über ihn besaß. Jetzt aber wusste er, das war ein Irrtum gewesen. Sie hatte nichts von dem vergessen, was er mit ihr gemacht hatte, seine Berührungen, seine leeren Versprechungen. Sie hatte ihn verflucht. Das war die einzige Erklärung dafür, warum seine Hasen sich so rätselhaft vermehrt hatten.

Eine andere Erklärung fand er nicht. Vor Kriegsbeginn hatte er vierundzwanzig Hasen gehabt, doch als die Deutschen kamen und in Bornacchi einmarschierten, musste er sie gleich hergeben. Er hatte ihnen begreiflich machen wollen, dass er Faschist war und Mussolini dies bestimmt nicht guthieße, doch die Deutschen hörten ihm gar nicht zu. Türen eintretend waren sie in seinen Hasenstall eingedrungen, hatten mit ihren Gewehre herumgeballert, und binnen zehn Minuten war es um die vierundzwanzig, im Verlauf von sechs Jahren gezüchteten Hasen geschehen. Noch Wochen nachdem die Soldaten weg waren, stapfte er durch den leeren Stall und trat wütend gegen die zertrümmerten Holzboxen, als, siehe da, dort plötzlich ein einsames Häschen heraussprang. Ludovico hatte die Häsin mit dem weiß und braun gefleckten Fell und den Augen so hell wie Birkenholz noch nie zuvor gesehen. Er nannte sie Isabella und verstaute sie in einem Hohlraum in der kühlen Erde unter den Dielenbrettern seines Schlafzimmers. Sie wuchs ihm richtig ans Herz, seine Häsin, die so klug war, fast wie ein Hund, und er erzählte keinem davon, nicht einmal seiner Tochter Renata, denn während die Wochen vergingen und der Krieg eskalierte, wurden Lebensmittel, die schon vor den Kämpfen knapp gewesen waren, zur Rarität. Die Deutschen marschierten aufs Geratewohl im Dorf ein und aus und stahlen ungestraft Aldo Pennas letztes Schwein. Adriano Franchi nahmen sie die Maultiere, verwüsteten den Garten seiner Frau und vergewaltigten schließlich seine Tochter. Donini Folliati wurde fast zu Tode geprügelt, als er sich über einen Soldaten beschwerte, der in seinem Haus Kastanienbrot gestohlen hatte. Essen stand hoch im Kurs. Leben war nichts wert. Gesetze galten nichts. Die Carabinieri, die Militärpolizei, kam aus dem nahen Barga nur, wenn sie gerade mal Lust hatte, und zog ab, als der Granatenbeschuss anfing. Also hielt Ludovico den Mund, bekreuzigte sich jeden Morgen und dankte der Madonna, dass sie ihn mit dieser einen Häsin gesegnet hatte, die er eines Tages verspeisen würde – wenn das Tier das Glück hatte, so lange zu leben, und nicht vorher von einer Krankheit dahingerafft oder gestohlen wurde.

Etliche Wochen vergingen, der Krieg eskalierte immer mehr, und die Häsin Isabella lebte immer noch in dem Hohlraum unter Ludovicos Schlafzimmerboden, in den kein Sonnenstrahl fiel, und fraß Heu, das Gott sei Dank immer reichlich vorhanden war. Zwar traten ihre Augen ein wenig vor, und das Fell fiel ihr aus, doch ansonsten war sie gesund und munter.

Und als Ludovico eines Tages die Dielenbretter beiseite stieß, fand er darunter zwei Hasen.

Es war ein Wunder, da war er sich sicher, und normalerweise hätte er Ettora gerufen und es sich von ihr erklären lassen, denn mit derlei Dingen kannte sie sich aus. Doch ein Hase war Gold wert. Allein für sein Fell bekam man zwei Kanarienvögel, ein Pfund Kastanien, Olivenöl oder vielleicht eine Tasse Salz, und die war mehr wert als Geld. Also hielt er den Mund und dankte Gott für sein kleines Wunder.

Als er einen Monat später unter die Dielenbretter seines Schlafzimmers spähte und vier Hasen sah, betete er täglich. Als die Zahl der Hasen auf sechs gestiegen war, ging er täglich zur Messe. Als sie elf betrug, trat er der Kirche wieder bei, mit der er zweiundzwanzig Jahre zuvor abgeschlossen hatte. Zwölf Hasen, und er wurde Küster. Dreimal täglich, Tag für Tag, legte er mitten in der Arbeit auf seinem ausgedörrten Olivenhain sein Werkzeug nieder, wanderte mit einem Besen den langen Berg hinauf und fegte die kahlen Kirchenbänke der Kirche St. Anna, zündete Gebetskerzen an und dankte Gott auf Knien. Sein Bruder glaubte, er sei verrückt, seine Tochter Renata, er sei senil geworden. Aber Ludovico hatte sein persönliches Wunder erlebt. Gott hatte ihm alles zurückgegeben, was die Deutschen ihm genommen hatten.

Als er dreizehn Hasen fand, wurde Ludovico unruhig. Seine Lage wurde gefährlich. Der Hunger wurde zum Problem. Und er hatte von allem zuviel. Die Deutschen kampierten oben am Cavallo und kamen regelmäßig durch, hungrig und verzweifelt. Immer öfter kamen ihm Geschichten von Gräueltaten und Verbrechen zu Ohren. Die Partisanenbewegung wurde stärker. Die Deutschen schlugen mit finsterer Entschlossenheit zurück. Er verbannte diese Gedanken aus dem Kopf. Wenn die Deutschen das mit seinen Hasen herausfanden, war er geliefert. Er begann dafür zu beten, dass Gott ihre Vermehrung beende, doch ein vierzehnter kam, dann ein fünfzehnter, und so hatte er in seiner Not Ettora zu sich gerufen, angeblich, weil er Ohrenschmerzen hatte. Er war sicher, dass sie ihn verflucht hatte, und wollte die Fühler bei ihr ausstrecken, unter Umständen sogar zugeben, dass ihm

Leid tat, was vor Jahren zwischen ihnen gewesen war. Er hatte den Mund gehalten, als sie Olivenöl erwärmt und es ihm ins Ohr geträufelt hatte. Als sie fertig war und sich zum Gehen anschickte, sagte sie: »Hast du mir etwas zu sagen?«

»Nein, nichts«, erwiderte er.

Sie zuckte die Achseln und lächelte. »Ich arbeite an einem Zauber, der die Deutschen für alle Zukunft von hier fern hält.«

»Wenn du schon mal dabei bist, sieh zu, ob du etwas Brot für mich organisieren kannst«, sagte Ludovico. Brot war wie Eulen: davon gehört, aber nie gesehen.

Ettora lächelte: »Warum bist du denn so pessimistisch?«

Sie sah ihn mit diesem durchdringenden Blick an. Noch nach vierzig Jahren kannte sie ihn ganz genau. Schaute ihm mitten ins Herz. Das machte Ludovico wahnsinnig. Er beschloss, ihr nichts zu sagen, und zuckte nur die Achseln.

Ettora sah ihm forschend ins Gesicht, und ihr Lächeln verschwand. »Enrico hat seinem Sohn seit vier Wochen keine Milch zu trinken geben können«, sagte sie. »Seine Familie hat nichts zu essen. Den Salvos und den Romitis geht es genauso. Alle im Dorf sollten teilen.«

»Ich teile, was ich habe.«

Ettoras Blick wurde hart, und ihr Lächeln war jetzt vollkommen verschwunden. Sie saß am Küchentisch, keine zehn Schritt von da entfernt, wo in seinem Schlafzimmer die Hasen versteckt waren. Sie verlor allmählich das Augenlicht, das wussten alle, aber Ludovicos Herz stolperte ein paar Schritte, als sie einen langen Blick auf seinen Schlafzimmerboden warf. Dann zuckte sie mit den

Achseln und erhob sich zum Gehen. »Du wirst ein Zeichen erhalten«, sagte sie. »Ich spüre es.«

»Ich brauche kein Zeichen. Ich will, dass der Krieg aufhört.«

»Das kommt auch«, sagte sie.

Er ertrug es nicht, wenn sie so gleichgültig wurde. Er wusste noch, wie sie als hilfloses junges Ding gewesen war, wie sie im Gras gestöhnt hatte, seine Hand auf ihrem Geschlecht. Jetzt war sie ein alter Fuchs. Na, das bin ich auch, dachte er bitter. Er schaute zu, während sie ihre Sachen zusammenpackte.

Ettora war schon fast zur Tür hinaus, da blieb sie noch einmal stehen, schaute sich langsam um und sagte: »Und die Hasen werden auch noch mehr werden.«

»Ich hab keine Hasen mehr, das weiß doch jeder«, sagte Ludovico schnell. Siebzehn Stück waren es inzwischen, keine drei Meter von ihm entfernt. Soviel hatte er jedenfalls am Morgen gezählt. Es waren gerade zwei neue hinzugekommen.

Ettora hatte sich abgewendet und schweigend die Haustür hinter sich zugemacht, und jetzt war Ludovico in einer Lüge gefangen. Schlimmer noch, die Hasen hatten sich weiter vermehrt. Bei der letzten Zählung war er auf fünfundzwanzig gekommen, das Versteck wurde langsam zu eng, und auch das Heu wurde knapp. Der Hohlraum unter seinem Schlafzimmerboden war zu einer veritablen kleinen Höhle geworden, bedeckt nur mit den Dielenbrettern. Der Unterschlupf sah aus wie der Eingang in den Bergwerksschacht auf dem Monte Aracia und erstreckte sich fast bis zum Wohnzimmer. Wenn man mit Schuhen über den Boden ging, klang es wie die Glocken von Bologna. Das ganze Haus roch nach den Hasen.

Und, um sein Unglück auf die Spitze zu treiben, fing er alles, wonach er fischte oder jagte: Forellen, Aale, Rehe, sogar Wildschweine. In seinem Garten gedieh alles. Während bei allen anderen die zerbombten und von den Deutschen geplünderten Bäume und Gemüsegärten kahl blieben, trugen seine Olivenbäume Früchte. Seine Kastanien wuchsen wie Wildblumen. Das Gemüse spross wie Unkraut. Es war schrecklich. In einem Dorf, das der Krieg vor die Alternative teilen oder verhungern stellte, war Ludovico gezwungen zu teilen, und zwar mit allen gleichermaßen. Das ganze Dorf wartete darauf, dass er zur Jagd ging, und wenn er einen ganzen Tag durch die Wälder gestreift war und wie durch ein Wunder allen Minen und allen Deutschen entgangen und weder von Wölfen noch von Banditen überfallen worden war, standen schon zehn Leute an seiner Tür. Es endete damit, dass er fast jede Woche praktisch das ganze Dorf ernährte. Er war erschöpft vom Jagen. Die Füße taten ihm weh. Aber jetzt war das Fass übergelaufen. Auf wundersame Weise verfügte er plötzlich wieder über Strom. Vor dem Krieg hatte er als Einziger im Dorf welchen gehabt. Nach Kriegsbeginn war die Stromversorgung ausgefallen, aber jetzt funktionierte sie unerklärlicherweise wieder, für alle Banditen und alle Deutschen sichtbar. Irgendjemand würde ihn bestimmt verraten, und die Deutschen würden kommen und Fragen stellen und sein Haus durchsuchen – und was würden sie finden? Fünfundzwanzig große, gut genährte, schmackhafte Hasen, die er doch als Beitrag zu den Kriegsanstrengungen an sie abzuliefern hatte. Die Lage der Deutschen war inzwischen aussichtslos, auch sie hungerten. Die Partisanen brachten ihnen schwere Verluste bei, und die Antwort der Deutschen war grausam und verbreitete Angst und Schrecken. Er war ein Gezeichneter. Er hielt es nicht mehr aus. Und das alles war Ettoras Schuld.

Er saß verzweifelt in seinem Wohnzimmer, während Ettora am Tisch den Teller mit dem Tropfen Olivenöl auf dem Wasser vorsichtig hin und herbewegte. Sie beachtete ihn nicht. Sie wusste von den Hasen. Und sie wusste, dass er wusste, dass sie davon wusste. Und das alles nur, weil er vor vielen Jahren den Finger in ihr Loch gesteckt hatte. Der Krieg macht es möglich, dass jeder Dummkopf, der einen Groll gegen jemanden hegt, Rache üben kann, dachte Ludovico wütend. Na, aber hier nicht!

Ettoras Blick folgte dem Olivenöltropfen auf dem Teller, mal nach links, mal nach rechts. Schließlich zerfiel er in mehrere kleine Tröpfchen; der ganze Raum stöhnte auf. Ettora erhob sich.

»Das«, sagte sie zu Renata, die ein entsetztes Gesicht machte, »heißt nur, dass ihr immer noch getrennt seid. Es heißt nicht, dass ihr nicht wieder zusammenkommt. Keine Angst. Das ist ein Zeichen.«

»Ein Zeichen wofür?«, sagte Renata.

»Ein Zeichen, dass etwas Gutes kommt.«

»Was denn zum Beispiel?«

»Ein gutes Zeichen«, wiederholte Ettora.

Das Trommeln des Regens auf dem Dach zerrte an Ludovicos strapazierten Nerven. Wenn es doch aufhören würde, damit sie alle gehen konnten! Er hielt es nicht mehr aus. Die alte Hexe wollte ihn umbringen. Er spürte, wie ihm der Zorn in die Kehle stieg und schreiend aus ihm herausbrechen wollte. Zur Hölle mit ihren Zeichen! Er würde dem Spuk jetzt ein Ende machen. Er würde sie jetzt sofort darauf ansprechen und ihr – ihnen allen – von den Hasen erzählen, und dann zur Hölle damit, sollten sie doch seinen Schlafzimmerboden aufreißen und die Hasen essen, jeden einzelnen. Als nächstes kam noch der Teufel höchstpersönlich hereinspaziert, wenn er nicht umgehend etwas unternahm.

Ludovico hob die Hand, um sich Aufmerksamkeit zu verschaffen, den krummen Zeigefinger himmelwärts gereckt, und just in dem Moment, da er etwas sagen wollte, hörte er schwere Stiefel auf der Treppe, gefolgt von einem lauten Klopfen an der Haustür.

Stille.

Die Deutschen auf dem Monte Cavallo konnten nicht so schnell vom Berg heruntergekommen sein, dachte er bestürzt. Jedenfalls nicht unbemerkt. Es gab überall Ausgucke. Außerdem hatten die Schwestern im Kloster die Kirchenglocke vor zehn Minuten dreimal läuten lassen zum Zeichen, dass alles in Ordnung war. Die Dorfbewohner, dicht an dicht in dem Raum stehend, sahen einander unruhig an.

Dann hörten sie ein zweites Paar Stiefel auf der Holztreppe, gefolgt von einem zweiten lauten Klopfen.

Die Dorfbewohner liefen durchs Zimmer, räumten das Olivenöl und die Teller und Kastanien weg. Ludovico, der neben der Tür saß, wartete, bis alles verschwunden war, stand auf und öffnete – er hatte zu lange gewartet.

Der Teufel persönlich war da.

In dem dunklen, strömenden Regen stand ein schwarzer Riese und hatte den Kopf einer, wie es schien, Madonnenstatue unter einem Arm. In dem anderen Arm lag ein in eine Jacke eingewickeltes Bündel. Der Schwarze war gekleidet wie ein Soldat und schwer bewaffnet, mit einem langen Gewehr über dem Rücken und zwei über seiner mächtigen Brust verkreuzten Patronengurten. Er atmete heftig. Ludovico, der direkt unter dem Riesen stand, spürte die heiße Luft, die zischend aus seinen Nasenlöchern fuhr.

»*Heilige Mutter Gottes*«, sagte der Alte, wich zurück und bekreuzigte sich.

Der Riese kam herein, gefolgt von drei noch schwerer bewaffneten dunklen Männern. Alle vier waren gewaltig, noch der kleinste von ihnen größer als jeder Italiener im Raum, und sie troffen vor Nässe. Stamps trat als Letzter ein. Er warf einen raschen Blick durchs Zimmer und auf die mit offenen Mündern dastehenden Italiener und herrschte dann Bishop an. »Pass draußen auf, bis wir wissen, was hier los ist.«

»Mann, ich bleib doch nicht alleine da draußen«, sagte Bishop.

Stamps ließ das unerwidert und sah wieder die glotzenden Italiener an. Er machte die Tür hinter sich zu und sagte zu Hector: »Sag ihnen, dass wir Amerikaner sind.«

»*Americanos*«, sagte Hector.

Alle richteten ihren Blick auf Renata. Sie hatte in Florenz Englisch gelernt und sprach es besser als jeder andere im Raum. Renata saß da und schaute mit offenem Mund den riesigen Schwarzen mit dem komischen Statuenkopf unter dem Arm an. Der Mann war so groß, dass er sich beim Hereinkommen hatte bücken müssen, und stand immer noch gebückt, sein riesiger Kopf pendelte langsam hin und her wie der Kopf eines Dinosauriers, während er sich umsah. Sie konnte den Blick nicht losreißen. Bekam den Mund nicht zu. Ihr fiel kein einziges englisches Wort ein.

Stamps sah, dass alle zu Renata schauten, und richtete den Blick auf sie. In Männerkleidern am Tisch sitzend, die kleinen Hände geöffnet obenauf, das lange schwarze Haar unter die Mütze gestopft, als säße sie in einem Sportwagen, den Mund aufgerissen vor Entsetzen, war sie das Schönste, was er in seinem Leben je gesehen hatte. Ihre großen dunklen Augen zwischen den olivenförmigen Lidern sahen aus wie Kugeln, während ihr verblüffter Blick von einem zum andern sprang. Stamps hatte so etwas noch nie gesehen: eine Frau, gekleidet wie ein Mann, und so schön dazu. Beifällig nahm er ihre Hüften und Schenkel wahr, die sich unter dem Stoff ihrer sackartigen Hose abzeichneten, und gab sich Mühe, nicht hinzustarren. Vielleicht träumte er ja, so erschöpft, wie er war.

Er wandte sich an Hector. »Frag sie, wo die Deutschen sind.«

Hector gehorchte.

Renata kam zu sich und holte Luft. Sie sah zu Train hinüber, unter dessen Gewicht der Fußboden etwas nachgab. Sie beschäftigte die Sorge, dass der riesige Schwarze ins Schlafzimmer gehen und durch den Boden brechen könnte, mitten zwischen die Hasen ihres Vaters, über die alle Bescheid wussten. Der Boden knarrte unter Trains mächtigen Füßen. Schließlich sagte Renata zu Hector: »Bleiben Sie länger?«

Die drei Amerikaner sahen Hector an, er sollte das übersetzen, doch er schwieg. Hector sprach fließend Italienisch, das klassische Italienisch der Übersetzungskurse in der Armee, hatte aber früher in Spanish Harlem, wohin seine Familie von San Juan gezogen war, auch viel Zeit mit Italienern verbracht. Seit er zehn war, und bis zum Eintritt in die Armee, hatte er die eine Hälfte des Wochenendes von italienischen Kindern die Jacke vollgehauen gekriegt und die andere Hälfte des Wochenendes ihnen blaue Augen verpasst, aber eine so Hübsche wie die, die da in Männerkleidern am Tisch saß, hatte er noch nie gesehen. Statt zu übersetzen, sagte er mit einer Kopfbewegung in Richtung Bishop: »Nein, wir sind bloß vorbeigekommen, weil sein Schneider hier wohnt.« Einige lachten, darunter Ettora, die schielenden Zwillinge Ultima und Ultissima, und eine spindeldürre Frau, die von jedermann die Dicke Margherita genannt wurde.

»Was ist denn da so verdammt komisch, Hector?«, fuhr Stamps Hector an. »Frag die Frau, wo die Deutschen sind.« Stamps sah Renata an. »Wo sind die Deutschen? *Dove tedeschi*?« Er hob die Stimme, als könne sie ihn so besser verstehen. Die Leute im Raum verstummten erschrocken.

Renata musterte ihn. Groß, schmal, kantig, überragte er die anderen beiden, die hinter ihm standen. Er war wohl der Lieutenant, dachte sie, *il sottotenente*. Hector mit seiner spitzen Nase, dem glatten Haar, dem Kinngrübchen und der kleineren Statur kam ihr eher vor wie ein Lateinamerikaner. Der andere dunkle Neger hinter ihm, der mit den Goldzähnen, den funkelnden Augen und den Pickelnarben, der gerade nach seinen Zigaretten griff, hatte etwas Lässiges, Glattes an sich, das aufregend war, doch ihm misstraute sie instinktiv. Er erinnerte sie an den Jazz, den sie früher in Florenz gehört hatte – herrlich, aber er konnte einen auf Abwege bringen. Nein, wenn sie hier einer umwarf, dann war es der schlanke *sottotenente*, der sie immer noch ganz nüchtern und sachlich ansah. Er war, befand sie, sehr hübsch. Lange Arme, breite Schultern, große braune Augen, die Haut kastanienbraun, das

Gesicht erleuchtet vom Schein des warmen Feuers. Selbst jetzt, wo er so finster dreinschaute, war er das Exotischste, das sie je gesehen hatte. Auf einmal wäre es ihr lieber gewesen, sie hätte ein Kleid angehabt. Sie zeigte zum Fenster. »Überall«, sagte sie.

Stamps wies mit dem Kopf auf Train. »Der Junge braucht Hilfe.«

»Welcher Junge?«, sagte Renata.

Auf eine Bewegung von Stamps hin schlug Train seine Feldjacke auf und brachte den darunter zitternden Jungen zum Vorschein. Er war blass und ausgezehrt, atmete röchelnd, und unter seinen flatternden Lidern zuckten die Pupillen hin und her.

Bei seinem Anblick kam Bewegung in Ettora, die Dicke Margherita und die schielenden Zwillinge, die wie auf Kommando näher kamen und sich auf die Zehenspitzen stellten. Einer der Zwillinge wollte Train den Jungen abnehmen.

Train fuhr zurück. »Nein«, sagte er. Die ihn umringenden Frauen begannen in hektischem Italienisch auf Renata einzureden.

»Wo haben sie ihn gefunden?«, fragte Renata Hector. Sie hatte Mühe, ihren Verstand zu gebrauchen.

»Irgendwo weiter unten am Fuß eines Berges. Wer ist das?«

»Ich weiß es nicht. Er kann hier bleiben, bis er wieder gesund wird.«

Hector übersetzte für Stamps, der schon ungeduldig wartete. Er schüttelte den Kopf.

»Er wird nicht wieder gesund. Er muss ins Krankenhaus. Wir wollen ihn hinbringen. Hier muss sowieso alles evakuiert werden, wegen der Deutschen. Wenn die Division ankommt, wird es hier heiß hergehen. Wir begleiten Sie ins Tal.«

Nachdem das übersetzt war, erhob sich ein neues Stimmengewirr. Schließlich sagte Hector: »Sie sagt, sie geht hier nicht weg, und die anderen auch nicht. Wenn du mehr wissen willst, sollst du mit dem *padre* in der Kirche oben auf dem Berg sprechen.«

»Da sind wir ja gerade gewesen«, sagte Stamps. »Da oben ist keiner außer dem Irren.«

Hector übersetzte. Die Dorfbewohner tauschten Blicke untereinander. Renata feuerte einen Schwall italienischer Worte ab.

»Sie sagt, da oben ist kein Mann. Da ist bloß die Kirche, die St. Anna, und dahinter das Kloster. In dem leben vier Nonnen. In das Kloster hat seit dreihundert Jahren kein Mann mehr einen Fuß gesetzt.«

»Einer muss sich aber trotzdem reingeschlichen und es denen so besorgt haben, dass die dreihundert Jahre vergessen sind. Wen haben wir denn sonst da oben gesehen, Butterbeans und Suzy vielleicht?«

Die vier Männer lachten. Ettora, die Hexe, wandte sich um und ging auf Stamps zu. Da sie wirklich schon schlecht sah, wäre sie fast über einen Stuhl gestürzt, geriet ins Straucheln, fing sich aber und wäre, auf ihn zusteuernd, jetzt fast auf ihn gefallen. Sie war so klein, dass sie ihm bloß bis an die Brust reichte. Sie stupste ihm mit dem Zeigefinger in die Rippen, dass ihre Armreifen klimperten, und sagte in gebrochenem Englisch: »Das ist Eugenio. Der Verrückte. Habt ihr den Pater nicht gesehen?«

Von der anderen Seite des Raumes beobachtete Ludovico schweigend die Szene. Eines musste er Ettora lassen:

Mutig war sie. Er würde diesen großen Menschen nicht mit der Kohlenzange anfassen.

Stamps sagte: »Von einem Pater weiß ich nichts, *signora*. Ich könnte euch alle zwingen zu gehen, aber das tu ich nicht. Trotzdem muss der Junge ins Krankenhaus.«

Ettora piekte ihn wieder mit dem Finger, der sich anfühlte wie ein spitzer Stock, in die Rippen. »Hier ist der Junge richtig.«

»Was soll das? Das Kind kann sterben.«

Renata trat vor und sagte: »Wo bringen Sie ihn hin?«

»Ins Krankenhaus.«

Die junge Frau schüttelte den Kopf, wies zum Fenster hinaus und sagte ein paar Sätze auf Italienisch. Hectors Miene verdüsterte sich. »Sie sagt, ihres Wissens sind die Deutschen hier auf allen Seiten: in Vergemoli, Callomini, am Monte Caula, überall, bis hin nach Barga und zum Cinquale. Sie sagt, sie weiß zwar nicht, wie wir es geschafft haben, in Ruosina durchzukommen, aber der einzige Weg nach Barga, wo die Amerikaner sein könnten, führt über diesen Bergpass.« Er zeigte durch das Fenster auf den Monte Cavallo, den Schlafenden Mann.

Die vier sahen in den dunklen, strömenden Regen hinaus. Stamps kam der Berg vor wie der Mount Everest.

»Gut. Dann bleiben wir hier, bis das Wetter umschlägt. Und dann gehen wir wieder.«

Bishop zog ein finsteres Gesicht. »Gehen? Wohin denn? Hast doch gehört, was sie gesagt hat.«

»Bishop, du denkst zuviel.«

»Okay, wenn sie dich gekriegt haben, schreib ich deinen Leuten. Ich geh auf keinen Berg und lass mich da umbringen. Wir sollten hier bleiben, bis Hilfe kommt.«

»Woher sollen wir denn wissen, ob Hilfe kommt?«

sagte Stamps barsch. »Was, wenn Nokes ihnen gesagt hat, wir sind tot. Ich setz mich doch nicht hierher und dreh Däumchen und warte, bis die Deutschen aufkreuzen und sich auf mich stürzen. Vielleicht stecken die hier mit denen unter einer Decke. Vielleicht sind die Deutschen uns schon auf den Fersen. Beobachten uns gar schon, was wissen denn wir? Die Sache am Kanal hat die jedenfalls nicht überrascht, das steht mal fest.«

»Wir sind hier aber nicht am Cinquale, Lieutenant«, warf Hector ein, »das hier ist was ganz anderes, verdammt.«

Stamps hörte das nicht gern, wusste aber, dass Hector Recht hatte. Er hatte selber mit Panik zu kämpfen. Die Division würde sie schon suchen. Vielleicht aber auch nicht. Bis auf weiteres waren sie auf sich allein gestellt.

»Na schön. Wir legen uns bis morgen aufs Ohr und versuchen das Funkgerät in Gang zu bringen. Die Batterien sind hin. Frag sie, ob sie Strom haben. Vielleicht können wir sie irgendwie aufladen.«

Hector tat, wie ihm geheißen, und Renata antwortete etwas. Stamps entging nicht, dass Ludovico seine Tochter finster anblickte, dann verschlafen von seinem Stuhl aufstand und gähnte; ein Schneidezahn blitzte in dem ansonsten zahnlosen Mund.

»Sie sagt, ihr Vater hier weiß, wo man Strom herkriegt.«

Bishop starrte Ludovico an, seine zerfetzte Weste, den weißen Haarschopf, das zahnlose Grinsen, den einen blitzenden Schneidezahn.

»Wow«, sagte er zu den anderen. »Die Löcher in die Doughnuts stanzen, das wär für den da genau der richtige Job.« Er lächelte Ludovico zu. »Bei den Beißerchen hat jeder Angst vor dir, was Alter?«

Die Soldaten lachten. Ludovico, der nichts kapierte, griente noch breiter und nickte zurück, um seine freundliche Gesinnung zu demonstrieren. Amerikaner hatte er noch nie gesehen. Ob es wirklich welche waren oder nicht doch Teufel, wer wusste das schon. Aber das war egal, denn er steckte sowieso in der Tinte, wenn dieser Riese zwei Schritte rückwärts in sein Schlafzimmer ging und durch den Fußboden brach.

»Schluss mit diesem Unsinn«, herrschte Stamps ihn an. »Wir müssen überlegen, wie wir uns bei der Division melden und hier rauskommen können.« Er sah Hector an. »Frag die *signorina*, wo wir übernachten können. Und morgen Früh zeigt uns der Alte, wie wir an Strom rankommen.«

»Hier nicht bleiben«, sagte Renata.

»*Sì*, hier bleiben!«, fauchte Stamps. »*Americano. Bosso.* Die amerikanische Regierung kauft euch euer ganzes Haus ab.«

Hector übersetzte, und die Frauen im Zimmer fingen an zu kichern. Blöder Amerikaner, dachte Renata verärgert und sah Stamps an. Der kannte die Italiener nicht, dieser Großkotz. Keine zehn Minuten war es her, da hätte sie ihn am liebsten zu Boden geworfen und gleich da mit ihm geschlafen, so sehr hatte sein Anblick ihr gefallen. Jetzt fand sie ihn nur noch widerlich. Wenn die Deutschen sie erwischten, wie sie den Amerikanern halfen, würden die sie alle bestrafen, und seine hübsche braune Haut würde ihnen nicht helfen. Anstatt Stamps auf Englisch zu antworten, sprach sie mit Hector, der übersetzte.

»Sie möchte wissen, ob wir noch mehr sind.«

»Klar, Schätzchen«, rief Bishop dazwischen. »Ich alleine kenn in St. Louis schon vierzehn Nigger, und zwei von denen wollen unbedingt adoptiert werden.«

»Bishop, wenn du nicht endlich das Maul hältst«, sagte Stamps, »kriegst du gleich einen Tritt in den Arsch.«

Bishop sah Stamps ausdruckslos an. Stamps, dachte er, ist einer von diesen feinen, gebildeten, neunmalklugen hellhäutigen Niggern aus Washington, und jetzt nutzt er die Lage aus und spielt sich vor diesen italienischen Weißen als Boss auf. Das wollte er sich für die Zukunft merken, aber jetzt schwieg er.

Stamps sagte zu Hector: »Sag ihr, wir brauchen irgendwo einen Platz zum Schlafen.«

Hector übersetzte, und Renata pfefferte ihm eine Antwort entgegen. Hector sagte: »Sie sagt, nicht weit von hier ist ein Haus, hinter der Mauer rechts und um die Ecke. Da ist ein großes Kreuz über der Eingangstür. Der Alte bringt uns hin. Das Haus gehört Eugenio, dem Verrückten, den wir oben in der Kirche gesehen haben.«

Die vier Amerikaner sahen Renata an, die achselzuckend sagte: »Er schläft nicht da drin. Er schläft draußen vor der Kirche, bei seiner Familie.«

»Ich dachte, Sie hätten gesagt, da ist niemand«, sagte Hector.

»Seine Familie ist da begraben. Drei *bambini*. Seine Frau. *Tedeschi. Bumm-bumm.*«

Renata ging mit sachten Schritten zu Train hinüber, stellte sich auf die Zehenspitzen und griff nach dem Jungen, der immer noch schlaff und zitternd in seinen Armen hing, doch der Riese wich ihr aus. »Schon gut, Miss, ich hab ihn.«

Stamps sah den Blick, mit dem Renata Train anschaute; ihr Kopf, auf dem die Mütze kaum merklich schräg saß, reichte ihm knapp bis zur Brust. Train hatte den Kopf der *Primavera* unter dem Arm, seine Schultern waren so breit, dass die M-I auf seinem Rücken aussah wie ein Zahnstocher und der winzige Junge auf seinen Armen wie ein junges Hündchen. Das war schon ein Bild.

»Sag ihr, es geht schon«, stammelte Train.

Hectors Übersetzung hatte keine erkennbare Wirkung auf Renata. Sie antwortete: »Sag deinem *sottotenente*, der Junge gehört hierher.«

Stamps hatte bereits verstanden. »Nur die Ruhe, *signorina*. Wir gehen nirgendwohin. Train, gib ihr das Kind. Die können sich besser darum kümmern als du.«

Train, der mit seiner massigen Gestalt in dem winzigen Haus voller Menschen nur gebückt stehen konnte und der die Blicke all dieser Weißen auf sich gerichtet sah, fühlte sich bedrängt. Er war verwirrt, schwankte wie ein kolossaler, vornüber geneigter Turm und versuchte das alles zu begreifen. So hatte er sich das nicht gedacht. Was, wenn diese Leute auf Seiten der Deutschen standen wie die italienischen Maultiertreiber, die er am Cinquale gesehen hatte? Dieser Junge hatte ihm Glück gebracht. Dieser Junge verfügte über göttliche Macht. Das musste Train ihm irgendwie vergelten. Er musste das klarstellen. »Ich habe ihn gefunden, Lieutenant. Ich kann mich vorläufig um ihn kümmern. Ich hab ein Pulver von Hector, das kann ich ihm geben.« Train zog ein Päckchen Sulfapulver aus der Brusttasche und wedelte damit herum.

Stamps trat hinüber, entriss Train den schlaff in seinen Armen liegenden Jungen, reichte ihn Renata und gab ihr auch das Sulfapäckchen. Er sah sie eindringlich an. »Das ist unser letztes. Es wird sein Fieber senken. Sie müssen es verdünnen, damit es länger reicht, wir haben keins mehr. Hector, übersetz das mal.«

Hector sagte: »Ich weiß nicht, was ›verdünnen‹ heißt.«

»Vergiss es. Sag bloß, wir holen den Jungen wieder ab.«

Train sah hilflos zu, wie die Frauen den Jungen im Nebenzimmer auf Ludovicos Bett legten und geschäftig herumliefen und Wasser heiß machten. Der Junge erwachte aus seiner Starre, warf sich hin und her und begann leise zu weinen. Die Frauen drückten ihn auf das Bett. »Vielleicht sollte ich hier bleiben«, sagte Train düster und machte zwei Schritte auf das Schlafzimmer zu. Ludovico sah alarmiert, wie der Boden unter seinen Füßen ächzte und knarrte.

Stamps warf Train einen verächtlichen Blick zu, trat zur Haustür und stieß sie auf. Das trommelnde Geräusch des Regens erfüllte den Raum. »Wie du willst. Aber morgen, wenn dieses Wetter aufhört, verschwinden wir hier und gehen zurück, ob Sam Train mitkommt oder nicht.«

Stamps nickte Ludovico zu, der ihm an die Tür folgte. Beim Hinausgehen sah der Alte Ettora über die Schulter an, suchte in ihrer Miene ein Zeichen, das ihm sagte, was er tun sollte, aber Ettora schwieg.

Wenn das das Zeichen war, von dem sie gesprochen hatte, dachte Ludovico verdrossen beim Hinausgehen, war es kein gutes, ganz und gar nicht. Stamps und die beiden anderen folgten ihm.

9
Der Schwarze Schmetterling

In der Hügellandschaft der Toskana findet man heute keinen Italiener, der gern über den Zweiten Weltkrieg spricht. Die Alten – Zimmerleute, Klempner, Stuckateure, Steinmetze –, die ihren Lebensunterhalt mit der Instandsetzung der Häuser wohlhabender Ausländer verdienen, die auf den gemütlichen Piazze von Ortschaften wie Barga, Teglio oder Gallicano herumsitzen, zucken mit den Achseln, wenn man sich bei ihnen nach dem Krieg erkundigt. »Zu viel Schlimmes passiert«, sagen sie, oder: »Mussolini hat das Rentensystem eingeführt«, und wenden sich ab. Man kann sie den ganzen Tag danach löchern, ihnen Wein spendieren, sie sagen trotzdem nichts. Man kann bis zum Abend warten, wenn es kühler wird und die Sonne untergegangen ist, die Kinder nach Hause gebracht sind und die Piazza leer ist, und sie schweigen. Man kann ihnen Konfekt schenken, im schönsten *che-bella-figura*-Stil eingewickelt, ihnen einen Aufruf ihres Bürgermeisters vorlegen, ihnen die seltenen Muscheln aus dem Tyrrhenischen Meer kredenzen, die sie so gern essen, ihnen sogar versprechen, ihren Enkeln eine Collegeausbildung in Amerika zu finanzieren, und sie sagen immer noch nichts. Denn dieser Krieg war eine Herzensangelegenheit, und das Herz eines Italieners ist groß, stark und verschlossen; er lässt nur wenige hineinsehen.

Erst nachts, wenn Grappa fließt, die Frauen schlafen und die reichen holländischen Touristen sicher in ihren reizenden italienischen Villen mit CNN-Empfang stecken und überall in der Stadt die Lichter erloschen sind, erfährt man etwas über den Krieg. Aber auch dann ist es kein Gespräch, sondern eher eine körperliche Erfahrung, denn man muss sich mitten in ein Dorf stellen und über die Steinmauern hinaus auf die Berge in der Umgebung sehen. Achte auf ein Licht, das in der Ferne blinkt, und halte darauf zu. Du kommst an einen Pfad. Der Pfad führt zu einem schmalen Sträßchen. Das Sträßchen führt hinauf in die Berge zu einer kleinen Taverne. Und wenn du auf dem dunklen Weg nicht gestürzt bist und dir den Arm gebrochen hast oder von Gespenstern oder Hexen überfallen worden bist, triffst du beim Betreten der verstunkenen, verräucherten Taverne diese alten Männer beim Witzeerzählen, Singen, Kartenspielen und Grappatrinken wieder, und wenn du Glück hast, haben zwei an einem Spieltisch gerade eine Meinungsverschiedenheit, die zum Streit eskaliert, bis sie sich mit drohend erhobenen Fäusten anbrüllen. Und wenn die beiden alten Kampfhähne gerade mit geballten Fäusten aufgesprungen sind, um den anderen in Stücke zu reißen, ruft jemand durch das Getöse des rauchgeschwängerten Raumes: »*Wie telefonierte man zu Kriegszeiten in Italien?*«, und die beiden alten Esel fangen an zu lachen, setzen sich wieder und trinken weiter, denn während des Kriegs telefonierte man praktisch mit den Füßen. Schuhe wurden aus Resten von Telefondraht gemacht, den die Amerikaner weggeworfen hatten. Man wickelte sich den dicken Draht um den Fuß, maß die richtige Länge ab, fädelte ihn dann durch ein Stück Gummi von einer amerikanischen Landebahn, und das ergab die Sohle. Über das Ganze noch einen Stofffetzen gespannt, alles zusammengenäht und schon hatte man ein Paar Schuhe! Und wenn die Deutschen kamen, setzte man sich schnell irgendwohin, legte ein Bein auf den Schoß, zog sich den Fuß so dicht vor den Mund wie möglich und rief: »Hallo? Hallo?« Denn während des Kriegs konnte man in Italien niemanden anrufen. Es gab kein Telefon, keine Schuhe, keinen Strom, kein Essen, keine Armee, keine nennenswerte Regierung, keine Hoffnung. Das eigene Leben hing an einem Faden, war abhängig allein von zwei Gütern, die unter Menschen allerdings rar sind: Moral und Tapferkeit, und verlassen kann man sich darauf nie; Essen von einem netten Nachbarn, der womöglich Faschist war, oder auch nicht; ein mutiger Priester, der sich selbst in Gefahr brachte, um dir und deiner Mutter etwas zu essen zu geben, oder aber die Partisanen, die zu erwähnen sich niemand traute, kamen dir zu Hilfe. Telefonieren? Man hat Gott angerufen, denn Mussolini mit seinen schönen Reden, seinen glänzenden Stiefeln, seiner makellosen Uniform, seiner wunderschönen Geliebten, den hatten die Partisanen gefangen genommen, und als man ihn das letzte Mal sah, hing er an einem Telefonmast neben einer Tankstelle in Mailand, eine Kugel im Kopf, seine Geliebte Claretta Petacci, für die er einst einen ganzen Bahnhof errichtet hatte und deren Gesicht sich, als man sie erschoss, wie Zwiebelschale abgelöst hatte, neben ihm. Nein, während des Kriegs gab es nichts zu telefonieren. In Italien ging es zu wie in Amerikas Wildem Westen, nur war es nicht romantisch, nicht lustig, nicht einmal eine Sache für harte Männer. Damals dort leben, das war, als müsste man mitansehen, wie die eigene Mutter auf der Straße plötzlich von einem Zweitonner angefahren und ihr Körper wie eine Puppe durch die Luft geschleudert wird, man will sie retten, auffangen, und kann es doch nicht, bleibt wie erstarrt stehen, wissend, dass einem das Geräusch des auf der Straße aufschlagenden Körpers für den Rest des Lebens in den Ohren widerhallen wird. So war es damals: Mitansehen müssen, wie sie stirbt, jeden Tag aufs Neue, immer wieder.

Und deshalb sprechen die Alten in der Toskana nicht über den Zweiten Weltkrieg. Genauso wenig gern behandeln die Lehrer ihn in der Schule. Der Geschichtsunterricht wurde gleich nach dem Ersten Weltkrieg heikel, denn unmittelbar danach wurde es persönlich: Mein Vater war Partisan, deiner nicht. Was hast du gemacht? Und dein Vater? Jetzt den Sieg für sich zu reklamieren, ist einfach. Jeder möchte ein Sieger sein, jeder behauptet, er war bei den Partisanen, die auf Seiten der Alliierten gekämpft haben. Aber während des Kriegs, als Einzelner in einer Bevölkerung von vierundvierzig Millionen, die aus zwei Nationen bestand, war nicht jeder Partisan; nicht jeder, ob Mann, Frau oder Kind, brachte den großen Mut auf, in die dunklen Berge zu gehen, in der Kälte zu hungern, in Erdlöchern zu schlafen und sich sozusagen mit Zahnstochern gegen die mächtige deutsche Armee zu wehren. Nein, da war jeder auf sich gestellt, denn Mutter Italien war geschändet und geteilt in die Marionettenrepublik Salò im Norden und das richtige Italien im Süden, und zwischen beiden hockte man selbst, und in den Bergen wütete ein zusammengewürfelter Mob aus allen möglichen Armeen, die Deutschen in ihren Schützengräben teilten Rundumschläge und Kinnhaken aus, von denen alle zu Boden gingen, und Brasilianer, Afroamerikaner, Südafrikaner, Neuseeländer, Briten, Gurkhas, Partisanen,

Alpini und die Reste der italienischen Armee, alle kämpften sie erbittert, um die Deutschen zurückzudrängen, und sie alle miteinander trampelten auf einem herum, auf der Familie, den Freunden, zertraten alles unter ihren Stiefeln, was man je geliebt hatte und je lieben würde, und die Deutschen, die keine Panzer hatten und denen Munition und Lebensmittel ausgingen, beschossen sie mit Flammenwerfern, mit Achtundachtzigern, mit Handgranaten, rostigem Stacheldraht und mit Kanonen, bedient von grauhaarigen Österreichern und hungernden deutschen Knaben. Eine einzige Torheit, das Ganze. Besser, man verhielt sich still.

Aber wenn man lange genug in der alten Taverne steht und lange genug Grappa ausschenkt, wenn man die Alten mitten in einer *veglia* antrifft, der Zeit, in der sie singen und Geschichten von früher austauschen, wenn die Liebe sie schwach macht und ihre Herzen nicht mehr verschlossen sind, sondern erfüllt vom Glück der Freundschaft, und wenn sie vor seliger Kameradschaft überfließen – dann, und nur dann erfährst du vom Krieg. Aber was du zu hören bekommst, ist nicht das, was du erwartet hast, denn die alten Männer sprechen nicht vom Krieg. Sie sprechen von Mussolini.

So schlecht war der nicht, sagen sie. Seine Reden waren lustig. Er hat einen zum Lachen gebracht. Ist jeden Tag zehn Kilometer geschwommen. Hat getanzt wie der Wind. Er hat das Rentensystem eingeführt. Vorher haben die Leute fünfzig Jahre lang für einen Grundbesitzer geschuftet und im Alter gehungert. Unter dem Duce hat niemand gehungert. Die Züge verkehrten pünktlich. Er hat Straßen gebaut, Brücken, Bibliotheken. Seine Geliebte hat er gleich im Büro rangenommen, im Stehen, ohne Kinkerlitzchen, wie ein echter Italiener, verstehst du? Die Städte waren sauber. Wenn eine alte Frau auf der Straße über ein Rohr gestolpert ist und ihm geschrieben hat, hat er ihr geantwortet. 1934 hat er sich ganz allein gegen Hitler gestellt und italienische Truppen an den Brenner geschickt, als Hitler Österreich bedrohte, während Frankreich und England nur halbherzig ihrer Sorge Ausdruck verliehen und Amerika den Kopf in den Sand steckte. Erst später, als Hitler zu stark geworden war, ging der Alte mit ihm ins Bett, obwohl er schon wusste, dass Hitler ein Wahnsinniger war, aber da war es zu spät, denn er war bereits ebenfalls in den Wahnsinn abgeglitten, nicht aus persönlicher Disposition, sondern weil er Mutter Italien und ihre prächtigen Söhne verraten hatte, darunter auch seinen sozialistischen Widersacher Giacomo Matteoni, zu dessen Ermordung er sich zwar nie bekannt hat, dessen Blut aber trotzdem an seinem schwarzen Hemd und seinen glänzenden Stiefeln klebte. Und so musste der Alte selber leiden und wurde hingerichtet, und das war in Ordnung. Er hat es verdient. Aber es gab noch andere, und die verdienten nicht zu sterben und wurden für nichts hingerichtet, und wieder andere, die es verdienten, hingerichtet zu werden, und es nicht wurden. Und wieder andere … andere, die waren einfach … Und dann verstummen die alten Männer und rühren die Grappa nicht mehr an, und aus ihren Augen verschwindet das Leuchten, ihr Blick trübt sich beim Gedanken an die geschundene Landschaft, die Verzweiflung, ihre hungernden Eltern, die Frauen, die für ein Stück Brot ihren Körper verkauft haben, beim Gedanken an die grausamen Banditen, die als scheinbare Partisanen ihren Schrecken verbreiteten, an die Kommunisten mit den roten Hemden und an den Bauernjungen aus dem Serchio-Tal, der die Apuanischen Alpen in die eigenen Hände nahm, sie hochhob und alles Böse herausschüttelte aus den Felsspalten.

Ich hab ihn gesehen, sagen sie. Mit eigenen Augen. Er war keine zwanzig. Ich war selber noch ein Kind. In der Nacht, in der die Sonne zweimal unterging, kam er in mein Dorf. Das war die Nacht, in der die Deutschen hier in der Toskana den Krieg verloren. Die Nacht, in der er kam.

Wer?

Peppi. Der Schwarze Schmetterling.

Wer ist das?, fragst du.

Er war der größte von allen Partisanen, sagen sie, der liebenswürdigste, der mutigste, ein Philosoph, ein Dichter, ein Mann ohne Falsch. Wenn er dich liebte, gab es nichts, was er nicht für dich getan hätte. Aber wenn nicht, dann gnade dir Gott, denn es gab keine Kanone, keine Armee, keine Macht, die ihn hätte aufhalten können.

Und dann erschauert der abgebrühteste Alte im Raum, der mit den zwei Zähnen, dessen Glas immer voll und dessen Tisch immer leer ist, und sagt: Mein Vater hat Italien geliebt – seinetwegen. Weil er ihn fürchtete. Wir haben ihn alle gefürchtet. Haben uns gefürchtet vor seiner Liebe. Das war seine stärkste Waffe. Das war die stärkste Kraft, die man sich vorstellen kann.

Warum?, fragst du.

Weil er einen damit töten konnte.

Und dann weißt du, dass du zu weit gegangen bist, denn der Greis wendet sich ab, und die Übrigen im Raum machen da weiter, wo sie aufgehört haben, und der Wirt nimmt dich am Arm und bringt dich zur Tür. Du möchtest etwas über den Krieg wissen?, sagt er. Geh wieder in die Stadt. Morgen früh stell dich auf die Piazza und frag nach dem Abend, an dem die Sonne zweimal unterging. Frag wen du willst. Die erzählen dir alles, was du wissen musst.

Aber warum? Warum werden sie es mir erzählen?

Weil, sagt der Alte, während er dich schon zur Tür hinaus in die Kälte schiebt, sie wissen, was wir wissen. Weil sie fühlen, was wir fühlen. Sie werden nicht widerstehen können.

In den Geschichten und historischen Abrissen über das Serchio-Tal wird der Abend, an dem die Sonne zweimal unterging, genauso wenig erwähnt wie irgendwelche Schmetterlinge. Beide sind aber miteinander verbunden und wie so vieles in Italien nicht zu erklären und in ihrer tiefen Wahrheit kaum zu ertragen. Die stolzen, heimischen Reiseführer über die Region behandeln das Thema nicht, gehen mit der schönrednerischen Gewandtheit eines Gebrauchtwagenhändlers über den Krieg und seine Wirren hinweg. Es gibt in der Toskana keine zu Ehren des Schwarzen Schmetterlings errichteten Denkmäler, keine offiziellen Erklärungen, keine wissenschaftlichen Untersuchungen der zwei Sonnenuntergänge, keine Statuen oder Bilder, die Schmetterlingen, Raupen, untergehenden Sonnen oder gar untergehenden Monden gewidmet wären. In einer Region, die für ihre Kunstwerke, ihre Geschichte, die Fanale ihrer ruhmreichen Vergangenheit berühmt ist, erfahren Schulkinder von beidem nichts, es sei denn, ihre Eltern erzählen ihnen etwas, und die ältere Generation spricht kaum darüber. Aber wenn man nach dem Abend fragt, an dem die Sonne zweimal unterging, oder nach dem Schwarzen Schmetterling, erhält man Auskunft. Die beiden kennt offenbar jeder.

Sehr wenig nur ist bekannt über die Herkunft des Schmetterlings, denn er wurde in einem Winkel der Toskana geboren, aus dem sonst niemand Bedeutendes hervorgegangen ist. Sein wahrer Name war Peppi Grotta, und er war ein bescheidener, stiller, zartbesaiteter Student der Poesie aus Castelnuovo di Stazzema, einem Städtchen, das nichts Besonderes aufzuweisen hatte, außer einem in seinen Olivenhainen und auf seinen Weiden häufig anzutreffenden schwarzen Schmetterling. Bei Kriegsbeginn schloss sich der junge Dichter einer der harmlosen Partisanengruppen an, die das Serchio-Tal und die Apuanischen Alpen um Garfagnana und Massa durchstreiften. Wie die meisten Partisanen wählte er einen Decknamen, denn die SS übte schreckliche Rache an den Familien. Er nannte sich nach dem Schmetterling seiner Heimat und zeichnete sich unter den Partisanen aus, die später die Gruppe Valenga bildeten, eine kleine, aber mutige Einheit aus der Region Barga. Anfangs nicht mehr als zwanzig Bauernjungen, stahlen sie den Carabinieri Waffen, ließen Eisenbahnzüge entgleisen und erzeugten Bergrutsche und behinderten so deutsche Truppenbewegungen. Viel richteten sie nicht aus, bis Gabriella Tornatti aus dem kleinen Ort Bertacchi unweit des Monte Forato zu Tode kam, eine Frau, deren Name oft im Zusammenhang mit dem Schwarzen Schmetterling fällt, denn nach ihrem Tod breitete der große Schwarze Schmetterling zum ersten Mal seine Flügel aus.

Gabriella, eine hübsche, schlanke Kriegswitwe mit langem, gelocktem schwarzem Haar schloss sich 1943 dem Kampf der Männer an, obwohl sie schwanger war und zwei kleine Töchter großzuziehen hatte. Sie versteckte Partisanen, sprengte Brücken, beschoss SS-Soldaten und betrieb in ihrem Haus sogar eine illegale Druckerei. Ein italienischer Spion aus ihrer eigenen Stadt, dessen Identität nie ermittelt werden konnte, verriet sie an die Deutschen, und sie wurde von einem SS-Kommandeur verhaftet und, an Händen und Füßen gefesselt, an einem Baum auf der Piazza ihres Dorfes festgebunden. Da sie sich weigerte, die Namen ihrer Mitpartisanen preiszugeben, folterte der SS-Mann sie so lange, bis sie starb. Man schnitt ihr mit einem seltsamen Werkzeug die Brüste ab, riss ihr mit einer Zahnzange die Augen aus, doch Gabrielle Tornatti schwieg bis zu ihrem Ende. Sie wurde aufgeknüpft und auf der Piazza hängen gelassen.

Die Nachricht von ihrem heldenhaften Tod verbreitete sich wie ein Lauffeuer durch die Apuanischen Alpen und die toskanischen Täler. Und nun schlug der große Schwarze Schmetterling zu.

Über mehrere Wochen verbreitete der Schwarze Schmetterling in dem Tal um Bertacchi das Gerücht, er würde an einem bestimmten Tag und zu einer bestimmten Stunde mit einer ganzen Armee einmarschieren, um Gabriellas Tod zu rächen. Wie zu erwarten, alarmierte ein italienischer Spion die deutschen Behörden, und die SS rückte zum angegebenen Zeitpunkt in gebührender Stärke an und umstellte das Dorf. Aber der Schwarze Schmetterling erschien nicht. Er beobachtete die Deutschen aus seinem Versteck am Berg mit einem Fernrohr und identifizierte den Kommandeur, der die arme Gabriella gefoltert hatte. Ein paar Tage darauf zogen die Deutschen ab und hielten die Ankündigung des Schwarzen Schmetterlings für eine leere Drohung. Doch Peppi hatte andere

Pläne. Er folgte heimlich der Offiziersgruppe, die weiter-zog, um andere toskanische Dörfer zu terrorisieren. Er wartete lange, volle sechs Wochen, bis der Offizier abge-löst wurde und aus dem Kampfverband ausschied. Der Schwarze Schmetterling und eine kleine Gruppe seiner Männer folgten dem Offizier nach Viareggio, wo sie ihn, als Maultiertreiber getarnt, zusammen mit einer Gruppe von acht Infanteristen, die ebenfalls abgelöst worden wa-ren, gefangen nahmen. Die acht einfachen deutschen Sol-daten ließ Peppi laufen. Den SS-Kommandeur jedoch nicht.

Der Schwarze Schmetterling unterzog den Offizier nach und nach derselben Folter, die dieser bei Gabriella angewendet hatte. Er fesselte ihn an einen Baum. Klebte ihm den Mund zu. Schnitt ihm mit einem seltsamen Werkzeug die Brüste ab. Er ließ einen Tag verstreichen, bis er ihm mit einer Zahnzange die Augen herausriss. Ließ ihn verbluten. Als er tot war, riss er ihm die Hoden ab, stopfte sie ihm in den Mund und schleppte den Leich-nam des SS-Kommandeurs die achtundsiebzig Kilometer zurück bis zu dem Marktplatz, auf dem Gabriella aus Bertacchi brutal ermordet worden war, und wartete.

Einmal im Jahr geht die Sonne im toskanischen Ser-chio-Tal zweimal unter. Sie trifft das Auge des Bergs, den sie dort Schlafender Mann nennen, und verschwindet hinter dem oberen Felsbogen. Dort bleibt sie für ein paar Minuten unsichtbar und erscheint dann mitten im Auge noch einmal, bis sie abermals hinter dem Berg verschwin-det. Genau in einem dieser Momente sandte der Schwarze Schmetterling der Bevölkerung der Toskana eine Bot-schaft, die sie nie vergessen sollte.

Die Deutschen, die in Bertacchi das Kommando innehatten, wussten nicht, dass die Sonne zweimal unterging, und zogen sich bei Einbruch der Dunkelheit in ihr Hauptquartier am Dorfrand zurück. Die Einwohner des Dorfes jedoch standen, wie es Brauch war, auf dem Marktplatz, um das jährliche Phänomen mitzuverfolgen.

Die Sonne verschwand, es wurde dunkel. Als die Sonne wieder erschien, Minuten später, bot sich in der Mitte des Dorfes ein grässlicher Anblick. An demselben Baum wie vorher Gabriella hing der SS-Kommandeur, sein verwesender Leib malträtiert und geschunden, die Brüste abgetrennt, die Augen ausgerissen, die Hoden in den Mund gestopft. Auf einem Schild an seinem Hals stand: »*Viva Italia*. Gruß, der Schwarze Schmetterling.« Dann verschwand die Sonne wieder, und es wurde richtig Nacht.

Der Anblick des deutschen Kommandeurs bewirkte bei den Leuten aus dem Dorf das genaue Gegenteil dessen, was man erwartet hätte, denn die zweifelten nicht daran, dass gnadenlose Repressalien nicht lange auf sich warten lassen würden. Die SS hatte damit gedroht, für jeden getöteten Landser sechzehn Zivilisten umzubringen, und der Leichnam, auf den sie hier starrten, war kein einfacher Soldat. Es war ein Offizier. Viele machten sofort kehrt, flohen in die Wälder und kamen nicht wieder. Doch die wenigen, die im Dorf blieben, erlebten eine bemerkenswerte Wendung der Ereignisse, denn der aus ihrer Mitte stammende Spion, der Gabriella ausgeliefert hatte, sah den Leichnam des SS-Mannes, geriet in Panik und verriet sich. Er lief die kurze Strecke zum deutschen Hauptquartier, um dem Kommandeur in allen Einzelheiten zu schildern, was er gesehen hatte, doch als er mit einer großen Einheit erschütterter Deutscher wiederkam, die ihre Taschenlampen auf den Baum richteten, war die Leiche des SS-Kommandeurs verschwunden. Die Piazza war leer. Wie leer gefegt. Es war, als wäre nichts geschehen.

Die Deutschen klopften an die Türen und verlangten zu wissen, wer das getan hatte, doch wie ein Mann gaben sich die Dorfbewohner ahnungslos, denn sogar das Wissen um einen Akt der Auflehnung konnte dazu führen, dass ihre Söhne und Töchter drangsaliert wurden. Das war von allen klugen Schachzügen der klügste, denn wenn es, wie die Leute aus dem Dorf später sagten, auf der Piazza keinen Leichnam gegeben hatte, konnte auch niemand bestraft werden, obwohl Gabriellas Tod insgeheim doch gerächt worden war. Nein, wir haben nichts gesehen, erklärten sie den Deutschen. Da war nichts. Die Piazza ist wie immer, wie sie war, bevor es dunkel wurde. Es ist doch Sperrstunde, oder? Wir haben nichts gesehen.

Der Kommandeur befahl, den Spion, der ja wohl gelogen hatte, einzusperren. Er kam nach Castelnuovo di Garfagnana ins Gefängnis, wo die Kunde seines gemeinen Verrats an Gabriella seiner Ankunft schon vorausgeeilt war. Er wurde gemeinsam mit Sozialisten, Kommunisten, Banditen und echten Partisanen eingesperrt. Als die Deutschen schließlich die Wahrheit über den vermissten SS-Kommandeur herausgefunden hatten und hastig nach ihm schickten, rief er, wie man in Sizilien sagt, bereits die Fische an – war er längst tot. Er hatte das Gefängnis keine sechs Stunden überlebt.

Die wenigen Einwohner von Bertacchi, die im Dorf geblieben waren, fanden in den folgenden Wochen beim Aufstehen Brot, Wein und Körbe mit Kastanien auf ihren

Türschwellen vor, ja sogar Krüge mit Olivenöl, inzwischen so rar, dass es fast nicht zu bezahlen war. Die Person, die sich der zwei kleinen Töchter Gabriellas angenommen hatte, fand zwei Beutel mit ungeprägten Münzen aus reinem Gold unter deren Bett und zwei goldene Halsketten, in die das Wort »Liebe« eingraviert war. Die beiden waren nach dem Krieg reiche Frauen – eine von ihnen wurde Provinzgouverneurin. Der Schwarze Schmetterling aber, der junge Dichter aus Castelnuovo di Stazzema namens Peppi, wurde während oder nach diesem Ereignis in Bertacchi von niemandem gesehen. Er existierte nur als Gerücht, als Vorstellung, ob seiner Taten gepriesen von seinen Bewunderern und verachtet von denen, die argwöhnten, er werde die schmerzliche Zeit, in der man die Deutschen erdulden musste, nur verlängern. Als der Krieg weiterging und seine Meisterstücke immer dreister wurden, setzten die Deutschen ein Kopfgeld auf ihn aus, aber es half alles nichts. Wie kann man jemanden dingfest machen, den es gar nicht gibt? Selbst die Italiener waren sich ja nicht sicher. Angeblich hatte sich der Schwarze Schmetterling der Buffalo-Einheit der Amerikaner angeschlossen, die angeblich von Süden vorrückte und kämpfte wie die Söhne Hannibals, und die waren so von ihm angetan, dass sie ihn nach Amerika mitnahmen, wo er in Harlem einen nach ihm benannten Nachtklub betrieb, in dem schwarze Schmetterlinge herumflogen, wenn die Schwarzen zu Jazzmusik Jitterbug tanzten.

Leider traf keins dieser Gerüchte zu. Peppi, der Schwarze Schmetterling, kam nie nach Amerika. Er hat die Toskana nie verlassen. Und vor Dezember 1944 hatte Peppi, der Schwarze Schmetterling, noch nie einen Schwarzen gesehen. Doch es war dieses erste Zusammen-

treffen, eine Auseinandersetzung in dem Städtchen Bornacchi am Fuße des Schlafenden Mannes, die Peppi endgültig den Ruf eintrug, ein Mensch zu sein, der seine
Freunde niemals vergisst, der seine Feinde hart bestraft
und der mit seiner Liebe tötet.

10
Peppi

Hoch oben auf seinem Ausguck auf dem Monte Caula, von dem aus man die ganze Ortschaft Bornacchi überblickt, gute einhundertfünfzig Meter oberhalb des Häuschens, in dem die vier Soldaten die Nacht verbracht hatten, saß ein zwölfjähriger italienischer Junge unter einer Felsnase, die ihn vor dem starken Regen schützte, und sah die vier Soldaten aus dem Haus ans Tageslicht treten. Der Morgen graute, und der Regen wollte kein Ende nehmen. Er fiel in Strömen, trommelte, platschte, fegte über den Horizont, ließ den Bach vor Ludovicos Haus anschwellen und spritzte gegen das steinige Ufer.

Der Junge beugte sich nach vorn, um besser sehen zu können, als die Männer verschlafen zu dem Bach taumelten, das Gesicht hineintauchten, sich aufrichteten, vorsichtig den Blick über die Berghänge ringsherum schweifen ließen, ohne ihn zu sehen, und schließlich an die Tür von Ludovicos Haus klopften. Der Junge stieß einen leisen Pfiff aus, und die Büsche und Bäume hinter ihm gaben den Weg frei für drei Gestalten, die wie Schatten zwischen den Bäumen und Felsen des dichten Waldes hervortraten. Die vier Partisanen aus dem italienischen Widerstand, keiner älter als sechsundzwanzig, standen zusammen und beobachteten schweigend die vier Amerikaner. Sie sahen, wie Ludovico die Tür aufmachte, kurz die Hänge oberhalb des Hauses absuchte, die vier Män-

ner einließ und die Tür schnell wieder hinter sich zumachte.

»Der alte Ludovico hat ja jetzt ordentlich Schutz genommen«, witzelte einer der vier Partisanen.

»Da ist ja auch eine Menge zu beschützen, bei den vielen Hasen«, sagte ein zweiter.

»Dieser Große da, das ist der riesigste Schwarze, den
ich je gesehen hab. Vielleicht ist das Louis Armstrong,
was, Peppi?«

Ein kleiner, schmächtiger, vorzeitig kahl gewordener
Mann mit schmaler Stirn und stechenden dunklen Augen
stand abseits von den drei anderen und schwieg. Er kniete
sich auf den Boden und zog mit einem Stöckchen einen
Kreis auf der Erde, ohne auf das faszinierende Phänomen
der Schwarzen da unten zu achten. Peppi, der Schwarze
Schmetterling, hatte keinerlei Ähnlichkeit mit dem mächtigen Mann, für den man ihn hielt. Verglichen mit den
anderen, war er nur ein halbes Hemd und hatte nur wenig von der Robustheit, die in den Bergen vonnöten war.
Heute war sein sechsundzwanzigster Geburtstag. Er
hatte am Abend zuvor ein Gedicht darüber geschrieben.
Es handelte von den Regionen des Schweigens in ihm,
von den tiefen Tälern, in denen er zurückgeblieben war,
als der Krieg anfing, bevor aus der abgrundtiefen Wut, die
er in sich spürte, der leise, zornige Schmetterling ge-
schlüpft war. Er hatte den anderen sein Gedicht eigentlich nach dem Aufstehen vorlesen wollen, fand das dann
aber sinnlos. Für so etwas war keine Zeit mehr. Er gehörte, inzwischen zum Lieutenant befördert, immer
noch zur berüchtigten Valenga-Bande, die von ursprünglich zwanzig mittlerweile auf fast zweitausend Mann
angewachsen war, eine unhandliche Zahl, viel zu viele

für seinen Geschmack. Es gab zu viele Spione, zu viele politische Meinungen, zu viele Irrtümer, und die Zahl der missglückten Operationen häufte sich. Noch schlimmer, die Deutschen hatten jedem Italiener, der ihn tötete oder gefangen nahm, zehntausend Lire angeboten, und als er dann immer wirkungsvoller operierte, hatten sie das Kopfgeld erst auf fünfzigtausend, dann auf einhunderttausend Lire und eine Tüte Salz angehoben, wodurch der Kreis um ihn schließlich sehr eng geworden war. Unter ihnen befanden sich mittlerweile so viele Verräter, dass der Schwarze Schmetterling nur noch diesen dreien vertrauen konnte – und einer davon, Ettalo, war erst zwölf. Jeden Morgen, wenn Peppi aufwachte, bekreuzigte er sich und dankte der Madonna, dass sie ihn wieder einen Sonnenaufgang erleben ließ in einer Welt, in der eine Tüte Salz mehr wert war als ein Menschenleben. Sechsundzwanzig Jahre hatte Gott ihn auf Erden sein lassen. Jedes einzelne davon kam ihm vor wie ein ganzes Leben. Er sah zu Ludovicos Haus hinunter und schob das Gedicht, das er geschrieben hatte, tiefer in seine Tasche.

»Die Amerikaner brauchen wir uns nicht anzugucken«, sagte er. »Ludovico, das ist unser Mann. Wir warten, bis die gehen.«

»Bei dem Wetter?«

»Die Deutschen können auch nicht weiter. Genauso wenig wie der, der uns verraten hat.«

»Wer immer die Deutschen hergeführt hat, der ist längst weg, Peppi.«

»Kann sein. Kann aber auch nicht sein. Ludovico jedenfalls hat ein Maultier, Strom, neue Hasen. Vierzehn mindestens. Das ist eine Menge. Irgendwann mal taucht der allein auf, und dann fragen wir ihn, wo er das alles her hat.«

Rodolfo, ein kleiner, kräftiger junger Mann mit großen Ohren, trat neben Peppi, stellte sein Gewehr auf den Boden und hauchte sich in die Hände. Er war vierundzwanzig, bloß zwei Jahre jünger als Peppi, hatte in Rom Anglistik studiert und war vor dem Krieg Künstler gewesen. Hätte Colonel Driscoll ihn gesehen, hätte er in dem jungen Mann den schäbig gekleideten Priester wieder erkannt, der in ihrem Lager aufgekreuzt war und sie vor dem drohenden deutschen Angriff gewarnt hatte.

»Ich sag, wir schnappen uns Ludovico, bevor die übrigen Amerikaner kommen«, sagte Rodolfo. »Ich hab ihnen gesagt, die Deutschen kommen. Lange dauert das nicht mehr. Und wenn die Amerikaner einmal da sind, müssen wir ihnen alles erklären. Die übernehmen das Kommando, und antworten tun sie keinem. Dann ist die Gelegenheit vorbei.«

»Nein. Wir warten«, sagte Peppi. »Wer immer sich da bei Ludovico gezeigt hat, vielleicht kommt er wieder und verlangt einen anderen Lohn. Warten wir's ab. Vielleicht ist es ja gar nicht Ludovico.«

Er hoffte, dass er Recht hatte. Peppi mochte Ludovico. Wie alle im Dorf kannte er den Alten schon sein Leben lang. Vor dem Krieg war Ludovico der Dorfschmied gewesen. Bei ihm bekam man immer mal ein Hufeisen umsonst, und bei ihm hatten sie Fußballspielen und das Angeln nach Aalen gelernt. Er war der Erste im Dorf gewesen, der Strom hatte, und hatte allen davon abgegeben. Er war zu Fuß bis Forte dei Marmi gegangen, die ganzen fünfundzwanzig Kilometer, um an die Stromversorgung angeschlossen zu werden, und hatte zwei Männern vom

Elektrizitätswerk je fünfhundert Lire bezahlt, damit sie von Forte dei Marmi bis nach Bornacchi Masten aufstellten. Weise Voraussicht, das musste Peppi zugeben. Doch nach dem Tode seiner Frau hatte Ludovico sich verändert. Er war bitter geworden, reserviert, hatte sich in sein Haus und auf seine Olivenfelder zurückgezogen, sich bloß noch um seine Tochter und deren Verheiratung Sorgen gemacht, sich vom Dorfleben abgekapselt und Ettora, der Hexe, ein Heidengeld gezahlt, damit seine Tochter endlich schwanger wurde – reine Geldverschwendung. Das Wichtigste aber, er war Faschist. Er behauptete zwar, allen Bekannten gegenüber neutral zu sein, aber neutral sein konnte man in den jetzigen Zeiten nicht. Sich nicht zu entscheiden war auch eine Entscheidung. Keinen Standpunkt einzunehmen war auch ein Standpunkt. Peppis eigener Bruder war ebenfalls Faschist, zur Armee eingezogen und nach Russland geschickt worden; seit Monaten hatten sie nichts von ihm gehört. Peppi hoffte, er kam nicht so bald zurück, denn im Moment gab es nichts zu versprechen und nichts zu verzeihen. Rodolfos Bruder war auch Faschist und vor zwei Monaten bei einem Feuergefecht am Ruosina-Pass umgekommen. Marcos Körper fiel in die Tiefe, landete auf einem unzugänglichen Felsvorsprung und lag dort zwei Tage, ehe es Peppi gelang, beide kämpfenden Seiten zu einer Feuerpause zu bewegen, damit Rodolfo in die Felsen hinaufsteigen und seinen toten Bruder bergen konnte. Faschisten und Partisanen begruben Rodolfo einträchtig in seinen geliebten Bergen und standen Seite an Seite an seinem Grab. Rodolfo weinte und überlegte laut, wie er es seiner Mutter beibringen konnte. »Marco wollte Bürgermeister von Bornacchio werden«, sage er. »Wisst ihr nicht mehr? Er hat uns gezeigt, wie man Cocktails mixt und wie man Wildschweine jagt, damit wir ihn wählen, wenn er groß ist.« Partisanen und Faschisten hatten ihn gemeinsam beweint, ohne sich dabei in die Augen zu sehen, doch als die Gebete gesprochen waren und man sich umarmt hatte, gingen sie auseinander, um sich tags darauf noch feindseliger zu bekämpfen.

Peppi bohrte seinen Stock in den schlammigen Boden, bis er auf Fingerhöhe darin versunken war. »Die Schwarzen ändern gar nichts«, sagte er bestimmt. Die drei Partisanen sahen ihn schweigend an, in der Erwartung, er werde noch mehr sagen. Doch das tat er nicht. Selbst wenn die vier die ganze amerikanische Armee hinter sich haben, dachte er bitter, konnten sie die Sache mit der Kirche dadurch nicht ungeschehen machen.

Schon beim bloßen Gedanken daran tat ihm der Magen weh, und der Kummer, der ihm das Herz beschwerte, machte ihn ganz schwach und benommen. Es war ein Albtraum, der von Anfang an schrecklich gewesen war. Sechs Wochen zuvor hatten er und seine kleine Gruppe – Söhne von Bauern, Olivenbauern und Orangenpflückern, die zu den Waffen griffen und in die Berge flohen, als sie die Demütigung und das Leid ihrer hungernden Familien nicht mehr hatten mit ansehen können – in der Nähe eines Olivenhains vor der Ortschaft St. Anna di Stazzema, anderthalb Kilometer entfernt von Bornacchi, wo sie jetzt saßen, am Berg gelegen, zwei patrouillierende SS-Soldaten erwischt. Rein zufällig nur, als einer von beiden beim Pissen war, und sie erledigt. Es war eine unschöne Operation, wie sie Peppi nicht gefiel, begleitet von irrem Geschrei und panischem Schrecken. Sie hatten die Deutschen gefangen nehmen wollen, aber einer der beiden hatte losgeschrien, um seine Kameraden, die ganz in der Nähe waren, zu warnen, und der andere wäre ihnen dabei fast entwischt und bettelte um sein Leben, während er unter Rodolfos ungeschickten Messerstichen verblutete. Besonders Rodolfo hatte sich schrecklich benommen, war sehr grausam vorgegangen, aber für mahnende Worte war keine Zeit gewesen. Nachdem sie das hinter sich hatten, waren sie in die Höhlen am Monte Paladonia geflohen und hatten sich dort getrennt. Peppi war nur mit Mühe und Not entkommen, dank eines alten Bauern, der ihn an einer deutschen Patrouille vorbeilotste; die anderen drei waren auf sich allein gestellt. Er versteckte sich in panischer Angst, während zwei Kompanien der 16. SS-Panzerdivision mit Maultieren, Hunden, Artillerie und fünfhundert Mann an ihm vorbei durch die Berge zogen und alles und jeden auslöschten, der ihren Weg kreuzte, und jeden Stein und jeden Fels umdrehten auf der Suche nach ihm und seiner Gruppe. Die vier trafen sich, wie verabredet, zwei Tage später in einem anderen Dorf wieder, und gerieten dort in einen heftigen Streit, der noch zusätzlich verschärft wurde durch das überraschende Auftauchen einer deutschen Patrouille, die sie zwang, sich wieder in die Berge zurückzuziehen. Sie versteckten sich in unterirdischen, von der Natur schon vor Hunderten von Jahren geschaffenen Höhlen, mussten sich zeitweilig abermals trennen, wussten nicht, wo die anderen waren, zitterten, wenn sie hörten, wie Deutsche nur wenige Meter von ihnen entfernt miteinander sprachen und deren Hunde Witterung aufnahmen. Auf diese Weise hielten sie hungernd zehn Tage durch, mal alle zusammen, mal jeder für sich allein, ernährten sich von Olivenzweigen und Kastanien, und waren im übrigen auf eine Bäuerin angewiesen, die so mutig war, ihnen ab und zu ein Stück Brot zu geben. Als sie sich schließlich beim Haus der Bäuerin am Saum des Berges wieder trafen, war die vor Entsetzen ganz weiß im Gesicht. »Die haben in St. Anna alle umgebracht«, sprudelte sie heraus.

»Wer?«, fragten die Partisanen.

»Die SS. Sie haben alle auf den Platz getrieben, dort erschossen und anschließend verbrannt.«

»Wie viele?«

»Hunderte. Vielleicht dreihundert.« Die Frau brach in Tränen aus.

Peppi ging, wie vor den Kopf geschlagen, zur Seite, während seine erschütterten Männer die Frau umringten und sich nach Einzelheiten erkundigten. »War meine Schwester auch dabei? Haben Sie von Encinos oder Tognarellis oder Cragnottis gehört, waren die dabei?«

Peppi wurde bei den Gedanken an das, was da geschehen war, ganz elend, und dieses Gefühl sollte er sein Leben lang nicht mehr verlieren. Er wartete abseits von den anderen, saß unter einem Baum, den Kopf auf die Hände gestützt, während die Frau die Ereignisse genauer schilderte: Die SS-Leute waren zur Kirche gekommen, wütend, dass zwei der ihren tot waren, und hatten einen Aushang an der Kirche St. Anna angebracht, der die Dorfbewohner, denen sie unterstellten, die Partisanen zu unterstützen, zum Verlassen ihres Dorfes aufforderte. Doch irgendjemand – niemand wusste, wer – hatte das Schild abgerissen und durch ein anderes ersetzt, auf dem stand: »Geht nicht. Leistet passiven Widerstand gegen die SS. Das ist unser Dorf. Die Partisanen werden euch beschützen.« Daraufhin trieben hundertfünfzig Männer von der 16. SS-Panzerdivision fünfhundertsechzig Menschen aus den umliegenden Dörfern zusammen, steckten Häuser in Brand, schossen auf alles was lebte – Hühner, Vieh, Hunde –, trieben die Menschen zur Kirche und erschossen sie auf der Piazza. Säuglinge wurden mit den Bajonett erstochen. Junge Frauen wurden vergewaltigt, gefoltert und nackt hinter der Kirche auf einen Haufen geworden und angezündet.

Peppi konnte sich keinen Partisanen – und auch keinen Italiener – vorstellen, der einen solchen Aufruf angebracht hätte. Die Partisanen kannten die Regel der SS: Für jeden ihrer getöteten Soldaten brachten die Deutschen sechzehn Zivilisten um. Die Dorfbewohner mit Parolen und leeren Schutzversprechungen aufzuwiegeln, vor den Augen der grausamen, selbst immer hoffnungsloser werdenden SS eine derart rücksichtslose Arroganz zur Schau zu stellen, wäre keinem Partisanen eingefallen.

Peppi wartete die ganze Nacht, bis das Weinen seiner Männer aufgehört hatte, und sprach erst dann mit ihnen:

»Kein Partisan kann die Sicherheit irgendeines Dorfes garantieren, das wisst ihr. Vielleicht haben die Deutschen den Aufruf selbst angebracht.«

»Nein«, sagte Rodolfo. »Die Frau hat gesagt, die Nacht über sei niemand im Dorf gewesen. Es waren keine Deutschen da.«

»Dann kann das Schild nur von einem Verräter angebracht worden sein, und wir werden ihn finden.«

Rodolfo hatte sich freiwillig dafür gemeldet, als Priester verkleidet den gefährlichen Weg südlich über den Berg nach Viareggio zu gehen und den anrückenden Amerikanern von der Greueltat zu berichten, in der Hoffnung, die amerikanische Armee würde schneller über die Berge nach Norden vorstoßen. Unterdessen dachten sich Peppi und die anderen einen Plan aus. Als Rodolfo tags darauf wiederkam und erzählte, die Amerikaner träfen erst in ein paar Tagen ein, hatten Peppi und die anderen bereits mehrere Bewohner der umliegenden Dörfer, Männer wie Frauen, überprüft, die als Verräter in Frage kamen: Niccolò, den Bäcker, dessen Sohn in der italienischen Armee vermisst wurde; Fuchini, den Barbier, der angeblich Kommunist war; Marsina, die Frau des Stuhlmachers, eine glühende Verehrerin der Musik Richard Wagners; sogar Ettora, die Hexe. Von denen war es aber keiner gewesen. Der Einzige, der als Faschist bekannt war, war Ludovico. Außerdem hatte der neue Hasen, und zwar viele, und zusätzlich auch noch Strom.

Die Partisanen waren unmittelbar vor Einbruch der Dämmerung bei Ludovicos Haus angekommen und warteten auf eine Gelegenheit, ihn in die Enge zu treiben, zu befragen und dann zu entscheiden, ob der Alte mit seinem Leben für St. Anna bezahlen musste.

Peppi stand am Abhang und sah zu, wie Ludovico, gefolgt von den schwarzen Soldaten, aus dem Haus kam, das Ende eines Stromkabels in der Hand. Die Soldaten blieben im Regen stehen, als der Alte, das Kabel hochhaltend, in den flachen Bach vor seinem Haus watete und es plötzlich ins Wasser hielt. Kurz darauf spritze das Wasser um ihn herum in die Höhe, und er hatte Mühe, einen Aal festzuhalten. Er hielt ihn hoch, und die Schwarzen lachten.

Peppi betrachtete die Szene schweigend, rieb sich das Gesicht.

»Wir legen uns nicht mit den Amerikanern an«, sagte er. »Vielleicht sind sie wirklich zu Ludovicos Schutz da, vielleicht aber auch nicht. Aber Ludovico, den knöpfen wir uns vor. Es findet sich schon noch ein günstiger Moment.«

Die vier zogen sich in ihr Versteck zwischen Bäumen und Büschen zurück, und der Zwölfjährige bezog wieder seinen Ausguckposten.

11
Das unsichtbare Schloss

Der Junge lag in Ludovicos Bett und träumte, die Bilder tanzten schemenhaft um ihn herum. Er träumte von Häusern aus Pfefferminz, von tanzenden Zauberern mit Stöcken, träumte von Hähnen, die Schokoladeneier legten, von Elfen, die laut sangen und süßes, honiggelbes Wasser tranken; er träumte von einem Riesen in Menschengestalt, der in einer Apfelplantage saß, sein Kopf hoch über den Wipfeln; die Äpfel, die er pflückte, sahen zwischen seinen dicken Fingern aus wie Erbsen und verwandelten sich, wenn er sie zu Boden warf und sie auf der weichen Erde landeten, in wunderschöne Blumen, die bis zu den Bäumen hinaufwuchsen und Blüten hatten, groß wie Fußbälle. Er träumte von Bäumen mit Gesichtern, von Fledermäusen aus Kastanien, aber vor allem träumte er von Hasen, von Aberhunderten von Häschen, weißen, rosa, braunen, orangen, die in großen Sätzen durch die Luft sprangen, dass es aussah wie ein bunter Regenbogen, und beim Springen mitten in der Luft anhielten, die Schwänzchen erhoben, die Ohren steil aufgestellt, eine Reihe in diese Richtung, die zweite in die andere. Er streckte die Arme aus und wollte ein Häschen festhalten, als es in hohem Bogen über sein Gesicht sprang, aber es flog zu hoch, landete auf dem Boden und hoppelte, während er gebannt zusah, in eine Ecke des Zimmers.

»Du bist albern«, sagte der Junge lachend. Er wollte

aus dem Bett aufstehen und das Häschen fangen, merkte dann aber, dass er schon wach und zu müde war, um sich zu bewegen. Er legte sich wieder hin, als die Tür aufging und ein alter Mann hereinkam, mit großer Bestürzung den Hasen sah und mehrmals vergeblich die Hände nach ihm ausstreckte, ehe es ihm gelang, ihn an sich zu reißen. Die Tür öffnete sich erneut, und Renata kam herein, eine Schüssel Suppe in der Hand. Sie schaute den betreten dreinblickenden Ludovico spöttisch an.

»Du machst dir nur selber etwas vor«, sagte sie beiläufig, »wenn du meinst, von deinen Hasen wüsste nicht längst das halbe Tal.«

»Was ist schon ein dummer Hase?«, sagte Ludovico achselzuckend. Er schob ein paar Dielenbretter beiseite, und ein scharfer Tiergestank füllte den Raum. Ludovico warf den Hasen in das Loch und schob die Dielen wieder zurück.

»Ein Hase oder einundzwanzig? Ich hungere wie all die anderen.«

»Iss doch, was du willst«, murmelte der Alte. »Zwei sind gestorben. Die anderen hat Ettora verhext. Insgesamt zweiundzwanzig.«

Renata sah ihn zornig an. »Du bist eine Schande«, sagte sie.

Ludovico machte eine Handbewegung, als wollte er sagen: Was kann ich denn dafür?

»Wenn Ettora nicht wäre«, sagte Renata scharf, »wärst du schon tot, weil du die Viecher für dich behältst. Sie macht allen weis, die Hasen seien verhext, und sie würden krank werden, wenn sie die essen.«

»Ich hab dir gesagt, sie hat sie verhext.«

»Sie rettet dir das Leben.«

»Ach!« Ludovico machte eine wegwerfende Handbewegung.

»Behalt deine dummen Tiere«, sagte Renata. »Aber er«, sagte sie und ging zu dem Jungen hinüber, »braucht mehr als Kastaniensuppe und Olivenöl.« Sachte berührte sie den Jungen. Sie war froh, dass er wach war. Sie hatte die ganze Nacht bei ihm gesessen. Er hatte zehn Stunden gelegen – seit seiner Ankunft mit den Amerikanern – und sich kaum bewegt, nur gezittert, vor sich hin gemurmelt, nichts gegessen. Er glühte vor Fieber, und sie hatte Angst, er werde den Tag nicht überleben. Sie hielt ihm die Suppe hin, und er sah zu ihr hoch, atmete stoßweise und röchelnd.

»Schokolade isst du, aber sonst nichts«, schalt sie. »Wenn du so weitermachst, verhungerst du.«

Der Junge hörte sie nicht. Er war wieder an den stillen Ort zurückgeglitten, an dem es keine Stimmen und keine Geräusche gab. Renata schöpfte vorsichtig noch einmal einen kleinen Löffel Suppe und hielt ihn hoch, als sie mit dem Jungen sprach. »Und was machst du, wenn dein großer amerikanischer Freund kommt und deine Suppe essen möchte? Es reicht bloß für einen.«

Der Junge wandte das Gesicht ab. Die Frau, die sich da über ihn beugte, verwirrte ihn, und von dem Suppengeruch wurde ihm schlecht. Er machte die Augen zu, und nach einer ganzen Weile kam Arturo. Heute hatte er eine grüne Mütze auf, wie die Bomberpiloten, und eine grüne Armeejacke, die ihm bis zu den Knien herabhing. Arturo stand hinter Renata und hüpfte auf einem Bein.

»Warum dauert es jetzt immer so lange, bis du kommst?«, fragte der Junge.

Arturo zuckte mit den Achseln.

»Was will sie?«

»Scht!« Arturo kam neben das Bett, als Ettora, die Hexe, ins Zimmer trat und sich an den Wänden entlangtastete. »Die ist sehr schlau«, sagte er. »Erzähl ihr nicht zu viel.« Die beiden Frauen beugten sich über den Jungen und sprachen in gedämpftem Ton miteinander, während Arturo am Fußende stand und aufpasste.

»Was sagen sie?«, fragte der Junge.

Arturo kam dicht heran, formte die Hand zum Trichter und flüsterte dem Jungen ins Ohr: »Achte nicht auf die. Die wollen, dass du eine glitschige Fischsuppe isst, die bitter schmeckt und von der dir die Zunge oben im Mund festklebt.«

Die beiden Kinder unterhielten sich flüsternd.

»Wo ist der Schokoladenriese?«

»Der ist wieder in sein unsichtbares Schloss gegangen«, flüsterte Arturo zurück.

»Er hat ein Schloss?«

»Ich hab's gesehen«, verkündete Arturo, trat vom Bett zurück und hüpfte wieder auf einem Bein.

»Wie ist es da?«

Arturos Augen strahlten. Zum ersten Mal fiel dem Jungen auf, was für eine komische Farbe Arturos Haut hatte. Er war weder schwarz noch weiß, sondern grau, und alles an ihm war ebenfalls grau, sogar die grüne Uniformmütze und die Jacke, die er anhatte. Für einen Augenblick dachte der Junge, er werde blind.

Arturo hüpfte auf einem Bein im Kreis, wechselte dann zum anderen Bein. Er kam wieder ans Bett gehüpft, beugte sich vor und flüsterte: »Das ist riesengroß. Es ist aus Süßigkeiten, und wenn man etwas davon abbricht, wächst es nach. Und die Straße zum Schloss ist aus Kaugummi. Sein Kopfkissen ist aus Zuckerwatte.«

Der Junge lächelte. »Was noch?«

»Draußen vor der Tür stehen große Säulen aus Drops, den harten, die so lange halten. Sein Bett ist aus Puderzucker. Und die Bäume draußen sind aus Schokolade, die Äste aus Lakritz, und die Blätter … die Blätter sind aus grünem Weingummi!«

»Grünem Weingummi!«

»Ja, soviel du essen kannst.«

Der Junge hatte das Gefühl, als werde innen warmes Wasser über ihn geträufelt. Er lächelte wieder, dieses Mal aber nur schwach, und seufzte. Die Brust tat ihm weh, und er wurde wieder so müde. »Gehen wir doch zusammen hin«, sagte er schlau.

Arturo streckte die Hand aus: »Warum soll ich meinen Freund mitnehmen, wenn der mir nicht mal von seiner Schokolade abgibt?«

»Ich hab das letzte Stück für dich aufgehoben«, sagte der Junge.

Ettora und Renata sahen ungläubig, wie der schweißnasse, fiebrige Junge, dessen Atem rasselnd und stoßweise ging, in seinem lethargischen Gemurmel innehielt, sich auf die Seite drehte, ein Stück Schokolade unter der Decke hervorzog, es in die Luft hielt, verschlang und dann die Augen zumachte.

»Schlaf jetzt«, sagte Arturo.

»Warte!«, rief der Junge, doch Arturo verschwand, als Ludovico wieder hereinkam.

»Er ist verhext«, sagte Ettora.

Ludovico verdrehte die Augen, und Ettora wandte sich ab und tastete sich in die Küche. Ludovicos Haus war klein, und die Küche, durch einen Flur vom Schlafzimmer getrennt, war nur ein paar Schritt entfernt. Ludovico ging ihr nach und sah zu, wie sie mit Töpfen und Pfannen am Herd hantierte. Er wartete darauf, dass sie seine Hasen zur Sprache brachte, doch vergebens. »Hast du ihm das Pulver gegeben, das sie dagelassen haben?«, fragte er.

»Ach«, sagte Ettora und machte eine wegwerfende Handbewegung. »Er wollte es nicht nehmen. Meine Medizin ist sowieso besser.« Sie wies auf den Tisch, auf den sie ein mit zerdrückten Olivenblättern gefülltes Baumwollsäckchen gelegt hatte. »Ich brauche etwas Salz. Davon geht der Teufel weg. Hast du welches?«

Ludovico lachte bitter. Das war ja wohl ein Witz. Salz hatten sie seit Monaten nicht gehabt. »Wer ist der Junge?«, fragte er.

»Keine Ahnung. Ich weiß nur, dass er viel Böses in sich hat. Ich hol es aus ihm heraus.«

Renata kam in die Küche. »Er ist wunderschön«, sagte sie. »Er ist ein schönes Zeichen.«

»Er ist kein Zeichen«, erwiderte Ludovico. Von Zeichen hatte er die Nase voll. Er sah, wie Renata den Jungen betrachtete. Renata war unfruchtbar. Keines von Ettoras Fruchtbarkeitsmitteln hatte bei ihr angeschlagen. Jetzt würde sie glauben, der Junge sei ein Geschenk Gottes. »Er kann nicht hier bleiben«, sagte Ludovico. »Hört ihr das nicht, ein bisschen weiter weg? Das sind deutsche Granaten. Die kommen wieder. Und dann müssen wir ihnen vielleicht erklären, wer der Junge ist. Und«, fügte er mit einer Kopfbewegung zum Fenster, zu Eugenios Haus, in dem die Schwarzen einquartiert waren, hinzu, »wer die sind.«

»Wem erklären?«

»Den Deutschen. Vielleicht glauben die, der Junge ist der Sohn eines Partisanen. Oder, noch schlimmer, Peppis Sohn. Und Peppi wollen sie ja unbedingt kriegen.«

»Peppi würde doch kein Kind im Wald zurücklassen. Das würde kein Partisan tun.«

Ludovico sah seine Tochter alarmiert an. »Woher weißt du denn so viel über Peppi und die Partisanen?«

Renata antwortete ihrem Vater nicht. Je weniger über die Partisanen gesprochen wurde, desto besser. Sie wusste eine ganze Menge über die Partisanen, viel mehr, als sie sagen konnte. Sie wandte sich an Ettora: »Ich dachte, du hättest gesagt, dass ein Zeichen kommt.«

Ettora sah nicht von dem Kastanienmehl auf, das sie auf einen Holzteller geschüttet hatte. »Es geschieht, wenn es geschieht. Der Junge ist bestimmt ein Zeichen.«

»Und die Amerikaner?«

Ettora zuckte mit den Achseln.

»Ich hab gestern Abend gehört, wie sie in ihr Funkgerät gesprochen haben.«

»Was haben sie gesagt?«, fragte Renata.

»Woher soll ich das wissen? Es hat ja dauernd geknackt und geknistert. Die haben reingeredet, aber es kam nichts zurück. Hier in der Nähe sind keine Amerikaner, jedenfalls nicht bis nach Vagli, und auf dem Monte Forato sind auch keine. Ich wette, die sind desertiert. Schwester Caprona aus dem Kloster hat mir erzählt, dass sie denen gestern abend mit dem Glockenläuten einen Mordsschrecken eingejagt hat. Vielleicht sind das gar keine Amerikaner, sondern Schwindler. Vielleicht sind sie Gurkhas, die sich als Amerikaner ausgeben. Gurkhas, die sind auch dunkelhäutig.«

Ein Schweigen entstand. Die Vorstellung beunruhigte

alle. Die Gurkhas waren blutrünstig und flößten Angst und Schrecken ein. Sie kämpften auf Seiten der Briten, trugen Turbane und lange Gewänder, aßen rohe Hühner und rannten mit Messern und bloßen Schwertern im Mund herum, raubten Männer und töteten Frauen. Es war, als kennten sie kein Gesetz. Angeblich ließen die Briten sie tagsüber zum Kämpfen aus den Käfigen und steckten sie abends wieder hinein. Sogar die Deutschen hatten Angst vor ihnen.

Ludovico sprach weiter: »Wie viele Schwarze gibt es überhaupt in Amerika? Ich dachte, die Schwarzen wären alle Sklaven gewesen und längst gestorben. Ich glaube, diese Männer sind Gurkhas, und sie haben die Eltern dieses Jungen umgebracht.«

Nachdem das im Raum stand, war die Luft auf einmal zum Schneiden dick. Alles war möglich. Die Wälder rings um Bornacchi waren voll von Banditen, Rothemden, Partisanen, Banditen, die sich als Partisanen ausgaben, Kommunisten, brasilianischen Soldaten, sogar Gurkhas. Sicher war man nirgends.

Ludovico machte eine Kopfbewegung hin zu dem Jungen, der immer noch stumm und mit geschlossenen Augen dalag. »Er muss weg.«

Renatas Gesicht wurde hart. »Wohin?«

»Die Schwindler oder was immer sie sind, diese Amerikaner, die müssen ihn mitnehmen.«

»Der Junge bleibt hier.«

»Das hier ist mein Haus.«

»Ich habe auch ein Haus«, sagte Renata mit fester Stimme. »Was meinst du?«, sagte sie dann, an Ettora gewandt.

Ettora zuckte mit den Achseln. »Er hat den Teufel in sich. Er ist besessen.«

»In Gallicano ist ein Priester«, sagte Renata, »der kann ihn sich ansehen. Ich bring den Jungen hin.«

»Der Priester ist nicht mehr da, schon vergessen? Der ist weggerannt.«

»Vielleicht ist er ja wiedergekommen.«

Ettora sah Renata erstaunt an. Früher, vor dem Krieg, hatten die Jungen Respekt vor den Älteren. Respektierten die alten Sitten. Wenn Ettora Münzen auf dem Tisch kreiseln ließ, jauchzte Renata vor Entzücken. Wenn Renata Würmer hatte, gelang es Ettora die zu vertreiben, indem sie mit einer Münze auf Renatas Bauch und Stirn das Kreuzzeichen machte und ihr zuletzt einen Kuss auf die Stirn gab. Wenn sie Renata vom *vin di nugoli* kosten ließ, der aus der Frucht der Kastanie gemacht wurde, tanzte sie vor Freude. Aber jetzt glaubten die Jungen nicht mehr an die alten Bräuche. Waren vernarrt ins Radio. Ins Tanzen. In Jazzmusik. Und in Priester, die sich aus dem Staub machten.

»Tu, was du willst«, sagte Ettora und schlug frustriert die Hände zusammen. Renata, die begriff, dass sie einen Fehler gemacht hatte, huschte jetzt in der Küche umher und wärmte die Suppe wieder auf, und Ettora kramte in den Sachen neben dem Herd herum, bis sie einen Löffel gefunden hatte. Sie schüttete noch etwas mehr Kastanienmehl auf den Holzteller und griff nach dem langem Holzlöffel, um das Mehl noch feiner zu zerstoßen. Sie hob gerade die Hand, als es laut an die Tür klopfte, und sie vor Schreck erstarrte.

»Hallo, *signora*! Aufmachen!«

Ettora legte den Löffel weg, und Renata öffnete. Die drei Italiener wichen zurück, um die vier Amerikaner hereinzulassen. Der Riese ging schnurstracks zu dem

Jungen durch, der immer noch mit geschlossenen Augen dalag. Er beugte sich mit herabhängendem Kinnriemen über ihn, befühlte die Stirn des Jungen und sagte etwas zu dem anderen Soldaten, der Spanisch sprach. Der andere wandte sich an sie.

»Der Junge ist ganz heiß. Habt ihr ihm das Pulver gegeben?«

Ettora zog ein Gesicht. »Er wollte es nicht nehmen. Außerdem ist meine Medizin sowieso besser als euer Pulver.«

Der Spanischsprechende übersetzte, und der Riese sagte etwas zu den anderen, was Renata nicht hören konnte. Die drei Italiener, die sich im Wohnzimmer befanden, sahen zu, wie die im Schlafzimmer bei dem Jungen stehenden Amerikaner leise debattierten. Ludovico geriet in Panik, als er sah, wie der Boden knirschend unter den vier Amerikanern nachgab, genau an der Stelle, wo seine zweiundzwanzig Hasen waren. Renata sah ihn verächtlich an und schwieg.

Die Debatte dauerte ein paar Minuten. Der Riese schüttelte den Kopf, wenn der Lieutenant etwas zu ihm sagte. Schließlich kamen die vier wieder aus dem Schlafzimmer heraus, und der Spanischsprechende sagte: »Wir müssen den Jungen ins Tal mitnehmen und in ein Krankenhaus bringen. Wer kennt den Weg?«

Die drei Italiener schwiegen.

»Ich«, sagte Renata dann.

Ludovico sagte bestürzt: »Du hast wohl den Verstand verloren. Überall sind Deutsche und Minen. Außerdem, so kommt ihr nicht weit.« Er zeigte zum Fenster, auf den strömenden Regen. Es war undenkbar, dass seine hübsche Tochter mit vier Fremden, Neger oder was für

Schwindler es auch sein mochten, durch den Wald ging, doch das sagte er nicht.

Renata achtete nicht auf ihn, sondern sagte auf Italienisch zu Hector: »In Gallicano gibt es vielleicht einen Priester, der dem Jungen helfen kann. Bis dahin ist es nicht weit.«

»Er braucht einen Arzt, keinen Priester«, sagte Hector.

»Er ist verhext, und ein Priester kann den Teufel, den er in sich hat, herausholen.«

Hector lachte. Stamps, der den Wortwechsel verfolgte, wollte wissen, was los war. Hector erklärte es, und bei seinen Worten löste sich der dunkle Riese, der zu ihnen getreten war, wieder aus der Gruppe und ging ins Schlafzimmer zurück. Er beugte sich über das Bett, rüttelte den Jungen sacht.

Die drei Italiener sahen bang, dass der Kleine wach wurde und die Augen aufriss, als er sah, wer vor ihm stand. Der Riese hielt behutsam den Kopf des Jungen, tat ihm das Sulfapulver auf die Zunge, machte mit einer Bewegung seiner Pranke deutlich, dass er Wasser wollte. Renata reichte ihm eine Flasche. Der Junge trank, spuckte ein wenig wieder aus, trank wieder.

»Er wollte nichts essen«, sagte Renata hilflos.

»Ich würde auch nichts essen wollen, wenn ich hier wohnen würde«, sagte Bishop. »Hier drin stinkt's ja wie Kuhscheiße.«

Der Riese achtete nicht auf die anderen. Renata sah zu, wie er leise auf den Jungen einredete. Seine Stimme klang wie der feine Kies unbefestigter Straßen, wenn man darüber geht. Er richtete sich auf und hob den Jungen mit einer Hand hoch, legte ihn sich über die Schulter, und der

Kleine schmiegte sich wie eine Stoffpuppe an Patronengurt und Gewehr. Der Riese beugte ein Knie, zog mit einer Hand eine Decke vom Bett und breitete sie zärtlich über den Rücken des Jungen. Er ging geduckt durch die Schlafzimmertür und trat vor Stamps hin. »Ich bin fertig, wir können gehen, Lieutenant.«

»Gehen? Wohin denn?«, sagte Stamps. »Die hier sagen, wir können nirgendwohin.«

»Dann müssen wir dahin zurück, von wo wir gekommen sind«, sagte Train. Er wollte es jetzt hinter sich bringen. Er hatte zehn Stunden geschlafen. Er war für den Jungen verantwortlich, bis er ihn jemandem übergeben konnte. »Er muss doch irgendwo Eltern haben. Vielleicht suchen die bei der Division nach ihm. Vielleicht suchen die von der Division nach uns.«

»Nach uns suchen, von wegen«, sagte Bishop. »Warum zum Teufel sollte Nokes nach uns suchen? Hector hat es die ganze Nacht am Funkgerät probiert. Bei denen antwortet keiner.«

Train ging wieder in das kleine Schlafzimmer, legte den Jungen auf das Bett und setzte sich daneben auf den Fußboden. Der komische Geruch in dem Zimmer erinnerte ihn an etwas von Zuhause, aber er wusste nicht mehr, an was. Er streckte langsam ein Bein aus und schob leise die Tür heran, drückte sie mit dem Fuß zu. Er musste überlegen. Er hörte die anderen hinter der Tür reden und schloss sich innerlich gegen sie ab. Der Junge war wieder eingeschlafen. Train hatte noch nie jemanden gesehen, der so viel schlief.

Die zwei anderen Soldaten und die drei Italiener draußen sahen alle Stamps an, doch der war unschlüssig. Er sagte zu Hector: »Frag den Alten, ob's noch 'ne andere

Möglichkeit gibt, von hier wegzukommen, wo keine Deutschen sind. Egal, ob's der richtige Weg ist oder nicht. Vielleicht können wir uns zur Zehnten Division durchschlagen. Die sind, soviel ich weiß, drüben in Ferrara.«

Die Idee gefiel Hector gar nicht. Die Italiener hatten eine Heidenangst, am besten erwartete man nicht zuviel von denen. Bis jetzt hatten sie überlebt, dachte er, gehorchte aber und fragte Ludovico, ob er ihnen helfen konnte, einen anderen Weg hier heraus zu finden. Der alte Mann schüttelte bloß schweigend den Kopf.

Stamps sagte: »Sag ihm, wir bezahlen ihn dafür. Wir haben genug von dem komischen Geld, das die hier haben.«

Ludovico schüttelte nur weiter den Kopf.

Hector setzte sich und wartete ungeduldig, dass Stamps entschied, wie es weitergehen sollte. Ettora schüttete das restliche Mehl in eine Holzschüssel. Beim Anblick des Mehls bekam Hector Hunger. Sinnlos, zu hungern, während Stamps sich so schwer mit seiner Rolle als Lieutenant tat. Er zog eine Dose Spam hervor. Er hatte noch zwei.

Die Italiener schauten mit hungrigen Augen, als Hector die Dose aufmachte und der stechende Fleischgeruch den Raum erfüllte. Stamps fing Ettoras Blick ein. »Möchten Sie was davon?«

Sie wies auf den Topf mit heißem Wasser, und Hector kippte das Fleisch hinein.

Aus dem Nebenzimmer hörten sie Singen. Beim Klang von Trains Stimme hielten alle inne. »Wunderschön«, sagte Renata.

Bishop verdrehte die Augen. Es erstaunte ihn, dass ein so beschränkter Mensch wie Train andere beeindrucken konnte, er musste aber zugeben, dass Train wirklich eine schöne Singstimme hatte. »Wegen dieses Niggers könnte Bessie Smith glatt arbeitslos werden«, sagte er gereizt. Er ging zur Schlafzimmertür. Sie war abgeschlossen. Er klopfte. »Train«, rief er durch die Tür, »wenn du den fetten Vertrag angeboten kriegst, denk an die vierzehnhundert Dollar, die du mir schuldest. Vierzehnhundert Mäuse. Und keinen Penny weniger. Ist dann, wenn du so reich bist, ein Klacks für dich.«

Train reagierte nicht auf Bishop und sang mit seiner tiefen Baritonstimme leise weiter.

Stamps, der am Tisch saß, seufzte. »Also gut. Warten wir bis morgen. Sag dem Alten«, sagte er zu Hector, »wir warten bis morgen, und wir brauchen was zu essen. Wir können es ihm abkaufen.«

Ludovico schüttelte den Kopf. »Sie sollten noch heute Abend gehen«, sagte er. »In den Bergen hier, zwischen uns und den Amerikanern, sind Deutsche. Wenn Sie nachts über die Berge gehen, ist es sicherer.«

Hector sah, wohin der Hase lief. Der Alte wollte sie sich vom Hals schaffen. Ihm war das egal. Hector brauchte die Antwort nicht für Stamps zu übersetzen. »Wir kennen uns in diesen Bergen nicht aus«, sagte er. »Wir brauchen jemanden, der den Weg kennt.«

»Ich kenn den Weg nicht«, sagte Ludovico prompt.

Noch ehe Hector das übersetzen konnte, sagte Renata auf Italienisch: »Ich kenne den Weg.«

Ludovico sah sie entgeistert an. Sie erwiderte seinen Blick, trotzig und hart. »Ich weiß, wie man durchkommt«, wiederholte sie. Hector spürte die Spannung zwischen Vater und Tochter. Zwischen den beiden ging etwas vor, wovon er nichts wissen wollte. Merkte Stamps denn nicht, dass diese Frau ihren Vater auf die Palme bringen wollte? Und wozu? Um vier Schwarze durch den Wald zu führen? Wer war sie denn? Rotkäppchen? Was sprang für sie dabei heraus? Vielleicht war sie Partisanin. Oder Faschistin. Unter den Faschisten gab es auch Frauen. Vielleicht war es ja eine Falle, ein Trick, um sie direkt bei den deutschen Kommandeuren außerhalb des Dorfes abzuliefern? Wenn sie das tat, würde Hector sie töten, Stamps hin oder her. Er sah, dass Stamps der Frau gefiel, hatte es sofort gesehen, als sie am Abend zuvor das Haus betreten hatten. Oder aber sie verstellte sich, tat nur so, als gefiele ihr Stamps, damit sie sie an die in den Bergen wartende SS-Einheit ausliefern konnte. Mit einem Mal wurde Hector vor Beschämung regelrecht bleich. Er war froh, dass er niemanden liebte. Es war einfacher, sicherer, niemanden zu lieben, keine Kinder zu haben, sie aufziehen zu müssen in dieser lausigen Welt, in der ein Puerto Ricaner eine unschuldige Frau umbringen möchte, und das nur, weil sie ihnen helfen will. Er hatte es von oben bis unten satt, hatte das Übersetzen satt, hatte die Frau satt, alle. Er wollte bloß weg hier und nach Hause.

Alle im Raum sahen ihn erwartungsvoll an, und er übersetzte für Stamps. »Sie sagt, sie kennt den Weg durch die Berge und wird uns führen.« Wiederholte es gleich noch einmal, damit Stamps auch wirklich verstand.

Stamps sah zu der schlanken Schönheit in Männerkleidern hin, die ihn anstarrte. Sein Herz begann zu pochen, er kam nicht dagegen an. Sie war wunderschön, und mutig außerdem. Bei Gott, er würde einiges auf sich nehmen für diese Frau, würde heruntersteigen von seinem hohen Ross, und sei es bloß, um sein schweres Herz für eine Nacht in ihre zärtliche Hand zu geben. Aber bei dem Regen mit ihr in die Wälder zu ziehen, womöglich gar verantwortlich zu sein, wenn sie dabei umkäme … Er schüttelte den Kopf.

»Wir gehen wieder rüber ins Haus von diesem Irren und probieren noch einen Tag, ob wir das Funkgerät in Gang kriegen. Und morgen, vor Tagesanbruch, versuchen wir dann durchzukommen.« Er stand auf. »Gehen wir.«

Stamps, Hector und Bishop gingen hinaus, Train aber blieb im Schlafzimmer. Ludovico schloss hinter ihnen die Tür und sah ihnen nach, bis sie um die Ecke gebogen waren. Dann schaute er seine Tochter an. Sie saß am Tisch und schwieg. Er wies mit der Hand auf das Schlafzimmer. »Wenn dieses Ungeheuer in meinem Bett schläft, schlafe ich bei dir im Haus«, sagte er zornig. Sie zuckte mit den Achseln.

Im Nachbarzimmer lag der Junge im Bett, hatte die Augen geschlossen und schlief friedlich, eingehüllt von der tiefen, singenden Stimme des Riesen. Ihm war, als schwebe er auf Wolken. Er machte die Augen auf. Sie waren allein im Zimmer.

»Wo ist dein unsichtbares Schloss?«, fragte der Junge.

Train, der geduckt auf der Bettkante saß, hörte auf zu singen und beugte sich über ihn. »Ich hab keine Schokolade mehr, Junge. Da kann ich nichts machen.«

Train beugte sich noch tiefer über den Jungen, und die beiden sahen sich an. Sein Lebtag, die ganzen einundzwanzig Jahre lang, das begriff Train jetzt, hatte er nie etwas besessen, und jetzt wollte dieser Junge ihm sein Herz schenken. Er sah es. Ihm hatte noch nie jemand etwas schenken wollen. Die Welt war verwirrend. Train musste an den Tag denken, an dem er eingezogen worden war. Er zerrte ein Maultier über das Feld des alten Parson, als seine Tante Vera zu ihm herauskam. Sie war aus Philadelphia zu Besuch da. Sie sagte: »Diesen Jing-a-ling bring ich um.«

Jing-a-ling war Trains Cousin, den sie auch Sticky nannten. Jing hatte ein Geschäft eröffnet, in dem sich die Schwarzen von Mount Gilead vorlesen lassen konnten, weil der letzte Schwarze, der lesen konnte, Reverend Willard, mit einer Vierzehnjährigen namens Peaches durchgebrannt war. Jing konnte eigentlich auch nicht lesen, sah man von den drei Wörtern »rosa«, »Nudel« und »Cadillac« ab, erzählte aber jedem, es werde langsam Zeit, dass die Schwarzen von Mount Gilead etwas für sich selbst unternähmen, wo der weiße Mann mit seinen blöden weißen Dollars ihnen dauernd sage, was sie tun sollten. Alle fanden, er habe Recht.

Nachdem Jings seinen Laden gegründet hatte, ging es los: Den Schwarzen von Mount Gilead wurden die Maultiere konfisziert, sie mussten wegen Steuerhinterziehung ins Gefängnis und wurden von ihrem Land vertrieben. Es war eine Katastrophe, und die Briefe begannen sich auf Jings Küchentisch zu stapeln, doch niemand schöpfte Verdacht, weil Jing ordentlich Schmerzensgeld für einen alten Mann namens Jumbo Dawson herausgeholt hatte, den ein Weißer, der von New York nach Florida unterwegs war, angefahren hatte. Jumbo hatte bei dem Unfall einen dreifachen Beinbruch und einen Lungenriss erlitten. Die Anwälte des Weißen schrieben ihm dreimal und boten eine gütliche Einigung an, und jedesmal schickte Jing, der für alle die Post beantwortete, einen Brief mit dem Foto der hübschen Schwarzen samt rosa Cadillac zurück, die auf der Mittelseite der Zeitschrift *Jet* abgebildet gewesen war. Er dachte nämlich, der Brief käme aus dem Verkehrsministerium, weil Jumbo, dem vier Jahre zuvor die Frau mit einem hellhäutigen Neger namens Linwood, der ein Auto besaß, durchgebrannt war, seitdem ebenfalls einen Führerschein haben wollte.

Der Weiße wurde wütend. Nach Jings viertem Brief schickte er Jumbo achthundert Dollar und schrieb, er solle sich zum Teufel scheren.

Niemand schöpfte also groß Verdacht bei Jing-a-lings Geschäft. Es war für die Schwarzen von Mount Gilead schon immer ein Rätsel gewesen, wie der Weiße sein Leben führte: Ständig zählte der sein Geld, sein Korn, seine Zeit. Ein Schwarzer, dem das Land konfisziert wurde, der wegen Steuerhinterziehung ins Gefängnis musste oder übers Ohr gehauen wurde, das war Alltag in einer unverständlichen, kalten Welt, das war verständlich. Den Schlechtigkeiten der Weißen zu entgehen war eh so, als wolle man Regentropfen ausweichen – irgendwann trafen sie einen doch.

Trains Einberufungsbescheid steckte irgendwo in dem Haufen der Steuerbescheide, Haftbefehle, Mitteilungen über Gewinne bei Pferdewetten, Zirkusfreikarten und Todesanzeigen auf Jing-a-lings Küchentisch, und er hätte nie erfahren, dass er eingezogen wurde, wäre nicht Tante Vera aus Philadelphia zu Besuch gekommen und hätte die Schreiben durchgesehen.

In der heißen Sonne auf dem Feld stehend, schwenkte Trains Tante Vera das Blatt Papier. »Du bist zur Armee einberufen!«, sagte sie.

»Was ist ›einberufen‹?«, hatte er gefragt.

»Zum Kämpfen. Die Japse haben Pearl Harbor angegriffen, und jetzt müssen auch die Schwarzen kämpfen.«

»Wer ist Pearl Harbor?«

»Du musst sofort nach High Point fahren.«

Seine Großmutter hatte ihm ein paar Knöchelchen und Staub in einem kleinen Beutel gegeben, den er als Glücksbringer um den Hals tragen sollte, und schon war er fort.

Die Armee war undurchschaubar. Man gab ihm Bilder und Handbücher, die er lesen sollte. Man zeigte ihm Dinge, auf die er schießen sollte. Man verfrachtete ihn auf ein Schiff. Man sagte ihm, Hitler sei ein böser Mann. Doch nichts von dem, was man ihm gab, gehörte ihm auch. Alles musste an die Armee zurückgegeben werden: die Waffe, die Kleidung, einfach alles. Das hatten sie ihm unmissverständlich klar gemacht. Der Einzige, der Train etwas gegeben hatte, war Bishop. Sicher, er hatte ihn beim Kartenspielen ausgenommen, aber Bishop kannte sich aus. Er hatte Train an seinem Wissen teilhaben lassen. Hatte ihm gesagt, dieser Krieg sei der Krieg der Weißen. Und Train hatte ihm geglaubt – bis heute. Bis er in die furchtsamen Augen des Jungen blickte und sich selbst sah.

»Ich hab auch Angst«, sagte Train und tätschelte den Kleinen. »Deshalb halt ich mich an die Bibel. Weißt du, was das ist? Es ist alles schon vorbestimmt, weißt du. Der Herr, der verschont, wen er will, und bestraft, wen er will. Man braucht bloß zu gehorchen. Und nach einer Weile denkt man gar nicht mehr darüber nach, weil man nicht weiß, dass es was andres gibt. Man braucht gar nicht über was andres nachzudenken, verstehst du.« Er sang leise:

Wenn ich dem Nächsten helfen kann,
Tag für Tag ihm helfen kann,
Nicht zu straucheln auf seinen Wegen,
Fest gestützt auf Gottes Segen,
Dann hab ich nicht umsonst gelebt …

Der Junge lächelte.

»Das gefällt dir, was? Das ist ein altes Kirchenlied. Hat mir meine Großmama beigebracht. Und ich bring's dir bei. Sind bloß Wörter. Wenn man Wörter bloß spricht, das ist nichts weiter. Aber wenn man sie singt, Mann, da kriegen die vielleicht eine Kraft! Das weiß ich jetzt. Wörter, Bäume, Steine, alles, was der Herr mit Seiner Hand angerührt hat, hat Macht in sich. Glaubst du an Wunder, Junge? Ich muss dir was zeigen. Sieh mal.« Train zog den großen Kopf der *Primavera* aus der Halterung an seinem Gürtel. Er hatte ihn die ganze Nacht hindurch poliert, und jetzt war er sauber und glänzte. »Siehst du das? Das ist Magie, Junge. Macht einen komplett unsichtbar. Aber behalt es für dich, ja? Das wissen bloß wir beide, du und ich. Siehst du? Man reibt dran, so. Wie bei einem Flaschengeist, bloß dass da kein Geist rauskommt, jedenfalls nicht jetzt. Willst du mal probieren?«

Train ergriff die schlaffe, kalte Hand des Jungen und fuhr mit dessen Fingerchen über den Statuenkopf, und als der Junge die sanften Bögen und Wölbungen der großen Schöpfung des Bildhauers Tranqueville, der großen *Primavera* von der Brücke Santa Trinità in Florenz betastete, erkannte er, dass sie die Frau aus seinem ersten Traum war, die ihm auf dem Feld zugewinkt hatte. Sie war es, bestimmt, und da wusste er, dass Arturo die Wahrheit gesagt hatte. Sein Freund war ein Zauberriese, denn diese Frau war ein Bonbon aus dem Traum, von dem niemand etwas wissen konnte. Dieses Bonbon musste aus einem Zauberschloss stammen. Außerdem war es ein harter Drops, an dem man so lange lutschen konnte, die Sorte, die er am liebsten hatte. Er wollte sich aufsetzen und daran lecken, ihn auf einmal hinunterschlucken, war aber zu müde, um sich zu bewegen. Er sah, wie die großen braunen Augen des Riesen blitzten und er den Statuenkopf langsam herabließ, so dass er direkt neben dem Kopf des Jungen auf dem Kissen lag. Der Junge hätte jederzeit den Kopf drehen und daran lecken können, beschloss aber, zu warten, bis Arturo kam. Sie würden das Bonbon zusammen essen. Es würde wahrscheinlich ein ganzes Jahr für sie beide reichen.

Der Junge sah hinauf zu dem Riesen, der verschwommen aussah und ihn besorgt anblinzelte. »Du bist ein Zauberer«, sagte der Junge leise auf Italienisch. Mit großer Anstrengung langte er nach oben und berührte Trains Gesicht. Train beugte ein Knie und nahm den Helm ab, damit der Junge sein Gesicht anfassen konnte. Der Junge streichelte Train zärtlich mit einer Hand. »Und jetzt dreh den Kopf«, sagte er. »Dreh bitte den Kopf, damit ich heut Geburtstag hab. Bitte, mach doch!«

Train zog verwundert das Gesicht in Falten. »Ich versteh nicht, was du möchtest, Kleiner«, sagte er. Auf einmal hörte er, wie hinter ihm der Boden knarrte, und fuhr zu der Geräuschquelle herum. Der Junge spürte, dass Train den Kopf drehte, ließ sich zurücksinken und schloss erschöpft, aber zufrieden die Augen – als ein dumpfer Schlag ertönte, von dem Zauberriesen, keine Frage. Als der Junge die Augen wieder aufmachte und den Nebel, der sein Denken trübte, durchdrungen hatte, sah er, dass der Schokoladenriese verschwunden war, ihm aber ein wunderbares Geburtstagsgeschenk dagelassen hatte: Hasen. Weiße, braune, gefleckte, schwarze. Überall auf seinem Bett. Und überall im Zimmer. Wie in seinem anderen Traum. Überall waren Hasen.

12
Geradewegs in den Himmel

Die Division auf der anderen Seite des Serchio-Tals erreichte sie nachts um drei über Funk. Stamps, Bishop und Hector saßen in einem Verschlag hinter Ludovicos Haus um ein kleines Feuer und wärmten sich die Hände, als das Funkgerät, das vor einem der hinteren Fenster stand und an eine Steckdose in Ludovicos Schlafzimmer angeschlossen war, knisternd zum Leben erwachte. Stamps wäre beinahe gestolpert, als er aufsprang, um danach zu greifen und es vom Fenster zu heben. Er hockte sich unter den Fenstersims, den Kopfhörer zwischen die Beine geklemmt. Es knisterte in der Leitung, und das Signal war schwach, aber es war eindeutig die Stimme von Captain Nokes, der ihre Koordinaten wissen wollte.

»Irgendwo westlich von Gallicano«, sagte Stamps atemlos und gab sich Mühe, sich die Erleichterung nicht anhören zu lassen. »Wir haben den Monte Forato im Blick.«

»Monte was?«

»Monte Forato.«

»Wo ist das, von hier aus gesehen?«

Stamps ließ den Sprechknopf oben. »Wir haben uns verirrt, und der fragt nach unseren Koordinaten. Blöder Hund.« Er drückte den Sprechknopf. »Irgendwo östlich des Cinquale-Kanals. Direkt unterhalb des Monte Forato. Genauer kann ich es nicht angeben.«

»Haben Sie in den letzten acht Stunden irgendwo Deutsche gesehen?«

»Nein, Arschloch«, zischte Bishop wütend, »bloß Jabbo Smith und seine Waschbrettband.« Stamps wedelte ungeduldig mit der Hand, um Bishop zum Schweigen zu bringen, und drückte wieder auf Sprechen. »Negativ. Aber hier in der Gegend sind jede Menge.«

»Wir wollen, dass Sie einen gefangen nehmen. Ist wichtig.«

»Wir versuchen uns zu Ihnen durchzuschlagen, Captain.«

»Halten Sie die Stellung.«

»Die Stellung halten? Wofür?«

»Ich befehle Ihnen, die Stellung zu halten, bis Sie einen Deutschen haben, und wir ermitteln Ihre Position. Wir schicken Hilfe.«

»Wie lange?«

»Zwei, drei Tage. Nehmen Sie einen Gefangenen.«

Stamps ließ den Sprechknopf oben, solange Bishop hörbar fluchte. Falls sie überhaupt einen Deutschen zu Gesicht bekamen, würde es Stamps nicht im Traum einfallen, ihn gefangen zu nehmen. Er würde ihn höchstens über den Haufen schießen und in die entgegengesetzte Richtung davonrennen. Aber das behielt er für sich. Nokes hatte noch nichts über Essen verlauten lassen.

»Können wir einen Abwurf organisieren?«, fragte Stamps. »Uns gehen die Rationen aus. Wir essen hier draußen schon Nüsse und Beeren. Und die Leute hier sind nicht die freundlichsten. Wir haben auch Verwundete.«

»Wie viele?«

»Einen. Ein Kind. Ein italienisches Kind. Es muss ins Krankenhaus.«

»Bleiben Sie, wo Sie sind, bis wir kommen.«

»Solange kann der Junge nicht warten, Sir.«

»Sie bleiben, verstanden! Nehmen Sie einen Gefangenen und halten Sie ihn fest. Das ist ein Befehl von Colonel Driscoll. Ich melde mich morgen vierzehn Uhr wieder. Stellung halten. Ende.«

Stamps schleuderte das Mikrofon weg und stand auf. »Das ist doch ein Witz«, sagte er und funkelte Bishop zornig an. »Dein dämlicher Freund entfernt sich unerlaubt von der Truppe, und jetzt verlangt dieser Oberidiot, dass wir einen Gefangenen machen. Irgendwas braut sich hier zusammen, und er lässt uns im Ungewissen. Blöder weißer Bauerntrampel.« Er stapfte wütend auf und ab. Der Hörer des Funkgeräts, der noch mit dem Kasten auf dem Fensterbrett verbunden war, baumelte da, wo er ihn hatte fallen lassen.

Bishop, der auf dem Boden saß, griente Stamps an. »Aha, jetzt ist er auf einmal ein Bauerntrampel. Ich dachte, du magst ihn«, sagte er.

Stamps blieb stehen und baute sich vor Bishop auf. »Wie kommst du darauf?«

Bishop grinste einfältig. »Ich seh doch, wie du ständig um ihm herumscharwenzelst. Seit er zu uns versetzt worden ist, scharwenzelst du um ihn herum. Und jetzt ist er ein weißer Bauerntrampel.«

»Bloß weil ich nicht Stepptänzer bin wie du, heißt das noch lange nicht, dass ich Nokes mag«, erwiderte Stamps. »Außerdem, es gibt Schlimmere.«

»Am Kanal hat er uns total im Regen stehen lassen. Du hast dreimal zu ihm gesagt, er soll die Achtundachtziger abfeuern, und er hat es nicht getan. Hab ich selbst gehört.«

»Na und? Er war nicht der einzige weiße Captain, der

drei Kilometer hinter den Linien saß und Befehle zu den Niggern drei Kilometer weiter vorne gefunkt hat. So machen die das überall. Außerdem ist Nokes Colonel Driscoll unterstellt, und Driscoll ist anständig. Er behandelt die Schwarzen gerecht.«

»Driscoll kann dich auch nicht leiden.«

»Wie gesagt, er ist anständig.«

»Er ist ein Weißer, und die Weißen sind hier nur deshalb anständig, weil die Deutschen ihnen mächtig einheizen und sie bald keine Weißen mehr haben, die sie zum Sterben schicken können. Da schickt der große weiße Vater jetzt halt dich hier rüber zum Deutsche Erschießen, damit er dich, wenn du wieder daheim in Amerika bist, hängen kann, falls du seine Frau mal schief angesehen hast. Wenn du das für anständig hältst.« Bishop zog eine Zigarette hervor und zündete sie bedächtig an. »Ha, jetzt weiß ich wieder, warum ich hier raufgerannt bin. Bei den Deutschen stehen meine Chancen besser als bei meinen eigenen Leuten. Zumindest weiß ich, auf welcher Seite die stehen.« Er sog fest an der Zigarette und blies einen Rauchring aus.

»Na, kannst ja jederzeit auf den Berg raufgehen und dich mit ihnen anfreunden«, sagte Stamps.

Über ihnen ging das Fenster auf, und Train steckte den Kopf heraus. »Was streitet ihr denn dauernd? Wir müssen uns was ausdenken, einen Plan, irgendwas. Das Fieber bei dem Kleinen geht runter. Hast du noch was von dem Zauberpulver, Hector?«

Hector bedeutete Train mit einer Handbewegung, er solle verschwinden. Bishop sagte: »Mein Plan ist, die vierzehnhundert Mäuse einzutreiben, die du mir schuldest, das ist mein Plan.«

Train zog sich mit finsterer Miene vom Fenster zurück, und Stamps sah Bishop maliziös an. Er konnte nicht anders. »Kommst du dir nicht blöd vor? Wie willst du hier deine vierzehnhundert Dollar eintreiben, Bishop? Hier oben gibt's kein Geld«, sagte Stamps lachend.

Bishop spürte, wie ihm das Blut ins Gesicht stieg. Er sah böse zu Stamps hinauf, hatte den Impuls, ihn niederzustechen, beruhigte sich aber wieder und ging über die Provokation hinweg. Finanziell war dabei nichts drin. Er zuckte mit den Achseln. »Mich hat man eingezogen. Das ist meine Entschuldigung. Wenn du mich fragst, wären die Schwarzen als Quartiermeister und Köche besser dran. Ist sicherer. Die Armee hätte die nicht zur kämpfenden Truppe stecken sollen, stimmt's, Hector?«

Hector schwieg weiter, verfolgte nervös diesen Wortwechsel. Er war Puertoricaner, hatte seine eigenen Probleme, wollte nicht hineingezogen werden. Es war eh sinnlos. »Zwei oder drei Tage hier oben, das ist lange«, sagte er.

Stamps pflichtete ihm schweigend bei.

»Und zwar verdammt lange«, sagte Bishop. »Hier oben geht's bloß geradewegs in den Himmel. Hier sind wir leichte Beute. Und wofür? Für nichts. Für diesen ganzen Beschiss. Denn was anderes als Schwindel ist dieser Krieg nicht. Weiße bringen Weiße um. Weiße bringen Juden um. Und wofür? Weil die schmutzig sind? Das hab ich in einem Buch gelesen. Die Deutschen mögen die Juden nicht, weil die dreckig sind. Dreckig sind diese verdammten Deutschen hier auch ... Ich jedenfalls hab hier noch keinen Deutschen gesehen, der nicht Verwendung für Wasser und Seife gehabt hätte. Schwarze haben damit nichts zu schaffen ... mit dieser Teufelei, diesem Quatsch, von wegen die Welt befreien.« Bishop drückte seine Zigarette aus. »Mich lassen sie mit diesem Unsinn besser in Ruhe. Den Weißen *gehört* die Welt doch, verdammt. Wir haben sie bloß *gemietet*.«

Stamps fand Bishops Ausbruch amüsant. Er war überrascht, dass Bishop so viel Grips hatte. »Hier geht's um Fortschritte für die Schwarzen, Bishop. Die haben behauptet, die Schwarzen könnten nicht kämpfen. Wir beweisen ihnen das Gegenteil. Das ist ein Fortschritt.«

»Fortschritt?«, gab Bishop höhnisch zurück. »Wie war das das eine Mal, als wir zu Truppenübungen in Arizona waren und zum Mittagessen bei dem Restaurant angehalten haben? Wo die deutschen Kriegsgefangenen draußen rummarschiert sind? Die haben die Deutschen im Restaurant essen lassen, und wir mussten bei über vierzig Grad in Habachtstellung draußen stehen bleiben. Und erst nachdem unser so genannter Feind drinnen fertig war, haben sie uns was gebracht – zur Hintertür raus, neben dem Scheißhaus, auf Papptellern. Schon vergessen?«

»Ich weiß«, sagte Stamps leise. Die Erinnerung stak wie ein Messer in seinem Herzen, die ganze Kompanie, zweihundert Schwarze, in Habacht in der sengenden Hitze, während zwanzig deutsche Kriegsgefangene in dem kühlen, leeren Restaurant saßen, lachten und Witze rissen, sich freuten, dass sie in Amerika und in Sicherheit waren, wussten, dass sie nach dem Krieg heimkommen würden, ihr Eis löffelten, bewacht von Weißen der Militärpolizei. Und er, Idiot, der er war, der große Lieutenant, hatte für Disziplin gesorgt und die Kompanie angehalten, ruhig zu bleiben, nicht so laut zu quatschen, nicht zu murren, so ist es nun mal in der Armee, verdammt. Immer der Berufssoldat, immer die Befehle befolgen, wie man es ihm auf der Offiziersanwärterschule beigebracht hatte, immer schön nach den Regeln. Manchmal dachte er, ihm platze gleich der Kopf, so hin- und hergerissen fühlte er sich zwischen den Wünschen seiner Männer und den Forderungen seiner Vorgesetzten, die ebenfalls Sklaven der Propaganda waren. Sie waren alle Sklaven. Jeder einzelne, ob Weißer oder Schwarzer.

Bishop sah ihn böse an. »Die kümmern sich einen Dreck um dich und haben dich fünf Minuten nach dem Frühstück vergessen, wenn dieser Krieg vorbei ist. Du wirst es erleben.«

Stamps zuckte mit den Achseln. »Kann sein, aber ich kämpfe nicht für die. Ich kämpfe für meine Kinder, falls ich welche bekommen sollte. Ich kämpfe für Huggs und für Trueheart Fogg, erinnerst du dich? Und für Captain Walker. Den hast du schon vergessen, was? Klar. Dieser Weiße hat dir den Arsch gerettet. Hat seine Gruppe in Lucca an die vorderste Frontlinie geführt, als du das mit deiner machen solltest. Und wurde in alle Einzelteile zerfetzt, und nur euretwegen. Ein weißer *Bauerntrampel*. Aus Mississippi. Der beste Captain, den wir je hatten. Glaubst du, wir würden hier draußen rumhängen, wenn Walker das Kommando hätte und nicht Nokes? Glaubst du, dann wären wir hier?«

Bishop schwieg. Walker wäre diesen Berg raufgekommen und hätte sie geholt. Notfalls allein. Er hätte sie zwar zusammengestaucht und als Nigger beschimpft, denn er hatte sie nicht alle und war ein Mistkerl, aber er hätte sie nicht angefunkt wie diese Memme Nokes und ihnen befohlen, Gefangene zu machen, wenn sie selber in der Bredouille steckten. Walker hatte sich immer um seine Männer gekümmert. Hatte immer Wort gehalten. Vor Bedauern gab es Bishop einen Stich, und er wandte den Blick ab. Scheiß drauf.

»Walker ist tot«, sagte er. »Außerdem hatte er für Nigger nichts übrig.«

»Na und, ich kämpf trotzdem für ihn.«

»Erinner mich daran, dass ich denen sag, die Weißen sollen deine Aufwandsentschädigung erhöhen, wenn du nach Hause kommst.«

»Leck mich, Mann.«

Bishop lachte, während Stamps aufstand und ein paar Schritte in Richtung Straße ging, aber wieder stehen blieb, als er Train leise singen hörte. Hector, der neben Bishop auf der Erde saß, die Beine zum Feuer gestreckt, lauschte ebenfalls Trains Gesang, in den sich das Heulen des wieder aufgefrischten Windes mischte, der neuen Regen mitbrachte. Schon spürten sie die ersten Tropfen, dann begann ein eiskalter Guss. Sie hörten, wie Trains Stimme sich über den trommelnden Regen erhob. Er sang ein Kirchenlied, das Bishop kannte, »Take me to the water«. Das Lied gefiel ihm.

»Blöder Hund«, murmelte Stamps. »Das Beste, was der bisher fertig gebracht hat, ist durch den Boden durchzubrechen und die Hasen zu finden. Den Leuten hier kann man allen nicht trauen.« Er sah Bishop und Hector an. »Scheiß auf die Deutschen, wir gehen nicht suchen. Wenn wir zwei, drei Tage hübsch hier sitzen bleiben sollen, machen wir das auch. Und behalten in der Zwischenzeit besser diese Berge im Auge. Unsere Position ist nicht gerade die beste. Wir sind weit unterhalb von allem. Diese kleinen Straßen sind von oben voll einzusehen. Vom Rand des Dorfes hat man einen besseren Überblick, von der Mauer bei dem Tor. Dieses Tor ist auch der einzige

Weg rein und raus. Wir gehen da auf Posten. Wir teilen uns die Wache. Wer will als Erster?«

»Wozu soll das gut sein?«, sagte Hector. »Wenn die mit zwanzig Mann anrücken, oder bloß mit zehn, sind wir geliefert. Diese Leute hier werden uns nicht helfen.«

Stamps spürte, wie er innerlich zu kochen begann. Er war der Offizier, er war der Lieutenant. Er hatte Gefechtsausbildung. Die anderen waren Wehrpflichtige, bloß einfache Soldaten, und spielten sich auf einmal als Experten für Gefechtsstrategien auf. »Okay, wenn ihr alle so schlau sein wollt, übernehm ich die erste Wache, aber nur für zehn Minuten, und wenn ich wiederkomm, ist der Nächste dran, und zwar für zwei Stunden. Und der Nächste bist du, Hector.« Stamps zeigte auf Bishop. »Und dann *du*, Mr Mary McLeod Bethune, du gehst nach Hector.« Stamps stakste das Sträßchen entlang, und sie sahen ihm nach, bis er um die Ecke gebogen und aus dem Schein des Feuers unter dem Verschlag verschwunden war.

»Ein richtiger Klugscheißer, was, Hector?«, schimpfte Bishop.

Hector starrte stumm auf die Mauer des Sträßchens. Noch zwei Tage hier oben, das war zuviel. Er glaubte nicht, dass sie so lange durchhalten konnten. Sie waren jetzt vierzehn Stunden hier, und als er am Abend die Hänge abgesucht hatte, hätte er schwören können, dass sie beobachtet wurden. Gesehen hatte er zwar nur windgepeitschte Baumwipfel, aber er hatte etwas gespürt. Da draußen war jemand, beobachtete sie, saß auf der Lauer. Er hatte es daran gemerkt, dass seine Nackenhaare sich sträubten. Am Cinquale war es genauso gewesen, und dort hatte er Recht behalten. Hector hatte Träume, die ihm die Wahrheit sagten, und in seinen Träumen sah er, wie er erschossen oder gefangen genommen wurde. Er wollte den Deutschen nicht lebend in die Hände fallen. Er hatte gehört, die machten keine Gefangenen, und falls doch, folterten sie sie, um an Informationen zu gelangen. Er hatte immer Schwierigkeiten mit der englischen Sprache, wenn er nervös war. Falls er den Deutschen überhaupt Informationen würde liefern können, dann jedenfalls nicht auf Englisch.

»Irgendwie ist es egal, ob die Division Hilfe schickt oder nicht«, sagte Hector. »Wenn sie Leute schicken, müssen wir mit denen zurück. Und dann? Wieder kämpfen. Wir sollten noch tiefer in die Berge reingehen, wo uns keiner findet.«

»Hat es jetzt bei dir auch schon ausgehakt?«

»Train hat es so gemacht, und sieh dir an, was es ihm gebracht hat. Er sitzt dort drin und singt Lieder, er hat einen kleinen Freund. Er ist dumm und glücklich. Das möchte ich auch sein. Dumm und glücklich.«

Bishop lachte. »Ich kenn ein hübsches Mädchen in Kansas City, Doris, die putzt dir für fünfzig Cent die Eichel. Das macht dich glücklich. Ist die reine Wonne, Junge. Wollen wir Karten spielen?«

»Nein, verdammt. Ich hau mich aufs Ohr.« Trains leiser Gesang, der aus Ludovicos Haus nach außen drang, vermischte sich mit dem eisigen Regen, der unterdessen noch stärker geworden war, zu einer leisen Sinfonie.

»Ich wollte dich mal was fragen«, sagte Bishop. »Gestern Abend, da oben in der Kirche, was hat der Verrückte da gesagt?«

»Keine Ahnung. Ich weiß bloß, dass ich da nicht noch mal hingeh. Das steht fest.«

»Irgendwas über ein Huhn, stimmt's?«

»Ich fang bald an, Gebühren für meine Übersetzerei zu nehmen.«

»Da oben ist etwas Schlimmes passiert«, sagte Bishop. »Ich weiß es.«

»Ja, stimmt«, sagte Hector. »Diesel wär dir glatt in den Arsch gekrochen, und du hättest das auch mitgemacht, aber wir haben es dir verdorben.« Er lachte leise, war plötzlich richtig ausgelassen. Beim Gedanken daran tat ihm fast der Magen weh, so lustig war das gewesen.

Bishop grinste. »Keine Ahnung, was in den gefahren ist«, sagte er.

Am Ende des Sträßchens tauchte Stamps wieder auf. Bishop sah hinüber und sagte: »Das waren aber keine zehn Minuten.«

Stamps sagte, an Hector gewandt: »Hector, beweg dich.«

Der Angesprochene erhob sich wortlos. Er war froh, gehen zu können. Besser da draußen als hier drin. Er trabte bis zur Hausecke, schritt schmale Pfade entlang, die mehrere scharfe Biegungen hatten, gesäumt von Mauern, über die er nicht hinwegsehen konnte und die Gott weiß was umschlossen. Er ging eine kleine Treppe hinunter und passierte etliche dunkle Häuser, bis er am Rand des Dorfes angelangt war und freie Sicht auf die Berge hatte. Er blieb, an die Mauer gelehnt, am Tor stehen, der Wind traf ihn von vorn. Er starrte auf den vor ihm aufragenden Berghang. Wer immer jetzt da oben war, konnte ihn sehen, das war klar. Er wollte schon winken, damit der da oben begriff, dass er harmlos war, er, Hector Negron aus Harlem, der bis zu seinem Eintritt in die Armee noch keiner Menschenseele etwas getan und nie auf

Menschen geschossen hatte, sondern bloß auf die Uniform. Er hasste die Deutschen nicht, er hasste überhaupt niemanden. Er hatte bloß Angst. Er hoffte, sie ließen es ihn erklären.

Als er die Berghänge über sich absuchte, riss für einen Moment der Himmel auf, und der Mond schien durch die Lücken zwischen den Wolken. Er erkannte den Turm der Kirche, aus der sie geflohen waren, und dahinter einen noch höheren Kamm. Dann kam eine Wolke, und es wurde wieder schwarze Nacht. Er sah nichts mehr. Hörte einen Hund bellen. Dann schrie eine Eule, und er hätte sich vor Schreck beinahe in die Hose gemacht. Er musste dringend pinkeln, riss sich aber zusammen. Stattdessen setzte er sich, lehnte sich an die Mauer, hatte die Berge vor sich, legte sich bald darauf hin, streckte sich lang aus und legte den Kopf auf den Arm. Der dichte Regen hatte nachgelassen. Jetzt wehten ein paar vereinzelte Schneeflocken über ihn hinweg. Hector zog seinen Feldmantel aus und legte das Gewehr auf den Boden, schmiegte sich noch dichter an die Mauer, zog den Mantel über sich und steckte die Hände in die Hose, um sie zu wärmen, während der Wind um seinen Kopf heulte. Wenn die Deutschen vom Berg herunterstiegen, dachte er, wollte er sterben, während er von San Juan zu Weihnachten träumte, wo ihm die Sonne aufs Gesicht schien und eine warme Meeresbrise um die Nase wehte und ringsherum alles weihnachtlich geschmückt und beleuchtet war. Er nickte sofort ein und schlief wie ein Toter.

13
Bornacchi

Während des Zweiten Weltkriegs waren in der Ortschaft Bornacchi nur zweiunddreißig Einwohner gemeldet, dabei reicht ihre Geschichte über zwölfhundert Jahre zurück. Ihre Gründer waren Mönche aus dem nicht weit entfernten La Spezia, die ein Auge hatten für den Reiz der herrlichen schwarzen Zypressen, der natürlichen Olivenhaine und der üppigen Kastanien. Die Mönche lebten fast fünfzig Jahre lang friedlich in dieser Landschaft, bis zum Eintreffen der Lucchesianer, die den Ort 1202 mit Pferden und Speeren eroberten. Die wiederum wurden von den Pisanern vertrieben, die fünfundvierzig Jahre später mit noch größeren Pferden und Speeren kamen und außerdem Maultiere besaßen. Die Pisaner blieben vierzig Jahre und zogen eine Steinmauer um die Ansiedlung, mit der sie Eindringlinge fern halten wollten. Die Mauer aber verfehlte ihren Zweck, als sie 1347 von den Liguriern angegriffen wurden, denn die besaßen Leitern; sie erklommen die Mauer, vertrieben die Pisaner aus dem Ort und lebten fortan glücklich in dem Glauben, sie hätten das nicht weit entfernte Florenz eingenommen, bis die Florentiner kamen und die Ligurier ihr Bündel schnüren mussten. Die Florentiner blieben hundertachtundvierzig Jahre, erhöhten die Mauer um einen Viertelmeter, und spickten den Mörtel mit den Splittern zerbrochener Weinflaschen, was nur dazu führte, dass die Lucchesianer schwer erzürnt waren, als sie zum Rückspiel mit den Pisanern wiederkamen. Da sie statt derer die Florentiner vorfanden, verabreichten sie halt denen eine Tracht Prügel für die Frivolität, gute Weinflaschen zu vergeuden und in eine Mauer zu stecken, scharrten danach sechsundzwanzig Jahre mit den Hufen und warteten, ob die Pisaner ein Comeback versuchen würden. Sie wurden nicht enttäuscht. 1598 waren die Pisaner zur Stelle und gerbten ihnen so gründlich das Fell, dass von denen, die das überlebten, nur noch Zähne, Knochen und Schädel übrig waren; die übrigen warfen sie dutzendweise über die glasgespickte Mauer. Die Lucchesianer reagierten darauf, indem sie sich für hundertvierzig Jahre in die umliegenden Berge zurückzogen, ihren Kindern Geschichten über die bösen Pisaner erzählten, die von den großen Lucchesianern bloß Zähne, Knochen und Schädel übrig gelassen hatten, dabei freilich der Einfachheit halber die Zeit aussparten, in der *sie* Zähne, Knochen und Schädel der Pisaner als Souvenirs mitgenommen hatten. In der Zwischenzeit traten die Florentiner auf den Plan, in Hochstimmung, weil sie den Pisanern im Nachbartal dreimal gründlich das Fell gegerbt hatten, und schickten die Pisaner zum Teufel. Ein Bandit namens Enrico der Schreckliche, der mit seiner Armee hier durchzog, verabreichte ihnen en passant mit der linken Hand eine Tracht Prügel, zog weiter und dachte nie wieder an den Ort. Als die Lucchesianer zu einem letzten Versuch antraten, mussten sie feststellen, dass inzwischen alle das Kämpfen gründlich leid waren und sich statt dessen auf Diplomatie verlegt hatten, was die Sache nicht besser machte.

Die vier Gruppen – Ligurianer, Lucchesianer, Pisaner und Florentiner – siedelten sich in dem Tal rings um die

Stadtmauer an und verhandelten siebenundachtzig Jahre lang darüber, wem was wo gehörte, bis 1799 Napoleon kam und alle und alles kurz und klein schlug. Hundertzweiundzwanzig Jahre passierte nichts, bis 1921 ein Schmied namens Bruno Bornacchi aus dem unweit des Serchio-Flusses gelegenen Barga aufkreuzte und den Ort aus dem Nichts wieder aufbaute. Er hatte ihm 1939 gerade seinen Namen verliehen, als Benito Mussolinis Faschisten Bruno Bornacchi in den Fuß schossen, auf seinem eigenen Pferd in die Wüste schickten und den Ort zu einer faschistischen Stadt erklärten. Kurzum: Bornacchi hatte schon viel erlebt: leidvolle und ruhmreiche Zeiten, Schmerz, Opferbereitschaft, Trauer, Eifersucht, Mord, Zerstörung, Frieden, Krieg; man wusste hier, was Trauben sind, was Wein und was Weisheit, aber eines kannte man nicht: den Geruch von gutem Hasenbraten, zubereitet nach Kansas-City-Art von einem Großmaul namens Bishop Cummings, der zu gern Schweinespeck aß und den sie zu Hause im Ersten Baptistischen Seelenheil-Zentrum den Donner Gottes nannten.

Der Geruch waberte über den ganzen Apennin, zog in jeden Felsspalt, über jeden Maultierpfad und in jeden Durchgang zwischen Häusern, und zweiunddreißig Nachfahren von Sklaven, Königen, Hofnarren, Opernimpresarios, Leibeigenen, Vettern zweiten Grades, Bäckern, Stuhlmachern und Schmieden nahmen wie ein Mann Witterung auf und traten aus ihren Steinhütten und winzigen Häusern ins Freie, die Nasen in der Luft. Es war, als sei Gott selbst vom Himmel herabgestiegen.

Ludovico sah sie durch das Fenster seines Hauses. »*Dio mio*«, murmelte er, »die locken die Deutschen an.« Er rannte hinaus, um den *sottotenente* zu warnen, aber umsonst, denn die Dorfbewohner waren schon alle heraus aus den halbzerbombten Häusern und dem Schutt, der zwischen den kahlrasierten Hängen und den Bäumen rings um den Ort lag, kamen wie hypnotisiert auf die drei Soldaten zu, die um ein Feuer saßen und sich einen Hasen brieten, und stellten sich im Kreis um sie auf.

Ein Greis in einer zerschlissenen Weste und einem Hemd, das einst weiß gewesen und jetzt gelb war, sprach als Erster. Der Mann hieß Franco Bochelli. Er hatte den großen italienischen Sieg über Äthiopien 1936 miterkämpft und danach den Verstand besessen, sich mit einem Stein die Zähne auszuschlagen, um nicht in Mussolinis Armee dienen zu müssen – obwohl es fraglich war, ob die einen Vierundsechzigjährigen überhaupt gewollt hätte. Franco hielt die drei Schwarzen für Äthiopier.

»*Viva Il Duce*«, sagte er.

»Was will er, Hector?«, fragte Bishop. Drei Tage waren vergangen, Deutsche waren nicht in Sicht, es hatte am Morgen aufgeklart. Es war ein heller, strahlender, kalter Tag, noch vier bis Weihnachten. Stamps hatte mit keiner Silbe mehr an das Funkgerät gedacht und hatte es jetzt nicht eilig, in die Berge hinaufzusteigen und nach Deutschen Ausschau zu halten. Er saß neben Bishop und bekam feuchte Augen, als der Hase gedreht wurde und dicker Saft in das Feuer tropfte.

»Er will wissen, wo es zum Ebbets Field geht«, sagte Hector.

»Hör auf mit dem Quatsch. Was hat er gesagt?«

»Irgendwas über einen Duke.«

»Haben die hier noch Könige und Herzöge?« Bishop beäugte Franco, der, als er sah, dass er gemustert wurde, noch breiter griente, sein Mund jetzt wie der Eingang zur

Hölle, ein schwarzes Rund. Runzlige Haut bedeckte sein Gesicht wie ein altes, über einen Müllhaufen gebreitetes Tuch. »Du siehst aus, als hättest du schon beim Abendmahl gekellnert«, bemerkte Bishop grinsend. Franco nickte und zog den Mund noch breiter. Bishop sah Hector an und sagte: »Verklicker ihm, wir haben nicht soviel, dass ein Duke auch was abkriegen könnte, außer, einer von denen ist Duke Ellington. Den Hasen hab ich für Trains Junior gebraten.«

Hector sah die versammelten Frauen, Kinder und Greise an. »Scheiße, verklicker du's ihnen doch.«

Bishop erhob sich und sah unwillig in die Runde. Er wollte sich nicht mit diesen Leuten abgeben.

Er zeigte auf den Hasen. »Der hier«, sagte er laut, als spräche er zu Schulkindern, »gehört dem Jungen da drin.« Er zeigte auf Ludovicos Haus. »Wir« – er zeigte auf sich und die beiden anderen Soldaten – »wir nicht essen Hasen. Wir bringen dem Jungen. Drin.« Er zeigte abermals auf Ludovicos Haus und beobachtete die Italiener. Keiner regte sich.

Bishop flüsterte Hector zu: »Schnapp dir das Vieh und renn damit ins Haus.«

»Nein, verdammt.« Hector drehte sich in der Hocke zur Seite und ließ Bishop allein den Blicken des Publikums ausgesetzt.

Eine hübsche junge Frau in einem abgetragenen blaugeblümten Kleid trat vor. Sie war hoch aufgeschossen und ausgemergelt und sah wie die meisten jungen Leute blässlich und etwas dünn aus vor Nahrungsmangel. »Bleiben Sie lange?«, fragte sie auf Italienisch.

Bishop betrachtete beifällig die langen Beine und schmalen Hüften der Frau. Er hatte kein Wort verstanden, doch beim Anblick dieser Beine und Hüften spürte er plötzlich den Auftrag der US-Regierung schwer auf seinen Schultern lasten. Es war seine Pflicht, diese Leute zu beschützen. Sie waren auf ihn angewiesen. Er sagte das einzige, was er auf Italienisch konnte: »*Americani*«, und dann noch: »*Dove tedeschi?*«

Wie es der Zufall wollte, studierte die junge Frau, Fabiola Guidici, an der Akademie für Kunst und Gestaltung in Florenz Kunstgeschichte. Sie stand drei Wochen vor dem Examen, doch als der Krieg bis Florenz vordrang, floh sie aus ihrer Studentenbude nach Hause; vorher bekam sie aber noch mit, dass die Universitätsbibliothek, der sie mehrere hundert Lire schuldete, durch deutsche Granaten zerstört worden war. Fabiola durchwühlte die Trümmer und konnte ein paar Bücher retten, darunter *Der Ursprung der Kartoffel (Solanum tuberosum), Das Leben des Plautus, Philadelphia: Ein Rundgang durch seine Geschichte* und einen alten Band des römischen Philosophen Mark Aurel mit dem Titel *Krates von Athen*. Nach den letzten vier Tagen, in denen sie sich ausschließlich von Kastanien ernährt und Aurels *Krates* gelesen hatte, brummte ihr der Schädel und knurrte ihr der Magen. Fabiola also zeigte an Bishops Schulter vorbei und sagte auf Italienisch: »Die Deutschen sind auf dem Schlafenden Mann. Dieser Name ist natürlich bloß eine Metapher für das Ungewisse der Überraschung, denn der Berg schläft in Wirklichkeit ja nicht, sondern liegt nur in einem Stadium des Unbewussten und des Schlafes da, bis er sich dermaleinst erheben und offenbaren wird, was die unvergleichlich herrliche Natur und die wilde Raserei der Liebe uns sagen wollen. Für wen ist der Hasenbraten? Wir haben Hunger.«

Bishop sah Hector an. »Was hat sie gesagt?«, fragte er.

Hector musste sich erst sammeln. »Ich glaube, sie ist die Anwältin dieser Leute.«

»Genug jetzt«, sagte Stamps, stand auf und klopfte seine Sachen ab. »Holt Ludi und seine Tochter her.«

Hector ging ins Haus und kam mit Ludovico, Renata und Train wieder, der den kleinen Jungen auf seinen großen Armen trug.

Beim Auftritt des Riesen – von dem viele gehört, den aber nur wenige gesehen hatten – schauten die Italiener ehrfürchtig. Die beiden wirkten wie aus Stahl gehauen. Es sah aus, als sei der Junge mittlerweile mit Train verwachsen, als gehöre er so natürlich zu ihm wie der Kopf der *Primavera*, der an Trains rechter Hüfte in dem um seinen Gürtel geschlungenen Sacknetz baumelte. Lächerlich, dachte Bishop, doch Train war, wie er zugeben musste, der Einzige, der den Jungen dazu bewegen konnte, etwas zu essen.

Train hatte sich den ganzen Tag lang mit nicht nachlassender Aufmerksamkeit um das Kind gekümmert, und wie durch ein Wunder begann es dem Kleinen tatsächlich besser zu gehen. Das Fieber war gesunken, und seine inneren Verletzungen – welcher Art sie auch sein mochten, denn das wusste keiner – begannen allmählich zu heilen. Er lag nicht mehr bloß apathisch da, sondern bewegte sich wieder: erst einen Finger, die Faust, dann einen Zeh, den Arm. Schon bald richtete er sich aus eigener Kraft auf. Die anderen glaubten zwar immer noch, er werde schließlich sterben, doch Train sagte zu Bishop: »Der Junge ist ein Wunder. Er hat mir Glück gebracht. Glaubst du an Wunder?«

»Ich glaub an alles, vor allem aber an die Macht von

Bildern weißer Männer auf grünem Papier«, sagte Bishop.

»Ich denke, zu Hause bist du Prediger. Glaubst du denn nicht an Gott?«

»Solange ich predige, glaub ich an ihn.«

»Und dann?«

»Dann nicht mehr.«

Doch sogar Bishop musste zugeben, dass er so eine Besserung wie bei dem Jungen noch nie erlebt hatte. Er hatte italienische Kinder zu Dutzenden sterben sehen. In Lucca, wo er im Lazarett stationiert gewesen war, hatte er miterlebt, wie Kinder als blutende Bündel, mit zerquetschten Armen und Beinen, offenem Bauch oder Brustverletzungen ins Operationszelt getragen wurden, manche auch ohne äußerlich sichtbare Wunden, dafür mit inneren Verletzungen. Die meisten dieser Kinder waren erbärmlich gestorben, hatten nach ihren bereits toten Eltern geschrien. Andere hatten sich still ergeben, die großen Augen voller Angst auf das seltsame Gewusel schwarzer Ärzte und Sanitäter gerichtet, die sich mühten, ihnen einen Tropf anzulegen und die zerschmetterten und gebrochenen Beine zu richten. Oft hatten die Ärzte schweigend die Augen ihrer kleinen Schützlinge für immer schließen müssen, manchmal schon Minuten nach deren Eintreffen und zum heillosen Schmerz der Eltern. Und sogar die abgebrühtesten Ärzte bissen sich auf die Lippen, traten beiseite und wischten sich die Tränen ab. Bishop wollte damit nichts zu tun haben, mit diesen Ärzten, Kindern, Eltern; sie waren Verlierer, mit dem Leben verbunden einzig durch ihren Glauben und das, was sich daraus ergab; er hatte sich das aus dem Kopf geschlagen. Altes Testament. Neues Testament. Gott, Jesus. Jahwe.

Alles Käse. Es wäre einfacher gewesen, wenn dieses Kind gestorben wäre. Jetzt, er musste es zugeben, war es ihm nicht mehr egal, zumindest nicht mehr ganz egal. Er unterdrückte ein leises Lachen, als er sah, wie Trains Junge sich auf dem Boden herumkugelte, sich auf Trains riesigen Fuß setzte und Train ihn hochhob und auf seinem Bein reiten ließ.

»Darf man das denn?«, sagte Train.

»Ihn auf einem Bein reiten lassen? Doch, Diesel, das darf man.«

»Nein, ich meine, an Gott glauben, wenn du predigst, und damit aufhören, wenn du fertig bist.«

Bishop zuckte mit den Achseln. »Gott lässt doch alles zu, was auf der Welt geschieht.« Und noch während er das aussprach, begriff Bishop, dass genau das der Grund war, weshalb er nicht an Gott glaubte, und das störte ihn, weil es sich nicht so anhörte, als glaubte er nicht an einen, der gar nicht existierte, sondern als sei er zornig über jemanden, mit dessen Handeln er, Bishop, nicht einverstanden war. Er hoffte, Train würde den feinen Unterschied nicht merken, und so war es auch. Train war mit anderen Dingen beschäftigt. Er sah zu dem Jungen hinunter, der inzwischen seine Stiefel aufgeschnürt hatte und vergnügt die Schnürsenkel zusammenknotete, damit Train stolperte und hinfiel.

»Ihn mit nach Hause nehmen, darf ich das auch, Bish?«

Bishop schaute Train an. »Mann, du träumst. Der Junge gehört dir nicht. Du weißt doch gar nicht, wie man Kinder großzieht.«

»Meine Großmutter weiß es aber.«

»Ist das die, von der du das Säckchen um deinen Hals

hast? Mit dem Staub und den Zauberknochen drin? Die?«
Bishop lachte.

Train schaute irritiert. »Der Junge ist ein Engel, Bish.
Ich habe seine Macht erlebt.«

»Du bist ein Dummkopf, Train. Wenn er sich ein paarmal eingeschissen und nach seiner Mama geplärrt hat,
hast du die Nase voll von ihm«, sagte Bishop.

Aber der Junge schiss sich nie ein und plärrte nie nach
anderen, und als es ihm im Laufe der Tage immer besser
ging, stellte Train fest, dass er mit ihm durch Fingertippen
kommunizieren konnte. Einmal tippen bedeutete »ja«.
Zweimal tippen bedeutete »nein« oder »nicht«. Dreimal
»versuch's«. Viermal hieß »ich bin müde«. Fünfmal »es
muss sein«. Sechsmal hieß »schwierig« oder »das ist
schlecht«. Es dauerte eine Weile, bis der Kleine das gelernt
hatte, aber nachdem er sich ein paarmal die Finger über
einer Kerosinflamme verbrannt hatte, kannte er sich aus.

Nachts war es am schlimmsten, weil der Kleine nicht
schlief. Nach dem ersten Tag verließen sie das Haus des
verrückten Eugenio und nächtigten bei Ludovico auf
dem Schlafzimmerfußboden, damit sie mit seinem Strom
das Funkgerät betreiben konnten, und ab dem dritten Tag
weckte der Junge Train Nacht für Nacht auf. Der Riese
erhob sich dann von seinem Lager und nahm den Kleinen
auf den Arm, und der zerrte an ihm und stöhnte so laut,
dass die anderen wütend brummten und sie nach draußen
schickten. Train ging in dem Gässchen hinter Ludovicos
Haus auf und ab, den in eine Decke eingehüllten Jungen
auf dem Arm, und wiegte ihn in den Schlaf, wobei der
Statuenkopf ab und an gegen die Holzwand schlug, was
neues Fluchen und Schimpfen der Männer im Haus aus-
löste. Niemand schlief gut. Stamps stellte wegen der

Deutschen immer einen von ihnen als Wache vors Haus, und wenn Train so erschöpft war, dass er nicht mehr bei dem Jungen bleiben konnte, löste der eingeteilte Wachmann – Stamps, Hector oder Bishop – ihn ab und ging mit dem weinenden Kind auf und ab, bis es schlief. Der Kleine blieb auch im Schlaf unruhig, er murmelte vor sich hin und zerrte an ihnen, hielt sich die Ohren zu, als könne ihn jeden Moment ein lautes Geräusch aus dem Schlummer reißen. Tagsüber lief er davon, wenn Train nicht in der Nähe war, was lustige Jagden rund um Ludovicos Haus und durch den Stall dahinter nach sich zog, in dem jetzt rätselhafterweise zwei, drei Hasen lebten. Sogar der hartgesottene Stamps sah nach dem Kleinen, wenn sie von ihren Patrouillen zurückkamen, die im Grunde nicht mehr waren als kurze Rundgänge um Bornacchi, wobei sie flüchtig die Berghänge absuchten und sich wieder in die relative Sicherheit von Ludovicos Haus zurückzogen. Der Junge war ein Teil ihrer Gruppe geworden; seine Augen waren groß und dunkel wie Oliven, seine Blässe war gewichen, und seine Haut war glatt und schön wie Eiscreme.

Die Soldaten verliebten sich in ihn. Das fiel nicht schwer. Seine Augen, über denen früher ein Schleier gelegen hatte, nahmen jetzt alles auf, was ihn umgab. Er umhalste jeden. Nuckelte am Daumen, obwohl er längst über dieses Alter hinaus war. Sein wirres Geplapper, das niemand verstand, nicht einmal die Italiener, klang wie ein leises, begütigendes Gurren, doch so sehr man ihn auch bat, er wollte einfach nicht vernünftig sprechen, obwohl er es längst erlernt haben musste. Wenn er morgens aufstand und wie ein Pinguin herumzuwatscheln begann, die Soldaten der Reihe nach umarmte und beim Lachen die Lücke in einer Reihe gerader, strahlend weißer Zähne entblößte, schmolzen sie alle dahin. Nach den monatelangen brutalen Kämpfen – die einen Weißen mit der Peitsche hinter sich, die anderen Weißen mit Gewehren vor sich – gab der Junge ihnen ihre Menschlichkeit zurück, und dafür liebten sie ihn. Er war ihr Held. Sie nannten ihn Weihnachtsmann, zu Ehren des Feiertags, der in vier Tagen bevorstand, und stritten darüber, was sie ihm schenken konnten.

Train kam gerade von Ludovicos Haus auf das knisternde Lagerfeuer zu; auf seinen breiten Schultern, als ritte er auf einem Elefanten, der Junge, der Train spielerisch beim Gehen in die Augen piekste, und Bishop musste ein Lächeln unterdrücken. Auch Ludovico und Renata kamen hinter Train aus dem Haus gestolpert und stellten sich zu den Dorfbewohnern, die jetzt den brutzelnden Hasen umringten, dessen Aroma über den Platz zog.

Stamps erhob sich und ging zu dem Alten, der entrüstet die Stirn runzelte. »Wo kommen diese Leute alle her?«

Ludovico sah Renata an, und sie übersetzte. »Verwandt ist er nur mit vierzehn davon. Nein, mit fünfzehn«, verbesserte sie sich schnell, als sie sah, dass ihr Onkel Bruno aus seinem Haus am anderen Ende des Dorfes angetorkelt kam.

»Wieso hat Ihr Vater die vielen Hasen, und die anderen müssen hungern?«

»Sie müssen nicht hungern«, sagte Renata. »Franco« – sie zeigte auf den Zahnlosen – »ist der Bürgermeister. Er hat mehr Wein in seinem Keller als der Duce. Diva dort drüben hat einen Gemüsegarten, größer als der des Papstes. Sieht einer von denen für Sie aus, als müsse er hungern?«

Stamps musste zugeben, dass die Frage berechtigt war. Trotzdem war dies die seltsamste Ansammlung von Menschen, die er je gesehen hatte. Er war überrascht über die Unverwüstlichkeit und den Erfindungsreichtum dieser armen italienischen Schlucker, die das alles offensichtlich ohne die Segnungen der modernen Medizin überlebt hatten. Viele hatten schwarze Löcher in den Zähnen oder gar keine Zähne mehr. Eine junge Frau – ihr Haar und ihr Gesicht waren das Schönste, was er je gesehen hatte – schielte auf dem linken Auge. Andere hatten Nasenbrüche, die nicht geheilt waren, oder waren durch gebrochene Gliedmaßen entstellt, die nicht gerichtet worden waren. Er sah Menschen, denen ein Arm oder Bein ganz fehlte, und ein junges Mädchen, das sogar beide Arme verloren hatte. Und dennoch lächelten diese Leute, und obwohl sie wirklich nicht den Eindruck machten, Hunger zu leiden, war es bis dahin bestimmt nicht mehr weit, und daher interessierten sich alle für den über dem Feuer brutzelnden Hasen. Stamps sah Hector und Bishop an: »Was mach ich denn jetzt?«

Hector ging zu einem der vier Päckchen, die hinter Ludovicos Haustür lagen. Die Amerikaner hatten Ludovico vier Hasen abgekauft, die übrigen waren so krank und abgemagert, dass sich ein Kauf nicht zu lohnen schien. Er zog die Hasen und etliche Dosen hervor, ihre letzten Rationen. »Wir tauschen. Sag, was wir haben, und frag, was sie bieten. Für frisches Gemüse würde ich alles geben.«

Und so begann das große Feilschen: ein Messer für dies, eine Dose Kaffee für das. Die Leute aus dem Dorf brachten Fisch, Aale, Kastanien, Oliven, Trauben und Wein. Die Soldaten hatten K-Rationen, D-Rationen, Bishops Kekse, Bibeln, Briefe von Zuhause, Taschenmesser, Telefondraht und Munition anzubieten. Der Handel zog sich über Stunden hin.

Während die Dorfbewohner handelten und die Soldaten beschwatzten, sich um den Jungen scharten und laut überlegten, wer das wohl war, beschlich Stamps das Gefühl, dass dies alles falsch war. Er wollte sich nicht mit diesen Leuten einlassen, das widersprach ganz und gar seinem soldatischen Instinkt. Dennoch war auch er machtlos dagegen. Der Junge war ein hübscher Bengel, außerdem schien sich ihre Lage zu entspannen. Sie hatten lange auf einen neuen Marschbefehl von Captain Nokes gewartet, doch aus dem Basislager war nichts gekommen, und als es erst hieß, vier Stunden ausharren, dann acht, dann einen Tag und zuletzt eine Woche, bis wir euch holen, spürte Stamps im Laufe der Tage, dass sich das Blatt für ihn wendete. Das stumme Funkgerät war der erste Glücksfall, den er seit zwei Jahren in der Division erlebt hatte.

Die Armee war für ihn eine bittere Enttäuschung gewesen. Dabei konnte er es nach dem College gar nicht erwarten, in sie einzutreten. Wo er auch ging und stand, las er in der Presse über die berühmte, ausschließlich aus Schwarzen bestehende 92. Division, die Buffalo Soldiers. Sie sollten nach Italien geschickt werden, um sich im Kampf als Männer zu erweisen, und Stamps unterschrieb am Tag nach seinem College-Examen, ein Entschluss, den er bereute, kaum dass er in Fort Huachuca den Fuß ins Ausbildungslager gesetzt hatte, wo Feindseligkeit und Hass regierten: Weiße Kommandeure aus den Südstaaten schikanierten die Schwarzen, Schwarze wiederum schmiedeten Komplotte zur Ermordung weißer Kommandeure,

Schwarze, die Ausgang hatten, wurden von Banden weißer Zivilisten verprügelt und erschlagen, manchmal mit tatkräftiger Unterstützung von Hilfssheriffs, denen der Gedanke an fünfzehntausend bewaffnete Schwarze in ihrer Mitte große Angst machte; Schwarze, die mit dem Messer auf andere Schwarze losgingen, weil die sich als Halbindianer bezeichneten; Schwarze, die versuchten, als halbe Weiße durchzugehen. Eine ganze Kompanie, zweihundert Schwarze, die Durchgangskompanie, weigerte sich, überhaupt an der Ausbildung teilzunehmen oder zu kämpfen, und befand sich im Militärgefängnis. Das Ganze widerte ihn an. Er war bestürzt darüber, was die Divisionskommandeure für Verrenkungen machten, nur damit mäßig qualifizierte weiße Offiziere stets und ständig im Rang höher standen als schwarze, getreu dem ungeschriebenen Gesetz, dass ein Schwarzer niemals einem Weißen sagen durfte, was der zu tun hatte. Diese Praxis hatte im Feld alle möglichen Probleme mit sich gebracht – einschließlich seiner derzeitigen eigenen kniffligen Lage. Von Artillerie verstand Captain Nokes einen Dreck, und jeder wusste das. Er kam von den Pionieren. Wenn Nokes die Achtundachtziger eingesetzt hätte, hätten sich die Krauts am Cinquale verzogen, und er und seine Leute wären jetzt im Lager und würden sich auf das versprochene Weihnachtsessen mit Truthahn und Kartoffelpüree vorbereiten. Bishop hatte Recht. Es war ein Fehler, dass die Armee Schwarze in die kämpfende Truppe aufgenommen hatte. Wozu? Um es dem Feind zu zeigen? Welchem Feind? Den Deutschen? Den Italienern? Die Absurditäten, die Wahrheit, die Heuchelei, die waren der Feind. Das war der Feind, der ihn umbrachte.

Stamps hatte das begriffen, als der Truppentransporter

Mariposo mit den Schwarzen an Bord in Neapel einlief. Sie waren, von einem Boot ins nächste kletternd, über die zerstörte französische Flotte hinweggestiegen, ohne auch nur einmal nasse Füße zu kriegen, während italienische Zivilisten mit kleinen Ruderbooten in die Bucht gefahren kamen, um den Transporter zu empfangen. Als das riesige Schiff seinen Abfall abließ, sah Stamps schockiert, wie die Italiener ihn mit bloßen Händen oder mit Netzen einfingen, Hotdogs, Fleisch, Brot, ungeöffnete Spam- oder Kaffeedosen aus dem Wasser zogen. Vor dem mit Maschendrahtzaun abgegrenzten Hafengelände, auf dem die Truppen der Schwarzen sich sammelten, standen Hunderte von Italienern in zerlumpten Kleidern, zahnlose alte Frauen, Kinder, die um etwas zu essen bettelten. Stamps wollte seinen Augen nicht trauen. Die weißen Kommandeure hatten den strengen Befehl erteilt, den Italienern nichts zu essen zu geben. »Unter denen sind feindliche Faschisten versteckt«, sagten sie. »Sie könnten mit unseren Lebensmitteln den Feind versorgen.« Doch unter den schwarzen Soldaten, die an diesem ersten Tag die hungernden Menschen sahen, gab es keinen, der nicht Mitleid mit ihnen gehabt hätte. Alle, sogar dieser schäbige Mistkerl Bishop, hatten sich zwei-, dreimal Nachschlag geholt, waren mit ihren Tellern unauffällig zum Zaun geschlichen und hatten deren Inhalt in die Töpfe und Hände der hungernden Italiener gekratzt.

So ging das jeden Tag. Es war ein Witz: die Schwarzen, die aufgereiht mit dem Rücken zum Zaun standen, und die Italiener zu Hunderten mampfend hinter ihnen, so dankbar, dass sie die Soldaten abküssten, ihnen die Hände tätschelten, die Leichen der Gestorbenen mit Blumen bestreuten. Sie behandelten die Soldaten wie Menschen, besser als sie von ihren eigenen Landsleuten behandelt wurden. Die Italiener gleichen den Schwarzen, dachte Stamps bitter, sie wissen, wie es ist, wenn man draußen steht. Den Feind versorgen! Er musste lächeln über diese Absurdität. Wer war denn eigentlich der Feind? In Amerika speisten Deutsche erster Klasse, besuchten Orte, die er zu meiden hatte, bekamen Jobs, die er nicht bekam, und hier in Europa brachten diese Leute Juden um, so beiläufig, als gingen sie zum Mittagessen. Er hatte in der Presse darüber gelesen. Die ersten amerikanischen Truppen hatten riesige Lager voller toter Juden gefunden, die verbrannt worden waren, Städte in Polen, in denen die Asche von Menschen wie Schnee aus den Schornsteinen großer Öfen fiel, in denen sie Kinder, ja ganze Familien verbrannten. Welcher Schwarze würde so etwas tun? Ein Schwarzer brächte niemals den dafür nötigen Hass auf. Ein Schwarzer wollte bloß seine Miete zahlen können und noch genug übrig behalten, dass er Milch für seine Kinder kaufen konnte, und diesen beschissenen Krieg überleben. Aber wenn der vorbei war, wenn das Kämpfen aufgehört hatte und die Leute sich wieder vertrugen, konnte ein Deutscher trotzdem nach Amerika gehen und dort gut leben, konnte eine Firma aufmachen, in der Fabrik arbeiten, eine Bank leiten, wohingegen Stamps weiterhin... ein Nigger war. Er würde von Glück sagen können, wenn er einen Job bekam und ihnen die Post austragen durfte.

Manchmal hatte Stamps das Gefühl, ihm zerspringe der Schädel. Er war ständig hin- und hergerissen, musste vor den einfachen Soldaten gute Miene machen und sich mit dem Mist herumschlagen, der von oben kam. Einer wie Bishop verstand das nicht. Der hatte bloß Weiber und sein warmes Plätzchen zum Scheißen im Kopf. Die noch größere Absurdität war jedoch, dass Stamps – trotz Krieg, trotz Schützengräben, trotz Schlamm und Regen, trotz der mürrischen Schwarzen und der beschränkten Captains – gern Soldat war. Durch die Armee war er nach Italien gekommen, und in Italien fühlte er sich so frei wie noch nie in seinem Leben. Die Italiener hatten zwar auch den Kopf voll, das stand mal fest – sie befanden sich schließlich mitten im Krieg, und hier wurde gestorben –, aber damit, wie sie Schwarze niederhalten konnten, beschäftigten sie sich nicht. Anscheinend war es ihnen egal, dass Stamps ein Schwarzer war. Die Schwarzen bekamen etwas von ihnen, was sie in Amerika weder kaufen noch sich verdienen konnten, ganz gleich, wie viele Streifen oder Medaillen oder Bänder man ihnen für ihren heldenhaften Kampf an die Uniform heftete: Respekt. Stamps registrierte im Stillen, dass Amerikaner und deutsche Kriegsgefangene die Italiener gleichermaßen verachteten. Die Arroganz der Soldaten, die keine Achtung aufbrachten für diese würdevollen, humorvollen, mutigen Menschen, die nur zur falschen Zeit am falschen Ort lebten, erstaunte Stamps. *Und dabei waren die auch alle Weiße.* Darüber kam er nicht hinweg.

Die Italiener, dachte er, maßten sich nichts an, bloß weil sie Weiße waren. Das bedeutete ihnen anscheinend gar nichts. Sie wollten nur über den Tag kommen. Kein Wunder, dass ihre Musik so gut war, mit dem vielen Geschrei, dieser Leidenschaft, dem Theatralischen. Die haben es kapiert, dachte er. Haben es verstanden. Liebe. Essen. Leidenschaft. Das Leben ist kurz. Reich mal 'ne Zigarette rüber. Her mit der Grappa. Wir wollen leben. Die Italiener waren wie die Schwarzen, bloß dass sie keine Kneipen mit Musikbox hatten. Als er Renata aus dem Haus kommen sah, die zum ersten Mal ein Kleid anhatte, und ihre Schönheit den ganzen Platz überstrahlte, dachte er, dass er eines Tages in Italien leben wollte. Für den Anfang gleich hier in Bornacchi. Das stumme Funkgerät, das keine dämlichen Befehle mehr quäkte, war ein Segen. Scheiß auf die Funkerei. Er besah sich das auf der Erde stehende Gerät und überlegte sogar, ob er es zerstören sollte. Doch er musste auch an die anderen denken, und außerdem war da noch das kleine Problem seiner Würde, die vielleicht noch nicht ganz flöten gegangen war. Und zusammen mit diesem Rest Würde, dachte er, musste er auch seine Ausbildung und die Armeedisziplin sehen, obwohl davon auch nicht mehr viel vorhanden war. Alle guten Offiziere, von denen er wusste, dass sie die Befehle befolgt hatten, ob Schwarze oder Weiße, waren inzwischen tot oder hatten einen solchen Knacks wegbekommen, dass sie sich auch nach dem Krieg nicht mehr davon erholen würden. Zum Teufel damit. Er machte es von jetzt an so wie seine Männer. Kümmerte sich nur noch ums Überleben. Stellte sich dumm. War faul. Verliebte sich in ein stummes Kind, wie Train es getan hatte, oder versuchte herauszufinden, wie diese schöne Frau hieß. Warum denn nicht? Er hoffte, das Funkgerät knackte und knisterte nie wieder.

Auf Ludovicos Treppe spielten sie jetzt Karten. Zwei Frauen hatten Train den Jungen abgenommen und wollten den Kleinen dazu bewegen, einen Apfel zu essen. Von irgendwoher war ein Huhn aufgetaucht und brutzelte über dem Feuer. Wein ging herum, man trank schon mal auf Weihnachten, das war in vier Tagen. Aus dem Augenwinkel sah Stamps, wie Train ein kleines Mädchen huckepack reiten ließ. Jemand brachte eine Gitarre und stimmte ein Weihnachtslied an. Bishop umschmeichelte am Feuer ein junges Mädchen mit langen Beinen. Noch mehr Hühner tauchten auf. Es war ein richtiges Fest, eine richtige Vorweihnachtsfeier.

Hector saß am Feuer. Er brach ein Stück von einer Hasenkeule und reichte es einer *signora* und ihrem Jungen. Die *signora* betrachtete Hectors schlanke Finger mit mehr als nur geringem Interesse. »Hec, hier stimmt was nicht«, sagte Stamps leise.

»Seh ich genauso«, antwortete Hector, als die *signora* ihn bei der Hand nahm und zu einem Tänzchen um das Feuer zog. Der Gitarrist begann ein schnelleres Lied. »Aber wenn man es sich recht überlegt«, fügte Hector, schon japsend, noch hinzu, während die Frau ihn laut lachend herumwirbelte, »gibt es vielleicht kein Morgen.«

14
Der Deutsche

Doch es gab ein Morgen, und mit ihm kamen Schnee
und ein Deutscher.

Die Sonne hatte die Finger über den Bergkamm gereckt, und leise rieselte Schnee auf den bewaldeten Hang
vor Ludovicos Haus. Stamps war gerade aus dem Gässchen dahinter hervorgekommen und wusch sich das Gesicht in dem eisigen Bach, als der Deutsche hinter der
Steinmauer auftauchte und den Hang herabgestiegen
kam. Stamps sah ihn, presste sich an die hüfthohe Mauer
und griff nach seinem Karabiner, doch den hatte er, wie
ihm jetzt einfiel, drin gelassen. Er rannte hinein, um den
anderen Bescheid zu sagen, aber Train war mit dem Kleinen hinters Haus aufs Klo gegangen. Bishop und Hector
waren nicht da.

Stamps lief zu der Ecke, in der sein Karabiner stand,
griff danach, vergewisserte sich, dass er noch geladen
war, lief wieder ins Freie und postierte sich hinter der
Mauer, das Gewehr auf den sich nähernden Deutschen
gerichtet.

Der Deutsche kam den Berg herab und über das offene Feld. Er trug keinen Helm, war unbewaffnet, stieg,
offenbar allein, taumelnd den grasbewachsenen Abhang
herab, als könnten ihn seine Beine kaum tragen. Hinter
ihm teilten sich plötzlich die Büsche, vier junge Männer
tauchten auf, die ihre Gewehre auf ihn gerichtet hatten.

Stamps hörte Geschrei aus Ludovicos Haus und den anderen Häusern dringen, und auf einmal standen Bishop und Hector neben ihm. »Hector«, herrschte Stamps ihn an, »geh Train und den Alten holen.«

Hector verschwand im Haus und kam mit Ludovico und Renata wieder.

»Oh, nein«, murmelte Renata, bekreuzigte sich und lief zum Bach zu den anderen Amerikanern.

Stamps, Hector und Bishop hockten hinter der Mauer, die Gewehre im Anschlag, während die Italiener und ihr Gefangener langsam den Rest des Weges über das Feld und bis zum Bach zurücklegten. Renata wartete, bis die Gruppe nur noch zehn Meter entfernt war, und rief sie an. Sie riefen etwas zurück.

»Was haben sie gesagt?«, fragte Stamps.

»Sie wollen was zu essen.«

»Sag ihnen, sie sollen die Waffen runternehmen, dann kriegen sie, was sie wollen.«

Renata rief es ihnen zu, und die Italiener antworteten. »Sie sagen, sie nehmen ihre runter, wenn ihr eure runternehmt.«

»Das haben sie gesagt?« Stamps sah Hector an.

»Klingt so.«

»Ich nehm mein Gewehr nicht runter. Das könnten verkleidete Deutsche sein.«

»Das sind keine Deutschen«, sagte Renata aufgebracht. Sie bedeutete den Partisanen, näher zu kommen.

Die Italiener gingen langsam weiter, stiegen in den Bach vor Ludovicos Haus, und wateten hindurch.

»Was meinst du? Sind das Italiener?«, fragte Stamps Bishop.

»Wenn es wie Fisch aussieht, wie Fisch riecht und wie Fisch schmeckt, kannst du wetten, dass es kein Bussard ist.«

Renata ging zu den Italienern, die inzwischen das verschneite Ufer erreicht hatten. Sie trat vor einen Mann mit großen Ohren hin und packte eins. Rodolfo wand sich, als Renata ihn kräftig am Ohr zog. »Deutsche haben keine solchen Ohren«, verkündete sie. Sie sagte etwas auf Italienisch, und die vier Partisanen lachten.

Die Italiener kamen bis auf drei Meter heran, und Stamps senkte seine Waffe ein wenig, für alle Fälle aber nur bis auf Hüfthöhe. Der Anführer der Gruppe, ein kleiner, dünner, schon kahl werdender Mann mit einem hübschen, schmalen Gesicht, bedeutete seinen Kameraden, hinter ihm zu bleiben. Seine Augen waren dunkel und hart wie Billardkugeln, sein Blick so schneidend wie eine Rasierklinge. Sein Gesicht war wettergegerbt und sah aus, als werde es von wechselnden Winden und starken Stürmen umweht, die ihm aber nichts anhaben konnten. Der Mann war noch jung, Stamps Schätzung nach Mitte zwanzig, und unter seiner abgetragenen Kleidung erkannte Stamps eine Kraft und Schnelligkeit verheißende Gestalt. Der Mann bewegte sich langsam, aber geschmeidig wie ein Panther oder ein Berglöwe. Stamps hatte sofort Angst vor ihm. Er warf einen Blick auf die anderen. Sie waren ebenfalls jung, der eine gar noch ein Kind und kaum größer als sein Gewehr.

Der Anführer trat vor und blieb vor Stamps stehen.

»Sag ihm, er soll mir einen Ausweis zeigen«, sagte Stamps. Hector übersetzte.

»Das ist mein Ausweis«, sagte Peppi auf Englisch und wies mit einem Kopfnicken auf sein Gewehr.

Die Tür von Ludovicos Haus ging auf, und Train kam heraus, den Jungen auf den Armen.

Stamps sah Train an, behielt den Lauf seines Gewehrs aber oben. »Train, bring das Kind rein.«

Train kam aufgeregt näher. »Der Junge spricht, Lieutenant. Es ist wichtig.«

»Nicht jetzt, Train.« Stamps behielt Peppi im Auge.

Der Italiener sah Train an, den Riesen, an dessen Hüfte der Statuenkopf baumelte und der das kleine Kind im Arm hielt, und lächelte einen Moment lang. Es lag weder Furcht noch Freundlichkeit in seinem Lächeln, nur Erkennen. Stamps kam zu dem Schluss, dass dieser Fremde mit dem Wind im Gesicht ihm nicht nur unsympathisch war, sondern dass er ihm auch nicht traute. Der Mann war clever, zu schlau, ein harter Knochen.

Aus dem Augenwinkel nahm Stamps wahr, dass etliche Italiener aus ihren Häusern gekommen waren und sich ihnen näherten, darunter auch Ettora, die so schlecht sah, dass sie mehrmals an Hauswände stieß und über Steine und andere Hindernisse stolperte. Ihr folgten einige alte Männer und Frauen. »Sag ihnen, sie sollen bleiben, wo sie sind«, bellte Stamps Hector an.

Hector rief, was ihm aufgetragen war, doch die Leute aus dem Dorf achteten nicht auf ihn. Sie näherten sich noch weiter, und jetzt sah Stamps, dass sie aufgebracht waren. Manche begannen laut zu schreien. Stamps konnte gar nicht glauben, dass es sich um die sanften, freundlichen Leute vom Abend zuvor handelte. Im Lauf der Nacht waren Dinge geschehen, von denen er gar nichts wissen wollte. Zum einen waren Bishop mit der langbeinigen Studentin von der Akademie für Kunst und Gestaltung und Hector mit der alten *signora,* die mit ihm ums

Feuer getanzt war, verschwunden. Stamps' letzte Erinnerung war, dass er eine Flasche Grappa getrunken und, »Valentino« singend, neben Ludovico und zwei anderen zahnlosen Greisen eingeschlafen war, und zwar auf Ludovicos Fußboden, wo sie zu viert Poker gespielt hatten. Stamps wusste nicht mehr, ob er die drei Rucksäcke der Gruppe verloren oder einen der vier Kastaniensäcke Ludovicos gewonnen hatte, der plötzlich aus einem zweiten Hohlraum unter den Dielenbrettern aufgetaucht war, welcher unendlich viele Schätze enthielt, sondern bloß noch, dass sie alle vier zusammen eingeschlafen waren, am Feuer, und dass er mitten in der Nacht fröstelnd aufgewacht war, als Ludovico gerade einen dicken Holzscheit nachlegte. Er wusste noch, dass er betrunken und mit dumpfem Schädel gedacht hatte, wie nett das war von dem alten Knaben, sich darum zu kümmern, dass sie es warm hatten. Italien gefiel ihm immer besser. Er fasste einen Entschluss. Wenn er den Krieg überlebte – ein großes Wenn –, wollte er hier bleiben. Er hatte in seinem ganzen Leben noch nie die Hand eines greisen Weißen gehalten, hatte noch nie mit drei alten Männern eine Lagerstatt geteilt. Sie hatten sich in der Kälte aneinander geschmiegt und geschlafen wie Kinder.

Doch jetzt war etwas aus dem Ruder gelaufen. Die Italiener waren wütend. Stamps sah, dass der Anführer der Partisanen nicht einmal mit der Wimper zuckte, als etliche Dorfbewohner mit erhobenem Zeigefinger und vorwurfsvollem Ton auf ihn einredeten, sondern ständig Ludovico im Blick behielt, der mit den anderen sprach. Ludovico sagte etwas zu dem jungen Mann, und als der antwortete, riss Ludovico die Augen auf, offenbar aus Angst vor dem, was der junge Mann gesagt hatte. Dann machte der Alte einen Schritt rückwärts, und die Dorfbewohner verstummten plötzlich. Stamps sah, dass auch Renata den zornigen Partisanen furchtsam anschaute.

»Sag ihm, er soll reinkommen und etwas essen, und wir reden über alles«, sagte Stamps zu Hector.

Hector übersetzte, doch Peppi schüttelte den Kopf.

»Ich habe hier das Kommando. Wir sind zuständig«, hörte Stamps sich sagen. Es klang schon lächerlich, als er es aussprach. Dieser Italiener, dachte er, ist nicht wie ich. Ich bin ein ausgebildeter Soldat. Dieser Mann, das ist ein, das ist … Stamps wusste nicht, was, doch so anzustarren brauchte der ihn nun wirklich nicht. Renata sagte etwas zu dem Partisanenführer, was dessen Blick die Härte nahm. Der Mann nickte und senkte das Gewehr. Die vier Italiener, die ihren Gefangenen vor sich her schubsten, traten einer nach dem andern in Ludovicos Haus ein, gefolgt von den Amerikanern.

Das ganze Dorf schien sich hinter ihnen hereinzudrängen, um den Gefangenen zu sehen, ausgenommen Train, der bei dem Jungen im Schlafzimmer blieb. Die Partisanen setzten sich an den Tisch, Renata schöpfte ihnen Suppe in Schüsseln, über die sie sich sofort hermachten. Während sie aßen, sah Stamps sich den Deutschen genauer an.

Er war jung, neunzehn vielleicht, zerlumpt und schmutzig, hatte ein hageres Gesicht mit eingefallenen Wangen, blondes Haar und blaue Augen, deren verzweifelter Blick so sehnsüchtig auf dem Essen ruhte, dass Stamps annahm, er habe seit Tagen nichts in den Magen bekommen. Stamps goss etwas Suppe in eine Tasse und reichte sie dem Gefangenen. Die Partisanen schauten zornig, als der Deutsche die Suppe hinunterstürzte.

»Wo kommst du her?«, fragte Stamps.

Der deutsche Soldat gab Stamps durch verzagtes Gestikulieren zu verstehen, dass er kein Englisch sprach. Hector trat vor ihn hin und sprach ihn auf Italienisch und danach auf Spanisch an, aber vergeblich.

»Jetzt gehen wir ins Basislager zurück«, sagte Bishop. »Willst du ans Funkgerät?«

»Nein. Wir warten, bis Nokes sich bei uns meldet. Er hat gesagt, dass er uns anfunkt.«

»Was ist los mit dir, Mann? Wir haben doch jetzt, was Nokes wollte. Es hieß, wir sollen einen Deutschen gefangen nehmen. Und jetzt haben wir einen. Er sitzt hier und frisst wie ein Scheuendrescher.«

»Woher wissen wir, dass er Deutscher ist?«

»Wer soll er denn sonst sein? Joe Louis?«

Stamps war unsicher. »Jedenfalls«, sagte er, »müssen wir warten, bis die uns anfunken.«

»Wozu? Damit sie uns aufdrücken, noch sechs mehr einzufangen? Nein, verdammt, ich sage, wir bringen ihn über die Berge, zu unseren Leuten, wo es sicher ist.«

»Was heißt da sicher, Bishop? In den Bergen sind die Deutschen. Hat zumindest der Alte gesagt.«

»Was ist los mit dir, Stamps? Wir können doch nicht hier bei diesen Itakern rumhocken, bis eine dieser *signorine* es sich überlegt und dich drüberlässt. Du hattest deine Chance gestern Abend.«

Stamps spürte, wie ihm das Blut in den Kopf stieg. Hector konnte er ertragen. Sogar Train, ahnungslos, wie der war, konnte er tolerieren. Aber Bishop hatte eine Art, die brachte ihn jedesmal auf die Palme. Bishop war für ihn der Inbegriff des unfähigen, unaufrichtigen Negerpredigers, der immer genau das tat, was die Weißen von ihm erwarteten, hinter jedem Rock her war, als könne er es gar nicht mehr erwarten, in den Mutterschoß zurückzukehren, vor Weißen stets den Strahlemann mimte, ständig lachte, Karten spielte, es nirgends lange aushielt, sondern dauernd in der Gegend herumfuhr, in Kneipen aufspielte, trank, prahlte und feierte, samstags billigen Jazz hörte und sonntags seine Gebete an Gott schrie. Wegen dieser Leute waren die Nigger noch hundert Jahre zurück. Stamps zog seinen 45er Colt aus dem Gürtel.

»Ich kann dich gleich hier nach Kriegsrecht aburteilen, Bishop.«

»Nur zu.«

Peppi sagte: »Das ist unser Gefangener.«

Es waren die ersten Worte, die er seit dem Betreten des Hauses gesprochen hatte, und er hatte sie auf Englisch gesagt. Der Tonfall und Ernst seines Satzes brachten alle zum Schweigen. Es war, als habe sich plötzlich etwas Eisiges herabgesenkt.

»Sie hatten doch genug Zeit, mit ihm zu reden, ehe Sie hierher kamen«, sagte Stamps.

Peppi schüttelte den Kopf zum Zeichen, dass er nicht verstand. Hector übersetzte. Peppi nickte und sagte dann wieder auf Englisch: »Wir sprechen alle kein Deutsch. Wir hoffen, dass hier jemand Deutsch kann.«

»In unserem Basislager haben sie zehn Nigger, die Deutsch können. Kommen Sie mit uns mit, wir machen das schon.«

Peppi hörte sich Hectors Übersetzung an und schüttelte den Kopf. »Nein«, sagte er auf Englisch. »Der Gefangene gehört uns.« Er stand vom Tisch auf, ließ seine Suppe stehen, und gab auf Italienisch einen Befehl. Die anderen drei Italiener erhoben sich wie ein Mann, stopften sich Brot in die Taschen, griffen nach ihren Gewehren und nach dem Deutschen.

Bishop streckte den Arm nach Peppi aus, doch der wich zurück. »Was soll das?«

Peppi sagte auf Englisch zu Stamps: »Wir müssen den Gefangenen befragen. Wenn er unsere Fragen beantwortet hat, kann er gehen. Vorher nicht.«

»Kommt nicht in Frage.«

Peppi drehte sich um und hielt dem Deutschen das Gewehr an den Kopf. Genau in dem Moment ging die Tür auf, und Train kam herein, den Jungen auf dem Arm. Der Deutsche, auf dessen Kopf der Lauf von Peppis Gewehr gerichtet war, tat jetzt etwas Unerwartetes: Er erwachte aus seiner Starre, sah den Jungen mit einem langen, verschleierten Blick an, begann zu weinen und unter lauten Schluchzern irgendetwas auf Deutsch zu brabbeln. Dann schlug er den Kopf gegen die Tischplatte, einmal, zweimal, mit solcher Kraft, dass der Tisch erzitterte und der Junge vor Angst zu heulen begann. Das laute, schreckliche Geschrei der beiden – des Soldaten und des Jungen – erfüllte den Raum.

»Guck, was du angerichtet hast!«, rief Train. »Du hast ihn erschreckt.« Train drückte den Kopf des Jungen an seine mächtige Brust, machte mit schwingendem Patronengurt und Statuenkopf auf dem Absatz kehrt und drängte sich zwischen den Dorfbewohnern hindurch zur Tür. Das Weinen des Jungen war noch leise zu hören, während Train mit ihm in den Schnee hinausging und das Schreien des im Raum zurückgebliebenen Deutschen zu herzzerreißendem Schluchzen wurde.

Stamps war durcheinander. Er senkte das Gewehr.

»Herrgott«, sagte Bishop. »Lass ihnen den doch,

227

Stamps. Mir ist der egal. Ich streit mich mit keinem wegen so 'nem blöden Deutschen.«

Stamps sah Peppi lange an, bevor er das Wort an ihn richtete. »Unterhalten wir uns draußen darüber.« Und fügte, mit einer Kopfbewegung zu dem Deutschen, hinzu: »Der geht nirgendwohin. Wir müssen sowieso auf den Captain warten, der hierher kommt.«

Peppi sah die anderen an und nickte langsam.

Zu viert – Stamps, Hector, Peppi und Rodolfo – gingen sie hinaus, um die Sache im Schnee zu besprechen, während die beiden anderen Partisanen im Zimmer blieben und die Gewehre auf den Deutschen richteten. Die vier waren kaum hinausgetreten, als die Dorfbewohner aufgeregt zu reden anfingen. »Hab ich's dir nicht gesagt!«, zischte Ludovico Renata zu. Sie achtete nicht auf ihn, sondern schaute auf die beiden Partisanen. »Beeilt euch, esst«, sagte sie.

Die beiden Jungen aßen.

Vor dem Haus ging Bishop auf und ab, während Stamps und Hector mit Peppi debattierten. Schließlich stakste er zu Train hinüber, der auf einer Kiste neben dem Haus saß und Stamps und die anderen im Blick hatte. Der Junge, den Train noch immer an seine Brust drückte, hatte sich ein wenig beruhigt und nuckelte am Daumen. Bishop zündete sich eine Zigarette an und sah zu, wie Train das Kind in seinen Armen wiegte und ihm dann auf den Arm zu tippen begann. Der Junge tippte zurück.

»Was soll das werden, streichelst du ihn?«

»Das ist kein Streicheln. Er spricht so.«

»Nigger, du hast nicht genug zu tun.«

Train reagierte nicht auf Bishop. Er achtete nur auf den Jungen, der wieder etwas tippte. Trains Gesicht verfinsterte sich für einen Moment, dann sagte er: »Bist du sicher?«, und tippte dem Jungen zweimal auf den Arm.

Der Junge tippte einmal zurück.

Train sah Bishop an. »Er hat schreckliche Angst.«

»Ich auch, Mann.«

»Er sagt, einer von denen da drüben war auf dem Berg oben bei der Kirche und hat was Böses gemacht.«

»Woher willst du das wissen?«

»Ich weiß es, Mann. Wir reden so miteinander. Er sagt, er war oben bei der Kirche.«

»Also von da kommt er. Dann muss er den Deutschen da oben gesehen haben.«

»Ja, hat er. Er hat auch den Italiener gesehen.«

»Welchen?«

»Den da mit den großen Ohren.« Train zeigte auf Rodolfo.

»Das versteh ich nicht«, sagte Bishop.

»Was versteht man hier schon«, sagte Train.

15
Wegrennen

Es dauerte zwei Stunden, bis sie sich geeinigt hatten, draußen im dichten Schneegestöber, und als sie endlich fertig waren, war Stamps noch verwirrter als vorher. Die Partisanen hatten gesagt, der Deutsche gehöre zur 16. SS-Panzerdivision, die vor der Kirche eine große Zahl Zivilisten getötet hätte; so viel war klar. Irgendwas von einem Aushang an der Kirche. Auch das verstand er, aber wer diesen Aushang angebracht haben sollte, das hatte er nicht kapiert. Der Deutsche habe angedeutet, da sei ein alter Mann in der Nähe gewesen, der habe das alles mitangesehen, und er selbst habe an der Tötungsaktion nicht teilgenommen.

Wenn er in die zornigen Mienen der Dorfbewohner sah, die sich um den Deutschen drängten, als wollten sie ihn umbringen, begriff er auch das. An Stelle des Deutschen würde er auch alles abstreiten, ob er nun mitgemacht hätte oder nicht.

Aber was er nicht verstand, war die Reaktion des Jungen auf den Deutschen, und umgekehrt. Die Leute in Ludovicos Haus hatten den Deutschen ins Freie gebracht, und als Train sich mit dem Jungen auf den Armen der wütenden Menge genähert hatte, war der Junge sichtlich in Panik geraten. Und der Deutsche fiel, als er den Jungen sah, unerklärlicherweise auf die Knie und sagte immer wieder mit zitternder leiser Stimme etwas auf Italienisch.

Der Junge bedeutete Train, sich hinzuknien, so dass er näher an den Deutschen herankam, und antwortete diesem – auf Italienisch, so leise, dass nur die dicht dabei Stehenden, einschließlich Peppi, es hören konnten.

Das war vollkommen überraschend.

Und Peppis Reaktion ebenfalls.

Der Partisan hatte sich an seinen Adjutanten gewendet, den mit den großen Ohren, den sie Rodolfo nannten, und ihn scharf befragt. Es ging heftig hin und her zwischen den beiden. Mehrere Dorfbewohner schauten ängstlich zu.

Stamps sagte: »Hector, was gibt's Neues?«

Hector kam gerade zurück; er hatte das Funkgerät zusammengebaut und ans Hauptquartier durchgegeben, sie hätten erstens einen Deutschen und zweitens ein Problem.

»Die sagen, wir sollen bleiben. Nokes kommt selbst. Dauert ungefähr einen Tag. Er kann nur nachts gehen.«

»Großartig. Jetzt geht's mir schon besser.« Stamps wusste, Nokes war sehr um sein eigenes Wohl besorgt. Wenn Nokes durchkam, konnten sie es zurück zum Stützpunkt schaffen.

»Etwas anderes. Wir gehen nicht zurück. Es kann sein, dass wir Weihnachten angreifen.«

»Was? Wer sagt das?«

»Birdsong. Hat sich über Funk gemeldet, als Nokes gegangen war.«

»Von wo?«

»Irgendwo hier in der Gegend, sagt er.«

»Scheiße, Mann. Es gibt hier in der Gegend keine Deutschen, außer diesem einen da.«

»Tja, aber trotzdem. Die sagen, da könnte noch ein Haufen anderer sein.«

Stamps verließ der Mut. »Vielleicht weiß der Deutsche hier ja was.«

»Verdammter Mist.«

Stamps sah den Deutschen an. Die Partisanen sprachen leise miteinander, und die anderen Dorfbewohner schoben sich drohend an den Deutschen heran. Einige traten ihn. Zwei alte Frauen warfen Steine nach ihm. Bishop stellte sich vor den Deutschen und befahl ihnen, aufzuhören, aber inzwischen waren noch mehr dazugekommen, und plötzlich rückten sie alle laut fluchend und schimpfend vorwärts. Bishop versuchte, sie zurückzudrängen. »Stamps, wir bringen ihn besser hier weg.«

Stamps war auch der Meinung, obwohl er nicht begriff, was da vor sich ging. Sicher, die Dorfbewohner wollten den Kopf des Deutschen. Aber Peppi schienen sie auch nicht besonders zu mögen. Peppi seinerseits interessierte sich jetzt offenbar mehr für einen seiner Leute als für den Deutschen und redete gemessen, aber sehr bestimmt auf ihn ein. Der andere schüttelte lebhaft den Kopf.

Und dann gab es noch ein Problem, dachte Stamps sarkastisch: Wenn es diesen einen Deutschen hier gab, mussten noch mehr davon in der Nähe sein, und wenn das Hauptquartier einen Angriff plante, tja … Das machte ihm Bauchschmerzen.

»Sag diesen Leuten, dass sie hier wegmüssen«, sagte er zu Hector. »Wenn sie fragen, warum, sag ihnen, hier kommt demnächst eine Angriffswelle durch.«

Hector bellte seine Anweisungen und rief damit weitere Bestürzung und Fragen hervor, auf die er keine Antworten zu haben schien.

Dann aber kam eine Antwort auf alle diese Fragen, und sie kam in Form von Granat- und Artilleriefeuer, heftigem Geschützdonner in der Ferne. Schwere Artillerie. Alle – die Dorfbewohner, die Partisanen, die Amerikaner – erstarrten und lauschten.

»Scheiße, wo kommt das her?«, fragte Stamps.

»Das ist hinter uns«, antwortete Bishop. »In Richtung Stützpunkt.«

»Bringen wir ihn ins Haus.«

Die meisten Dorfbewohner liefen zu ihren Häusern. Hector und Bishop nahmen den Deutschen in die Mitte. Stamps baute sich vor Peppi auf, reckte das Kinn vor und ließ ihn nicht aus den Augen, als er sagte: »Hector, sag ihm, wir nehmen den Deutschen mit uns ins Haus. Wenn er will, kann er mit reinkommen, aber keiner geht von hier weg, bis Nokes eingetroffen ist.«

Hector übersetzte, und Peppi zuckte mit den Achseln und antwortete auf Italienisch.

»Er sagt, hier bei uns ist er nicht sicher. Oben in den Bergen ist es besser für ihn.«

»Da oben ist es auch nicht sicher. Sag ihm, bei uns hat er's besser. Wir sollten zusammen kämpfen.«

Das wurde übersetzt, und dann sagte Peppi etwas zu Stamps, diesmal sprach er ihn direkt an, mit starkem Akzent. »Danke. Nächstes Mal. Wir gehen nachsehen, wo die Deutschen sind.« Er zeigte auf Rodolfo. »Er bleibt hier und passt für Sie auf den Deutschen auf. Und für uns.« Rodolfo hob nervös lächelnd die Schultern.

Stamps gefiel das nicht, aber mehr konnte er da nicht rausholen. Er sah Peppi offen an. Zum ersten Mal schien der Italiener zu einem Zugeständnis bereit. »Hector, sag ihm, ich gebe ihm mein Wort, dass dem Burschen nichts passieren wird, bis Nokes hier ankommt. Birdsong spricht Deutsch. Sag ihm, ich verspreche ihm, dass ich Birdsong mit ihm reden lasse, bevor wir ihn mitnehmen.«

Stamps hatte keine Ahnung, wie er Nokes dazu bringen könnte, seinem Plan zuzustimmen, aber mehr war nicht zu machen. Entweder das, oder eine Schießerei mit den Partisanen riskieren; und wenn er Peppis versteinerten Blick und seine abgebrühte Truppe sah, hatte Stamps das deutliche Gefühl, dass das keine besonders gute Idee wäre.

Peppi zog Stamps und Bishop beiseite, außer Hörweite der anderen. Er redete bedächtig auf Hector ein, und der übersetzte. »Er sagt, wir sollen ihn nachts scharf bewachen. Es könnte sein, dass jemand ihn töten will.«

»Vielleicht er selbst«, sagte Stamps sarkastisch.

Peppi lächelte gequält und wedelte beim Sprechen mit dem kleinen Finger. »Ich bin kein Bandit. Ich bin kein SS-Mann«, sagte er leise. »Ich töte nicht einfach so. Bewachen Sie ihn gut.« Peppi sah nach dem Deutschen, und Stamps hatte den Eindruck, dass der junge Partisan zu einem Entschluss zu kommen versuchte.

Schließlich wandte er sich ab und ging, gefolgt von seinem kleinen Trupp; sie bewegten sich auf den Hang zu, von dem sie gekommen waren. Nur Rodolfo blieb zurück.

Stamps wartete nicht, bis sie außer Sicht waren. Er scheuchte seine drei Männer ins Haus, postierte Bishop in Ludovicos Wohnzimmer bei dem Deutschen und dem Partisanen und stellte Train und Hector an zwei Fenstern auf. Als das geregelt war, rief er Hector in die Küche. Sie sprachen leise miteinander. Hector nickte und ging ins Schlafzimmer, wo Train an dem Fenster zur Gasse hin postiert war. Der Riese stand dort, sein Gewehr mit dem Lauf nach oben auf den Boden gestützt, und sah den Partisanen nach, die langsam den Hang hinaufstiegen und schließlich verschwanden. Es schneite jetzt noch stärker. Der Junge sprang auf Ludovicos Bett, gluckste vor Vergnügen und wälzte sich glücklich auf der besten Wolldecke des alten Mannes herum.

»Diesel, Stamps will, dass ich mit dem Jungen rede.«

Der Riese schwieg. Er starrte bedrückt in das Schneetreiben hinaus und dachte an seine Zukunft. Wenn Nokes kam, hieß das, sie mussten zum Stützpunkt zurück, und wo sollten sie dann den Jungen lassen? Wenn Train die richtigen Worte fand, erlaubte der Captain ihm vielleicht, den Jungen zu behalten. Train hatte keine Ahnung, was Captain Nokes für einer war. Bis heute hatte er kaum einmal den Namen dieses Mannes gehört. Hatte sich nie dafür interessiert. Er hatte es immer sinnlos gefunden, die Namen der weißen Captains auswendig zu lernen, weil sie so schnell wechselten und sowieso alles befolgt werden musste, was sie sagten. Ihnen schien es nichts auszumachen, dass er nie ihre Namen wusste. Er brauchte nur lächelnd »Ja, Sir« oder »Nein, Sir« zu sagen, das reichte ihnen schon. Sie mochten ihn. Das sagten sie ständig. Er sei ein »guter Neger«, sagten sie. Das war für ihn keine Beleidigung. Für ihn war das kein Grund zur Aufregung, wenn immer nur Weiße Befehle erteilten und den Schwarzen sagten, was sie zu tun hatten. So war das schon sein ganzes Leben lang gewesen.

Aber das hier war etwas anderes. Zum ersten Mal war ihm etwas wichtig. Zu Hause war ihm alles gleichgültig gewesen, die Maultiere des alten Parson ebenso wie die Baumwolle, die seine Mutter auf ihrem gepachteten Land pflückte, bis ihr die Finger bluteten; der Vater, den er nicht kannte, ebenso wie die baufällige Hütte, die ihnen nicht gehörte; die Armee ebenso wie die Regeln der Weißen. Nichts davon hatte ihm etwas bedeutet. Sie steckten ihn in eine Uniform und ließen ihn darin herumlaufen, und das war in Ordnung, denn dafür bekam er fünfundvierzig Dollar im Monat. Zweiundfünfzig Sonntage im Jahr, einundzwanzig Jahre lang – sein ganzes Leben lang – hatte man ihm eingeschärft, dass nicht einmal sein eigenes Leben ihm selbst gehörte. Es gehörte Gott. Anders als seine Mutter und seine Großmutter hatte er keinen Menschen, keinen Ort, kein Land, gar nichts, was ihm etwas bedeutete – außer jetzt diesem kleinen Jungen hier. In ihm sah er Land, ganze Ländereien, eine Farm in Mount Gilead, North Carolina: Dort würde er mit Maultieren den Pflug ziehen und den Jungen von der Schule abholen, und der Junge würde zu einem weißen Mann heranwachsen, und da er weiß war, würde niemand ihm Vorschriften machen. Mit seinem beschränkten, schwerfälligen Verstand nahm Train die unüberwindlichen Mauern zwischen seinen Träumen und der Wirklichkeit gar nicht wahr, die Jahrhunderte alten, versteinerten, betonharten, stählernen Vorurteile, die ihn in Amerika erwarteten. Dieser Junge war ein Wunder. Ein Engel. Engel hatten keine Hautfarbe. Der Junge war das Christkind. Das sagten alle. Alle hatten das Christkind gern. Der Junge war wie er. Er war niemand. Er war unsichtbar.

Train starrte aus dem Fenster. Er bewegte sich unruhig. »Die denken alle, der sieht nichts, Hector. Aber er sieht alles. Das weiß ich.«

»Ich weiß, Mann.«

»Meinst du, ich muss ihn zurückgeben?«

»Keine Ahnung, Diesel, aber ich muss mit ihm reden.«

»Tu das.«

Hector setzte sich aufs Bett und nahm einen Schoko-riegel seiner D-Ration aus der Tasche. »*Cioccolato?*«, fragte er.

Das Kind hüpfte weiter auf dem Bett herum, ohne ihn zu beachten.

»Diesel, ich brauch deine Hilfe, Mann.«

Train kam heran, setzte sich aufs Bett, und der Junge ließ sich auf seinen Schoß fallen. Train klopfte ihm zwei-mal auf die Brust.

»Ich heiße Angelo«, sagte der Junge auf Italienisch zu Hector.

»Wo kommst du her?«

»Weiß ich nicht.«

»Erinnerst du dich an den Mann in der Uniform?«

»Da waren viele.«

»Ich meine nur den einen. Den auf dem Hügel. Der in der Küche geweint hat.«

Das Gesicht des Jungen verfinsterte sich. »*Sì.*«

»Was hat er dir eben auf dem Hügel erzählt?«

»Dasselbe, was er mir vorher erzählt hat.«

»Vorher?«

»Vorher. Vor der Kirche. Bei dem Feuer.«

»Bei welchem Feuer?«

»Als die Kirche gebrannt hat.«

»Wo sind deine Eltern?«

Der Junge schwieg.

»*Dove mama?*«

Der Junge rollte sich zu einem kleinen Knäuel zusam-men. Train winkte Hector weg. »Ist gut, Hec, lass ihn in Ruhe.«

»Nur noch eins«, sagte Hector. »Stamps hat mich gebeten, ihn das zu fragen. Nur noch eins.«

Er beugte sich dicht über den Jungen. »Was hat der
Soldat dir eben auf dem Hügel erzählt?«

»Dasselbe, was er mir vorher erzählt hat«, wiederholte
Angelo.

»Was hat er dir denn vorher erzählt?«

»Dass ich wegrennen soll. So schnell ich kann.«

16
Nokes

Colonel Driscoll saß in seinem Zelt, er rauchte eine Zigarette und las im flackernden Licht einer Kerze seine Berichte. Die Meldung, dass die Deutschen vier Regimenter am Lama-di-Sotto-Pass zusammenzogen, elftausend Mann – plus vier Panzerkompanien mit zweihundert italienischen Zivilisten als Munitionsträger –, wurde bestätigt von einer zweiten britischen Luftaufnahme und einem Carabiniere aus der Gegend. Aber sie hatten noch keinen einzigen deutschen Gefangenen gemacht. Die Deutschen hielten sich offenbar zurück und schickten keine Spähtrupps aus, sie konzentrierten ihre Kräfte; er selbst würde das an ihrer Stelle auch so machen. Der Gefangene, den sie in Bornacchi hatten, war wichtig. Driscoll drehte sich um und wies seinen Sergeant an, der hinter ihm stehend auf Befehle wartete, den Gefangenen direkt nach seiner Ankunft ins Hauptquartier zu bringen.

»Die können ihn nicht hierher bringen«, sagte der Sergeant.

»Warum?«

»Zwischen uns und ihnen sind Patrouillen unterwegs, und die Partisanen, die ihn haben, wollen ihn nicht hergeben.«

»Holen Sie mir Nokes.«

Driscoll hatte Nokes schon früher losschicken wollen, aber der Alte, General Allman, hatte die Sache aufgeschoben. »Wir müssen uns erst sicher sein, dass es das Risiko wert ist«, hatte Allman gesagt. »Wozu noch mehr Männer in Gefahr bringen, solange wir nicht sicher sind, dass unsere Informationen sauber sind?« Aber jetzt konnten sie nicht mehr warten.

Nokes trat ein. Als Driscoll seinen ledrigen Hals und seine grauen Haare sah, wünschte er plötzlich, er hätte Captain Rudden holen lassen, denn Rudden war ein fähiger Mann, aber den zu verlieren, seinen besten weißen Captain, dieses Risiko wollte er nicht eingehen. Außerdem war Lieutenant Birdsong Nokes' Stellvertreter, und Birdsong war ziemlich gut. Der hatte Verstand. Driscoll entging durchaus nicht die Ironie, dass er ausgerechnet auf den schwarzen stellvertretenden Kommandeur angewiesen war, um diese Rettungsaktion durchzuziehen. Der Krieg, stellte er fest, brachte ihm alle möglichen neuen Tricks bei. Kurz erwog er, Birdsong zum Captain zu befördern, verwarf das aber gleich wieder. Das würde auf zu viel Unverständnis stoßen, besonders bei General Allman, der nichts davon hielt, dass Schwarze oder gar Weiße von Schwarzen kommandiert wurden.

»Nehmen Sie Lieutenant Birdsong und vier Mann in zwei Jeeps und holen Sie unsere Leute und den Gefangenen hierher«, sagte Driscoll.

Er sah Angst in Nokes' Miene aufflackern. »Können wir uns die Informationen nicht einfach per Funk durchgeben lassen, Sir? Wenigstens bis das Wetter sich aufgeklart hat? Birdsong spricht Deutsch.«

»Ich soll Birdsong mit dem Deutschen Funkkontakt aufnehmen lassen, damit er ein bisschen plaudern und dem Feind verraten kann, was wir wissen? Ist das Ihr Ernst?«

Driscoll sah Nokes an, wie unbehaglich er sich fühlte. Es war aber auch zu dumm, dachte er. Der Division fehlten Leute. Es kam kaum noch Ersatz. Die Armee hatte nicht damit gerechnet, dass die Schwarzen alle zusammengeschossen würden. Man hatte die Stärke der Deutschen in Italien unterschätzt. Es gab keine schwarzen Soldaten mehr, die nachrücken konnten, einmal abgesehen vom 366. Regiment, einer hartgesottenen, gut ausgebildeten Einheit der Nationalgarde, aber auch die hatten schwere Verluste hinnehmen müssen und waren entsprechend demoralisiert. Deren Kommandeur, Colonel King, hatte – in Driscolls Augen eine Schande – frustriert gekündigt, mit der Begründung, Allman wolle keine schwarzen Kommandeure haben. Aber jetzt war Krieg, und niemand hatte Zeit, sich mit den Forderungen der Schwarzen herumzuschlagen. Und außerdem hatte Nokes Mist gebaut. Das würde er wieder gutmachen müssen. Sie mussten wissen, wo sie ihre stärksten Regimenter aufzustellen hatten, wenn die Deutschen kämen. Andernfalls würden sie zurückgedrängt oder gar überrannt.

Driscoll sah, wie Nokes besorgt den schneeverhangenen Himmel draußen vor dem Zelt betrachtete. Er sagte ruhig: »Diese vier Männer sind jetzt seit neun Tagen da oben, mit wenig Vorräten und Munition. Die haben es geschafft. Da werden Sie es mit sechs Leuten auch schaffen.«

Nokes salutierte, machte auf dem Absatz kehrt und ging.

Colonel Driscoll setzte sich an seinen Schreibtisch und starrte in die Kerzenflamme. Er hatte noch ein größeres Problem, ein persönliches Problem, das beinahe genauso schlimm war: Am Morgen hatte er telegrafisch

Nachricht erhalten, dass General Allmans einziger Sohn in Frankreich gefallen war.

Driscoll legte das Telegramm vor sich auf den Schreibtisch und versuchte klar zu denken. Nichts in seinem Leben hatte ihn auf diesen Augenblick vorbereitet. Als frommer Katholik empfand er plötzlich den heftigen Wunsch, seine Sünden zu beichten und davon losgesprochen zu werden, denn obwohl Allman Rassist war, hatte er ihn sehr gern. Daran kam er nicht vorbei, auch wenn sie beide grundverschieden waren. Er war Yankee, Allman war Südstaatler. Er hatte West Point absolviert. Allman kam vom Virginia Military Institute, ein gerade mal anderthalb Meter großes Temperamentbündel mit blauen Augen und zwei wütenden Fäusten. Ständig musste Driscoll zwischen Allman und den Schwarzen vermitteln, deren Hass auf Allman keineswegs grundlos war. Er war streng. Er war hart. Er fasste sie nicht gerade mit Samthandschuhen an. Er nahm keine Rücksicht auf ihren Stolz, und mehr noch, er duldete ihn nicht. Er nahm sich manches gegen sie heraus. Sein Drill war die Hölle. Er hatte was gegen schwarze Offiziere. Jeder Ungehorsam wurde schwer bestraft. Er stellte klar, dass er auf dem Schlachtfeld jedem, der sich feige benahm, egal ob schwarz oder weiß, eine Kugel in den Kopf schießen werde.

Und doch mochte und verteidigte er die Schwarzen, so sehr er sie auch verachtete. Wie konnte man bestimmte Leute mögen und gleichzeitig hassen? Driscoll hatte Allman gesehen, wie er nachts allein die hohen Verlustzahlen studierte, mutlos, Brandy trinkend, stinksauer auf die Presse, auf Eleanor Roosevelt, auf das Ausbleiben der Marineunterstützung für die 92., auf General Park, seinen

Vorgesetzten, der die Fünfte Armee kommandierte und sich in jeder Hinsicht von Allman unterschied. Park hatte politische Ziele, die über den Krieg hinausgingen, Ziele, die ihm anscheinend wichtiger waren als das Leben von Allmans Männern, seinen »Jungs«, wie Allman sie nannte. Allman hasste Politiker fast ebenso sehr wie die Feiglinge unter seinen Soldaten. »Ängstliche Nigger«, höhnte er. Aber die Tapferen liebte er. Zeichnete sie aus. Schrieb Briefe an ihre Familien, auch wenn er dabei vor sich hinschimpfte, dass die sie wahrscheinlich gar nicht lesen konnten. Manchmal kümmerte er sich sogar selbst um die Toten. Er würde Nokes auf der Stelle degradiert haben, wenn er von der miesen Nummer erfahren hätte, die Nokes am Cinquale abgezogen hatte, seine Männer einfach im Stich zu lassen; eben deshalb hatte Driscoll ihm die Sache verschwiegen und seinen Leuten unter Androhung des Kriegsgerichts strengen Befehl erteilt, ebenfalls den Mund zu halten. So was war sinnlos, denn hinter Nokes warteten zehn andere weiße Captains, die genauso schlimm waren.

Keiner hier, ob weiß oder schwarz, konnte Allman verstehen. Sein ganzes Leben galt dem Krieg. Er würde auch das Leben seiner weißen Soldaten aufs Spiel setzen. Er hatte Driscoll, seinen eigenen Stabschef, mehrmals auf Patrouille geschickt. Er setzte Driscolls Leben, und auch sein eigenes, aufs Spiel, als er mit einem Jeep mit zwei roten Flaggen an die Frontlinie fuhr: Ebensogut hätte am Wagen ein Schild mit der Aufforderung »Schießt auf mich« hängen können. Die deutschen Artilleristen in den Bergen über ihnen, die regelmäßig jeden Amerikaner zusammenschossen, der sich nicht hinter Felsen oder Bäumen versteckte, müssen geglaubt haben, sie träumen, als sie den amerikanischen Jeep mit den zwei roten Flaggen und einem Weißen vorne drin die Landstraße 88 unweit von Seravezza entlangbrausen sahen. Die Deutschen waren nicht dumm. Sie wussten, dass die Weißen das Kommando führten. Sie feuerten auf den Jeep. Allmans Fahrer wurde getötet, doch Allman selbst unverletzt in den Graben geschleudert. Driscoll kam zu Ohren, dass mehrere schwarze Soldaten in Jubel ausbrachen, als sie davon hörten. Wütend versuchte er die Missetäter zu ermitteln, bekam aber auf seine Fragen höchstens ein Achselzucken zur Antwort. Die Schwarzen verstanden Allman nicht. Wenn es zum Kampf kam, war er nicht zu halten. Das lag ihm im Blut. Mit seiner Herkunft hatte das nichts zu tun. Er war ein Krieger und erwartete von allen anderen in seiner Umgebung, dass sie ebenfalls Krieger waren.

Und jetzt musste Driscoll dem alten Mann die Mitteilung machen, dass sein größter Krieger, sein größter Stolz, gestorben war.

Driscoll legte das Telegramm auf den Schreibtisch und versuchte klar zu denken. Es gab dafür keine einfache Lösung. Allmans Schwager war immerhin General Marshall, und der Junge hätte sich jeden beliebigen Kommandoposten aussuchen können, hatte sich aber den Wünschen seines Vaters gefügt. Sie hatten mehrmals darüber gesprochen. »Wer Kommandeur sein will, darf nicht bescheiden sein«, hatte Allman immer gesagt. »Entscheidungen treffen, die das Leben der Untergebenen kosten können, das kann für einen bescheidenen Menschen eine fast unerträgliche Belastung sein. Es braucht Selbstbewusstsein, Stolz, Zuversicht und innere Freiheit, seine Leute in gefährliche Situationen zu schicken und mit den sich daraus ergebenden Verlusten umzugehen. Deswegen soll mein Sohn zunächst einmal als Lieutenant bei den Schützen dienen. Er soll das ganze Spektrum des Krieges kennen lernen, ehe er in die höheren Ränge aufsteigt. Das wird einen besseren Kommandeur aus ihm machen.«

Jetzt wird nichts mehr aus dem besseren Kommandeur, dachte Driscoll bitter, und ich muss die Nachricht überbringen. Er nahm das Telegramm in die Hand, faltete es, schob es sich in die Brusttasche und schritt zu Allmans grünem Kommandowagen, der nicht weit vom Zelt des Hauptquartiers unter ein paar Bäumen abgestellt war. Er klopfte leise an und trat ein.

Allman saß an seinem Schreibtisch. Vor ihm lagen vier Karten, und die Colonels der Regimenter 370 und 365 spähten ihm über die Schulter. Driscoll fragte, ob er ihn in einer dringenden Angelegenheit unter vier Augen sprechen könne.

Allman sah von seinem Schreibtisch auf, und der harte Blick seiner blauen Augen traf Driscoll wie ein Geschoss. »Wir sind hier mit der Planung eines Angriffs beschäftigt«, knurrte er.

»Es ist dringend«, beharrte Driscoll.

Allman schickte die Colonels aus dem Wagen. Driscoll wartete, bis die Tür geschlossen wurde, dann reichte er Allman das Telegramm. Allman schlug es auf und hielt es unter die zwischen den Karten stehende Tischlampe.

Das strenge, von tausend Schlachten und Millionen katastrophalen Einsatzberichten gegerbte Gesicht des Generals verzog sich, als er den Text überflog, zu einer Miene ungläubiger Verzweiflung. Steif saß er da, hielt das Papier unter die Lampe und starrte es ausdruckslos an.

»Weiß meine Frau es schon?«, fragte er.

»Ja. Ihre Tochter auch.«

Allman schwieg, regungslos, das Telegramm in der Hand.

»Soll ich den Arzt holen, dass er Ihnen was gibt?«, fragte Driscoll leise.

Allman starrte lange vor sich hin, die Tischlampe schien ihm ins Gesicht. Dann schirmte er die Augen mit beiden Händen ab, als versuche er etwas in der Ferne zu erkennen.

»Nein. Ich möchte nur schlafen. Keine Störung bis morgen Früh.«

Driscoll schwankte, die Spannung zwischen seinen Schläfen krampfte sich zu einem Knoten.

»Heute ist der zweiundzwanzigste Dezember. Wir haben noch knapp vierzehn Stunden bis zum Angriff der Deutschen. Wenn wir angreifen wollen, bleiben uns noch sechs Stunden. Wenn Sie wollen, kann ich Brigadegeneral Birch mit der Sache beauftragen«, sagte Driscoll. Er wusste, dass Allman Birch nicht traute. Birch war ein seltsamer Mensch. Junggeselle. Mittelmäßiger Soldat. Als Stratege kaum zu gebrauchen. Sein Anspruch auf Ruhm gründete sich darauf, dass er einen Soldatenchor leitete. Driscoll wusste, was Allman sagen würde.

Allman schien weit weg zu sein. Den Kopf in den Händen, stöhnte er auf und sagte: »Geben Sie mir eine Stunde.«

Driscoll trat aus dem Wagen und fand sich im geschäftigen Treiben des Stützpunkts wieder. Er blieb noch kurz an der Tür stehen, dann wandte er sich seufzend ab und blickte in das Hin und Her der Panzer und Soldaten. Und dann, immer noch oben auf der Treppe zu Allmans Wagen, sah er jemanden eilig mit einer Schreibmaschine davongehen.

»Captain Nokes!«

Nokes drehte sich um, kam heran und salutierte. Sein ledriges Gesicht hatte den Ausdruck eines jungen Hundes, den man beim Zerkauen eines Schuhs erwischt hat.

Driscoll wies auf die Schreibmaschine. »Wozu brauchen Sie die?«

»Muss neue Strümpfe für die Männer anfordern, bevor wir aufbrechen. Schützengrabenfuß, Sir.«

»Wollten Sie sich bei der Gelegenheit auch einen Hamburger und Malzmilch kommen lassen?«

Nokes bekam einen roten Kopf. »Nein, Sir.«

»Worauf warten Sie eigentlich noch?«

»Habe nur gedacht, wir sollten noch eine Stunde oder so warten, bis es aufgeklart hat, Sir.«

Driscoll spürte, wie die Wut ihm ins Gesicht stieg. »Lassen Sie auf der Stelle diese verdammte Schreibmaschine fallen. Trommeln Sie Ihre Leute zusammen, nehmen Sie zwei Jeeps und setzen sich endlich in Bewegung. Und lassen Sie sich nicht wieder hier blicken, bevor Sie Leichen, Hundemarken oder einen Deutschen oder alles drei zusammen aufgesammelt haben.«

Die Schreibmaschine platschte in den Schneematsch, und Nokes salutierte, drehte sich um und stapfte los. Driscoll sah ihm nach und konnte sich kaum beherrschen, ihm einen Tritt in den Arsch zu geben.

17
Hector

Der Geschützdonner hatte nachgelassen, aber Stamps
war klar, die Deutschen legten nur eine Pause ein. Was
auch immer auf sie zukam, es kam von beiden Seiten des
Serchio-Tals. Noch einen halben Tag, und die Granaten,
die jetzt nur die umliegenden Bergflanken bedrohten,
würden bald auf sie niedergehen; sie mussten weg von
hier, zumal die feindlichen Soldaten bald nachrücken
würden. Er stand im Zentrum des Dorfs und sah die
Leute teilnahmslos hin und her gehen.

Da der Beschuss von oben und von beiden Seiten kam
und sie sich in der Mitte befanden, mussten sie sich entscheiden, welche Richtung in die Berge hinauf sie ein-
schlagen sollten. Wohin sollten sie fliehen? Wenn er sich
bloß in den Wäldern hier auskennen würde. Er beschloss,
den Partisanen zu vertrauen, auch wenn das ein Risiko
war. Er wusste, nicht alle waren vertrauenswürdig. Angeblich waren sie offiziell vom Auslandsnachrichtendienst anerkannt und hatten entsprechende Papiere bei
sich. Ebenso gut konnten sie aber auch italienische Soldaten sein, oder Spione, Faschisten oder einfach nur Banditen, die sich auf die jeweils überlegene Seite schlugen,
gleichgültig, ob das Deutsche oder Amerikaner waren.
Auch das hatte er schon erlebt. Aber jetzt war keine Zeit
für solche Überlegungen. Der Italiener mit den großen
Ohren hielt Wache vor Ludovicos Haus, in dem der Ge-

fangene war. Stamps rief ihn zu sich. »Gehen Sie auf den Hang« – er zeigte nach Westen – »und stellen Sie fest, ob da Deutsche sind.«

Stamps musste den Befehl mehrmals wiederholen, da der Mann kein Englisch sprach, aber nach einigen Versuchen in Zeichensprache hatte er begriffen; er nickte und machte sich auf den Weg. Stamps sah ihm nach, wie er den Berg hinterm Dorf hinaufstieg. Etwas an dem Burschen gefiel ihm nicht, aber er hatte jetzt keine Zeit, darüber nachzudenken.

Als er den Hang hinaufstieg, spürte Rodolfo den Blick des Amerikaners in seinem Rücken wie das Zielfernrohr eines Heckenschützen. Der amerikanische *tenente* ist schlau, dachte er. Jetzt musste er besonders vorsichtig sein. Diese schwarzen Amerikaner hätten beinahe alles kaputtgemacht. Und sie waren auch bloß aus Versehen hier gelandet! Hatten sich verlaufen. Das hatte der Spanischsprechende selbst gesagt. Rodolfo verfluchte sein Pech. Er hätte schreien mögen, wenn er daran dachte. Er blieb kurz stehen und atmete tief durch, um sich zu beruhigen. Noch war nichts verloren. Dann stieg er weiter den Hang hinauf, bis der *tenente* nicht mehr zu sehen war.

Vereinzelte Schüsse kamen immer noch von den Hängen im Westen und schlugen in die Felsen auf der anderen Talseite ein, aber das machte Rodolfo keine Sorgen. Er war nicht in Gefahr. Aber kalt war ihm. Er bewegte sich auf eine breite Spalte zu, umging sie vorsichtig auf einem vereisten, halbmeterbreiten Vorsprung und erklomm dann einen Felsen, von dessen Spitze aus er die Hänge gegenüber gut würde überblicken können. Mit den Füßen jeden Halt ausnutzend, zog er sich hoch, und oben angekommen, legte er sich auf den Bauch. Von da oben hatte er das ganze Serchio-Tal im Blick, bis hin zum Schlafenden Mann. Einige Sekunden lang blieb er reglos so liegen und wartete, dass seine Augen sich an die Sonne gewöhnten, die ihm direkt ins Gesicht schien. Er rechnete damit, vier oder fünf deutsche Spähtrupps zu sehen, die sich den Monte Forato hinunter zum Lama-di-Sotto-Pass bewegten, gefolgt von ein oder zwei Artilleriekompanien. Bei dem Anblick, der sich ihm stattdessen bot, machte sein Herz einen Sprung. Ihm stockte der Atem.

Die weiß verschneiten Wege unterhalb des Monte Forato waren schwarz von deutschen Soldaten, zu Tausenden kamen sie da vom Auge des Schlafenden Mannes her, stolperten und rutschten unbeholfen den Hang hinab zum Lama-die-Sotto-Pass, über den es ins Serchio-Tal ging, nach Bornacchi und den anderen Dörfern. Es waren so viele, dass vom Schnee nichts mehr zu sehen war, und sie hatten Achtundachtziger dabei, Kanonen und schwere Artilleriegeschütze, gezogen von Pferden, Maultieren und Zivilisten; und diese Masse von Menschen und Maschinen bildete einen Halbkreis von gut anderthalb Kilometern Durchmesser, so dass die Flanke, wenn sie den Pass überschritten hätten und ins Tal strömten, sich über mehrere Kilometer erstrecken und den Deutschen die von ihnen bevorzugte Zangenbewegung ermöglichen würde. Das waren mehr, als er zuletzt gesehen hatte. Mehr, als er als Priester verkleidet den Amerikanern berichtet hatte. Zehn- bis zwölftausend, schätzte er. Und näher, als er gedacht hatte.

Noch immer auf dem Bauch liegend, zog Rodolfo sich von der Felskante zurück. Dann sprang er auf die Füße und trat den Rückweg an. Beim Abstieg nach Bornacchi sah er, dass Stamps an der Mauer bei Ludovicos Haus stand und ihn beobachtete. Und neben Stamps stand Renata.

Rodolfo ging zu ihnen und wich dem gespannten Blick des *sottotenente* aus. Renata fragte nervös: »Was hast du gesehen?«

Rodolfo zuckte mit den Schultern. »Nichts«, sagte er. »Die müssen aus der anderen Richtung kommen.«

Renata übersetzte das für den *sottotenente*, und der bedankte sich mit einem vorsichtigen Nicken und wies mit dem Kopf nach dem Deutschen. »Jetzt können Sie wieder Ihren Freund bewachen«, sagte Stamps. Rodolfo ging zum Haus zurück; der Deutsche saß vor der Tür, wo Stamps ihn hingesetzt hatte, damit er gut zu sehen war. Wieder spürte er den bohrenden Blick des *sottotenente* in seinem Rücken.

Stamps und Renata beobachteten, wie Rodolfo es sich auf den Stufen vor Ludovicos Haustür bequem machte.

»Mit dem stimmt was nicht«, sagte Renata.

»Mit wem?«

»Dem da«, sagte sie und zeigte auf Rodolfo. »Er hat Angst. Ich glaube, er hat Angst vor Ihnen.«

»Der braucht vor nichts Angst zu haben, solange er mir kein Geld schuldet. Und selbst dann ... verdammter Mist.« Genau deswegen waren sie ja überhaupt hier: Weil Train Bishop Geld schuldete. Stamps fragte sich, ob er Train auch gefolgt wäre, wenn Bishop nicht vorangegangen wäre. So was Lächerliches. Er wandte sich an Renata, ermahnte sich, ihr nicht in die Augen zu sehen, und starrte über sie hinweg ins Leere. Ihre Schönheit schien alles zu überdecken. Ihm fiel auf, dass sie heute ein anderes Kleid trug, ein noch hübscheres als am Abend zuvor.

»Wir gehen wahrscheinlich nach Westen. Von da wird

am wenigsten geschossen. Ihr könnt alle mit uns kommen.«

»Wer?«

»Alle, die mitkommen wollen. Das ganze Dorf. Evakuieren. Wir müssen das Dorf evakuieren.«

»Niemand wird mitgehen«, sagte sie schlicht.

»Warum?«

»Sehen Sie sich um«, sagte sie.

Das tat er. Die Leute im Dorf gingen ungerührt ihren alltäglichen Verrichtungen nach, obwohl der Geschützdonner in der Ferne wieder zugenommen hatte. Er konnte es nicht fassen. »Die spinnen«, sagte er.

»Spinnen?«

»Die sind verrückt. *Pazzi.*«

»Wo sollen sie denn hin? Die Leute, die nach St. Anna geflüchtet sind, haben gedacht, da seien sie in Sicherheit. Jetzt sind sie alle tot. Es gibt keinen sicheren Ort.«

»Woanders schon«, sagte Stamps. »Forte dei Marmi. Viareggio. Lucca.«

Renata zuckte die Schultern. Stamps musste zugeben, sogar diese Bewegung war schön. »Sie können ja da hingehen, wenn Sie wollen«, sagte sie.

Stamps schnaubte. »Um mich mach dir mal keine Sorgen, Schätzchen. Wenn's losgeht, nehm ich den nächsten Zug und hau ab.«

Sie verstand nicht, was er da sagte. Es fiel ihr schwer, seinem amerikanischen Englisch zu folgen, aber als sie ihn jetzt ansah, begriff sie immerhin ungefähr, was er meinte. Er war kein Mann, der um den heißen Brei herumredete. Er war stark, groß, offen, ehrlich. Sie sah in sein kastanienbraunes Gesicht, betrachtete seine langen Arme, seine breiten Schultern, die schlanken dunklen

Finger, mit denen er sich jetzt den Schnee von der Nase wischte, die kupferfarbenen Augen, die die Berghänge hinter ihr absuchten. Sie sah, sein grimmiger Blick und seine stets gerunzelte Stirn verbargen einen im wesentlichen schüchternen Menschen, der mindestens zehn Jahre jünger war als sie – ein Mensch mit klaren Zielen, der die Last der Verantwortung für die anderen trug. Er faszinierte sie ebenso wie Bishop, auch wenn Bishop mit seinem Humor, seinem lauten Lachen und seiner kühlen Art, das Leben anzugehen, einen eher unbekümmerten Eindruck machte. Bishop lachte über alles, über die Italiener, sich selbst, die üble Lage, in der sie steckten. Und er scheute sich nicht, die Frauen anzufassen, scheute sich nicht, mit ihnen zu flirten, scheute sich nicht, auf das Verbotene anzuspielen. Ihre Freundin Isoela sagte, Bishop habe versucht, sie zu küssen, und nicht nur das – und die Vorstellung, wie Bishop seine warmen dunklen Hände auf ihr spielen ließ, sie in die Arme nahm und streichelte und nach einem ungestörten Plätzchen Ausschau hielt, diese Vorstellung fand Renata ungeheuer aufregend. Renzo, ihr Mann, war schon lange weg, und obwohl sie wider alle Hoffnung hoffte, dass er noch lebte, hatte sie sich in letzter Zeit öfter bei dem Gedanken ertappt, dass Renzo als Liebhaber nicht besonders aufregend gewesen war. Er hing zu sehr an seiner dummen Mutter, Gott hab sie selig. Italienische Männer waren nun einmal so, nahm sie an, dabei hatte sie außer ihm noch gar keinen anderen gehabt, und Ausländer hatte sie bisher kaum welche gesehen, nur ein paar weiße Amerikaner in Florenz und jetzt diese Schwarzen hier, die nichts mit dem Bild gemein hatten, das sie bis dahin von Amerikanern gehabt hatte.

Nachts lag Renata allein und zitternd vor Kälte in ihrem Bett und dachte über diese Männer nach: den gewandten, immer müden Spanischsprecher; den schweigsamen, sanftmütigen Riesen mit dem seltsamen Statuenkopf, der sich bewegte, als trüge er Berge auf seinen gewaltigen Schultern; Bishop mit dem breiten Grinsen und den leuchtend weißen Zähnen; und Stamps, den Hübschesten von ihnen, eine dunkle, grüblerische, nachdenkliche Blume. Stamps mochte sie am meisten, stellte sie fest. Wenn sie ihn beobachtete, dachte sie an einen Kastanienbaum im Schnee, eine Skulptur von Donatello in weißer Umgebung, und seine Augen überzogen sie mit diesem warmen, ewigen Braun wie Kakao, seine langen Arme streckten sich ihr schützend entgegen wie Äste. Sie konnte sich nicht vorstellen, dass er Menschen töten konnte. Immer wenn sie in seiner Nähe stand, geriet sie in eine Aufregung wie schon seit Jahren nicht mehr, dabei hatten sie bisher insgesamt nur ein paar Worte gewechselt. Sie war sich nicht sicher, ob ihre starken Gefühle daher kamen, dass er Ausländer war, oder weil er verlässlicher schien als Bishop, der sie ebenfalls beinahe unwiderstehlich anzog. Sie sagte sich, sie sei doch nur ein Mädchen vom Lande, und ganz gegen ihre Intuition und auch gegen ihre Natur hätte sie ihn am liebsten mit Fragen gelöchert – wo er herkam, was seine Mutter für eine Frau war, wo er aufgewachsen war.

»Ihr Schwarzen scheint mir anders zu sein als andere Amerikaner«, sagte sie. »Wie kommt das?«

Sie sprach die Frage in dem Moment aus, als Bishop aus Ludovicos Haus kam, um nach dem feindlichen Feuer zu sehen und sich zu erkundigen, was Stamps jetzt vorhabe.

»Hast du gehört?«, fragte Bishop und sah Stamps kichernd an. »Die kennt uns noch keine Woche, und schon stellt sie Fragen wie Mary McLeod Bethune.« Stamps ging mit Schweigen über die Bemerkung hinweg. Bishop wandte sich an Renata. »Wir sind gar nicht so anders als die«, sagte er. »Anders sind wir nur da, wo es am meisten zählt.«

»Und wo ist das?«, fragte sie. Sie fragte sie beide, wollte die Antwort aber nur von einem. Stamps machte innerlich zu, als sie ihn so offen ansah.

Es war die erste persönliche Frage, die sie ihm gestellt hatte, und er hätte ihr nur zu gern geantwortet. Das hier war eine ausgewachsene Frau, eine richtige Frau, keins von den jungen Mädchen, die Stamps aus seiner Heimat kannte, schwarze Mädchen, die in ihren langweiligen pfirsichfarbenen Hüten und unauffälligen Kostümen und weißen Handschuhen aus der Kirche kamen und über die Jack & Jill-Gesellschaft plauderten, welche braune Papiertüten austeilte, mit denen man die eigene Hautfarbe testen sollte, ob sie hell genug war, um dort aufgenommen zu werden. Sie war nicht wie die distanzierten Kellnerinnen, die ihn in Washington mit einer Mischung aus Angst und Verachtung über den Tresen hin angestarrt hatten, wenn sie ihm eine Tasse kalten Kaffee hinschoben, die schlampigen Kleider in der Taille zugeknotet, die langen Haare zu einem Knoten hochgebunden, die Haut auf ihren Gesichtern straff gespannt wie Plastikfolie um ein altes Stück Rindfleisch. Eher glich sie den schönen, kultivierten jungen Frauen, die bei Lerner's in der Kosmetikabteilung arbeiteten: Die rochen nach Parfüm und duftenden Ölen, trugen hautenge Kleider mit dicken, lässig gebundenen Ledergürteln um ihre schlanken Hüften, und ihre schmalen, zierlichen weißen Füße steckten in winzigen schwarzen Stöckelschuhen. Sie standen hinter ihrem schimmernden gläsernen Verkaufstisch und warfen ihm verstohlene Blicke zu, wenn er, ein hungriger Collegeschüler, die langen Arme und Beine in einen billigen grünen Woolworth-Anzug gezwängt, mit erhobenem Kopf an ihnen vorbeischlenderte, heftig bemüht, Würde und Fassung zu bewahren und seine Enttäuschung darüber zu verbergen, dass er wieder einmal keinen Job als Verkäufer bekommen hatte. Er stellte sich Renata hinter der Parfümtheke vor, leuchtend schön und duftend: Ihre schönen Brüste hüpften auf und ab wie junge Hunde, sie lächelte ihn an, so wie sie es jetzt tat, so neugierig und gespannt. Er stellte sich vor, wie sie nach Ladenschluss vor dem Kaufhaus stand, zusammen mit den anderen Parfümverkäuferinnen, die darauf warteten, von ihren Freunden oder Ehemännern abgeholt zu werden, und dann stellte er sich vor, wie er selbst in einem neuen Packard vorfuhr, sich über den Beifahrersitz beugte und ihr die Tür aufmachte, und wie sie zu ihm hineinglitt, eine erwachsene Frau, eine weiße Frau, der feuchte Traum aller Nigger, eine Frau, wie er sie im Kino gesehen hatte, Ava Gardner, Betty Boop, so eine Frau, und wie sie beide dann heimfuhren, ins Haus stürzten, wie sie ihre Schuhe wegschleuderte, ihr Kleid, ihre Unterwäsche, und wie sie dann aufs Bett fielen und er in ihrem feuchten Unterleib versank, als gebe es kein Morgen.

Dann aber sah er sich Hand in Hand mit ihr durch die Straßen in seinem Viertel gehen, sah die Häme und die bösen Blicke seiner schwarzen Nachbarn, die vor ihm zurückwichen, und er wusste, er war ein toter Mann oder verrückt oder beides, sah sich im nahen Richmond, Virginia, an einem Kirschbaum hängen, den Magen mit Die-

selöl vollgepumpt und das Gesicht mit heißem Teer beschmiert, und ein weißer Mob steckte seinen benzinge-
tränkten Körper in Brand, und da explodierte sein Traum
wie eine Granate, und jetzt hörte er wieder das Prasseln
der Geschosse und spürte die eisige toskanische Winter-
luft in seinem Gesicht, und die weiße Wirklichkeit all dessen ließ sein Inneres erstarren. Nur ein törichter Besser-
wisser wie Bishop konnte solchen Träumen nachhängen.
Bishop würde sein Ding in den Lauf einer abgesägten
Schrotflinte stecken, wenn er wüsste, dass ihn am anderen
Ende Vergnügen erwartete. Bishop konnte mit Frauen reden. Plötzlich wurde Stamps bewusst, dass er eifersüchtig
auf Bishop war. Und hasste ihn nur um so mehr.

»Es gibt keinen Unterschied«, sagte er barsch, »zwischen Weißen und Schwarzen. Bei uns zu Hause sind wir
alle gleich.« Etwas anderes fiel ihm nicht ein.

Er sah Bishop grinsen, als Hector auftauchte. »Hector,
du kommst gerade richtig«, sagte Bishop. »Der Lieutenant hier hält einen Gratisvortrag über Onkel Tom.«

Stamps hörte darüber hinweg. Die Dorfbewohner
kehrten nach und nach in ihre Häuser zurück. Der ferne
Geschützdonner hatte wieder nachgelassen, und aus den
Augenwinkeln sah er den Italiener bei dem Deutschen
stehen, der neben Ludovicos Haus auf dem Boden saß.
Der Deutsche hatte sich nicht bewegt. Apathisch saß er
da, zeigte keine Regung; wahrscheinlich wartete er auf
seinen Tod, dachte Stamps. Zu viel geschah zur gleichen
Zeit. Mit diesem Italiener, der ihn bewachte, stimmte was
nicht.

Stamps wandte sich an Bishop und Hector und wies
mit dem Kopf nach dem Italiener. »Ich traue ihm nicht«,
sagte er.

»Ach, bleib doch mal auf dem Teppich«, sagte Bishop. »Der ist auf unserer Seite.«

»Ich traue ihm trotzdem nicht.«

Renata sagte: »Er hat nur Angst. Er ist hier aus der Gegend. Ich kenne ihn.«

»Von mir aus kann er auch Eleanor Roosevelt sein«, sagte Stamps. »Ich traue ihm trotzdem nicht. Die Krauts decken uns von der übernächsten Bergreihe mit ihren Geschützen ein, und er sieht nichts? Wenn die Deutschen über die nächste Hügelkette kommen, weiß der gar nicht mehr, wer wir sind.«

Hector stimmte ihm insgeheim zu. Er zog Stamps am Arm. »Stamps, ich muss mal mit dir reden.«

»Jetzt nicht.«

»Es geht um Trains Jungen.«

»Du hast ihn zum Reden gebracht? Was hat er gesagt?«

»Er sagt, die Deutschen sind oben bei dieser Kirche gewesen, die wir gesehen haben.«

»Na und? Das wissen wir doch schon.«

»Er sagt, wir sollen abhauen.«

»Wer sagt das?«

»Der Junge.«

»Vielleicht kriegst du einen Job als sein Privatsekretär, wenn das alles hier vorbei ist.«

»Ich sag's dir, der Junge weiß was.«

»Vergiss den Jungen«, zischte Stamps. Er beobachtete Rodolfo, der immer noch bei dem Deutschen stand. »Ich trau dem Burschen nicht. Geh du mit ihm. Geh mit ihm und dem Deutschen zu unserem Posten am Südende des Dorfs und halt die Augen auf, ob du Krauts siehst. Und pass auf diesen Italiener auf. Wenn irgendwas Komisches passiert, gib zwei Schüsse in die Luft ab. Eins, zwei. Verstanden?«

Hector warf Rodolfo einen Blick zu, der einen unruhigen Eindruck machte. Die Sache gefiel ihm nicht. »Wir müssen doch nicht mit zwei Leuten einen einzelnen Gefangenen bewachen«, sagte er.

»Nokes kommt extra den weiten Weg hierher, um ihn abzuholen. Also ist der Deutsche wichtig«, sagte Stamps. Er kam sich dumm dabei vor, als er das sagte und zu dem zerlumpten Deutschen rübersah: Der war ja noch ein Kind – schwer vorstellbar, dass der so wichtig sein konnte.

»Wenn der wichtig ist«, sagte Hector langsam, »was sind dann wir?« Er konnte zwei und zwei zusammenzählen. Irgendetwas Großes stand bevor. Und das Hauptquartier brauchte mehr Informationen dazu. Wenn die mich fragen würden, dachte Hector, würde ich ihnen das einzig Entscheidende sagen: Wir müssen hier weg. Sofort. Bringt erst mal irgendwelche Bomber oder so was hier rauf, wir kommen dann später nach.

»Warum komme ich mir immer vor wie auf einer Auktion, wenn ich euch Befehle gebe?«, schimpfte Stamps. »Wir sind hier nicht bei einem Quiz. Tu einfach, was ich sage.«

Hector ging verdrossen zu Rodolfo rüber, und die drei stapften davon. Der Deutsche marschierte hinter Rodolfo zur Grundstücksmauer, Hector folgte ihnen. Sie bogen um eine Ecke und gelangten durch eine schmale Gasse auf eine winzige Piazza. Hector ließ die beiden nicht aus den Augen. Seine Nerven flatterten. Er war erschöpft. Er war rausgekommen, um Stamps von Trains Jungen zu erzählen, und jetzt hatte er einen Auftrag am Hals, wie er ihn sich unangenehmer nicht vorstellen konnte. Er fror, seine Zehen waren schon ganz taub.

Der Italiener blieb an der Außenmauer stehen, und Hector winkte ihn zu einem Torpfosten, während er selbst den anderen übernahm. Nicht weit vom Eingang zum Dorf floss ein kleiner Bach, und dahinter stieg das Gelände allmählich zu den Hügeln hin an. Da konnte man notfalls hinaufsteigen, bemerkte Hector, falls er und die anderen in diese Richtung fliehen mussten. Andererseits, und der Gedanke versetzte ihm einen Stich, kam man von dort auch leicht zum Dorf herunter, falls eine Kompanie von zweihundert Krauts auf die Idee käme, ihnen einen Arschtritt zu verpassen. Er versuchte, nicht darüber nachzudenken. Er war etwa einen Meter von Rodolfo entfernt, der Deutsche kauerte zwischen ihnen auf dem Boden.

Schweigend starrten sie auf die Hügelflanke vor ihnen. Hector ging davon aus, dass der Italiener diese Berge kannte wie seine Westentasche. Die Partisanen kannten sich alle gut aus. Deswegen benutzten die Amerikaner sie ja als Führer – außer Stamps, dachte er, der traute keinem. Er beobachtete den jungen Italiener von der Seite und kam zu dem Schluss, dass er in Ordnung war, hielt es aber wie Stamps trotzdem für richtig, ihn scharf im Auge zu behalten. Der Italiener versuchte ihn anzulächeln, aber es wurde nur eine Grimasse daraus. Er war nervös. Das sah Hector ihm an. Als der junge Italiener ihm mit zitternder Hand eine Zigarette anbot, empfand Hector plötzlich Mitleid mit ihm. Auch er hatte Angst. Ich habe wenigstens ein Zuhause, wo ich hingehen kann, dachte Hector. Und der hier ist ein armes Schwein, das hier ist sein Zuhause. Er kämpft für dieses beschissene Kaff hier.

Als er freundlich lächelnd nach der Zigarette griff, spürte er einen kalten Schlag am Arm. Er hörte den Deutschen aufschreien und sah, dass er den Italiener trat. Hector hörte ein klatschendes Geräusch, als hätte ihm jemand eine Ohrfeige gegeben, wandte unwillkürlich den Kopf, um über die Mauer nach den Bergen dahinter zu sehen, und wartete in der Annahme, von einem deutschen Heckenschützen erwischt worden zu sein, dass der Schmerz ihm durch den Körper fuhr. Und diese Kopfbewegung rettete ihm das Leben, denn auch der zweite Versuch des Italieners, ihm das Messer in den Hals zu stoßen, ging daneben. Nur ein Stück Ohr schnitt er ihm ab.

Erst viele Jahre später gestand Hector sich ein, dass der deutsche Soldat ihm das Leben gerettet hatte, denn hätte der nicht geschrien und Rodolfo mit einem Tritt aus dem Gleichgewicht gebracht, würde der Italiener sein Ziel nicht verfehlt haben; und in diesen späteren Jahren, als der Krieg, den er so sehr zu vergessen suchte, ihn erbarmungslos verfolgte, hartnäckig bis in seine Träume hinein – die Fleischwunden, die verhungernden Kinder, die Italiener in den Dörfern, Menschen ohne Arme und mit verkrüppelten Beinen, die ihn freundlich anlächelten und ihre letzten Krümel mit ihm teilten –, so dass ihm die Hände zitterten und er schier wahnsinnig wurde, beschloss Hector mehr als einmal, seine Arbeit bei der Post zu kündigen und sein ganzes Geld dafür auszugeben, diesen jungen deutschen Soldaten ausfindig zu machen, um vor ihm auf die Knie zu fallen und ihm zu danken, ihm die Hände zu küssen und seine jungen frierenden Finger mit den Lippen zu wärmen zum Dank dafür, dass er ihm das Leben gerettet hatte. Aber die Gelegenheit sollte er nie bekommen, denn als Hector jetzt in den dichter werdenden Schnee kippte, sich das blutende Ohr hielt und die Schritte des fliehenden Italieners an seinem Gesicht vorbeitrampeln und das Geschrei Ludovicos und der anderen hörte, die ihm zu Hilfe eilten, lehnte der Deutsche ihm gegenüber mit aufgeschlitzter Kehle an der Mauer; das Blut schoss ihm stoßweise aus dem Hals, und im Blick seiner tiefblauen Augen lag weder Schuld noch Wut, sondern eher, bemerkte Hector, so etwas wie Erleichterung.

18
Verrat

Peppi saß am Rand des Osthangs über Bornacchi und spähte ins verschneite Dunkel der Ortschaft unter ihm. Das Artilleriefeuer rückte näher; die schweren Einschläge schienen alle auf sein Herz zu zielen. Ihm war zum Heulen zumute. Zwei seiner Partisanen saßen um ein Feuer in der Nähe und wärmten sich. Sie lauschten dem leisen Gesang des kleinen Ettalo, der ein Lied sang, wie nur Kinder es kennen, und sie zu überreden versuchte, mit ihm Domino zu spielen.

Der Geschützdonner störte ihn nicht. Die heranrückenden Deutschen waren nichts Neues. Er hatte sie mit eigenen Augen gesehen. Sie kamen vom Monte Forato herunter, direkt durch das Auge des Schlafenden Mannes, ein gewaltiges Heer von zehntausend Mann oder mehr, aber sie rückten nur langsam vor. Ihre riesige Zahl behinderte sie, der Schnee behinderte sie, die Berge hielten sie auf – es gab nur einen Weg, der breit genug für so viele Menschen und Maschinen war, wenn sie trotzdem über den Lama-di-Sotto-Pass ins Tal kommen wollten. Dort konnte seine Gruppe sie gut angreifen und für kurze Zeit aufhalten, dafür mussten sie nur in der engen Passage beim Monte Procino ein paar Sprengladungen anbringen – er kannte dort eine Stelle, wo Erde und Steine so locker waren, dass man sie mit den Füßen hinunter treten konnte –, aber auf Dauer war damit nichts zu gewinnen.

Sie würden durchkommen, und wie üblich gäbe es ein furchtbares Gemetzel, vor dem er selbst sich allerdings nicht fürchtete. Die Deutschen würden ihn in diesen Bergen niemals fangen. Hier kannte er sich aus wie in seiner Westentasche. Schon als kleiner Junge war er hier, auf der Jagd nach Wildschweinen, auf der Suche nach Kastanien, über alle Felsen und durch alle Schluchten gekrochen und hatte mit seinem Bruder Paolo, seinem Vetter Gianni und natürlich mit Marco und Marcos kleinem Bruder Rodolfo in den Dutzenden von Höhlen gespielt.

Rodolfo.

Er hatte genau gehört, was der Deutsche gesagt hatte. Er hatte zu dem Jungen gesagt: »Lauf, lauf so schnell du kannst.« Der Deutsche hatte sich die ganze Zeit dumm gestellt. Hatte nach seiner Gefangennahme so getan, als spreche er kein Italienisch. Jetzt wusste er warum. Jetzt begriff er, warum der Deutsche so anklagend dreingeschaut hatte, als sie ihn gefangen nahmen und er Rodolfo unter ihnen erblickte. Der Deutsche kannte Rodolfo bereits. Der Deutsche kannte auch den Jungen schon, und umgekehrt. Da stimmte was nicht.

Im Geiste ging er noch einmal die Bewegungen seiner Gruppe in der Woche vor der schrecklichen Sache bei St. Anna durch. Sie hatten zwei deutsche Soldaten getötet, das war bei Ruosina, zwei Kilometer nördlich von St. Anna. Danach hatten sie sich getrennt. Das war die übliche Vorgehensweise. In seiner Nähe war es zu gefährlich. Das wussten alle. Es war zu riskant, bei ihm zu sein, wenn die Deutschen sich auf die Suche nach ihnen machten. Der Fluchtplan stammte von Rodolfo und wirkte überzeugend: Die drei anderen sollten sich aufteilen und auf verschiedenen Wegen um Sampiera herumgehen, sich zwei Tage lang in den Höhlen verstecken und dann in Giorgini wieder zusammenkommen. Unterdessen sollte er, Peppi, über Monte Ferro nach St. Anna di Stazzema gehen und Vorräte für sie alle beschaffen. Dort lebte ein Vetter von ihm, Federico, der würde ihm helfen. Aber dann ging alles schief. Kaum hatte er sich von den anderen getrennt, stieß er zwischen Ulibi und St. Anna auf eine deutsche Patrouille und konnte gerade noch entkommen. Das war auf einem nicht markierten Partisanenweg passiert. Die Deutschen konnten diesen Weg unmöglich kennen. Glücklich davongekommen war er nur, weil ein alter Bauer ihn, kurz bevor er St. Anna erreichte, gewarnt hatte, dort lauere eine deutsche Patrouille. Andernfalls hätte er sich im Haus seines Vetters Federico den Bauch mit Oliven vollgeschlagen und wäre dann zusammen mit Hunderten anderer Menschen von der SS niedergemacht worden, wie es diesen anderen dann ja auch trotzdem geschehen war.

Stattdessen hatte er kehrtgemacht, St. Anna di Stazzema hinter sich gelassen und seine Gruppe in Giorgini getroffen. Er versuchte sich zu erinnern, ob Rodolfo überrascht reagiert hatte oder nicht, als er in dem Dorf aufgetaucht war, aber er war da sehr erschöpft gewesen und auch gleich nach seiner Ankunft mit einem anderen Problem konfrontiert worden.

Rodolfo hatte bei einem der Deutschen, die sie in Ruosina getötet hatten, Geld gefunden. Davon hatte er den Bewohnern von Giorgini ein Fest spendiert. Als Peppi dort ankam, saßen sie zusammen mit den Partisanen lachend und zechend auf dem Dorfplatz, tranken Grappa und brieten Hühner, die sie vom Geld des toten Deutschen gekauft hatten. Als Peppi erfuhr, woher das Geld für die Feier stammte, schäumte er vor Wut. Er jagte die Leute von der Piazza, leerte die restlichen Grappaflaschen auf den Boden aus, schleuderte die gebratenen Hühner in den Staub und zertrat sie mit seinen Stiefeln. Das Geld, das er noch fand, warf er ins Feuer.

Die Dorfbewohner standen entsetzt um ihn herum. »Was machst du da?«, riefen sie.

»Das ist Blutgeld«, sagte Peppi. »Wenn erst jemand sterben muss, damit ihr euch lebendig fühlen und ein Fest feiern könnt, dann seid ihr schlimmer als die Deutschen, schlimmer sogar als die Faschisten. Ich bin Italiener«, rief er. »Ich töte nicht für Geld und Grappa und Hühnerfleisch. Ich kämpfe für meine Freiheit. Ich kämpfe für Italien. Zum Teufel mit euch.«

Er stampfte davon, und die Dorfbewohner sahen ihm betreten nach.

Rodolfo hatte das gar nicht gut aufgenommen. Er war Peppi in den Wald gefolgt und hatte ihn zur Rede gestellt. Rodolfo erklärte, er fühle sich beleidigt. Jetzt stehe er vor allen im Dorf als Dummkopf da. Was ist denn schon dabei, sagte er. Es war unser Geld, was der Mann bei sich hatte. Wir haben uns nur geholt, was sowieso uns gehört.

Aber davon wollte Peppi nichts wissen. Du kannst den Deutschen so viel Geld wegnehmen, wie du willst, sagte er. Aber wenn du einen tötest und ihm dann das Geld wegnimmst, bist du kein Soldat, sondern ein Dieb. Dieser Mann ist jämmerlich gestorben, sagte er. Weißt du nicht mehr? Er ist nicht wie ein Soldat gestorben. Er hat gepinkelt, als wir ihn erwischt haben. Er hatte seinen Schwanz in der Hand, als er starb.

Von da an war eine Kluft zwischen den beiden, die in den Tagen und Wochen danach immer breiter wurde und jetzt durch nichts mehr zu überbrücken war; und in der Mitte saß der Junge, der Rodolfo wiedererkannte, der ihn gesehen hatte, der auch den Deutschen gesehen hatte. Aber wo? Soweit Peppi wusste, hatte in St. Anna niemand überlebt. Sein Vetter Federico war tot. Dazu kam, dass die meisten Leute in den umliegenden Dörfern die Bewohner von St. Anna nicht kannten. Das winzige Dorf lag sehr abgeschieden und diente den Einwohnern von Forte dei Marmi und Lucca und Florenz als Zufluchtsstätte. Sie waren dort hingegangen wegen der Kirche, wegen des Klosters, das seit undenklichen Zeiten von vier Nonnen bewohnt wurde. Sie kamen dorthin, weil es abseits der Front lag, zehn Kilometer von der Gotischen Linie entfernt, wo Amerikaner und Deutsche sich heftige Schlachten lieferten. Sie kamen dorthin, weil es da sicher war. Ihm wurde schlecht, als er daran dachte. Der Ekel stieg ihm die Kehle hoch, zog sich zurück und würgte ihn von neuem.

Er setzte sich, stieß einen Stock in den Schnee und versuchte angestrengt herauszufinden, warum Rodolfo ihn verraten hatte. Rodolfo war ein guter Soldat. Er hatte seinen Bruder Marco sterben sehen. Peppi war auch dabei gewesen. Er hatte Rodolfos Entschlossenheit bemerkt, hatte gesehen, wie Rodolfo im Kampf für Italien auf sein eigen Fleisch und Blut geschossen hatte, und er hatte Rodolfos Tränen gesehen. Sie hatten gemeinsam an Marcos Grab geweint und sich gegenseitig gestützt, weil sie sonst zusammengebrochen wären. Damals hatte Peppi zu Rodolfo gesagt: »Wir sind jetzt Brüder«, und Rodolfo hatte ihn verstanden, denn ihnen beiden war klar, dass Rodolfo jene heiligste aller Grenzen überschritten hatte, die Grenze, die es verbot, für die Sache Italiens Blut zu vergießen, echtes italienisches Blut, Familienblut. Es gab kein größeres Opfer. Unvorstellbar, dass Rodolfo dieses Ideal verraten würde.

Aber dann kam die Sache mit dem Geld.

Der Preis, der auf Peppis Kopf ausgesetzt war, hatte sich verdreifacht. Das hatte er von Ludovico erfahren. Als er ihn auf dem Dorfplatz in die Enge getrieben hatte, hatte der alte Mann zu ihm gesagt: »Ich würde das Leben von fünfhundert Menschen in St. Anna nicht gegen vierzehn Hasen eintauschen, wenn ich für dein Leben zehn Kilogramm Salz und zwei Millionen Lire bekommen könnte.« Peppi war sprachlos. Zwei Millionen Lire und zehn Kilogramm Salz waren mehr, als irgendein Mensch sich erträumen konnte, mehr wert als Gold. Der alte Mann sagte: »Ich bin Faschist, Peppi, aber ich bin kein Mörder.« Er wies auf seine Tochter Renata, die außer Hörweite auf dem Platz stand. »Ihr Mann ist tot«, sagte er. »Er kommt nie mehr zurück. Ich will, dass sie heiratet, wenn der Krieg vorbei ist. Vielleicht wirst du eines Tages mein Schwiegersohn. Oder er.« Er zeigte auf einen der anderen Partisanen. »Jemand hier aus der Gegend. Ich möchte, dass sie hier bleibt, bei mir. Damit sie mir mit den Hasen helfen kann, wenn ich alt werde.«

Peppi musste sich das Grinsen verkneifen. Ludovico war ja schon alt. »Wie bist du an diese vielen Hasen geraten?«, fragte er.

Der alte Mann lächelte verlegen, hob die Achseln und breitete die Hände aus. »Glaubst du nicht an Wunder?«, fragte er.

Erst da glaubte Peppi ihm, glaubte ihm aus ganzem Herzen, weil auch er an Wunder glaubte. Alle taten das. Ganz Italien war ein Wunder. Das ganze Land. Jeder

Quadratzentimeter, jedes Gramm. Wenn es keine Wunder gab, hatte keiner von ihnen mehr einen Grund zu leben. Der Krieg hatte jede Hoffnung vernichtet, jeden Traum zerschlagen, jedes Haus zerstört, sie aber lebten noch. Jedes erdenkliche Verbrechen war geschehen, jeder Albtraum Realität geworden: Kinder wurden vor den Augen ihrer Mutter erschossen, Väter vor den Augen ihrer Töchter exekutiert, Männer vergewaltigten Männer, Männer vergewaltigten Kinder, sie aber lebten noch. Der Bruder tötete den Bruder, Mütter beweinten ihre Söhne, Väter töteten ihre Söhne, Väter verloren den Verstand, im ganzen Land wüteten die Furien des Kriegs. Ihnen blieben nur noch Wunder. Wunder hielten sie am Leben. In diesem Augenblick wusste Peppi, dass er, selbst wenn er wollte, Ludovico nicht töten konnte. Ludovico war nur ein schwacher alter Mann. Er hatte Ludovico von weitem beobachtet, als der seine kostbaren Hasen abzog, sein einziges Huhn rupfte und seine Grappa holte und den Amerikanern und den Leuten im Dorf spendierte. Er kannte den alten Mann sein Leben lang. Der alte Mann war nie viel wert gewesen, dachte Peppi sarkastisch, doch immerhin war er Italiener. Und Italiener wissen zu leben. Italiener wissen zu essen, Italiener sind gern vergnügt. Italiener glauben an Wunder.

Verräter. Verräter glauben nicht an Wunder. Die glauben an gar nichts.

Rodolfo hatte sich nach dem Tod seines Bruders verändert. Er ist, dachte Peppi traurig, mir ähnlicher geworden. Er schwieg jetzt oft und lange, sein Blick war abwechselnd ruhig, wild und nachdenklich. Seine sorglosen Scherze, seine bösen Reden über den toskanischen Dichter Giovanni Pascoli, seine Prahlereien, er habe die Werke der großen Künstler in Rom und Florenz gesehen, denen er nacheiferte, das alles war in den Wochen nach Marcos Tod verschwunden. Er war still und launisch geworden. Sein früher so warmes Lächeln war eisig geworden, sein Lachen bitter, ein Lachen, das nicht von Neugier, Staunen oder Freundlichkeit hervorgerufen wurde, sondern von Grausamkeit. Er kicherte, wenn er alten Frauen das Brot aus den Körben stahl, und wenn er sich die letzten Trauben aus dem Weingarten eines alten Bauern holte, sagte er: »Das kommt unserem Kampf zugute«, und die Bauernfamilie konnte nur ohnmächtig zusehen. Das waren Dinge, die Peppi nicht über sich brachte, selbst wenn er vor Wut raste, selbst wenn der Schwarze Schmetterling seine Seele mit sengendem Zorn erfüllte. Rodolfo hatte die zwei Deutschen in Ruosina getötet, und es hatte ihm Spaß gemacht, dem einen das Messer in die Brust zu stoßen und dann zuzusehen, wie er mit seinem eigenen Blut gurgelte und hilflos würgte, bis Peppi ihn schließlich mit einem Schuss von seinem Elend erlöst hatte. Rodolfo hatte das Töten Spaß gemacht. Er hatte sich freiwillig für den gefährlichen Gang über die Berge zum amerikanischen Hauptquartier in Viareggio gemeldet, war allein und als Priester verkleidet dort hingegangen, um die Amerikaner von dem Massaker in St. Anna zu unterrichten und womöglich dazu zu bewegen, Truppen dorthin zu entsenden. Und damit hatte er jeden Verdacht von sich abgelenkt. Ganz schön clever, dachte Peppi, denn Rodolfo hatte die Vorgehensweise der Amerikaner begriffen. Die Amerikaner verstanden die Italiener nicht. Sie würden in St. Anna einmarschieren. Sie würden jeden festnehmen, den sie wollten. Sie würden schon jemanden finden, der mit der SS oder den Italienern kollaboriert hatte, und in einem militärischen Schnellverfahren den einen oder anderen ins Gefängnis schicken oder gar hinrichten. Und das wär's dann. Aber ein Italiener würde sich nicht mit einem blöden Scheinprozess abgeben. Ein Italiener würde Rache üben, und die wäre gewiss nicht erfreulich.

Peppi erwog die Möglichkeiten. Mit den amerikanischen Schwarzen, die in Bornacchi herumtappten, hatte Rodolfo nicht gerechnet. Ebenso wenig mit dem deutschen Gefangenen. Wie hatte Rodolfo reagiert, als sie den Gefangenen entdeckt hatten? Sie hatten den Deutschen im Wald bei Corglia aufgelesen, nicht weit von Monte Forato; er war eindeutig einer der vielen Deserteure, die sich in zunehmender Zahl vom deutschen Heer entfernten. Rodolfo hatte den deutschen Gefangenen auf der Stelle töten wollen. »Wir müssen herausfinden, was er weiß«, hatte Peppi gesagt. Aber Rodolfo hatte die anderen auf seine Seite gebracht. »Du hast gesehen, was die in Stazzema angerichtet haben. Die Frau hat gesagt, das war die SS. Und wen haben wir hier? Einen von der SS. Er war dabei!«

Peppi hatte seine ganze Überzeugungskraft aufbieten müssen, um sie davon abzuhalten, den Deutschen zu töten. Und noch jetzt war er sich nicht sicher, ob es richtig von ihm gewesen war, ihn bei diesen Schwarzen zu lassen. Aber er wollte nicht das Blut eines Unschuldigen an seinen Händen haben. Das machte die Toten von St. Anna di Stazzema auch nicht wieder lebendig, wenn sie den Deutschen töteten, der an diesem Gemetzel womöglich gar nicht beteiligt gewesen war. Dass Peppi ihn bei Rodolfo und den Schwarzen gelassen hatte, war ein Test. Das deutsche Heer würde frühestens morgen hier ankommen, vielleicht erst übermorgen, wenn es ihm gelänge, sie mit ein paar Sprengladungen aufzuhalten. Falls Rodolfo den Zorn der Schwarzen auf die Probe stellen wollte, indem er den Deutschen zu töten versuchte, sollte er das ruhig tun. Dann würden die Schwarzen für Gerechtigkeit sorgen, und das wäre ihm lieber, denn Rodolfo zu töten, würde ihm so schwer fallen, wie sich selbst zu töten. Er war sich nicht sicher, ob er das konnte.

Der Krieg brachte ihn um, dachte er, und in diesem Augenblick erkannte er, dass, selbst wenn er das alles überlebte, der Schwarze Schmetterling nicht überleben würde, und mit dem Schwarzen Schmetterling würde auch er gehen müssen. Er akzeptierte das friedlich. Er wäre sowieso niemals in der Lage, all dieses Blut von sich abzuwaschen – das nutzlose Töten, den sinnlosen Verrat, den der Bruder am Bruder beging, die Leiden, die den Bauern von den Reichen aufgezwungen wurden, das Hungern, den Tod jeglicher Unschuld. Er kam sich vor wie ein Ertrinkender, überall war Wasser, und es drang ihm hinter die Augenhöhlen und strömte ihm durchs Gesicht ins Gehirn wie eine hartnäckige Grippe. Am Ende würde es ihn besiegen. Das war nur eine Frage der Zeit. Er drehte sich um und sah nach dem zwölfjährigen Ettalo, der so unschuldig vor sich hin sang und um das winzige Feuer tanzte, an dem halb eingeschlafen, mit nach vorne gesunkenem Kopf, der andere Partisan saß, Gianni. Er fragte sich, was für ein Leben Ettalo erwartete. Der Junge hatte keine Eltern mehr. Er hatte Schießen und Töten in einem Alter gelernt, in dem er jagen und fischen gehen und bei der Ernte hätte helfen sollen, Gedichte lesen und die verschieden Bäume in den Bergen kennen lernen. Der Junge war schon tot, bevor er auch nur die Chance bekommen hatte, zum Leben zu erwachen. Für ihn gab es keine Hoffnung. Ihn erwartete kein Leben.

Das Rascheln des Strauchwerks unten meldete Rodolfos Rückkehr aus dem Dorf.

»Was ist mit dem Deutschen?«, fragte Peppi.

»Die Amerikaner haben mich fortgeschickt. Ich vermute, sie wollen das Dorf räumen und ihn mitnehmen.«

Peppi schwieg.

»Wir sollten gehen«, sagte Rodolfo. »Die Deutschen rücken schnell über den Monte Forato vor. Ich habe sie eben gesehen. Tausende, mit vielen Maultieren.«

Peppi stand auf und winkte Rodolfo zu sich. Die anderen folgten. Peppi fand, es spiele keine Rolle, wenn sie mithörten.

Er sah auf die Ortschaften im Tal hinunter. In mehreren Häusern glommen kleine Feuer auf. »Ich finde, wir gehen runter und schließen uns den Amerikanern an«, sagte er.

Er hörte Rodolfo zischend einatmen. »Wozu? Verschwinden wir lieber. Wir gehen nach Monte Procino, halten die Deutschen mit ein paar Sprengungen auf und verziehen uns. Mit den Amis werden die Deutschen in einem Tag fertig. Die sind schon so gut wie tot.«

»Ich weiß nicht. Vielleicht sollten wir uns mit den Schwarzen zusammentun und mit ihnen kämpfen. Die haben uns darum gebeten.«

»Was ist denn mit dir los? Wir haben eine Abmachung. Wir wollten die Kirche rächen, wir allein. Die Amerikaner werden nicht für Gerechtigkeit sorgen. Die verstehen uns nicht. Wir allein müssen den Verräter stellen.«

»Nein. Es ist aus«, sagte Peppi.

»Wovon redest du?«, fauchte Rodolfo. »In der Kirche

waren fünfhundertsechzig Leute, Peppi, schon vergessen?«

»Was ist schon ein Mensch?«, sagte Peppi. »Was sind zehn Menschen? Wofür leben sie? Der Krieg ist bald vorbei, Rodolfo. Die Deutschen werden unterliegen. Das wissen wir alle. Und was wird dann aus uns? Nach dem Krieg werden wir als Bauern leben, wir alle. Oder im Bergwerk von Aracia schuften. Die Reichen werden wieder reich sein, die Armen wieder arm. Das hast du selbst schon oft gesagt. Also, was soll das noch alles? Ich bin müde.«

»Was hast du denn?«

»Jedenfalls ist es nicht Ludovico«, sagte Peppi.

»Dann suchen wir eben weiter, bis wir ihn finden. Es gibt noch einige Dörfer, die wir nicht überprüft haben. Jetzt sollten wir uns erst mal in Sicherheit bringen.«

Peppi wandte sich achselzuckend von Rodolfo ab. Er hatte Angst, ihn anzusehen. Stattdessen blickte er über die Bergzüge hinweg, in die Dunkelheit. »Ich frage mich, ob der Schlafende Mann wirklich einmal aufwachen wird, wie die Leute immer sagen«, murmelte er. »Marco, der hat sich das auch gefragt. Eines Tages kletter ich oben auf das Auge rauf, hat er zu mir gesagt. Hat nicht gewusst, ob er überhaupt stark genug dafür war. Ich glaube, er hätte es geschafft. Er hatte soviel Kraft.«

Rodolfo schwieg.

»Er war ein guter Bruder. Zu mir war er auch wie ein Bruder.«

Rodolfo blieb stumm. Peppi kannte ihn zu gut. Jedes andere Geheimnis konnte er bewahren – seinen furchtbaren Fehler, das Blut, das ihm von dem vor kaum zehn Minuten begangenen Mord noch an den Händen klebte –, dieses aber nicht. Peppi war schon immer klüger als sie alle gewesen, sogar klüger als Marco.

»Aber Marco war nicht mein richtiger Bruder«, fuhr Peppi fort. »Ich muss mich nicht um seine Mutter kümmern, wenn der Krieg vorbei ist. Das ist deine Aufgabe. Die Kunstakademie kannst du vergessen. Deine Träume kannst du begraben. Denn Marco, der sich um eure Mutter gekümmert hat, ist tot, und ich bin schuld daran.« Ihm brach das Herz, als er das aussprach, und er musste heftig schlucken. Ihm ging plötzlich die ganze Wahrheit auf, und obwohl er vor Schmerz zu vergehen glaubte, konnte er sich jetzt nicht mehr zurückhalten.

Rodolfo starrte in die verschneite Dunkelheit der Hänge unter ihnen. »Peppi, kann man für einen Fehler in die Hölle kommen?«, fragte er leise. »Auch wenn man beichtet und Gott einem verzeiht?«

Peppi hob die Schultern. »Ich weiß es nicht«, sagte er. Die Beichte überraschte ihn nicht. In diesem Augenblick waren sie keine Partisanen mehr, die im Krieg kämpften. Sondern bloß zwei junge Männer, zwei Freunde, die sich seit Kindertagen kannten und alle Ängste, alle Träume, jeden Entschluss und jedes Geheimnis miteinander geteilt hatten. »Ich bin kein Priester. Die Leute halten mich dafür, aber ich bin keiner. Deswegen bin ich so gern hier oben.« Er ließ den Blick über die umliegenden Gipfel schweifen. »Hier oben verliere ich mich. Hier oben bin ich nicht der Schwarze Schmetterling, der große *partigiano*, der Anführer, der Zerstörer der Deutschen. Hier bin ich nur ich selbst. Peppi Enrico Grotta. Der Bewohner der Lüfte. Erinnerst du dich, dass ich mich damals so genannt habe? Scanapo, der Luftbewohner? Als wir zum ersten Mal dieses Flugzeug gesehen haben?« Er wartete nicht auf Rodolfos Antwort. »Ich erinnere mich daran. Das war was.« Er drehte sich zu Rodolfo um. »Und jetzt sieh mich an.« Rodolfo, der die ganze Zeit den Boden angestarrt hatte, sah auf und bemerkte überrascht, dass Peppi wie ein Häufchen Elend dastand, den Rücken gebeugt, als trage er eine gewaltige Last auf den Schultern. Peppi schob die Hände in die Taschen und seufzte. »Ich fühle mich, als ob alles Echte und Wahre in mir verschwunden ist, und der Rest ... ich weiß nicht mehr, wer ich bin.«

Das Bekenntnis machte Rodolfo ärgerlich. Peppi war immer so bemüht, klug zu handeln, den Sinn in den Dingen zu erkennen. Manchmal hatten Dinge keinen Sinn. Sie waren einfach da.

»Ich weiß, wer ich bin«, sagte Rodolfo.

»Und wer bist du?«

»Ich bin ein Freiheitskämpfer.«

»Was macht einen Freiheitskämpfer aus?«

Die rhetorische Frage riss ihn endgültig aus seinen Träumereien, und Rodolfo wurde noch wütender. »Was hast du denn bloß?«, kläffte er gereizt. »Was sollen diese dummen Fragen? Was soll diese Zeitverschwendung? Kannst du nicht mehr denken? Wenn wir den Deutschen behalten hätten, hätten wir erfahren, wer St. Anna verraten hat. Mit etwas Geduld hätten wir herausgefunden, dass er Italienisch spricht.«

»Stimmt«, sagte Peppi. »Und dann hätte er uns von dir erzählt.«

Sie schwiegen lange, nur das Feuer hinter ihnen knisterte und knackte. Peppi wünschte, es wäre heller, damit er Rodolfos Augen sehen könnte, aber auch so sagte ihm Rodolfos Stimme mehr, als er eigentlich wissen wollte.

Aus ihm sprach jetzt der neue Rodolfo, freudlos, ruhig, bedacht, jetzt, wo das Thema Marco erledigt, sein schwacher Punkt ins Abseits gerückt und sein Entschluss wieder fest geworden war.

»Hast du Angst, dass ich dich verraten habe?«, fragte Rodolfo langsam. »Ist es das? Du hast diesen dummen Deutschen mit dem Jungen reden hören und glaubst ihm mehr als mir? Wie viele Jahre kennen wir uns jetzt schon? Wir haben Krieg. Da leiden die Menschen nun mal.«

Peppi antwortete langsam: »Willst du mir erzählen, die Leute in St. Anna hatten es verdient, zu leiden?«

»Ich weiß nicht, wovon du redest.«

»Willst du mir erzählen, die Leute in St. Anna sollten leiden, weil Marco tot ist? Willst du mir das erzählen? Sag's mir. Da waren nur alte Leute und Kinder, Rodolfo. Mein Vetter Federico, den du dein ganzes Leben lang gekannt hast, der war auch da. Carlina Martinelli hat dort gelebt. Bruno Franchis gesamte Familie war da, seine Kinder Guibaldo und Guido und die kleine Maria Olimpia, die einmal ganz allein Zuckerwatte gemacht und uns etwas davon abgegeben hat. Die sollten sterben? Die sollten sterben, wegen mir? Glaubst du, Marco hätte ihnen wegen mir den Tod gewünscht? Auch wenn er Faschist war – glaubst du, Marco hätte unschuldige Kinder getötet, um mich in die Falle zu locken? Glaubst du das wirklich?«

Peppis Stimme hob sich bei den Fragen zwar ein wenig, blieb aber stahlhart, und die anderen Partisanen wichen zurück.

»Marco hat damit nichts zu tun«, sagte Rodolfo.

»Warum hast du mich nicht gefragt? An mir hätte es nicht liegen sollen, du mieses Schwein. Jetzt habe ich ihren Tod auf dem Gewissen. Für immer. Der Teufel wird mich holen! Weil du mich für einen lausigen Sack Salz verraten hast!«

Peppi spürte, wie ihm das Blut in den Kopf stieg, begleitet von jenem rauschartigen Gefühl, das ihn jedes Mal überkam, wenn es in den Kampf ging, wenn es ans Töten ging, wenn er den Carabinieri Waffen stahl oder einen Konvoi der Deutschen in die Luft sprengte. Er geriet in Wut, in jene Raserei, deren einziges Ziel es war, ihm die Ruhe wiederzugeben, die Ruhe, die der Krieg ihm genommen hatte. Peppi war nicht mehr da. Statt seiner war da jetzt der Schwarze Schmetterling, der kein Gewissen, keine Freunde und keine Angst hatte, nur unstillbare Wut und ein einziges Ziel: Peppi und Mutter Italien sollten ihre friedliche, poetische Ruhe wiederhaben.

Mit einer raschen Bewegung riss er Rodolfo das Gewehr aus den Händen und legte es auf den Boden. Er zog einen Stiefel aus, hockte sich hin, schob sich den Gewehrlauf in den Mund und legte den großen Zeh an den Abzug.

»Du kannst dir dein Geld holen, Rodolfo. Nach dem Krieg bist du ein reicher Mann. Kein Partisan, kein Mensch, nicht einmal ein Verräter kann mit fünfhundertsechzig Toten auf seinem Gewissen leben. Sag mir nur eins. Ich will es aus deinem Mund hören, dann kann ich vergnügt aus dem Leben scheiden. Sag mir, dass du mich für einen lausigen Sack Salz verraten hast, und dass alles andere ein Fehler war. Mehr verlange ich nicht. Bitte, sag es mir. Denn wenn ich dumm genug bin, mich mit dem Teufel zusammenzutun, habe ich die Hölle verdient.«

Als er da mit dem Gewehrlauf im Mund im Schnee saß, sprang in seinem Innern etwas auf, wie ein verstopftes Ohr, das plötzlich frei wird und wieder Geräusche hineinlässt. Er hörte das Feuer knistern, er hörte Zweige knacken, und diese Geräusche, das begriff er jetzt, waren die der Seele eines Menschen, die vom Wind umhergepeitscht verbrannte. Das Brausen in seinem Kopf war schmerzhaft und ohrenbetäubend. Und in dem Brausen hörte Peppi ein Schluchzen.

Rodolfo hatte das Gesicht vom Feuer abgewandt, und Peppi hörte ihn leise sagen: »Gott steh mir bei. Es war, es war ein Unfall«, murmelte er. »Die SS wollte nur dich. Und als sie dich nicht gefunden haben … da …« Sein leises Schluchzen drang zu den Büschen und Bäumen, die erschüttert schwankten. Und er wich zurück, auf den Abhang zu, der steil nach unten ging. Er stand allein. Er ließ den Kopf mit den großen Ohren hängen, seine hagere Gestalt zeichnete sich vor dem schwarzen Himmel ab wie ein Gespenst. Der kalte Wind presste ihm die zu weite Kleidung an den Leib. Peppi und die Partisanen beobachteten ihn, sahen vor ihren Augen einen Mann auseinanderbrechen. Die Trümmer seiner Seele fielen in den Schnee wie erloschene Streichhölzer, der Rauch verlor sich wie Atem in der Luft oder wehte in die dunkle Bergnacht hinunter. Ihnen war, als seien sie Zeugen der Geburt eines Kobolds, und sie fürchteten sich sehr.

Und während Rodolfo dort stand und weinte, betete er, dass Peppi ihn erschießen möge, ihn jetzt sofort erschießen möge. Peppi hatte ihn beschämt. Jetzt konnte er sich mit dem Tod abfinden.

Als habe Peppi sein stummes Gebet gehört, nahm er das Gewehr aus dem Mund, stand auf und richtete den Lauf auf Rodolfo. Im Schein des Feuers sah er Rodolfos Augen, und da erlosch die Wut in ihm, und Tränen traten ihm in die Augen. Er warf ihm das Gewehr vor die Füße und brach zusammen. »Du hast mir das Herz gebrochen, Rodolfo«, sagte er. »Du warst mein letzter Freund auf der Welt und hast mein Leben für einen lausigen Sack Salz verkauft!« Er schluchzte laut auf.

Nicht Angst, denn die hatte er nicht mehr, sondern Scham trieb Rodolfo an, sich abzuwenden und wegzulaufen. Und als er, ohne sein Gewehr mitzunehmen, losrannte, den Hang hinuntertaumelte und durch das schneebedeckte Gesträuch und Unterholz ins Dunkel der Bergflanke verschwand, wurde die Scham, die in ihm aufgestiegen war, zu Wut und einer neuen Erkenntnis – der Erkenntnis, dass er, ohne es zu ahnen, einen Pakt mit dem Teufel geschlossen hatte und jetzt damit leben musste, und sein bester Freund auf der Welt wusste es jetzt, und der wusste auch, wie er ihn am besten dafür bestrafen konnte. Während er weiter und weiter nach unten stolperte, ging ihm auf, dass er seinen Weg auf dem Berggipfel als wütender, nach Rache dürstender Mensch angetreten hatte, und dass er sich jetzt, auf dem Weg nach unten, in einen Geschlagenen verwandelte, in ein Gespenst, einen Kobold, so ruhelos und gehetzt wie die bösen alten Bergkobolde, vor denen er sich als Kind immer gefürchtet, vor denen seine Mutter ihn immer gewarnt hatte. Nur dass er jetzt einer von ihnen war. Als er den Fuß des Bergrückens erreicht hatte und auf den nächsten Abhang zulief, war ihm bewusst, dass er mit jedem weiteren Schritt der Hölle einen Schritt näher kam.

Die anderen Partisanen stürzten zum Rand des Felsen und sahen ihm nach. »Schnappen wir ihn uns?«, sagte Gianni, der ältere Partisan, und sah Peppi fragend an.

»Nein«, sagte Peppi und wischte sich die Tränen aus

dem Gesicht. »Lasst ihn gehen.« Er spürte einen überwältigenden Drang, den anderen beiden zu sagen, sie sollten sich hinknien und für Rodolfo beten, aber er brachte es nicht fertig, das auszusprechen. Gewiss käme einmal der Tag, an dem er Rodolfo die Jahre der Freundschaft vergelten konnte, indem er ihn für immer aus seinem Elend erlöste. Er beschloss, sich diese großmütige Handlung für ein andermal aufzusparen.

19
Das Massaker

Später an diesem Vormittag, nachdem sie die Leiche des
Deutschen hastig in Ludovicos Schlafzimmer gebracht
und Hector auf den Küchentisch gelegt hatten, um die
Schnittwunden an seinem Ohr zu verbinden, holten den
Jungen die Erinnerungen ein. Sie stiegen langsam in ihm
auf, aber je mehr es wurden, desto schwerer waren sie in
Zaum zu halten. Er geriet in heftige Erregung, schrie und
tobte. Und schließlich bekam er einen durch nichts zu
stillenden Weinkrampf. Von Renatas beschwichtigenden
Worte wollte er ebenso wenig etwas wissen wie von der
süßen Kastaniensuppe, die Ettora ihm anbot. Die Späße,
die Hector und Stamps mit ihm trieben, amüsierten ihn
nicht. Weder Schokolade noch Kaugummi weckten sein
Interesse. Er hatte sich an jenen stillen, sicheren Ort zurückgezogen, der keinen Eingang und keinen Ausgang
hatte. Dort wartete er auf Arturo, aber der kam nicht.
Nur Train konnte ihn beruhigen, und erst als der Riese
ihn in seine starken Arme genommen, an seine mächtige
Brust gedrückt und lange gestreichelt hatte, fühlte der
Junge sich getröstet. Der Riese sprach kein Wort. Er war
einfach da, unerschütterlich, und hielt den Jungen fest.
Der Junge wollte nie mehr weg aus diesen starken Armen.

Und in den Armen des Riesen erzählte er ihnen alles;
die Italiener und die Amerikaner hörten zu, und Hector
übersetzte. Er sagte, wie er hieß: Angelo Tornacelli. Ja, er

war dabei gewesen in St. Anna di Stazzema. Eines Morgens kamen viele Deutsche. Sie trieben seine Mutter und seinen Großvater auf den Platz. Dort brannte ein großes Feuer. In dem Feuer brannten Menschen. Ein kleines Baby brannte da mit ausgestreckten Armen, so – er zeigte es –, es war auf einen langen Stock gespießt. Einige von den Deutschen saßen neben dem Feuer, sie aßen etwas und hörten sich Akkordeonmusik an. Ein Soldat – der da, sagte er und zeigte auf den toten Deutschen, der in Ludovicos Schlafzimmer lag – hat meine Mutter und ein paar andere neben die Kirche geführt. Dann hat er gesagt, wir sollen uns umdrehen. Er hat in die Luft geschossen und gesagt: »Lauft! Lauft so schnell ihr könnt.« Meine Mutter lief los, aber ich hatte Angst, wegzulaufen. Wegen dem Feuer. Meine Mutter kam zurück, sie wollte mich holen. Dann kam ein zweiter Deutscher um die Kirche und sah die Leute weglaufen. Der zweite Deutsche hat auf die Leute geschossen. Er hat meine Mutter erschossen. Der andere Deutsche, der da – wieder zeigte er auf den toten Deutschen – hat den Deutschen erschossen, der meine Mutter erschossen hatte. Dann hat er mich genommen und ist mit mir in die Berge gelaufen. Plötzlich war er weg, und da war dieser alte Mann. An mehr kann ich mich nicht erinnern.

»Und woher weißt du dann, dass der italienische Partisan mit den großen Ohren dabei war?«, fragte Hector.

Weil er vor dem Haus gestanden hat, als die Deutschen angeklopft und uns gesagt haben, dass wir rauskommen sollen, sagte der Junge. Er hat meiner Mutter gesagt, sie braucht keine Angst zu haben, er will versuchen, uns zu beschützen, die Deutschen wollen auf dem Platz nur mit uns reden. Der mit den großen Ohren, der hat das alles angestiftet, schrie der Junge unter Tränen. Wenn der doch nie gekommen wäre.

Die Leute im Zimmer hörten dem Jungen mit gespannter Aufmerksamkeit zu. Sogar der alte Ludovico wischte sich Tränen aus dem Gesicht. Ettora die Hexe erzählte das Ende der Geschichte, und auch sie weinte bitterlich, während sie sprach. Sie hatte mit Peppi gesprochen. Sie kannte mehrere Leute in St. Anna. Aber sie hatte nicht alles gewusst, was sich dort ereignet hatte, das ganze Ausmaß hatte sie erst durch das Gespräch mit Peppi erfahren. Rodolfo, seine rechte Hand, war ein Verräter. Rodolfo hatte den Aushang angebracht, der den Einwohnern von St. Anna mitteilte, dass die Partisanen sie beschützen würden. Das hatte er getan, um von sich selbst abzulenken, denn wenn die Deutschen in das Dorf einmarschierten, sollte die Schuld auf die Banditen fallen, die durch die Wälder streiften und sich als Partisanen ausgaben. Tatsächlich hatte er die Deutschen nach St. Anna geführt, damit sie Peppi fangen konnten, den er dort hingelockt hatte. Der aber war von Salvo Romiti gerettet worden, einem alten Bauern aus Bornacchi, der ihn gewarnt hatte, dass auf dem Weg nach St. Anna ein Trupp Deutscher auf ihn warte. Das hatte Ettora von Salvo selbst gehört.

Peppi machte einen Umweg, und die SS kam trotzdem nach St. Anna, und hört nur, was sie getan haben, diese Teufel! Rodolfo hatte Peppi dort hingelockt, und als die SS-Leute ihn nicht fanden, haben sie ein Gemetzel veranstaltet. Denen möchte ich am Eingang zur Hölle begegnen, schluchzte sie. Die würde ich eigenhändig an ihren Daumennägeln aufhängen! Und Rodolfo! Für den hab ich einen ganz besonderen Zaubertrank! Wenn sein Vater noch am Leben wäre, der würde ihn umbringen! Ihn ver-

giften! Diesen Worten ließ sie einen Schwall von Verwünschungen folgen, wie Ludovico sie in den sechzig Jahren,
die er sie kannte, noch nie aus ihrem Mund gehört hatte.
Noch nie hatte er sie so zornig gesehen, und nachdem er
so viele Jahre lang ihre ruhige, besonnene Autorität erlebt
hatte, schien es ihm jetzt, da sie dermaßen die Beherr-
schung verlor, als werfe er einen Blick in die sonst verschlossene Büchse der Vernunft, die sie alle zusammen-
hielt. Ludovico sah Ettoras tränenüberströmtes Gesicht,
er hörte ihre Schreie und Verwünschungen, und da erkannte er, dass sie tatsächlich die Frau war, als die sie ihm
immer erschienen war: die ideale Frau, sein Ideal vom
Menschen. Stark, verletzlich, schön, die bunten Perlen-
ketten und Armreifen in Unordnung, das rote Kleid zerlumpt und abgetragen, rieb sie sich, immerfort schreiend
und schluchzend, die wunderbaren, alles durchdringenden Augen mit einem Lappen, und neben ihr standen die
großen schwarzen Amerikaner, und obwohl sie doch erst
seit elf Tagen bei ihnen waren, klopften sie ihr den Rücken und legten ihr begütigend die langen Arme um die
Schultern – dabei wären sie, hätten sie die bösen Flüche
verstanden, die da von Ettoras Lippen strömten, sehr
wahrscheinlich Hals über Kopf davongerannt. Er bewunderte diese Männer und war dankbar, dass sie da waren,
denn es fehlte nicht viel, dass er selbst Ettora in die Arme
genommen und ihr gesagt hätte, es sei alles gut, er liebe
sie, er liebe sie schon immer, sie brauche nicht zu weinen,
sie seien doch nur arme Leute, arme Menschen, die nicht
mehr ein noch aus wüssten, und bald werde Gott die Tür
aufstoßen.

Nun würden die Deutschen zurückkommen, und da
musste er sie und Renata irgendwo verstecken, und wenn

sie nicht wie die armen Teufel von St. Anna enden wollten, mussten sie tun, was die Schwarzen ihnen geraten hatten. Wohin aber flieht man, wenn die Welt zerstört ist? In das Flüchtlingslager in Viareggio, wo man seine Notdurft in Gräben hinter Drahtzäunen verrichtet und zusammen mit deutschen Kriegsgefangenen an irgendwelchen Krankheiten stirbt? Zusammen mit denselben deutschen Soldaten, die versucht haben, deine Familie zu töten? Und man sich von den britischen und amerikanischen Soldaten, die einen mit Abfällen füttern, auch noch auslachen lassen muss? Bei der Vorstellung brach Ludovico wieder in Tränen aus, und er schlug die Hände vors Gesicht.

Ettoras Klagegeschrei glich einem Orkan, aber nun legte es sich allmählich, und es wurde ganz still in dem Zimmer. Bis die Dicke Margherita sagte: »St. Anna ist mir egal. Die Leute da sind jetzt im Himmel.« Sie bekreuzigte sich. »Aber was wird aus uns? Was steht uns bevor? Die Deutschen kommen wieder.«

»Na und?«, sagte Franco Bochelli, der alte Mann, der sich die Zähne ausgeschlagen hatte, um nicht zum Kriegsdienst eingezogen zu werden. »Ich will jetzt was trinken. Es ist bald Weihnachten. Kommt mit zu mir, wir wollen meinen Wein trinken, bevor die Deutschen ihn sich holen.« Damit stand er auf und ging, gefolgt von den schielenden Zwillingen Ultima und Ultissima und dem halben Dorf: Was sollten sie sonst auch tun? Schließlich stand Weihnachten vor der Tür, und Franco besaß so ziemlich den besten Wein im Tal, und, so Gott wollte, tranken sie den jetzt aus, oder vielleicht ließen sie etwas für Befana übrig, das zwölf Tage nach Weihnachten gefeiert wurde, falls bis dahin nicht die Würmer an ihnen nagten.

Stamps verstand von all dem kein Wort. Er bat Hector,

ihm das zu übersetzen, aber der zuckte bloß mit den Schultern. »Die wollen sich betrinken«, sagte er und machte eine Handbewegung, die Zustimmung andeutete. Was zum Teufel konnte man sonst auch schon tun? Er wollte sich ihnen anschließen, aber Stamps zog ihn und Train beiseite und sagte: »Train, bring den Jungen hier raus, so weit weg von der Leiche des Deutschen wie möglich. Hector, du übernimmst den Posten in der Gasse hinterm Haus. Train, du kannst drei Stunden schlafen, dann löst du Hector ab. Ich geh mal kurz nach draußen.« Er wollte die Lage erkunden. Hector und Train sahen ihm nach.

Stamps stand vor Ludovicos Haustür und sah Ettora mit Ludovico im Schlepptau davonschwanken. Er wusste, die Lage war kritisch, hatte aber keine Ahnung, was er dagegen unternehmen konnte. Sein Befehl lautete, die Stellung zu halten. Und das hatte er getan. Er hatte auch den Deutschen gehabt, bis Hector Mist gebaut hatte. Zum Teufel damit. Das würde Nokes schon regeln, wenn er hier ankam. Wenn es jemals ein Verbrechen gegeben hat, dachte er, dann doch wohl diese Sache. Das mussten die vom Auslandsnachrichtendienst untersuchen. Er hatte sich so auf das Festessen mit Truthahn und Kartoffelpüree gefreut, das man ihnen zu Weihnachten versprochen hatte. Stattdessen hatte er jetzt diese Scheiße am Hals.

Stamps ging ins Haus zurück. Dort war es jetzt still. Er legte sich auf den Boden und sank in einen unruhigen Schlaf; eine Stunde lang träumte er von brennenden Kirchenbänken, aufgespießten Babys und Akkordeonmusik. Von den anderen Italienern hatte er erfahren, dass es sich bei Eugenio, dem Verrückten, den sie am ersten Tag bei der Kirche gesehen hatten, um einen hoch dekorierten Lieutenant der italienischen Armee handelte. Er war mit seiner Familie nach Bornacchi gezogen, weil sein Haus in der Nähe von Lucca von Bomben zerstört worden war. In Lucca gab es keine Nahrungsmittel mehr, kein Brot, nicht einmal Trinkwasser. Nicht weit von Bornacchi gab es einen Bach, in dem man Fische fangen und Wäsche waschen konnte; man konnte hier Kastanien sammeln und sauberes Quellwasser trinken, und seine Kinder konnten den Sonnenaufgang sehen. Sie konnten im nahe gelegenen Bergwerk von Aracia arbeiten und sich ein paar Lire hinzuverdienen. Eugenio war wohlgemut auf dem Heimweg von einem Einsatz, als er erfuhr, dass seine Frau mit ihren acht Kindern bei einem Vetter in St. Anna zu Besuch gewesen war, als die Deutschen in den Ort gekommen waren. Sie waren alle tot, als er dort eintraf, und lagen in einem Massengrab neben der Kirche. Er hatte sich zu ihnen ins Grab stürzen wollen, er hatte ihnen folgen wollen. Kein Wunder, dass er den Verstand verloren hatte. Stamps stieg ein Würgen in die Kehle. Seine Hämorrhoiden brannten wie Feuer. Nach einer Stunde stand er auf, so benommen, dass er zu keinem Gedanken fähig war.

Das war nicht das einzige Problem. Die Geschütze feuerten wieder und kamen näher. Die Dorfbewohner wollten nicht fliehen. Train klammerte sich immer noch an den Jungen. Bishop war wie üblich verschwunden. In Ludovicos Haus war der Strom ausgefallen, und damit war das Funkgerät unbrauchbar geworden, denn die erschöpften Batterien hatten sich nicht mehr laden lassen. Sie konnten nur noch auf Nokes warten. Der soll sich mal was beeilen, sonst nutzen wir die Gelegenheit und gehen nach Hause, dachte Stamps. Er hoffte, Nokes rückte mit vielen Männern an. Die brauchten sie. Das Heulen und Zischen, das über sie hinfuhr und immer mit einem lauten Krachen endete, stammte von den Achtundachtzigern, von denen offenbar eine Menge da draußen waren. Am Horizont war Rauch zu sehen, und es roch nach Phosphor, was bedeutete, dass die Deutschen Flammenwerfer einsetzten, um Wälder, Häuser und auch Menschen zu beseitigen. Die verstanden keinen Spaß. Seit fünfzehn Monaten war er hier, und die Deutschen hatten ihnen nur Rückzugsgefechte geliefert, aber das hier war etwas anderes. Das war eine Offensive. Sie kamen von allen Seiten.

Er konnte nicht genau bestimmen, von wo der heftigste Beschuss kam; der immer lautere Donner hallte von beiden Seiten des Berges wider, schien aber aus Osten zu kommen. Er nahm an, die Deutschen bewegten sich nach Westen auf die Küste zu. Tja, in die Richtung wollen wir auch, dachte er bitter. Der Stützpunkt des Regiments in Viareggio lag im Südwesten, also würden er und seine Männer, wenn sie von hier zu entkommen suchten, ebenfalls in diese Richtung gehen müssen – nach Südwesten, obwohl auch dort einiges los zu sein schien.

Hector, das verletzte Ohr mit Verbandsmull und Fetzen von alten Laken umwickelt, die die Dorfbewohner in Streifen gerissen hatten, stand am Fenster und beobachtete die Berge. Stamps stellte sich neben ihn.

»Hector, was meinst du, wie lange braucht man, um vom Stützpunkt in Viareggio hierher zu kommen?«

»Schwarze schaffen den Weg über die Berge in zwei Stunden. Weiße brauchen einen ganzen Tag. Puertoricaner brauchen fünf Minuten.«

»Sehr witzig.«

»Krieg dich ein. Nokes kommt mit seinen Leuten, und

dann *adiós*, ab die Post. So nah sind die Deutschen noch nicht.«

»Und wen beschießen die dann jetzt?«

»Ist doch egal. Uns jedenfalls nicht. Vielleicht die Brasilianer. Oder die Gurkhas. Die sind auch hier in der Gegend.«

»Großartig. So ein Blödsinn.« Stamps konnte die Brasilianer nicht ausstehen. Er war einmal in ihrem Lager gewesen. Alles verdreckt. Keine Latrinen. Die vergruben ihre Scheiße nicht mal. Und die Gurkhas waren noch schlimmer. Das waren Geisteskranke, die mit ihren langen Gewändern und Schwertern und ihren schrillen Todesschreien. Angeblich starben sie zu Dutzenden an Tuberkulose, weil sie nicht an die Kälte gewöhnt waren. Wenn die Deutschen die unter Feuer nehmen wollten, dann nur zu.

»Wo steckt Bishop?«, fragte Stamps.

»Der ist gestern Abend mit einer *signorina* verschwunden. Dürfte jetzt bald fertig sein.«

»Geh ihn holen.«

»Wenn's dir recht ist, möchte ich lieber nicht mehr da draußen rumlaufen.«

»Verdammt, soll ich dir vielleicht ein Taxi rufen?«

»Mann, ich hab heute schon ein Messer abgekriegt! Außerdem kenn ich mich in dem Kaff nicht aus. Ich bleib hier auf Wache.«

Stamps verließ das Haus und ging über die Piazza. Ein paar Dorfbewohner hatten ihre Habseligkeiten zusammengepackt und zogen die Straße nach Westen zur Küste hinunter; vielleicht wollten sie bei Verwandten oder Freunden oder in den amerikanischen Flüchtlingslagern unterkommen. Aber die meisten im Dorf gingen ihren

Geschäften nach, als hätten sie noch nie vom Krieg gehört. Die sind verrückt, dachte er grimmig. Andererseits, wenn er die Wahl hätte zwischen seinem eigenen Haus und einem überfüllten, schmutzigen Flüchtlingslager, würde er auch lieber zu Hause bleiben.

Zuhause. Was war das überhaupt?

Er bog um eine Ecke und stieg gerade eine Treppe hinauf, als in einem rosa gestrichenen Haus, das nur ein verschlossenes Fenster hatte, die Tür aufging. Ein kleines Kind trat mit einem Eimer hinaus, gefolgt von Bishop, der sich das Hemd zuknöpfte. Als er Stamps sah, machte er ein finsteres Gesicht. Stamps trat an ihn heran.

»Was gibt's?«

»Wir haben ein Problem.«

»Ich geh nirgendwo hin.«

»Der italienische Partisan hat den Deutschen erstochen.«

»O Scheiße. Kommt Nokes trotzdem noch?«

»Der weiß nichts davon. Also kommt er auch.«

»Dann ist ja gut.«

Es ärgerte Stamps, dass Bishop so beiläufig über den Mord hinwegging.

»Während du deinen kleinen Freund beschäftigt hast, hat der Junge uns erzählt, dass hier in der Gegend SS-Leute sind; haben oben bei der Kirche, wo wir waren, eine Menge Zivilisten getötet.«

Bishop zuckte die Achseln, stopfte sich das Hemd in die Hose und atmete in tiefen Zügen die frische Bergluft ein. Er sah aus, als käme er gerade von einem Morgenspaziergang. »Wenn man sich das vorstellt. Auch noch vor einem Gotteshaus.«

Stamps war kurz davor, seinen Colt zu ziehen und

Bishop ein Ladung in die Visage zu ballern. Er sah es schon vor sich, Bishops Gesicht, ein Klumpen Brei wie angebrannter Haferschleim mit Metallstückchen darin. So hatte Huggs am Cinquale ausgesehen, das Gehirn nur noch ein Spritzer auf dem heißen Panzer. Ihm wurde plötzlich schlecht, als er an die verkohlten Kirchenbänke dachte, die ausgestreckten Arme des aufgespießten Babys. Er wünschte, er hätte das alles nicht gehört.

Er sah Bishop finster an und sagte: »Mann, was hast du eigentlich?«

»Das alles geht mich nichts an. Was kümmert's mich, wenn irgendwelche Weißen sich gegenseitig umbringen. Wann kommt Nokes?«

»Du holst jetzt deine gesamte Ausrüstung, die Maultiere der Italiener, das Funkgerät und alles, und bringst den ganzen Kram zu Ludis Haus, aber dalli. Wenn du diesen Idioten nicht über den Berg geschickt hättest, wären wir jetzt nicht hier.«

»Ich hab diesen bekloppten Nigger nirgendwohin geschickt.«

»Und ob du das hast. Du hast ihm vierzehnhundert Dollar abgeknöpft und ihn dann da rübergeschickt, dämlicher Arsch. Was hast du dir bloß dabei gedacht?«

Bishops Atem wurde langsamer, und sein Gesicht rötete sich vor Wut. Er kniff die Augen zusammen. Und da erst erkannte Stamps, wie gefährlich dieser Bishop war. Der Mann hatte Macht. Er hatte Bishop immer für ein Schaf im Wolfspelz gehalten, für einen miesen kleinen Gauner. Aber jetzt sah er es – sah, was Train schon längst gesehen hatte. Der Mann hatte Macht. Die Macht des Teufels.

»Dir gefällt es hier, stimmt's?«, sagte Bishop leise.

»Hier draußen hast du das Sagen. Hier bist du wie ein Weißer. Verdrehst die Regeln so, wie sie dir passen. Erst sagst du, wir müssen Train da rausholen. Dann sagst du, wir müssen uns einen Deutschen schnappen. Dann haben wir den Deutschen, und du vermasselst alles, weil du den Leuten hier den netten Amerikaner vorspielen musst, und jetzt ist der Deutsche tot, und wir sitzen hier mit denen in der Falle und müssen warten, dass sich ein echter Weißer hier blicken lässt, während die Krauts schon kurz davor sind, Hackfleisch aus uns zu machen. Und damit musst du leben. Nicht ich.«

Bishop stand, als er das sagte, oben auf der Eingangstreppe des Hauses. Jetzt ging die Tür hinter ihm auf, und Renata kam heraus; sie trug ein rotes Kleid und hatte ein Päckchen amerikanische Zigaretten in der Hand, zweifellos ein Geschenk von Bishop. Sie warf Stamps einen kurzen Blick zu und ging eilig davon.

Bishop sah ihr nach und grinste Stamps schief an.

»Hübscher Arsch, den hab ich auch in die Mangel genommen. Und sie hat mir die Nudel gelutscht und alles.«

Stamps warf sich auf ihn und packte ihn bei der Kehle. Die zwei krachten durch die Tür und stürzten in das abgedunkelte Haus, zertrümmerten Tische und Stühle und wälzten sich auf die offene Feuerstelle zu. Löffel, Kellen und Holznäpfe flogen umher. Bishop prügelte auf ihn ein, aber Stamps spürte nichts davon. Er würgte Bishop, bis dem die Augen aus den Höhlen traten und er verzweifelt und mit noch mehr Kraft um sich schlug. Immer wieder hämmerte Bishop mit granitharten Schlägen auf ihn ein, aber das brachte Stamps nicht dazu, den Griff um seinen Hals zu lockern. Plötzlich traf Stamps ein Schlag auf den Hinterkopf. Jemand zerrte seine Hände von Bishops

Kehle und riss ihn hoch. Keuchend und schwitzend stand er da.

Hector trat schwer atmend zwischen sie.

»Herrgott!«, sagte Hector und sah zwischen Bishop und Stamps hin und her. »Eure Angelegenheiten könnt ihr ein andermal regeln. Los jetzt, reißt euch zusammen. Nokes ist gekommen.«

20
Nokes

Dem Jungen war, als fiele er aus der Welt heraus, er trieb in einem Meer aus Schwarz und Weiß und folgte den seltsamen Klängen des Akkordeons; da schaltete er lieber seine Gedanken ab und wartete auf Arturo. Das war nicht mehr so schwer wie früher, nur dass Arturo jetzt nicht mehr so oft kam. Der Junge kniff fest die Augen zu, bis die Geräusche draußen verstummt waren. In ihm verschwand alles, und es blieb nur Leere, kein Anfang, kein Ende, keine Mitte, und wenig später war Arturo da.

»Du kommst nicht mehr so oft wie früher«, sagte Angelo.

Arturo zuckte mit den Schultern.

»Ich habe den einen von der Kirche gesehen«, sagte Angelo.

»Wir wollten doch nicht darüber reden«, sagte Arturo.

»Ich habe Angst vor ihm«, sagte Angelo.

»Deswegen ist ja der Schokoladenmann zu dir gekommen.«

»Der hat aber keine Schokolade mehr. Ich hab sogar in der Tasche nachgesehen, wo er sie drin hatte. Alles weg.«

»Es gibt noch viel mehr. Du wirst schon sehen.«

Arturo verschwand, und als Angelo die Augen aufmachte, sah er in der Ferne zwei Jeeps, die holpernd die Bergstraße hinaufgefahren kamen. In dem ersten Jeep waren ein Schwarzer und ein Weißer, im zweiten vier Schwarze, von denen einer an einem Maschinengewehr stand, das auf der Ladefläche montiert war. Train stellte den Jungen auf den Boden und nahm Haltung an. Stamps, gefolgt von Bishop und Hector, trat vor ihn, als die Jeeps sich näherten.

Die Fahrzeuge hielten an, und Captain Nokes sprang heraus.

»Wie seid ihr bloß den weiten Weg hier heraufgekommen?«, fragte er und lief Stamps entgegen, der breitbeinig, die Hände in die Hüften gestemmt, mit zerwühlter Kleidung und immer noch schwitzend dastand und auf ihn wartete. Stamps antwortete nicht. Er salutierte lässig, wandte sich ab, nahm seine Sachen, den Helm, die Ausrüstung und das Gewehr und ging damit zu dem zweiten Jeep. Er hatte nicht vor, mit Nokes im ersten Wagen zurückzufahren. Bloß nicht.

Nokes sah ihm wütend zu. »Wo ist der Deutsche?«, fragte er.

Stamps zeigte auf Ludivicos Haus. »Da drin.«

Nokes war empört. Ein solches Benehmen gefiel ihm nicht. Er war todmüde. Vierzehn Stunden hatten sie gebraucht, um Ruosina weiträumig zu umgehen, und sich dabei auf italienische Maultiere verlassen müssen, die bei ständig zunehmendem Beschuss die Jeeps durch Schlamm und Schnee gezogen hatten. Wie diese vier Schwarzen es geschafft hatten, dreiundzwanzig Kilometer vom Stützpunkt entfernt auf der falschen Seite des Serchio-Tals zu landen, blieb ihm ein unergründliches Rätsel.

Jetzt schnauzte er Birdsong an, der am Steuer des ersten Jeeps saß. »Finden Sie raus, was er hat, ich gehe inzwischen den Gefangenen holen.« Und dann wütend zu

Stamps: »Sie haben zwei Minuten, Ihre Männer zusammenzutrommeln.« Bishop und Hector hoben missmutig ihre Helme auf und bewegten sich langsam zu dem zweiten Jeep. Auch sie hatten nicht vor, mit Nokes zurückzufahren. Als Nokes auf Ludovicos Haus zuging, sah er Train dort stehen, den Statuenkopf am Gürtel, den Jungen auf dem Arm. »Und werden Sie das Kind los«, sagte er.

»Das hab ich versucht, Sir«, sagte Train. »Aber der will einfach nicht. Ist ein netter kleiner Kerl.« Er hielt ihm Angelo hin, der in eine Decke gewickelt war. »Sehen Sie mal.«

»Werden Sie ihn los.«

»Was soll ich denn machen, Sir. Ich kann ihn doch nicht hier lassen, deshalb wollte ich ihn mitnehmen. Er spricht nicht viel, aber er gibt Klopfzeichen. Sehen Sie mal hier. Einmal Klopfen heißt –«

Nokes trat einen Schritt auf Train zu. »Sind Sie noch ganz dicht?«

Train richtete sich auf und salutierte. »Boss, ich will doch nur sagen, dieser Junge hier, der hat …«

Er verstummte erschrocken, als Nokes mit zwei Schritten dicht vor ihn herantrat und ihn mit solcher Wut anstarrte, dass er ängstlich zurückwich. Nokes' Augen funkelten vor Zorn. Sein Kinn reichte Train gerade bis an die Brust, und als er jetzt den Kopf hob und Train anschrie, flog diesem sein Speichel ins Gesicht. »Was zum Teufel ist mit Ihnen los, Soldat?«

Train versuchte eine Antwort zu stammeln. »Ich …«

»Wir haben zwei Tage lang unser Leben riskiert, um uns zu Ihnen durchzuschlagen! Gute Männer sterben für Sie! Gute Weiße, Ihre Kommandeure, schlagen sich für

Sie in die Bresche! Und Sie kommen mir hier mit einem Kind?«

»Ich ... der Junge tut mir Leid, Sir.«

»*Der* tut *Ihnen* Leid? *Der* tut *Ihnen* Leid?«

Nokes erkannte seinen Fehler sofort. So mit einem Nigger zu reden, während vier bewaffnete Nigger in dem Jeep hinter ihm saßen und vier weitere vor ihm standen. Der Junge begann zu weinen.

Nokes senkte seine Stimme auf normale Lautstärke, versuchte aber, den Kommandoton zu wahren. »Sie packen jetzt zusammen und steigen in den Jeep. Und dann nichts wie weg von hier, Soldat.«

Train rührte sich nicht von der Stelle. Ein wütender Ausdruck zog über sein Gesicht.

»Das war nicht nötig, so vor einem Kind zu reden, Sir. Wieso müssen Sie ihn zum Weinen bringen.«

Stamps trat vor. »Bleib ruhig, Diesel.«

»Nichts da. So redet man nicht mit einem Kind, man schimpft und flucht nicht vor ihm herum, dass es weinen muss.«

Stamps wandte sich an Nokes. »Er versteht das nicht, Sir. Er ist etwas schwer von Begriff. Es war meine Idee, den Jungen mitzunehmen. Wir haben ihn am Cinquale aufgelesen. Haben versucht herauszufinden, wo er hingehört. Er will einfach nicht von uns weg. Ich habe Train gesagt, er soll ihn mitnehmen. Das war meine Idee.«

Die vier schwarzen Soldaten beobachteten Captain Nokes, der zu schwanken schien. Eine Situation wie diese hatte er immer gefürchtet: allein, irgendwo weit draußen, in Reichweite der deutschen Artillerie, begafft von acht Schwarzen und zehn italienischen Bauern, und weit und breit kein einziger weißer Amerikaner. Er hätte Colonel

Driscoll zusammenschlagen mögen, diesen blöden Yankee, diesen Hurraschreier, der so tat, als seien diese Leute auch bloß irgendwelche Weißen, die gegen die Deutschen kämpften. Diese Schwarzen trieben es mit weißen Frauen – das hatte er in Neapel mit eigenen Augen gesehen. Wenn die wieder nach Hause kämen, würde man sie erst mal umerziehen müssen. An so was dachte kein Mensch, stellte er erbittert fest. Das alles ging ihm zutiefst gegen den Strich. Und eigentlich sollte er gar nicht hier sein. Sondern bei der 10. Gebirgsdivision, guten weißen Soldaten, die auf der anderen Seite des Apennins kämpften. Aber da er keine Beziehungen hatte, musste er jetzt den Heiligabend mit einem Haufen Hühnerfresser auf einem gottverdammten Berg irgendwo in Italien verbringen. Nicht zu fassen.

»Birdsong!«, brüllte er.

Lieutenant Birdsong stieg aus dem ersten Jeep.

»Erledigen Sie das hier, während ich den Gefangenen hole. Wenn das nicht geregelt ist, wenn ich zurückkomme«, er zeigte auf Stamps und seine Leute, »stelle ich Sie alle vors Kriegsgericht. Also, wo ist der Gefangene?« Stamps zeigte auf Ludovicos Haus, und Nokes stapfte schimpfend davon. Trotz der Kälte troff ihm der Schweiß in den Kragen.

Stamps sah ihm nach, er wusste schon, was es gleich für eine Szene geben würde. Er unterdrückte den Wunsch, Nokes nachzugehen. Zu gern hätte er das Gesicht gesehen, das Nokes machen würde, wenn er in Ludovicos Haus trat und den Deutschen tot auf dem Boden liegen sah. Aus reiner Neugier. Warum auch nicht? Er steckte sowieso schon in der Scheiße. Und er hoffte, Nokes mit da hineinziehen zu können. Das wäre die gerechte Strafe für die Sauerei, die der am Kanal veranstaltet hatte.

Birdsong riss sich aus seinen Träumereien und trat vor. Die zwei kannten sich seit der Offiziersanwärterschule. Birdsong zeigte ein resigniertes Lächeln. Er wartete, bis Nokes außer Hörweite war, dann sagte er: »Stamps, sag deinem Großen, er soll jetzt endlich nachgeben.«

»Bird, mit dem ist nichts zu machen. Der lässt keinen an den Jungen ran. Außerdem haben wir ein echtes Problem. Vor der Kirche da auf dem Berg, einen Kilometer von hier, hat die SS jede Menge Zivilisten ermordet. Da müssen wir doch was unternehmen!«

»Wir verschwinden von hier, wie der Captain gesagt hat. Das unternehmen wir.«

»Wieso nimmst du ihn so in Schutz? Hat ihm doch keiner was getan.«

»Weil er der Captain ist.«

»Was spuckst du solche Töne? Kann mich nicht erinnern, dass du dabei warst, als wir am Cinquale zusammengeschossen wurden.«

»Ich war aber dabei.«

»Und wie ich sehe, hast du dafür auch gleich zwei neue Streifen gekriegt. Pass bloß auf, du wirst auch noch mal ein großer weißer Captain wie er.«

Ein paar Soldaten in den Jeeps lachten, aber nicht alle, bemerkte Birdsong. Als er sich wütend nach den Übeltätern umdrehte, sah er, dass sie alle, auch die, die nicht gelacht hatten, ihre verdreckten, schmutzigen Kameraden mit teilnehmenden Blicken bedachten. Stamps sah zu Bishop hinüber und sah ein gefährliches Flackern in seinen Augen. Ob das ihm galt oder Birdsong, konnte er nicht sagen, aber es war ihm auch egal. Die Sache hier geriet außer Kontrolle. Inzwischen hatten sich eine Menge Italiener hinter Stamps aufgebaut, darunter Ludovico, Ettora und Renata. Stamps wünschte, sie wären nicht Zeugen dieser Machtprobe. Das kam ihm nicht anständig vor. Diese Leute hatten schon genug Probleme. Er sah über die Schulter nach Renata und spürte Zuneigung und Scham. Sie schuldete ihm nichts. Sie war ein freier Mensch. Sie hatte ihm nur in seinen Träumen gehört. Und jetzt musste sie hier bleiben und weiter in diesem Albtraum leben, während er nach Hause gehen konnte.

Birdsong sagte mit ruhiger Stimme: »Ich muss hier draußen Befehle ausführen wie jeder andere, Aubrey. Das weißt du. Ich bitte dich – und das ist kein Befehl –, ruf deine Leute zusammen, damit wir nicht alle vors Kriegsgericht kommen, wenn wir hier raus sind.« Er sah nach den Bergen hinter ihm. »Falls wir hier rauskommen.«

»Also schön. Bishop, Hector, holt eure Sachen. Train, gib den Jungen Miss Ludi.« Er zeigte auf Renata, ohne sie anzusehen. Er konnte ihr nicht mehr ins Gesicht sehen. Sie hatte ihm das Herz gebrochen. Das geschah ihm recht. Das hatte er davon, dass er so falschen, so hochtrabenden Träumen nachgehangen hatte.

»Die ist nicht seine Mama«, sagte Train.

»Ich weiß, Diesel, aber du kannst ihn nicht mitnehmen.«

Train hatte heftiges Herzklopfen, ihm war ganz schwindlig. »Die kennt ihn nicht so gut wie ich, Lieutenant. Er hat keine Mama mehr. Er muss irgendwohin, wo sich jemand um ihn kümmern kann. Ich hab eine Großmutter, die würde das machen.«

Stamps sah Birdsong die Augen verdrehen, als Hector Renata am Arm berührte und ihr etwas ins Ohr flüsterte.

Sie trat vor und hob Angelo behutsam aus Trains Armen. Der Junge heulte auf und strampelte mit den Beinen. Bishop und Train schoben sich neben Train und versuchten ihn zum Jeep zu drängen, aber der Junge riss sich von Renata los und lief zu Train zurück, der ihn in seinen Armen auffing.

»Seht ihr, er will nicht«, sagte Train niedergeschlagen. Die Männer im Jeep lachten.

Stamps wandte sich ab, um Helm, Ausrüstung und Gewehr aufzuheben. Scheiß drauf. Sollte Nokes das doch machen. Er drehte sich um und sah gerade noch, wie Nokes aus Ludovicos Haus gestürmt kam; in seinen Zügen spiegelte sich eine seltsame Mischung aus ungläubigem Staunen und Empörung. Als hinter Ludovicos Haus mit Getöse eine Granate einschlug, musste Nokes sich kurz nach vorn beugen; dann richtete er sich wieder auf und schritt weiter auf sie zu. Hector zuckte zusammen. Jetzt würde es wirklich Ärger geben.

»Soll das ein Witz sein?«, fuhr Nokes Stamps an.

»Nein«, sagte Stamps.

»Der Kerl da drin ist tot.«

»Ich weiß.«

»Er ist tot. Wie ist das passiert?«

»Jemand hat ihn getötet.«

»Kommen Sir mir nicht so! Kommen Sie mir *nicht so*!« Nokes tobte. »Haben Sie ihn nicht bewachen lassen?«

»Ich habe ihn bewachen lassen. Der italienische Partis–«

»Sie hatten ihn, und Sie haben Mist gebaut, kapiert? Sie haben Mist gebaut, *Sergeant* Stamps!«

Stamps würgte schweigend den Ärger runter, der in

seiner Kehle hochstieg. Drei Jahre hatte er gebraucht, sich diese Leutnantsstreifen zu verdienen. Drei Jahre Arbeit. In einer Sekunde vernichtet. Das Lärmen von Artillerie und Handfeuerwaffen rückte näher. Große Kracher, die den Boden erschütterten. In Nokes' Rücken wurde eine Gruppe Bäume abrasiert. Das waren Achtundachtziger mit hoher Reichweite. Jeden Augenblick konnten deutsche Helme über dem Bergkamm erscheinen. Sie kamen aus Osten, von oben – immerhin damit hatte er Recht gehabt.

Birdsong sagte: »Sir, wir müssen abrücken.«

Nokes hörte nicht hin. Es war ihm gleichgültig. Er trat zurück, die Hände in die Hüften gestemmt. »Scheiße … dieser gottverdammte feige Saftsack …« Er trat nach dem Schnee. Offenbar war er durchgedreht.

»Bitte, Sir«, sagte Birdsong. »Wir müssen los.«

»Okay, verdammt.« Er schnappte nach Luft, starrte das Haus an, in dem der tote Deutsche lag. Schließlich kletterte er in den ersten Jeep. »Das gibt Ärger«, sagte er zu Stamps.

Train trat vor.

»Bitte, Sir. Ich will bloß … Ich will bloß was erklären, wegen diesem Jungen hier …«

Nokes schnallte sein Pistolenhalfter auf. Er sagte: »Ich bringe Sie vors Kriegsgericht, Soldat. Ich hatte Ihnen Befehl zum Aufladen gegeben.«

Train antwortete nicht. Vorsichtig stellte er den kleinen Italiener, den er bis dahin in den Armen gehalten hatte, hinter sich auf die Erde und setzte ihm seinen Helm auf den Kopf. Der Junge stand zwischen den Knien des Riesen und spähte unter dem Helm hervor, der fast sein halbes Gesicht bedeckte, zu Nokes und den anderen hinauf.

Hinter sich hörte Birdsong die vier Soldaten im zweiten Jeep unruhig werden. »Wegen dem Jungen braucht der Mann doch nicht erschossen zu werden, Sir. Wir nehmen ihn mit ins Hauptquartier. Da ist Platz genug.«

»Ja, kein Problem, das Kind mitzunehmen, Sir. Fahren wir, Sir …«

Nokes sah aus den Augenwinkeln zu ihnen hinüber. Zu Birdsong sagte er: »Lieutenant, nehmen Sie das Kind.«

Birdsong sprang aus dem ersten Jeep und ging langsam auf Train zu. »Mach's mir nicht schwer, Großer.«

Train rührte sich nicht. »Bleib, wo du bist.«

Als Birdsong sich das Kind greifen wollte, packte Train ihn am Hals und hob ihn in die Luft. Nokes riss seinen Karabiner aus dem Halfter, und im selben Augenblick entsicherte Bishop, der hinter ihm vor dem zweiten Jeep stand, seine M-I und schob sie Nokes zwischen die Rippen.

Die vier Soldaten im zweiten Jeep beobachteten schockiert, wie Train Birdsong am Hals hoch in die Luft hielt. Stamps stürzte sich auf ihn, aber Train war einfach zu stark. »Um Gottes willen, lass ihn los, Diesel«, flehte Stamps. Die vier Männer sprangen aus dem Jeep, um ihm zu helfen, Birdsong aus Trains Griff zu befreien, aber der Riese hatte wahrlich Riesenkräfte. Er hielt Birdsong weiter da oben, und zum ersten Mal erkannte Ludovico, der hinter ihnen stand, die Wahrheit, sah, was er sich ein Leben lang vorzustellen versucht hatte: Er sah Train als Silhouette vor dem Berg, den sie Schlafender Mann nannten, er sah die kleineren Männer, die ihn hilflos umklammerten und die er mit Bergesstärke abschüttelte wie Fliegen, und da wusste Ludovico, dass er ein Wunder gesehen hatte, dass Ettoras Zauber gewirkt hatte, dass der Schla-

fende Mann erwacht war, um Rache zu üben und seine
Liebste zu freien, nur dass seine Liebste gar keine schöne
Jungfer war; sondern dass seine Liebe diesem unschuldigen Kind hier galt, einem Kind, das ein Massaker überlebt hatte, einem Wunderkind, das alles verkörperte, was
jedem Italiener teuer war, die Kraft zu bedingungsloser
Liebe, die Kraft, zu verzeihen und nach den schlimmsten
Gräueln weiterzuleben, und schließlich und vor allem die
Kraft, an Gottes Wunder zu glauben. Dass dieses unschuldige Kind diesen Amerikaner zu ihnen gebracht
hatte, war ein gar noch größeres Wunder, denn diesem
Riesen würden noch viel mehr Amerikaner folgen, und
das nur, weil die Schwarzen und der Junge durch ein Versehen nach Bornacchi gekommen waren. Aber das war
kein Versehen. Der Krieg näherte sich dem Ende, und
bald wären sie alle befreit. Ludovico sah, von Ehrfurcht
und Schrecken ergriffen, Birdsongs Füße hoch über der
Erde baumeln und sein Gesicht blau anlaufen. Birdsong
schlug mit den Fäusten auf Train ein, dann mit flachen
Händen, bis seine Schläge immer kraftloser wurden und
sein Körper nur noch schlaff herabhing. Erst nach quä-
lend langen Sekunden gelang es den fünf Männern, Train
zu zwingen, seinen mächtigen Griff zu lockern – gerade
in dem Augenblick, da der Artilleriedonner aus allen
Richtungen lauter wurde und das Maschinengewehrfeuer
die Außenmauern der Ortschaft erreicht hatte.

Die vier Männer kletterten in ihren Jeep zurück. Birdsong lag im Schnee, in den er gefallen war, hielt sich den
Hals und rang nach Luft. »Herrgott!«, stöhnte er. »Was
ist bloß mit dir los, Mann! Zur Hölle mit dir!«

Die Artillerie krachte jetzt überall um sie herum. Die
Dorfbewohner, die näher gerückt waren, um starr vor

Entsetzen Zeuge dieser Ereignisse zu sein, wichen jetzt zurück und flohen. Nur Renata, Ludovico und Ettora blieben wie gebannt stehen.

Bishop nahm sein Gewehr von Nokes' Rippen, und der Captain schob seinen Revolver ins Halfter, sprang auf den Fahrersitz des ersten Jeeps und ließ den Motor an. Zwei Männer sprangen aus dem zweiten Jeep, warfen Birdsong auf die Rückbank hinter Nokes und stiegen wieder in ihren Wagen. Nokes wendete. Er zeigte mit dem Finger auf Bishop, als wollte er sagen: »Du«, sagte aber gar nichts mehr und brauste davon. Nun erwachte auch der zweite Jeep zum Leben und wendete in einem engen Kreis, um Stamps und seine Leute einsteigen zu lassen.

Die Granaten schlugen jetzt überall ein und trafen mehrere Häuser. Die Amerikaner und die Leute aus dem Dorf sahen die Helme der Deutschen über dem Bergkamm im Osten auftauchen und dann herabsteigen. Der zweite Jeep stand noch, wartete auf Stamps, Hector, Bishop und Train. Die Soldaten schrien: »Verdammt noch mal! Kommt endlich!«

Stamps nickte Bishop und Hector zu. »Alles einsteigen!« Sie rührten sich nicht.

Granaten schlugen auf der anderen Seite des Dorfes ein. Ein Haus wurde getroffen, dann kamen die Einschläge in ihre Richtung.

Der zweite Jeep brauste davon.

Die vier Soldaten sahen den beiden Jeeps nach, die hintereinander durchs Tor fuhren, über den Bach setzten und dann, Schnee und Matsch aufwirbelnd, den jenseitigen Hang hinauf in Richtung Westen davonjagten. Nokes' Jeep fuhr voraus, und sie sahen, wie die Achtundachtziger-Granaten sich auf ihn einschossen, vor und hinter dem Wagen explodierten und schließlich einen Volltreffer landeten. Der Jeep zerplatzte in einem Feuerball; der nachfolgende kurvte um ihn herum, kippte auf die Seite, stürzte, sich überschlagend, den Hang hinunter und explodierte ebenfalls.

Es war, als hätte es sie nie gegeben.

Aus der Richtung, aus der Nokes gekommen war, sahen sie die Deutschen den Hang hinunterlaufen. Die Artillerie zielte jetzt auf das Dorf, die Geschosse zischten durch die Luft wie kleine Vogelschwärme und zertrümmerten die Häuser, die in großen Brocken auf die Piazza flogen, Steine und Schrapnells prasselten mit lautem Krachen an die Mauern. Sie sahen die Leute, die in südlicher Richtung aus dem Dorf geflohen waren, über den Grat verschwinden; die Röcke der Frauen wehten wie Strohblumen im Winterwind.

Stamps versuchte zu denken. Wenn sie umzingelt waren, würden sie die Deutschen am besten von einer hoch gelegenen Stelle aus abwehren können. Der höchste Punkt weit und breit war die Kuppe über der Kirche von St. Anna.

»Mir nach«, sagte er.

Die Soldaten und die noch übrigen Italiener folgten ihm. Nur Ludovico nicht: Er drehte sich nach Ettora um, die allein auf der Piazza stand, Schrapnells und Artilleriegeschosse pfiffen ihr um die Ohren. Er löste sich von der Gruppe, die zur Südseite der Dorfmauer rannte, und schlurfte durch den Schnee zu Ettora zurück. »Komm!«, schrie er.

Ettora schüttelte den Kopf. Sie war kreidebleich. Und setzte sich in den Schnee.

»Bitte, komm. Ettora, steh auf.«

Sie kauerte wie eine Indianerin im Schnee und blickte zu ihm hoch. »Meine Augen sind nicht so gut«, sagte sie. »Und ich bin müde.«

Ludovico sah, sie war verrückt geworden. Die Sache in St. Anna hatte sie zerbrochen. Er fand, sie sollte ihren Willen haben. Sie konnte sehr hartnäckig sein. Er kniete sich zu ihr. »Deine Augen sind in Ordnung«, sagte er. »Die sind in Ordnung.« Eigentlich wollte er sagen, ihre Augen seien schön, aber das brachte er nicht über die Lippen. Er verfluchte sich. Wenn er das jetzt nicht sagen konnte – wann dann?

Sie lächelte. Sie hatte immer gewusst, was er für sie empfand. Er war für sie ein offenes Buch. »Mein Zauber hat gewirkt, oder?«

»Ja, er hat gewirkt.«

Er rückte näher an sie heran, und sie lehnte ihren Kopf an seinen Arm. Erst als sie sich dabei ein wenig zur Seite drehte, sah Ludovico das Blut aus ihrem Bauch sickern; es quoll um einen großen Schrapnellsplitter herum, dessen glühende Spitze vorne herausragte.

Hector, der Stamps und den anderen als Letzter folgte, hörte hinter sich einen lauten Schrei, wie das Aufjaulen eines Hundes. Er drehte sich um und sah Ludovico über die alte Frau gebeugt, aus deren Bauch ein dünnes rotes Rinnsal in den Schnee strömte. Renata sah es auch und wollte zurücklaufen. Als Stamps sie festhielt, trat sie nach ihm und kreischte. »Hol ihn, Hector!«, brüllte Stamps.

Aber Hector wollte nicht zurück. Keine hundert Meter entfernt waren die ersten Deutschen aufgetaucht. Das Dorf war ein einziges Chaos, Menschen rannten hin und her, dicker Rauch quoll aus den Häusern, am anderen

Ende des Dorfs traten die Deutschen Fenster ein. Nein, er wollte nicht zurück. Er hatte genug Schmerz erlebt. Er wollte mit San Juan im Herzen sterben, wollte in seinem letzten Traum noch einmal den Strand zu Weihnachten sehen, die Lichter, seine Mutter; wollte den Duft von Reis und Bohnen in der Nase haben. Hector Negron aus Harlem würde nirgendwohin gehen. Hector Negron aus Harlem war kein Held. Scheiß auf Stamps. Hector Negron war kein Soldat. Hector Negron war ein junger Mann, der kaum lesen konnte, aber mit siebzehn schon drei Sprachen beherrschte. Was hatte er nun davon? Alles, was er tat, war irgendwie falsch. Er selbst war ein Fehler, wie sein Vater immer sagte, ein Fehler, der unablässig Fehler machte, denen immer nur noch mehr Fehler folgten. Wenn irgendwo ein Fehler gemacht wird, ist mein Sohn Hector garantiert dabei, pflegte sein Papa zu sagen. Manchmal hätte er seinen Vater umbringen können, diesen blöden Mistkerl, und jetzt, im Angesicht des Todes, sah Hector ihn ganz deutlich vor sich stehen. Es machte ihn wütend, dass sein Vater, wie immer betrunken – betrunken von San Juan bis Harlem – sich da hinstellte und ihn anschrie, ihn sogar im Augenblick seines Todes noch als Dreck, Nichtsnutz und Abschaum beschimpfte. Aber Hector verhielt sich genau wie früher in San Juan. Er ignorierte das besoffene Geschrei, warf sich seinen Vater auf den Rücken und trug ihn nach Hause, wie seine Mutter es immer von ihm verlangt hatte. Erst als er die Dorfmauer von Bornacchi hinter sich hatte, erkannte Hector, dass der schreiende Mann, den er auf den Schultern trug, Ludovico war, und dass sein Vater, Gott sei Dank, nirgendwo zu sehen war. Der war schon vor langer Zeit in Amerika gestorben.

21
Das Gefecht

Von allen Seiten unter Beschuss, folgten sie den Italienern auf ihrer Flucht den Berg hinauf durch den tiefen, rutschigen Schnee und auf den Platz vor der Kirche zu. Die Maultiere, die sie Ludovico abgekauft hatten, standen noch in der Gasse hinter seinem Haus – die nützten ihnen jetzt nichts, sagte Bishop. Renata kannte eine Höhle nicht weit von der Kirche, wo sie alle sich verstecken konnten.

Train sah nirgendwo Deckung. Das alles war ihm zu verwirrend, ein großes Rätsel: der schreiende Captain, der Mann, den er am Hals gepackt hatte, der Junge. Er wollte doch nur ein warmes Bad, ein wenig schlafen und dann nach Hause gehen. Er war sich halbwegs sicher, dass seine Großmutter den Jungen nehmen würde, aber er hatte keine Ahnung, wie er ihn nach Hause bringen könnte. Er wollte ihn, so hatte er es sich ausgemalt, in seinem Gepäck verstecken – er war ja klein genug – und aufs Schiff schmuggeln, die anderen würden ihn schon nicht verraten; oder er würde Bishop sein Geld zurückgeben, und der würde ihm dann helfen; und wenn sie dann nach Hause kämen, würde er ihm das Feld des alten Parson zeigen, wo sein Hund begraben war, den man nachts noch immer dort heulen hören konnte. Das machten Väter doch mit ihren Söhnen. So ging das doch, oder? Er war sich nicht sicher.

Train fand es traurig, dass der Captain tot war. Der

Mann hatte versucht, ihm Unrecht zu tun, war aber auch nicht schlimmer als alle anderen gewesen, Leute, die ihm sein Geld wegnahmen, die ihn herumkommandierten. Er hatte etwas ganz Einfaches haben wollen. Und jetzt war alles daneben gegangen.

Die wenigen Italiener vor ihnen zerstreuten sich in den Wald, aber die Soldaten, Ludovico und Renata gingen unter Stamps Führung weiter voran. Sie folgten dem Pfad, der in vielen Windungen an der Bergflanke entlang zur Kirche hinaufführte. Eugenio, der Verrückte, der vorhin so geschrien hatte, war verschwunden. Jetzt war nur noch das Heulen und Zischen der Geschosse zu hören. Die Granaten pfiffen ihnen um die Ohren, schlugen in die Felsen und sprengten große Brocken los, die polternd zu Tal stürzten. Immer wieder mussten sie zur Seite springen, um ein solches Ungetüm vorbeizulassen, und immer wieder krachten Äste zerfetzter Bäume vor ihnen in den Schnee. Train staunte, wie schön das alles war. Alles wurde schön, wenn er spürte, dass er unsichtbar wurde. Es war mal wieder so weit. Und heute, das war sein Ziel, sollte der Junge mit ihm zusammen unsichtbar werden. Wenn er die Augen hätte schließen können, hätte er es getan und sich das für den Jungen gewünscht, aber da er den anderen folgen musste, wünschte er es sich mit offenen Augen und drückte seine Hände, als drücke er seine Augen zu, und er drückte so fest, dass der Junge aufschrie und sagte: »Du drückst mich zu fest.«

»Entschuldige, Kleiner.«

»Bist du müde? Drückst du deswegen so fest?«

»Schrecklich müde.«

Erst als er über den nächsten Felsen geklettert war, fiel ihm auf, dass er jedes Wort des Jungen verstanden hatte.

»Großer Gott, bist du …«

»Wo ist dein unsichtbares Schloss?«

»Ich … Was sagst du da, Junge?«

»Sind die Häuser im Himmel wirklich aus Süßigkeiten, und kann man sich davon etwas abbrechen und so viel essen wie man will?«

»Ich glaub schon, Junge.«

»Und wenn man will, dass es im Himmel regnet, dann regnet es, aber nicht auf die anderen Leute, sondern nur auf einen selbst. Stimmt das wirklich?«

Bishop ging gut einen Meter vor ihm. Train holte ihn ein. »Er spricht mit mir, Bishop! Er weiß alles. Er kann auf einmal richtig sprechen! Kann es im Himmel auf zwei Leute regnen, Bishop? Zur gleichen Zeit? Ist das möglich?«

Bishop sah ihn wütend an und sagte: »Ich hab die Schnauze voll von dir, Mann. Hau ab. Lass mich in Ruhe. Blöder Idiot.«

»Ich will's doch nur wissen. Kann es im Himmel auf zwei Leute zur gleichen Zeit regnen? Was sagt die Bibel dazu?«

»Frag mich das auf dem Schiff, wenn wir nach Hause fahren, Nigger. Ich wollte bloß sagen, du schuldest mir kein Geld mehr. Lass mich einfach in Ruhe. Du sollst verschwinden. Kapiert?«

»Was hab ich dir getan, Bishop? Ich sag doch bloß, der Junge hat mit mir gesprochen. Er kann Englisch. Schau doch mal!«

Als er den Jungen ansah, spürte er einen Ruck. Der Junge erschauerte, und plötzlich war er kreidebleich und leblos. Train schüttelte ihn.

»Großer Gott, Bishop! Bishop!«

Bishop ging weiter, folgte den anderen auf eine kleine Erhöhung nicht weit von der Kirche. Als der Riese den Jungen absetzte, wurde die Piazza von einem deutschen MG-Nest unter Beschuss genommen. Train legte den Jungen mitten im Kugelhagel vor der Kirche auf den Boden.

Die drei anderen Soldaten waren auf der gegenüberliegenden Seite der Piazza in sicherer Entfernung in Deckung gegangen und sahen den Riesen über dem Jungen knien; Granaten und Schrapnells schossen über ihn hinweg, MG-Salven trafen die Kirchenglocke und entlockten ihr schrille Töne. Splitter der Kirchenfassade zischten an ihm vorbei, Steine und Trümmer prasselten auf ihn, aber das alles ließ den riesigen Schwarzen unberührt, er schien es gar nicht wahrzunehmen; wie er da hockte, konnte man meinen, er betrachte bei einem Sonntagsspaziergang im Park eine Blume. Behutsam fasste er den Jungen mit einer großen Hand und schüttelte ihn sanft, dann nahm er den Helm ab, beugte sich noch dichter über ihn und sagte etwas. Schließlich hob der Riese den Jungen auf und legte ihn sich über die Schulter, und eine leblose Hand hing ihm über den Unterarm wie ein weißer Lappen. Train streichelte weiter seinen Kopf und sprach freundlich auf ihn ein, als könnten zärtliche Worte und Gesten den Jungen wecken und den ganzen Albtraum zum Verschwinden bringen.

Bishop sprang aus der Deckung und rannte los, er wollte Train da rausholen. Stamps schrie: »Lass ihn! Der will nicht mehr!« Aber Bishop rannte weiter, duckte sich hinter Bäume und Felsen.

Zwei Meter vor Train blieb er stehen, Trümmer und Kugeln schwirrten von allen Seiten durch die Luft, und plötzlich wurde Train getroffen. Der Riese sah überrascht auf, fiel auf die Knie, stützte sich mit einer Hand ab und ließ den Jungen vorsichtig hinab, schützte ihn mit seinem mächtigen Körper vor dem Maschinengewehrfeuer. Er riss den Statuenkopf aus dem Tragnetz und drückte ihn an sich, und wieder wurde er getroffen, diesmal mitten in die Brust – die Salve schleuderte ihn zwei Meter von dem Kind fort, und er landete auf dem Rücken, mitten auf der Piazza. »Ihr könnt mir nichts tun«, schrie er. »Ich bin unsichtbar!« Bishop sah ihm ins Gesicht, und in diesem Augenblick, dem Augenblick zwischen Trains Tod und seiner eigenen Erlösung aus diesem Jammertal sah er alles, was er in seinem nichtsnutzigen Leben versäumt hatte, die verpassten Möglichkeiten, die zerstörten Freundschaften, die vergebenen Chancen, seinen Opportunismus, das alles lauerte hinter der dicken Mauer aus Misstrauen und Hass, die er zwischen sich und den anderen errichtet hatte, weil er die Weißen für beschränkt hielt, weil er sich selbst belogen hatte, vor allem aber, weil er vor so langer Zeit das Vertrauen zu Gott verloren hatte. Als Train in Todesqual den Kopf hob, hörte Bishop die Worte: »Du hast meine Mutter umgebracht!«, und er fragte sich, woher Train das wusste, woher Train den wahren Grund für seine mangelnde Gottesfurcht kannte, und er brauchte einige Sekunden, bis ihm klar wurde, dass er selbst es war, der diese Worte ausgesprochen hatte, und nicht Train, der zehn Meter von ihm und zwei Meter von dem Jungen entfernt auf der Seite lag. Wieder pflügten MG-Salven über die Piazza, und wieder wurde Train getroffen. Es war unglaublich, aber der Riese drehte sich um und atmete laut und keuchend, er lebte immer noch.

Bishop sah Stamps hinten über die Piazza rennen und wie wild auf das MG-Nest feuern, das sich im Erdgeschossfenster eines nahe gelegenen Hauses befand. Hector lief zur Seite des Hauses, ließ sich hinter einen Trümmerhaufen fallen, sprang auf, riss eine Handgranate von seinem Gürtel und warf sie in das Fenster. Bishop hörte einen Knall, aber das Maschinengewehr knatterte weiter. Hector hatte schlecht gezielt. Stamps stürzte vor, nahm das MG-Nest frontal unter Feuer und wurde von Kugeln förmlich zersiebt. Er kippte nach vorn, fast in das Fenster hinein, und mitten in dieser Bewegung riss er sich eine Handgranate vom Gürtel und stieß sie über die Fensterbank. Die Wucht der Explosion schleuderte ihn weit durch die Luft in einen Baum. Sein Gesicht war nur noch eine zerfleischte Masse. Das zweite Maschinengewehr in dem Haus feuerte weiter, und während die Kugeln ein drittes Mal über Trains Rücken hinwegspritzten, kroch Hector unter das Fenster, warf eine Granate hinein und wälzte sich davon. Die Granate explodierte, und das MG-Feuer erstarb. Bishop hatte hinter einem großen Baum Deckung gesucht, und jetzt lief er gebückt zu Train auf die Piazza. Einen Meter von ihm entfernt, duckte er sich hinter einen großen Betonbrocken. Er hörte Train husten.

»Bleib noch kurz liegen«, sagte Bishop.

Train lag auf der Seite und sah Bishop mit großen Augen an. »Schon gut. Schon gut. Ich geb dir dein Geld. Alles.«

»Sei still.«

»O Gott. Ich krieg keine Luft. Ich kann den Kopf nicht bewegen. Lebt der Junge?«

Bishop sah über Trains Schulter. »Er lebt.« Das war gelogen. »Hector hat ihn geholt.« Plötzlich schämte er sich, schämte sich, weil das Lügen ihm immer so leicht gefallen war.

»Gut. Sag Hector, er soll ihn mit nach Hause nehmen. Du kannst ihn nicht nehmen, Bishop, du bist ein Spieler.«

»Train, kennst du die Geschichte von dem Schwarzen und dem Affen, der ihn nachäfft?«

»Hör auf. Tust du, was ich dir gesagt habe? Meine Großmutter zahlt dir alle meine Schulden zurück. Sag Hector, er soll versprechen, den Jungen mitzunehmen.«

»Ja, mach ich. Und jetzt sei endlich still.«

»O Gott, Bishop! Ich sehe den Hund vom alten Parson! Er ist auf dem Feld hinterm Haus begraben. Ich hab gewusst, dass er da ist! Ich höre ihn bellen! Und da ist Onkel Charlie mit seiner Geige …«

Bishop packte Train mit beiden Händen und versuchte ihn hinter den Betonbrocken zu ziehen. Erst mit dem dritten Versuch gelang es ihm.

Der Blick des Riesen war leer.

Bishop wusste nicht, warum er das tat, aber er musste es einfach tun. Er rannte über die Piazza und nahm das leblose Kind in die Arme. Aus allen Richtungen feuerten Maschinengewehre, und aus den amerikanischen Bombern, die jetzt endlich eingetroffen waren, regnete es schwere Granaten. Er rannte über die Piazza zurück und suchte im Eingang der Kirche Deckung. Er duckte sich unter der Büste der Heiligen Anna, im Schatten des verkohlten, aufgesprengten Portals, und untersuchte hastig das Kind.

Bishop konnte nicht sehen, wo es den Jungen erwischt hatte, aber er war eindeutig tot. Wahrscheinlich ein Schrapnellsplitter. Schon kleine Splitter konnten einen Menschen töten. Er lief in die dunkle, ausgebrannte Kirche, und gerade als er loslief, genau in diesem Augenblick spürte er, dass er in den Rücken getroffen wurde. Die Kugel fühlte sich nicht heiß an, wie immer behauptet wurde. Eher fühlte sie sich kalt an. Aber sie traf ihn mit solcher Wucht, dass er in die Knie ging. *Die Liebe*. Er raffte sich hoch und lief weiter, und wieder traf ihn etwas in den Rücken, und wieder ging er in die Knie. *Die Liebe*. Kühle Luft umwehte ihn, und dann schwang er sich auf, flog hoch bis unters Kirchendach, über die Kanzel hinweg, über die zertrümmerten und verkohlten Bänke, und gelangte schließlich mit dem Jungen, den er noch immer in den Armen hielt, vor das Angesicht der Statue der Heiligen Anna. Und als er ihr ins Gesicht sah, begriff er, was Train schon vor ihm begriffen hatte. Sie atmete, sie weinte, sie war echt, sie war das Schönste, das er je in seinem Leben gesehen hatte. Er begriff jetzt alles: Wer Gott war, warum es Berge gab, warum Flüsse von Norden nach Süden strömten, warum Wasser blau und nicht grün war, die Geheimnisse der Pflanzen. Und er begriff auch, warum er Train diesen Berg hinauf nachgegangen war. Er hatte seine verlorene Unschuld wieder gefunden, hatte sie gefunden im Glauben des Riesen an die Liebe, im Glauben des Riesen an Wunder, in der Liebe des Riesen zu einem Kind, das eins von Gottes Wundern war. Bishop schwebte wieder hinab, legte den Jungen auf den Boden, packte seinen winzigen Kopf, holte tief Luft, und als ihm zwei weitere Kugeln durch die Brust in Lunge und Leber fuhren und ihm die Adern zerfetzten und sein Leben ihm schon aus den Füßen rann, presste er seine Lippen auf die des Jungen und hauchte ihm zweimal in den Mund. Der Junge zuckte leicht. Sachte ließ Bishop den kleinen Kopf auf den Boden sinken. Über ihm lächelte die Heilige

Anna, und da drehte er sich auf den Rücken und schloss für immer die Augen. Tiefe, tröstliche Stille senkte sich auf alles, was er gewusst hatte und jemals wissen würde.

Der Junge lag unter der Statue der Heiligen Anna und schlug die Augen auf. Der Riese war weg. Alles war still. Er blickte nach oben und sah Arturo über sich. »Wir müssen gehen«, sagte Arturo.

»Gehe ich in den Himmel?«, fragte er.

»Nein. Du gehst nach Forte dei Marmi.«

»Wo ist das?«

»Ich zeig dir den Weg.«

»«Wer ist dort?«

»Dein Vater.«

»Ist der Riese mein Vater?«

»Nein, Ettore ist dein Vater. Erinnerst du dich?«

Und plötzlich erinnerte er sich. An alles. Er erinnerte sich an alles. Und plötzlich sah er: Er durfte nichts von all dem in Erinnerung behalten, alle Lebenskräfte der Welt verlangten, dass manche Dinge vergessen werden mussten, damit das Leben weitergehen konnte; er begriff, dass es Dinge gibt, die man vergessen muss; er erkannte, dass Gott ihm die Kindern vorbehaltene Unschuld verliehen hatte und sie bald von ihm abfallen würde, und dass die unerträgliche Tragödie des Krieges auf alle Zeiten ins Gedächtnis der anderen eingegraben war, nicht aber in seins. Er begriff in diesem Augenblick, dass St. Anna di Stazzema zu einer bloßen Erinnerung werden würde: ein vergessener Ort, ein Museum vielleicht, die fünfhundertsechzig Opfer niemals wirklich der Welt bekannt gemacht, verloren sogar für die Italiener, die gleich nach dem Krieg in das Dorf einziehen würden. Er erkannte, dass die Schwarzen nur Werkzeuge waren, die ihn aus den vergangenen schmerzvollen Erinnerungen in eine Gegenwart künftigen Glücks gehoben hatten, und dass die Heilige Anna die Erinnerung an solche Schmerzen, ihren Schmerz, seinen Schmerz, jeden Schmerz nicht zulassen würde. Er würde das alles vergessen. Das wusste er, sobald er Arturos Hand genommen hatte, und ebenso wusste er, dass er auch ihn vergessen würde, denn Gott würde nicht zulassen, dass er, der einzige Überlebende dieses einzigartigen Kirchenmassakers in einem Krieg voller Massaker, mit einem solchen Schmerz weiterleben musste. Der Schmerz würde verschwinden, sie alle würden verschwinden, und das machte ihn froh.

Aber es wird schwer, dachte er, als er Arturos Hand nahm und losrannte, die Straße hinunter an den jetzt fliehenden Deutschen vorbei, an Hector, dem einzigen überlebenden Amerikaner vorbei, der sich hinterm Fenster eines Hauses versteckt hatte, an Renata vorbei, die von Kugeln zerfetzt am Wegrand lag, und dem alten Ludovico, der schluchzend über der Leiche seiner einzigen, geliebten Tochter stand, es wird schwer, den Mann zu vergessen, der aus Schokolade war, den Schokoladenriesen, der Tränen aus Limonade weinte und, mit einer bloßen Kopfbewegung, irgendeinen Tag zu seinem Geburtstag machen konnte, und der ihm beigebracht hatte, wie man sich unsichtbar macht.

Epilog
Das letzte Wunder

Weil in Canarsie, Brooklyn, zum vierzehnten Mal in vierzehn Monaten ein Lagerhaus brannte – das Feuer hatte die Geliebte des langjährigen Kongressabgeordneten eben dieses zweiten New Yorker Bezirks gelegt –, konnte der junge Daily-News-Reporter Tim Boyle *seine Story über Hector Negron, den Postangestellten aus Harlem, der an jenem Dezembermorgen 1983 durchgedreht war, nicht weiterverfolgen. Sein Artikel über Hectors Mord an dem unschuldigen Kunden und den in seinem Besitz gefundenen Kopf der* Primavera *von der Santa-Trinità-Brücke in Florenz ging zwar, wie dergleichen gelegentlich zu geschehen pflegt, um die Welt, geriet dann aber fast ebenso schnell, verdrängt von aktuelleren Schreckensmeldungen, wieder in Vergessenheit. Boyle wurde für seine Verdienste bei der Aufarbeitung des Canarsie-Falles befördert und nach Washington versetzt, wo er, vom aufreibenden Job als Lokalreporter befreit, einen Posten als politischer Redakteur bekam; auch hier war er erfolgreich und beendete die Karriere mehrerer Kongressabgeordneter durch Aufdeckung eines Sexskandals. Später bekam er einen Job als Moderator bei einem Sender der NBC-Familie, fiel aber durch.*

Unterdessen wurde Hector, der seit seiner Verhaftung hartnäckig geschwiegen hatte, in die psychiatrische Klinik Bellevue in Manhattan verlegt und blieb dort einige Wo-

chen, während Psychologen herauszufinden versuchten, wie und warum es ihm als Soldat im Zweiten Weltkrieg gelingen konnte, in den Besitz eines unschätzbar wertvollen Kunstgegenstands zu gelangen, und, noch wichtiger, wie er diesen nach Hause transportiert hatte – oh, und nebenbei natürlich auch, warum er diesen Mord begangen hatte. Hector sagte nichts, und als dann die Italiener Anspruch auf den Kopf erhoben, schien die Frage auch nicht weiter wichtig. In Florenz wusste man, wie schnell sich in Amerika mit dem Wandel der öffentlichen Meinung der Wind drehen konnte, und so schickte die Stadt unverzüglich zwei Beauftragte, die das verschollene Kunstwerk abholen sollten. Wir wollen keine Probleme, sagten sie. Wir wollen nur den Kopf. Nach einigem Gerangel mit verschiedenen Museen und dem Außenministerium wurde der Kopf in eine Holzkiste gepackt und nach Italien spediert, wo man die hektische Debatte, was genau nun mit den Resten der vier Statuen auf der Santa Trinità geschehen sollte, erst einmal fortführte und den Kopf bis auf weiteres in einen Tresor einschloss – oder jedenfalls ging man davon in der Öffentlichkeit aus.

In diesem ganzen Durcheinander dachte praktisch niemand an den armen Burschen, der mit einem schweren Brillantring am Finger in das Postamt gekommen war und dem Hector mit seiner 38er ins Gesicht geschossen hatte. Der Mann war ein Automechaniker aus Kingston, New York, und hieß Randy Mitchell, und hätte Tim Boyle nicht im Auftrag der Daily News in der buchstäblich qualmenden Unterwäsche des Brooklyner Kongressabgeordneten herumschnüffeln müssen, hätte er vielleicht herausgefunden, dass Randy Mitchell ursprünglich Rodolfo Berelli geheißen hatte und aus Valasco stammte, einem winzigen Dorf drei Kilometer von St. Anna di Stazzema entfernt. Des Weiteren hätte er herausfinden können, dass Rodolfo Berelli zusammen mit Tausenden anderen Emigranten unmittelbar nach Kriegsende per Schiff nach Amerika gekommen war, im Koffer eine halbe Million Lire, Taschen und Strümpfe voller Salz in kleinen Tüten, Salz, das sich in Amerika als wertlos herausstellte.

Rodolfo hatte den Krieg ebenso verdrängt wie Hector und konnte auch in den Sekunden vor seinem Tod nicht begreifen, warum Hector die Waffe auf ihn richtete. Er glaubte, er sei in einen verpfuschten Raubüberfall geraten. Erst im allerletzten Augenblick, als Hector ein wenig den Kopf drehte und ihn sein abgeschnittenes Ohr sehen ließ – zwar chirurgisch wiederhergestellt, aber doch so verstümmelt, dass es auffiel –, begriff Rodolfo, dass jetzt eingetreten war, was er immer befürchtet hatte, und dass Peppi, der große Partisan aus dem Serchio-Tal, Recht behalten hatte: Denn wenige Wochen vor Kriegsende, als Rodolfo und ein bezahlter Gurkha-Komplize ihn erwürgten und seinen Leichnam, um einen Selbstmord vorzutäuschen, in der Dusche aufhingen, hatte Peppi ihm geschworen, der Schwarze Schmetterling werde auch nach seinem Tod noch Rache üben. Und so war es geschehen.

In diesen letzten Augenblicken leistete Rodolfo keinen Widerstand, denn in jenem Krieg hatte er die Erkenntnis gewonnen, dass es ihm nicht gegeben war, ein Mann wie die großen Maler und Dichter der Toskana zu werden, die er bewunderte, ein Mann wie Paolo Uccello oder Giovanni Pascoli, er war vielmehr einer wie Jago, der schlaue Fuchs, der um eines persönlichen Vorteils willen den Tod Othellos herbeiführt und am Ende selbst ein grässliches Schicksal erleidet. Das Geld, das er für die Ermordung

Peppis erhalten hatte, reichte für die Überfahrt nach Amerika, für mehr aber auch kaum – eine halbe Million Lire war in Amerika praktisch nichts wert. Die fünfhundertsechzig Toten von St. Anna di Stazzema erschienen ihm jede Nacht im Traum. Sie kamen zu ihm, jeder einzelne, nicht tot und verbrannt, sondern lebendig, gesund und zutraulich. Die Kinder setzten sich auf seinen Schoß und zupften ihn an den Ohren, die Mütter plauderten mit ihm über die Zumutung, Wäsche mit der Hand zu waschen, die Väter erzählten ihm Witze und klopften ihm lachend auf die Schultern. Und jeden Morgen, kurz bevor er aufwachte, verbrannten sie vor seinen Augen, wurden bei lebendigem Leibe von den Flammen erfasst, geröstet wie Toast, und ihre Haut brutzelte und knisterte wie Speck in der Pfanne, und wenn er dann schweißgebadet aus dem Schlaf fuhr, hatte er noch den Geruch des verbrannten Fleischs in der Nase und den Geschmack von Blut auf der Zunge.

Er lebte ein elendes, zurückgezogenes Leben voller Ausflüchte, seine Vergangenheit eine Tarnung wie das Priestergewand, das er einst angezogen hatte, um die Amerikaner nach St. Anna di Stazzema zu locken, bevor Peppi und die anderen die Wahrheit über seinen Verrat herausfanden. Seiner einfachen amerikanischen Frau, die aus einer Kleinstadt im Bundesstaat New York stammte und nichts als Bingo und die Jack Benny Show im Kopf hatte, war er ein Rätsel. Seine zwei Kinder waren für ihn Fremde. Sein Sohn verweigerte den Wehrdienst und beteiligte sich an Demonstrationen gegen den Vietnamkrieg; seine Tochter brach die Ausbildung am College ab und zog nach Ohio, wo sie sich eine Zeit lang als Model für Nacktmagazine durchschlug und schließlich einen Milchbauern heiratete. Er hatte keinerlei Kontakt zu ihnen, und erst sein tragischer Tod brachte die drei wieder zusammen, denn erst da wurde ihnen klar, dass sie ihn nie wirklich gekannt hatten, und dies wiederum zeigte ihnen, dass sie auch einander nie wirklich gekannt hatten. Jetzt erst wurden sie eine Familie und sprachen miteinander, wie sie es noch nie zuvor getan hatten. Es war das einzig Gute, was sie je von ihm bekommen hatten, und wenn man an seine Geschichte denkt, war das eine ganze Menge.

Hector erging es weniger gut. Wochenlang setzten ihm in Bellevue Staatsanwälte und Psychiater zu, die ihn zum Reden bringen wollten. Er sah keinen Sinn darin. Der Krieg war für ihn eine abgeschlossene Sache. Es war sinnlos, sich damit zu beschäftigen. Er hatte keine Kinder, keine Frau, keine lebenden Verwandten; und er hatte auch keine Träume mehr. Nicht einmal seine verstorbene Frau hatte irgendetwas von seinem Kriegsdienst erfahren. Der größte Teil seines Lebens nach dem Krieg hatte darin bestanden, von der Arbeit nach Hause zu kommen, sich auf die Couch zu werfen, Bier zu trinken und sich im Fernsehen Filme anzusehen, in denen weiße GIs, die im Lauf der Zeit zum leibhaftigen Mythos der amerikanischen Beteiligung am Zweiten Weltkrieg avancierten, so sehr verherrlicht wurden, dass Hector in seinem täglichen Bierrausch allmählich zu glauben begann, er habe das, was er im Krieg erlebt hatte, am Ende vielleicht doch nicht erlebt, vielleicht seien die Schwarzen und Puertoricaner tatsächlich nur als Quartiermeister und Köche im Einsatz gewesen, wie in den Geschichtsbüchern behauptet wurde. Und die fünfzehntausend Schwarzen der 92. Division, die ihr Leben verloren hatten oder für immer gezeichnet wurden, als die Deutschen ihren von den Historikern als »unbedeutendes Gefecht« abgetanen Weihnachtsangriff auf das Serchio-Tal führten, bei dem Sommocolonia, Barga, Castelvecchio di Pascoli, Fornaci di Barga, Tiglio und etliche andere toskanische Ortschaften zerstört wurden, hatte er sich vielleicht in Wirklichkeit nur ausgedacht. Womöglich hatte er das alles nur geträumt.

Er trank viel. Sein Gemüt blieb finster. Seine einzige Verbindung zur Realität dessen, was er einmal gesehen hatte, war der Statuenkopf, den er in einer Schuhschachtel in seinem Kleiderschrank aufbewahrte, seitdem er ihn einem freundlichen Toten abgenommen hatte, den zu lieben er sich gefürchtet hatte: die Erinnerung an das Wunder eines zarten, lieblichen Jungen, ein Wunder, das er mit eigenen Augen gesehen oder zu sehen geglaubt hatte; wie ein Engel hatte sich dieser Junge emporgeschwungen und war dem Tod entronnen – aber hatte er das überhaupt gesehen? Er hatte Angst, sich daran zu erinnern. Er wollte nicht darüber sprechen. Die Verhöre wurden schließlich eingestellt, und der Mord gelangte kaum beachtet vor Gericht; die New Yorker Zeitungen berichteten davon nur in winzigen Artikeln auf den letzten Seiten, und der Fall verlor sich im steten Strom der Kindermörder, Bombenleger, Brandstifter und anderer Irrsinniger, von denen die New Yorker Journalisten leben.

Und so erregte es nur wenig Aufsehen, als ein groß gewachsener Geschäftsmann mit italienischem Pass und Papieren, die seine Geschäftsadressen in Rom und Versailles und auf den Seychellen aufzählten, in New York City eintraf und sich auf direktem Weg ins Büro der einflussreichen Anwaltskanzlei Carissimi, Brophi & Biegelman begab. Die Kanzlei entsandte unverzüglich eine junge Anwältin zur Anhörung über Hectors Kaution – sie war sorgfältig ausgewählt und sollte den Eindruck vermitteln, die Kanzlei engagiert sich hier kostenlos für einen finanziell Minderbemittelten, während es sich bei dem italienischen Geschäftsmann in Wirklichkeit um einen der mächtigsten und wohlhabendsten ihrer Klienten handelte und die Anwältin handverlesen und sorgfältig instruiert worden war (und man ihr für den Fall eines Fehlschlags mit sofortiger Entlassung gedroht hatte) –, die dem Richter eine sorgfältig formulierte Mitteilung machen sollte; der Richter selbst hatte früher ebenfalls für diese Kanzlei gearbeitet und entschloss sich eigenartigerweise dagegen, den Fall wegen Befangenheit abzugeben. Die Mitteilung lautete, die Kanzlei werde Hectors Kaution in Höhe von zweihunderttausend Dollar stellen und durch ein Treuhandvermögen absichern, das für solche Fälle vorgesehen sei. Der Richter ging darauf ein und lud sich so die wenig beneidenswerte Aufgabe auf den Hals, zwei Wochen später der Presse erklären zu müssen, wie es Hector gelingen konnte, zweihunderttausend Dollar Kaution aufzutreiben, sich einen Pass zu besorgen und außer Landes zu fliehen. Er verschwand praktisch von der Bildfläche, Gerüchten zufolge hielt er sich ausgerechnet in Italien oder vielleicht in Südafrika auf, aber Genaueres kam nicht heraus, denn seit dem Tag, an dem Hector Negron in Begleitung seiner jungen Anwältin das Gerichtsgebäude in Manhattan verlassen hatte, wurde er weder in New York City noch sonst irgendwo in Amerika jemals mehr gesehen. (Der Richter erholte sich übrigens von dem Schlag, bewarb sich um einen Senatorenposten und später für den Kongress, wo er lange Jahre als Abgeordneter des zweiten New Yorker Bezirks wirkte.)

Hector seinerseits erinnerte sich weder an die Anhö-
rung über seine Kaution noch an den überstürzten Nacht-
flug in einem Privatjet, der ihn mit nur einer Zwischen-
landung zum Auftanken in Tel Aviv nach Südafrika
brachte. Inzwischen war die schwere Schlafstörung, die
ihn bereits im Krieg geplagt hatte, voll ausgebrochen, und
durch den Anblick des italienischen Partisanen, der im
Krieg den deutschen Gefangenen getötet hatte und nach
Hectors Einschätzung nicht nur für den Tod so vieler
Menschen, sondern auch dafür verantwortlich war, dass
er kein normales Leben mehr führen konnte, hatte er end-
gültig den Kontakt zur Realität verloren. Nach dem Tod
seiner Kameraden hatte Hector zwei Tage in St. Anna
festgesessen und sich, in einem Haus versteckt, von den
Rationen gefallener deutscher Soldaten ernährt, bis end-
lich Männer der 92. Division unter Führung von Colonel
Jack Driscoll eintrafen und ihn holten; später heftete ihm
der Colonel persönlich den Silberstern für besondere Tap-
ferkeit an die Brust. Aber davon wusste Hector nichts
mehr. Er wollte das alles vergessen. Er lebte in einem Ne-
bel, erzeugt von den Medikamenten, die er in der Belle-
vue-Klinik bekommen hatte, und dem Schrecken seiner
Erinnerungen. Erst einige Tage nach seiner Ankunft auf
einer herrlichen, friedlichen Seychellen-Insel, wo er von
Dienern in Sandalen und weiten Hemden mit Limonade,
zart gebratenem Fisch und Pasta in geschmolzenem Käse
und Olivenöl verwöhnt wurde, kam er wieder zu sich und
erkannte, dass er nicht gestorben war.

In den ersten Tagen sprach er mit niemandem. Er saß
im Liegestuhl und starrte auf den Ozean hinaus; nicht
weit von ihm saß ein junger Mann in Bademantel und Ba-
dehose, der Shakespeare auf Italienisch las und gelegent-

lich ein Nickerchen machte, und der Schrecken, mit dem er jedesmal daraus auffuhr, verriet Hector, dass auch er als Soldat im Krieg gewesen sein musste. Der Fremde saß täglich stundenlang in seiner Nähe, und nachdem Hector einige Tage gewartet hatte, dass der Fremde das Wort an ihn richtete, brach er schließlich selbst das Schweigen. Er sprach nicht zu dem Mann, sondern zu sich selbst, denn irgendetwas an dem Fremden wühlte etwas Verschüttetes in ihm auf, und er fühlte den Drang, etwas auszusprechen, was er noch nie, auch nicht sich selbst gegenüber ausgesprochen hatte.

»Ich bin der Letzte«, sagte er. »Der Einzige, der übrig geblieben ist. Ich und der alte Mann mit den vielen Hasen. Seine Tochter ist gestorben, und als er sie tot da hat liegen sehen, ist er ihr vor Kummer nachgestorben.«

Der junge Mann stand auf. Er war sehr groß geworden. Die Jahre nach dem Krieg waren schrecklich gewesen, er hatte gehungert, sein Vater hatte auf dem Feld geschuftet und sich schließlich, da er mit den bitteren Nachwirkungen des Krieges nicht fertig wurde, das Leben genommen. Eine Zeitlang hatte er als Rennfahrer gearbeitet, sich dem Tod entgegengestellt, ihn herausgefordert, und eben diese Furchtlosigkeit hatte ihn reich gemacht. Er stürzte sich auf Sicherheitsmängel wie ein Kamikazeflieger, entwickelte eine eigene Serie von Sicherheitsprodukten, Geräte, mit denen man Dinge an- und ausschalten und auf und ab bewegen konnte, Schalter, die Airbags aktivierten und Motoren abstellten, Sicherheitsgurte, Schläuche, die lebensrettenden Sauerstoff spendeten, Vorrichtungen, die einen hielten, so dass man die Hände frei hatte, die einen von einer Seite auf die andere drehten, damit man wieder atmen konnte. Er jonglierte mit Unternehmen wie mit Bällen, sammelte sie wie Briefmarken, verdoppelte, verdreifachte die Zahl seiner Firmen, denn für ihn existierte kein Risiko, weder im Geschäft, noch im Leben, kein Risiko, Geld zu verlieren, überhaupt kein Risiko. Die Leute zahlten ihm sehr viel Geld dafür, dass er ihr Risiko minimierte, und das taten sie, weil sie nicht begriffen, dass es so etwas wie Sicherheit oder Beherrschbarkeit gar nicht gab. St. Anna di Stazzema hatte Sicherheit bedeutet und dann den Tod. Sicherheit, hatte er gelernt, war das größte Risiko von allen, weil Sicherheit keinen Raum für Wunder lässt. Und Wunder, hatte er gelernt, waren das einzig Sichere im Leben.

Aber wem sollte er das erklären? Sie würden ihn nicht verstehen. Sie wollten ihn nicht verstehen. Hector, das wusste der junge Mann, war der einzige Mensch auf der Welt, der ihn verstehen würde.

»Sie sind nicht der Letzte«, sagte er. »Da war noch jemand.«

Neben dem Liegestuhl des jungen Mannes lag eine kleine Stofftasche. Er hob sie auf und löste die Schnur, mit der sie umwickelt war. Noch bevor er fertig war, wusste Hector, was ihn erwartete, und der alte Puertoricaner, so schwach und von Arthritis gepeinigt er sein mochte, erhob sich aus seinem Stuhl und fiel dem jungen Mann um den Hals, und der ließ den Kopf der Primavera in den Sand fallen und schloss ihn fest in die Arme, hielt den zerbrechlichen Alten, wie der Schokoladenriese einst ihn gehalten hatte, und als Hectors bittere Tränen der Erleichterung ihm auf die Schulter tropften, erkannten sie beide, dass sie endlich gefunden, was sie jeder für sich gesucht hatten. Sie hatten ein zweites Wunder gefunden, und endlich waren sie von dem ersten befreit.

Danksagung

Dieses Buch hat vor vielen Jahren begonnen, da war ich ein kleiner Junge von etwa neun Jahren und saß im Wohnzimmer meines Stiefvaters in Fort Greene, Brooklyn. Mein Stiefvater, seine Brüder Walter, Garland und Henry und ihr Freund Missouri trafen sich hier am Samstagabend, saßen unter einer nackten Glühbirne um den Tisch, tranken Rheingold Bier und Johnny Walker Red und erzählten Geschichten, dass sich die Balken bogen. Mein Onkel Henry, ein Veteran des Zweiten Weltkriegs, war mein Lieblingserzähler. Da saß er in Filzhut und Hosenträgern, eine Zigarette zwischen den Zähnen, ein volles Glas Whiskey in Griffweite, und erzählte Witze, die bei den Männern brüllendes Gelächter auslösten, während meine Schwester Kathy und ich todmüde unterm Tisch saßen und darauf warteten, dass unsere Mutter von der Arbeit nach Hause kam. In regelmäßigen Abständen schenkte Onkel Henry sich Schnaps nach, fasste mich zärtlich am Ohr und schrie: »Junge … damals im Krieg, die Italiener, die haben uns geliebt! Und die Franzosen … oh la la! Da waren wir Könige!« Meine Schwester und ich verdrehten die Augen, wenn er dann noch so eine alte Kriegsgeschichte zum Besten gab. Damals hatten diese Geschichten für mich keine Bedeutung, und ich habe kaum eine Erinnerung daran. Er erzählte von Feuern, die finstere Wälder erhellten, von steifgefrorenen Leichen, von umstürzenden Jeeps, die in Flammen aufgingen, während er um sein Leben rannte. Was ich davon am besten in Erinnerung habe, sind nicht die Geschichten selbst, sondern der Stolz, mit dem Onkel Henry sie erzählte. Wie stolz er war. Wie stolz er auf seine Taten war.

Es sollte fast dreißig Jahre dauern, bis dieser Stolz mich eines Nachts aus dem Schlaf rüttelte und sich zu einem Gewebe von Figuren zu verdichten begann, die jetzt dieses Buch bevölkern. Sie erwachten von allein zum Leben, einfach so, durch die Geschichten der vielen Männer und Frauen sowohl in Amerika als auch in Italien, die es schafften, die Dämonen ihrer Erinnerungen abzuschütteln und mir gegenüber denselben Stolz erkennen zu lassen, den mein Onkel Henry besessen hatte. Diese Männer und Frauen haben eine Charakterstärke bewiesen, wie man sie kaum mehr antrifft in der heutigen Zeit, in der gesellschaftlicher Fortschritt nicht an der sprunghaften Zunahme von Gerechtigkeit und Wissensdurst gemessen wird, sondern am Zahlensalat von Einschaltquoten und Videospielen, die unseren Kindern das Kriegshandwerk in einer Welt beibringen, in der 125 Millionen Kinder jeden Abend hungrig zu Bett gehen und in der Terroristen, die ihre Morde zu gerechten Taten Gottes erklären, Kriege gegen unschuldige Zivilisten führen.

Dennoch bin ich den Überlebenden dieses so genannten guten Krieges dankbar, den Veteranen der 92. Infanteriedivision, die in Italien gekämpft, den Italienern, die an ihrer Seite gekämpft, und den Deutschen, die gegen sie gekämpft haben – sie alle waren Opfer. Viele dieser Männer und Frauen haben mir ihr Herz geöffnet und mir ihre Geschichten erzählt, nicht selten unter Tränen und mit zitternden Händen. Mit den meisten habe ich selbst gesprochen. Einige wenige habe ich durch ihre schriftlichen Berichte kennen gelernt. Leider sind viele von ihnen, sowohl in Amerika als auch in Italien, während der Entstehung dieses Buchs gestorben, und die noch leben, sind sehr alt. Wenn Sie einen von ihnen treffen, geben Sie ihm die Hand.

Zu danken habe ich Florentino Lopez, der die Sommocolonia-Tragödie in Castelvecchia di Pascoli wie durch ein Wunder überlebt hat; Captain William E. Cooke, Captain Lloyd Parham, Ed Price, Captain Harold Montgomery, Joseph L. »Steve« Stephenson, Denette Harrod; meinem verstorbenen Onkel Henry Jordan aus Brooklyn, dessen Geschichten aus dem Krieg, die ich als Kind gehört habe, dieses Buch inspiriert haben; dem ehrenwerten James »Skiz« Watson, George Cherry, Reverend Edward Belton, A. William Perry von der Huachucan Veterans Association; Albert O. Burke, dem Vorsitzenden des Verbandes der 92. Infanteriedivision; John Fox aus Cincinnati, Empfänger der Ehrenmedaille; Wendell Imes von der St. James Presbyterian Church in Harlem; Edgar S. Piggott, Rufus Johnson, Jesse Brewer, Deacon »Wooley« Gant, Thomas »Buddy« Phox, David Caisson, General Edward Almond, Captain John Runyon, Otis Zachary, meinem Vetter Herbert Hinson, E. G. McDonnell, George »Bro Wimp« Wimberley, Robert Brown Sr., David Perkins, James Usery (ehemaliger Bürgermeister von Atlantic City) und Spencer Moore, dem wandelnden Geschichtsarchiv der 92. Division. Ich danke Richard Hogg, Terry Brookens, Perry »Mack« Barnes, William Little, Arthur B. Cummings und Sinclair Smalls.

Ferner danke ich Arlene Fox, Ruth Hodge (Museumskuratorin beim Commonwealth of Pennsylvania, Harrisburg), Solace Wales, Barbara Posner und Dr. phil. Robert A. Brown von der University of the District of Columbia. Ein besonderer Dank geht an Hondon Hargrove und Mary Penick Motley, deren historische Arbeiten über die 92. Division sich durch Klarheit, Genauigkeit und Wahrhaftigkeit auszeichnen. Ich danke auch Jehu C. Hunter und Lieutenant Colonel Major Clark für ihre Arbeiten zu diesem Thema. Meine höchste Wertschätzung gilt den wunderbaren Mitarbeitern beim U.S. Military History Institute in Carlisle, Pennsylvania. Jodi Reynolds aus Los Angeles danke ich für ihre großartige Hilfe bei den Abschriften.

Ein ganz besonderer, tief empfundener Dank geht an Lieutenant General William J. McCaffrey aus Arlington, Virginia, dem ehemaligen Stabschef der 9. Division, einen Pionier der Rassenintegration in der U.S. Army und einen Mann von profunder Einsicht, Weisheit und Wahrhaftigkeit, dessen Anleitung mir immer eine Richtschnur war.

Ebenso dankbar bin ich den vielen Italienern aus dem Serchio-Tal, die diesem Buch ihre Zeit, ihre Geschichten, ihre Herzen, ihren Wein und ihre Weisheit gewidmet haben: Alfredo Lenzi, Roberto Dianda, Roberto Tonacchi. Dem verstorbenen Manrico Duchessi (der große Pippo); seinem legendären Leutnant Tutsiana; dem verstorbenen Partisan Leandro Puccetti; Bernardini; Franco und Giovanni »Gioni« Tognarelli; Mrakic Antonio und Frugoli Antonio. Ebenfalls Dank an Lodovico Gierut, den Verfasser von *Una Strage nel Tempo*, dem Museum von St. Anna di Stazzema und seinem Kurator Enio Mancini. Ich danke Enrico Tognarelli, Maria Olimpia Tognarelli, Malcom Tognarelli, Dononi Diva, Del Frate Vaina, Fabiola del Frate, Bruno Bonaccorsi, Manule del Frate, Poli Gloria und Gualtiero Pia. Ein besonderer Dank an die Familie Ricci von den Seychellen und Castelvecchio, die Ricci-Stiftung in Barga, Italien, und den verstorbenen Unternehmer Giovanni Mario Ricci von den Seychellen, dessen Mut und Großzügigkeit im Zweiten Weltkrieg das Leben einiger amerikanische Soldaten für immer verändert hat. Ein besonderer Dank geht auch an Romiti Alderano und Salvo und die tapferen Bauern und alle anderen in Barga, die den Krieg mit knapper Not überlebt haben. Ich danke Professor Umberti Sereni – dem Bürgermeister von Barga – sowie Anna und Paolo Zaninoni für ihre hilfreichen Hinweise nach der Lektüre der ersten Fassung dieses Buchs. Ich danke dem Museo Storico della Liberazione in Lucca – seinen Direktoren und Kuratoren, einschließlich Samuel Bernardini, General C. A. T. O. Gualtiero Alberghini und seiner Gründerin, der Holocaust-Überlebenden Nusia Hoffman. Ein besonderer Dank geht an Professor Bruno Wanrooij von der Georgetown University in Florenz, dessen Verständnis und Wissen sich als unschätzbar erwiesen haben; ich danke dem Italian Studies Institute in Floral Park, New York, und Good & Plenty in der 3. Straße in New York City. Dank auch an Bafito vom Institut für die Geschichte des Widerstands in Genua.

Ein besonderer Dank geht an Patrizia Rampone, die mit großer Kompetenz für mich in Italien recherchiert hat. Der von Jim und Marina Harrison gegründeten Bogliasco Stiftung in Genua danke ich von Herzen. Ohne die Hilfe der Bogliasco Stiftung und ihrer großartigen Mitarbeiter Anna Maria Quaiat, Alan Rowles und Ivana Folle hätte dieses Buch nicht geschrieben werden können. Ich danke der American International School in Genua,

Gary Crippen sowie Dr. Marco Lagazzi für seine Auf-
schlüsse über Italien heute und gestern.

Herzlich danke ich meinem großartigen Agenten Flip
Brophy, den Anwälten Mark Biegelman und Vinny »Sky-
walker« Carissimi und meiner wunderbaren Lektorin
und Freundin Cindy Spiegel von Riverhead Books, deren
brillanten Hinweisen alles, was an diesem Buch magisch
sein könnte, zu verdanken ist. Und schließlich danke ich
meiner Frau Stephanie, meiner größten Kraftquelle, die
mich antreibt, in meinen Träumen nicht zu bescheiden zu
sein, und die unsere Kinder Azure und Jordan lehrt, dass
Gottes Liebe das größte Wunder von allen ist.